许你把后脑在墙上撞了一下，心里腾地也蹿起

了火："你想干什么呀?!"

两个人面对面，一呼一吸，都在较着劲。

直到左行开口："我想干什么?"他忽然又快又沉

地笑了一声，故意回敬似的："我想'以下犯上'。"

幸闻

著

湖南文艺出版社
HUNAN LITERATURE AND ART PUBLISHING HOUSE

博集天卷
CS-BOOKY

　　琵琶声激昂婉转，直扑过来，大概还带着刚才一起骑车时迎头吹过的凉风。

　　只弹了半曲，很快结束。

　　"铛"的一声响，许亦北抬起眼，看着他说："谢谢。"

　　许亦北诧异："你是在等我？"

　　"那还能等谁？"应行提起嘴角，从车上下来，往修表铺里走，"给你补半个小时再走，就当把前两天没补的给补回来。"

　　许亦北目光追着他进了铺子，嘴角已经有了笑，马上跟了过去。

目录

应行停下来看了一眼厨房，抓着手机进了房间，很久才接了句："放心，我肯定对他好。"他知道贺振国真正想说的是让他俩以后一起上大学。

关上房门，他站在书桌前，看了一眼不久前许亦北坐过的椅子、桌上还没有收起来的书，又想起许亦北那个愿望，扯了扯嘴角。有一瞬间，居然觉得这个想法很让人心动。

硬总

"要不现在认识一下？"

对方笑了笑，慢条斯理地搭着他旁边的扶手，

小臂上的袖子贴紧，绷出结实的线条，

"我叫应行，应该的应，行走的行，

你怎么称呼？"

第 1 章

八月的天又热又闷，隔着车窗玻璃都能感觉到阳光烈得晃人眼。

许亦北坐在行驶的公交车上，靠着窗，一手挡着光，一手举着手机贴在耳边。

"许亦北，你是不是该回家一趟了？"电话里，他妈方令仪正在问他。

许亦北问："怎么了？"

方令仪没好气："你还问，说好了这个暑假一起从外地搬回来，结果刚回到这城里你就一个人住外面去了，连这新家的门都还没进过，你自己说合适吗？"

许亦北被太阳晒得眯起眼："搬家前不是说好了吗？回来后我要自己出来住。"

"谁跟你说好了，我一开始就不答应。"方令仪越说越气，"现在好了，连你人都见不着了，这个暑假我就没见你几回。"

许亦北避重就轻："暑假还没过完。"

"你不要跟我打岔。"方令仪完全不买账，"我限你最迟明天，必须回来一趟，不回来我就叫人去你现在住的地方，把你的东西通通搬回家，你自己看着办吧！"

方女士本就不是声音温软的类型，这一句话的音量拔高了，立马就有动真格的架势了。

许亦北余光瞥见旁边坐着个女生，正在往自己身上看，不知道是不是也听见电话里的声音了。他抿了抿唇，把脸偏向车窗，还没回话，车上就响起了报站声——

"前方到站西三大街……"

方令仪已经在电话里听见了，紧接着问："你在公交车上？说你多少回了，出门为什么不让司机送？"

许亦北打断她："没事，我都多大的人了，老让司机跟着干什么？行吧，明天我回去，就这么说好了，先挂了。"

电话挂了，旁边的女生还在往他身上看。许亦北往后靠上椅背，从裤兜里掏出耳机，连上手机，往耳朵里一边塞一个。

还没消停几秒钟，电话又进来了，他按了耳机上的接听键，耐着性子说："不是刚说好了吗？明天我肯定回去，说到做到。"

耳机里传出江航的声音："我天！你跟谁说话呢，这么温柔！"

许亦北才听出是他，刚才刻意放低的嗓音一松："我还以为又是我妈。"

"我说呢，差点以为你转性了，你也就对你妈才这么软和。"

"少扯。"许亦北拨一下耳朵里的耳机，直接略过了这个话题，"我正好要找你。"

"找我干吗？"江航笑嘻嘻地开玩笑，"约我见面？虽然我时刻挂念着你，但是你在外地，想见也见不了啊。"

"能见，"许亦北说，"我回来了。"

江航那边顿了三秒，忽然号起来："你回来了?!"

许亦北耳膜都被他号得发麻，一边是时不时看他的女生，一边是烤人的太阳，他干脆站了起来，离开座位。

旁边的女生看他起来，有点不好意思似的，收起腿侧过身，让他出去。

许亦北走到车门口才说："回了，真的。"

江航问："哪天回来的？"

"前天。"

"前天就回来了，你到现在才告诉我？"

许亦北看着外面的街景："我回来后自己住，有一堆事要忙，今天才空下来。"

江航语气有点惊讶："什么叫自己住，你自立门户了？"

"差不多吧。"

"啊？"

"别废话了，说个地方。"许亦北不想多提这个。

江航可能是听见公交车上的声音了："你已经在路上了？那还有什么好说的，必须见啊！我在老街，你肯定还记得地方，就在这儿等你了。"

许亦北看了看外面的路，辨认了一下，刚好顺路，再过两个街区就到了："行，离得不远。"

"快来，我的北，风里雨里，航航等你！"电话"啪"的一声挂了。

许亦北把手机收进裤兜。

江航是他发小，从他当初离开这座城市到今年回来，俩人也有三四年没见过面了，这厮风格半点没改，还是这么憨。

公交车又开了十几分钟，到了站，许亦北从车上下来的时候，太阳还毒辣辣地在头顶晒着，四周闷得像蒸桑拿似的。

到了那条约好的老街上，两边都是树荫，胡同小巷一个连一个。城里的商业街都是一天一个样，也就这种老街，几年了都没什么变化。

许亦北边走边发了条微信给江航，问他在哪儿等着，一边往四周看了看，很快走出去几百米，既没收到他的回复，也没看到他人。

附近的店里放着震耳欲聋的音乐，混着让人烦躁的蝉鸣。一个烫着爆炸头的年轻人抓着两条珠串站在店门口，看到许亦北经过，麻溜地喊："帅哥，外地来旅游的吧？我这店里的天然玉石项链来一条，本地特产，保平安，保脱单，保考大学，想要啥有啥，才五十块一条。"

许亦北脚步都没停："我记得以前你们才卖五块一条。"

"我去①，本地人啊……"年轻人嘀咕一句，觉得自己没找准客源，一脸没劲地扭头进店里去了。

真会挑地方约，这种老地方还是这么乱七八糟的。许亦北腹诽着，过了那嘈杂的店，身上已经出了汗，刚想找个凉快的地方等人，忽然听见"轰"的一声响，他停了下来，扭头往声音来源看。

那是个胡同口，里头有人嚷嚷："别吓人啊，有话好好说不行吗？"

紧接着另一个人嚷："少废话，钱呢？"

许亦北其实已经走过那儿了，但这声音太耳熟，他又退了回去，站在树荫底下往胡同里看。

一个人在里头被另一个人拦着。地上倒了辆电动车，拦人的是个小平头，他背对着胡同口，一只脚踩着电动车的车轮，朝被拦的那位伸手："快点，不然我可就不只是踹辆车了啊。"

被拦的那个高高壮壮，侧着身贴墙站着，口气犯难："干吗非得今天，我刚约了朋友，今天正好要花钱。"

---

① 我去：网络用语，根据不同的语境，能表达惊讶、疑惑、意外等多种意思。

"谁管你啊，给不给？"小平头恐吓，"我没空跟你耗，赶紧，不给我动真格的了！"

许亦北刚才就觉得那声音很熟悉，果然，高高壮壮的那个可不就是江航吗？几年没见到真人，他个子长高了，人也更壮了，但脸还是那张脸。难怪没回音也不见人，原来是在这儿被堵着了。

"一定要今天给？"江航在里面继续挣扎。

"你真是废话多，非要老子动手是吧？"小平头作势扬手，"我揍人可不是轻的。"

江航吓得直接退了一步："别别别！你至于吗？我给你还不行吗？"

许亦北心里暗骂一句，江航白长这么大块头了，被一个人拦也能怂成这样，这几年怎么混的？

眼看着江航还真从兜里掏出钱递了过去，那小平头一把就抢了过去。

许亦北往两边看了看，没见有别人路过，他活动一下手腕，一声不吭地往里走。进胡同口时，他忽然加速冲了过去，一把抓住小平头的胳膊往后一拧，抬起脚就踹在了他膝弯里。

小平头一个前冲单膝跪地，一条胳膊被反拧在背后，另一只手只能撑着地，造型别扭得像团炸歪的麻花，张嘴就号："我 ×！谁啊！"

许亦北居高临下地看着他的后脑勺："怎么着，兄弟，敲诈啊？"

江航愣了，眼睛盯在他身上："你这就到了？"

"等会儿再废话。"许亦北打断他，踢踢小平头的小腿，"我进来前已经报警了啊，识相地把钱还给他，我放你走人。"

"你大爷，谁还谁钱！"小平头疼得呼气吸气。

江航一下反应过来了："哎，对，是我欠他钱，我买过他的东西。"

"卖东西的这样要钱？"许亦北怀疑这小平头跟那卖珠串的没什么区别，城市这么大，什么人都有，"奸商？"

"你说谁奸商？"小平头怒了，偏就不还钱，把钱攥得死死的，扯着脖子喊，"应总！应总！救命啊，应总！"

"牛啊，奸商都办成企业了？还硬总？"许亦北差点没问："多硬啊？"

他进来前就看过了，胡同外面这会儿没人，往里去倒是通的，但也在他的视线范围里，多硬的一个总也不可能凭空冒出来，有本事就飞过来吧！

许亦北刚想完，旁边围墙里的树枝"哗"的一声响，有人直接从墙上跳了下来。

"哎，你后面……"江航咋呼。

许亦北反应过来，往后扭头，后方人高腿长的一个人影，脸都没看清，直接就已经贴上他的背了，那人胳膊搭过来一箍，勒住他的脖子，勒得他的脸被迫一仰。

大意了！

那人勒着他，还学他的口气："怎么着，兄弟，讹人啊？"

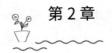

第 2 章

事实证明，离开一个地方久了真不行，地形已经没别人熟了，会翻车。

许亦北的第一反应是动腿，要么就干脆跺对方一脚，逮着机会回头就能反压。但是后面那位挺聪明，没等他动，膝盖就一下顶住了他的膝弯，所以他要想挣脱，就会跟小平头一样来个直接跪地。

居然是个有经验的，没少跟人对干过吧！

场面很尴尬。江航站的位置绝佳，要是手里有相机，这会儿一拍准是个名场面——许亦北手上制着一个，背后还有个人制着他，三个人，一个压制一个，谁也不放过谁。

还好，他没那么缺心眼，一看情况不对，立马喊出电视剧里常有的台词："停停停，误会误会，这是个误会！"

可是小平头不按剧本走，他只喊："放手放手！你快放手！"

许亦北被迫仰着脖子，说话不方便，心里也有火，一来火，劲都在手上，全让小平头一个人承受了。

他身后的那位可能也有数，主动说："这样吧，我数到三，咱俩一起松手。"

也不等许亦北表态，他就直接开数："一！"

小平头又不按剧本走："三三三三三！"边喊边痛得捶地。

许亦北松了手，他一松，后面那位就松了，胳膊抽走，人也不贴着他的背了，瞬间好像空气都流通了。

江航赶紧过来，小声说："没事吧，你，突然冒出来，吓死我……"不夸张，他都一头汗了。

许亦北揉了揉喉咙，扭头去看那个偷袭了自己的"硬总"，对方刚把小平头从地上扯起来，留给他一个穿着大裤衩、黑汗衫的酷炫背影，胳膊上竟然还套了两只花里胡哨的防晒袖套。个高，比他高，体形出挑得挺招人恨，露着的两条小腿笔直。

他又看看墙，这么高的地方，这人说跳就跳下来了，是早就在上面蹲着了吧。

对方可能是感受到了他的目光，转过头来看他，在他脸上看一眼，又在他身上看一眼，居然笑了："被我勒傻了？"

"你说什么？"许亦北立马皱眉。

江航连忙拦在中间，生怕再起争端，万一他的北再被勒一次怎么办："这真是个误会，真的真的。"

小平头歪靠着墙，揉着胳膊在那儿喊："你俩别想跑啊，这事还没完！"

江航苦脸："跑什么跑，你又不是不认识我，我能跑哪儿去啊？"

"行了吧，"那个"硬总"又看了眼许亦北，嫌他们啰唆一样，"赶紧给他解释清楚，等你们解释清楚了，咱们再说后话。"

江航推推许亦北："我来解释我来解释，走走走，出去说。"

许亦北被推出去前还盯着那边，那个"硬总"踢了小平头一脚，笑出了声，嘲笑他似的，小平头痛得"嗞"一声。

俩人出了胡同，一直走到一家卖四川冰粉的店旁边江航才停下，提议说："先给你来碗冰粉压压惊？"

"省省吧。"许亦北拧着眉，"刚才到底怎么回事？"

"唉，没被敲诈，我在他们那儿买过东西，钱一直没结，结果今天不巧在这儿遇到了，非问我要账，就是这么回事。"

"胡扯，他那样子叫什么要账？让谁来看都是敲诈。"许亦北摸一下脖子，烦躁，合着他见义勇为还勇错了？

小平头还在胡同里头哼哼唧唧，也不知道是不是故意的，还哼上瘾了，给他把乐器都能唱上。

许亦北听得更烦，刚要再往里面看一眼，里头的人出来了，俩人差点没迎头撞上。

江航一见对方，秒动脚步，好像真要去买冰粉了一样。

出来的是那个"硬总"，一对上许亦北，他不走了，一手插着裤兜说："解释完了是吧，谈谈？"

许亦北说："谈啊，你想怎么谈？"

他指指胡同里的小平头："怎么说也是你先动的手，道个歉不为过吧？"

许亦北面无表情，觉得小平头应该先检讨一下自己的问题。

江航站在冰粉店门口打哈哈说："不至于吧，他们也没动手，这不就摆了个架势嘛，顶多算是有了点'接触'。"

冰粉店的老板娘跟着往这儿探头探脑地观望。

"硬总"笑了声："那就为'接触'道声歉。"

许亦北不多话，伸手在裤兜里摸了一下。他平常没有带现金的习惯，今天出门才带了点，多余的没有，就两张红皮。他拿出来，晃一下："行了吗？"

小平头立即不哼了，奋力呐喊："行！算你小子懂事！"

许亦北手上一卷，一抛，"硬总"接住了，顺手揣进兜里，点头："那行吧。"说完转身就要回胡同。

"你等等，"许亦北脸一抬，指指自己的脖子，"你也'接触'我了啊，道歉。"

对方没作声，盯着他瞧。

小平头不爽地嚷嚷："你说什么呢！"

许亦北压根不搭理他，就盯着面前这位，谁接触，谁负责。

俩人互相对看十来秒，最后还是"硬总"先动了，他的手在裤兜里摸了摸，掏出来，直接往许亦北裤兜里一塞，还贴心地压了一下："这算是我的道歉，行了吧？"

夏天的裤子薄，许亦北隔着口袋的布都感觉到了纸的触感，肯定也是钱，他还挺会现学现用。

道完了歉，那个"硬总"手又收回兜里，转身往回走："今天这事就算过去了吧，出了这儿就当什么都没发生过，拜拜。"

许亦北心想：我也不想认识你啊。想完扭头就走。

江航在冰粉店门口探头探脑地往他后面看："走了，真走了？"

"走了。"许亦北没好气。

江航松口气，开始内疚："我今天带了大几百在身上，还想着刚好能好好给你接个风呢，现在想去的店是去不了了。"

许亦北本来被惹了一肚子火气，这会儿看江航又觉得可怜，他转头看了看街上："那就只能我请你了，也别吃什么好的了，哥哥为你出头才遇上这俩奸商，就是请你吃顿烤串都算便宜你了。"

"唉，对不起哥哥，小弟这风接得忒没面子。"江航心酸。

没多远刚好就有个卖烤串的大排档，两人过去，在门口的露天小桌边对坐，江航点了一大盆。

吃到一半，他一边嚼羊肉一边说："不该吃这个，真不该吃这个，太没档次，不符合你的身份，也不符合咱俩发小相见的情谊。"

许亦北压根就没吃几根，背上还都是汗，是被那个"硬总"贴上来给热出来的，到现在也没干，他灌了两大杯冰水："我看你也没少吃。"

江航"嘿嘿"笑着往嘴里又塞一口："你这脾气怎么还是这么暴，几年了也没变，人反而越长越细皮嫩肉了，你瞧你这身条，这脸，看着就好欺负，回来了可别被人欺负啊，我心疼。"

许亦北身材瘦高，皮肤偏白，确实是一副好欺负的样子，跟他的性格天差地别。

"闭嘴吧，你。"他又灌一口冰的，忽然想起来，问江航，"你买了他们什么啊？"

江航说："什么都有，他们卖的玩意多着呢，我也就在那小平头手上买过，另一个哥们儿今天是第一回见，挺厉害，长得还挺帅。"

许亦北翻个白眼，心想：你夸谁呢！

"前阵子我刚在他们那儿买了个游戏皮肤，那皮肤我怎么打都打不下来，但他们给我搞到了，牛吧？"江航浑然不觉，说着就掏手机，"来，给你看看，我最喜欢的女神角色，又白又靓，还跟你有点像。"

许亦北把杯子一放："要不然你别吃了，我怕我忍不住用竹签戳死你。"

"好的，我的北，不开玩笑了还不行吗？"江航识趣地把手机收起来，说着往嘴里塞块肉，打岔说，"你们全家都搬回来了？"

许亦北"嗯"一声。

"那你还自己出来住？"

许亦北动了一下屈着的腿："自己住舒坦。"

江航看看他："有魄力，换我绝对舍不得，你们家那个条件不是更舒坦，在家当少爷不爽吗？"

许亦北扯了下嘴角："谁爱当谁当。"说完站起来。

江航抬头看他："去哪儿啊？"

"回去了。"许亦北拿了手机去结账，"今天这面见得寒碜，下回换个地方约。"

"这就回去了？我还想今天至少玩到半夜的。"江航懊恼，"还是怪那俩人，被那个'硬总'横插进来打断了。"

许亦北不轻不重地"嗯哼"一声，也不知道是在笑他，还是在笑那个"硬总"。

两人分别的时候天还没黑，江航留在那儿继续消灭剩下的肉串，许亦北先回了住的地方。

他住的是建在老市区的一栋公寓楼，这儿比起他以前住的地方是差了点，但老市区地段好，交通方便，离他想转去的学校也近。

许亦北拧下钥匙，一进门就闻到一股香味。

是负责定期过来打扫的家政弄的。这房子之前一直空着没人住过，家政知道他要搬进来，喷了太多清新剂，到现在味也没散尽。靠窗的地方还摆了个空气洁净器，一直开着。

许亦北出去一趟，什么都没尽兴，就带回了一身汗。他扯了扯身上的T恤，往洗手间走，边走边摸了一下脖子，被勒了那一下的感觉还在似的。这烦躁的一天，没一件顺心事。

刚推开洗手间的门，他脚步停了一下，想了起来，手伸进裤兜，摸出了那个"硬总"给他的道歉。

正好，还没看他给了多少。

许亦北按亮灯，拿到眼前看了一眼，眼神一顿，下意识就骂了一句："什么鬼！"

手里的东西展开——两张字条，上面手写了三个大字：优惠券。后面画着面额：5元。

下面还有一行龙飞凤舞的小字：消费满100元可使用。

两张手绘的优惠券，一张5块，合起来10块。

就这???

这还不叫奸商?!

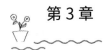

第 3 章

任谁也没遇到过这种不着调的事。许亦北实在无语，他这运气也真是没谁了，刚回到这座城市就遇上了这种"人才"，连优惠券都能用手画，还有什么是不能的？

他越想越不对味，两张优惠券，弄得他像是吃了个哑巴亏。

吃亏会来气，来气会影响睡眠，所以当晚他没睡好，第二天起床的时候都快到中午了。

那两张优惠券当时被许亦北揪成团扔在了地上，他出客厅时不小心踩到，又想起这茬，干脆捡起来一股脑丢进了纸篓，没好气地嘀咕："这是想钱想疯了吧……"

这么能耐，怎么不干脆去画人民币啊！

他踢开纸篓，忽然想起昨天跟他妈说好了今天要回去一趟，看看时间，答应的事总得做到，他默默吐出口气，拿上钥匙出门。

已经是暑假的最后一个月了，这城市的夏天还是这么热，烈日逞凶，蝉鸣喧嚣，到处都车水马龙，哪儿哪儿都繁忙，只有市郊的别墅区是清静的。

许亦北从出租车里下来，径直往别墅区里走。

大门口的安保室里走出一个保安，拦了他一下："你哪位？访客还是住户？"

许亦北想了想，觉得自己现在的身份应该不是住户，于是说："访客。"

保安问："访哪家？这儿住户不多，你说是哪一栋，我去个电话问问。"

许亦北有点好笑，搬回来后他就没来过这儿，还真不知道是哪一栋，于是掏出手机，滑开翻了翻，想看看他妈有没有给他留过地址，毕竟要是去电话询问方女士家住在哪儿，也是够傻的。

没等他说话就有人从大门里匆匆走了出来，冲着他说："你可算回来了，刚好你妈让我出来看看你到了没，她等你好半天了。"

许亦北抬头看了一眼："刘姨。"

刘姨是他家的住家阿姨，在他家好几年了，她扭头跟保安说："这是住户，最里面李先生家。"

保安一听，马上让开了。

许亦北走进去，问刘姨："这儿没挂我妈的名字？"

刘姨边走边说："你说户名？挂你……李叔叔的名字还是你妈妈的名字不都一样吗？反正都是一家人了。"

许亦北听她的口气感觉有点好笑："嗯，也是。"总觉得她嘴里那个"李叔叔"的称呼着实费了点劲，也正常，他也觉得别扭。

李叔叔大名李云山，说起来已经是他后爸了，他妈去年嫁给了李云山，两人算得上是强强联合，至少资产上算是。现在既然是新家庭一起搬回这座城市，挂新户主的名字也无可厚非。

走了快十分钟才进了家门，果然方令仪已经等着了，她正在客厅的沙发上坐着，身上穿着贴身的套裙，脸上的妆精致得一丝不苟。方女士一向都是这么精致。

许亦北换了鞋进去，还没开口就听见她抱怨："早知道该叫司机去接你的，回个家慢吞吞的。"

他笑了笑："别，答应好的，我肯定回来。"

方令仪站起来："你就是爱自作主张，好端端的家里不住，非住外面。"

许亦北觉得住外面挺好的，自由，但要是说出来肯定要被他妈再数落，他干脆不作声了。

好在方令仪也没接着往下说，她朝许亦北招招手，缓了声："别站着了，快来吃饭，就等你了。"

许亦北去洗了手，进了餐厅才发现餐桌上不只方令仪，还坐着李云山。

他顿一下，张嘴叫："李叔叔。"

李云山穿着居家服，四十来岁的人了，保养得倒是好，身材也没发福，跟他妈挨着坐，形象上很登对。他看许亦北一眼，点点头："回来了？"

"嗯。"

这就算打过招呼了。许亦北觉得他眼睛都没完全看到自己身上，抿住唇，坐下来，兴致降了一半。

他并不是很喜欢李云山，不过也不妨碍他们坐在一起吃饭。毕竟跟李云山重组家庭的是他妈，李云山的眼里有他妈就行，有没有自己并不是那么重要。

这顿饭吃得还算和谐，彼此相安无事。

只是方令仪对许亦北单独出去住的行为始终耿耿于怀。

"你最好还是搬回来，那公寓太老了，你过完暑假就要上高三，一个人住外面，谁照顾你？"

许亦北说："没事，我住外面就是为了安心学习。"

李云山笑着说："男孩子大了想要有自己的空间也正常，不过你妈妈既然不放心，你就别住那个老公寓了，回头我给你安排个条件好的房子，再给你配上保姆和司机。"

许亦北看他一眼，牵了牵嘴角："不用了，那公寓挺好的，很方便，我自己住也是趁早锻炼一下自立能力。"

李云山听了又笑笑，没再说什么。

方令仪拧眉："什么叫趁早锻炼自立能力？你还没成年，要那么自立干什么，辰宇跟你一样上高中，怎么就愿意乖乖住在家里？"说到这儿，她看着许亦北，语气一下轻了很多，像打商量似的，"辰宇出去买东西了，晚上才回来，你吃完饭别走了，晚上再一起吃个晚饭，今天就住这儿吧。"

许亦北放下筷子，抽了张纸巾擦手，找了个借口："晚上要做题，马上升高三了，我怕跟不上新学校的进度。"

方令仪口中的辰宇是李云山的儿子李辰宇。

李云山再婚前有一女一子，女儿李辰悦已经念大学了，就在本地的重点大学里，儿子李辰宇比许亦北小一岁。

许亦北跟李辰悦的关系还好，跟李辰宇完全处不到一起，虽然没明说，但他会决定搬出去，一大半都是因为这个继弟。

他既不想他妈难做，也不想勉强自己迎合这个家，干脆搬出去，清静。

方令仪知道说不动他，都被气笑了："行啊，搬出去后学习都更用功了。"

饭好歹是吃完了，李云山说要去处理项目，去了二楼的书房。

许亦北待在这栋别墅里只觉得憋闷，就找刘姨要了碟鱼食，去院子里的池子那儿喂鱼。

一碟鱼食快撒完，听见前面院子里有车开出去的声音，他扭头往别墅里看了一眼，知道肯定是司机出去接买东西的李少爷了。他放下鱼食，拍了拍手，不打算再待。

方令仪刚在茶室里喝了口茶，听说他要走就追了出来，在院门口叫住他，板着脸："回来才这么一会儿工夫就要走。我反正把话放这儿，你在外面住得不舒服就给我回来。"

许亦北怕她不放人，也怕她多担心，就顺着她的话点头："行，我住得不舒服肯定回来。"

方令仪才算满意了："这还差不多。"

许亦北告别她，出了别墅区，刚坐上出租车，手机就振了。

他掏出来，看到一条转账信息，是他妈给他转了一笔钱，还在备注上特地说明了是李云山叫她给的。

许亦北对着手机，干巴巴地扯了下嘴角，其实他知道是他妈自己给的。但他妈既然都这么说了，他就当是真的好了，只要他妈高兴就好。

车开到半道，又进来一条消息，是江航发来的微信。

——我的北，接着出来约，你刚回来，需要好好熟悉一下家乡城市。

许亦北这会儿正烦闷，兴致不高，打字回过去。

——不去，回去做题。

江航的回复很快弹出来。

——妈呀，你怎么一股让人害怕的学霸味！

——别这样，就玩两小时行不行？不耽误你做题，让我补偿一下接风的遗憾。

许亦北看他这两串字打过来还挺真诚，想想还是改了主意。

——地址发过来。

江航是真能玩，打小就在这方面有天赋，这城里吃的玩的各种地方，就没他不清楚的。

半小时后，许亦北到了城东的商业街，老远就看见他站在一家游戏厅的门口。他走过去说："玩什么？"

江航正一只手扇着风，另一只手推他进门："先进去，我快热死了。"

许亦北对游戏机不怎么感兴趣，进去扫视一圈，懒洋洋地说："没劲。"

江航指厅里面："我知道你对这些不感冒，里头还有呢，走啊。"

许亦北只好跟进去。里头果然还有很大的一块地方，不是外面这种游戏厅，整个一大层平地都是旱冰场，冷气打得十足，一群人穿着轮滑鞋在里头滑来滑去。

江航撞撞他的胳膊："玩会儿，我知道你溜这个厉害。"

许亦北"哧"一声："哥哥厉害的就只有这个？"

"哥哥，你什么都厉害，但是小弟今天只请得起这个。"江航非常实诚地回答。

许亦北觉得他多半是因为那俩奸商的事过意不去，可也不想提，毕竟一提就要想起那个哑巴亏，怎么想怎么没面子。

江航已经去旁边拎了两双溜冰鞋过来了，放在凳子那儿说："快穿上去溜两圈。"

许亦北走过去坐下，一边穿一边说："我给你提个建议吧，下次咱们约点成熟的东西行吗？"

江航说："那不行，成熟的东西玩了会进局子的，再说我从来也没见你对姑娘有那么大的渴望啊。"

许亦北抬头，真诚地问："你是傻子吗？"

江航笑得眼睛眯成缝，忽然问："哎，你在外面这几年交过女朋友没？"

"我交你个大头鬼。"许亦北站起来，直接进了旱冰场，甩开他两米远。

可能因为是暑假，旱冰场的最里面聚集了不少小孩子在溜冰。

许亦北觉得太吵，没往场中间去，就停在边上，手臂搭着扶手，百无聊赖地吹冷气。

没一会儿，忽然听见那头小孩子的声音小了许多，他下意识地往那边扫了一眼，目光已经收回来，又一下甩回去。

那群小孩子中间扎眼地冒出个小平头，他本来是蹲在那儿的，一下站起来，就像是祖国的众多花朵里冒出了一棵葱。

许亦北眼一眯，第一反应就是往他周围看，果不其然，下一眼就看见了一道人高腿长的身影。

那个"硬总"穿着件灰色的长袖衫，倚在后面的栏杆上，手里拿了个安全帽，一抬手，抛给了小平头。

小平头接住，递给身边一个小孩子。

"哎哟！"江航不知道什么时候已经滑过来了，嘴里喊了句，"忘了我就是在这儿认识的小平头了。"

许亦北都快笑了，这城市不是挺大的吗，怎么搁他们四个身上小得跟个园子似的？

江航观察了一下说："他们是在这儿教人滑冰吧。"

许亦北盯着那边："他们干的事还挺多啊。"

可能是他一直盯着那边看的缘故，那个"硬总"抬起了头，往这边随意地看了一眼，眼神落在许亦北身上，停住了，上下打量他。

许亦北面无表情地盯着他，没有一点回避的意思。

小平头滑到"硬总"身边，顺着他的视线看过来，看到了许亦北，顿时变脸："哟嗬？"

江航居然又厡了，还笑着跟他挥手打招呼："巧啊，我俩过来玩的。"

小平头睨着许亦北："看什么看，没看过滑冰这么帅的是吧？"

许亦北手臂搭着扶手都没动一下，眼睛就一直盯着那位"硬总"，他对那位的意见比较大，懒得搭理小平头。

江航替许亦北说话："我哥们儿滑这个也挺厉害的。"

小平头的表情跟听到了什么笑话似的："是吗？你让他先松开扶手再吹吧。"

"硬总"抬头看看墙上挂着的钟："差不多快到点了。"

小平头跟着看一眼，嘴里不耐烦地咕哝了两句废话，急匆匆地滑进工作间里去了。

江航问许亦北："换个地方？"

"换什么，"许亦北说，"这地方是他们的？"

"那不换了，"江航滑出场，丢下一句，"我给你买瓶饮料去，王老吉好了，给你提前降降火。"

许亦北看着江航滑走，回头又看一眼那边的人，对方正好也朝这边看过来，俩人视线撞个正着。

隔着一群闹腾的小孩子，彼此就这么对视，什么也没说。

大概得有半分钟许亦北才移开视线，看了一下江航离开的方向，再回过头，没看到原来的位置还有人。

一扭头，旁边忽然伸过来一条胳膊，在扶手上一搭，那个"硬总"已经到了他跟前，两人目光又撞个正着。

"需要我带你？"他问。

许亦北说："什么？"

他指指面前的扶手："看你一直搭在这儿不动，又老盯着我，难道不是想要我带你滑？"

许亦北嘴角一扬："我为什么盯你，你不知道？"

"我应该知道？"他说，"咱们不是第一回见吗？"

许亦北想起来了，他当时离开那条胡同的时候说过，出了那儿就当什么都没发生过。

可以，很强，后路都铺好了，难怪敢拿两张坑爹的优惠券打发自己。

许亦北舔一下牙关，手指在扶手上点了点："行，咱俩不认识。"有种，这个哑巴亏，他算是记住了。

"要不然现在认识一下？"对方笑了笑，慢条斯理地搭着他旁边的扶手，小臂上的袖子贴紧，绷出结实的线条，"我叫应行，应该的应，行走的行，你怎么称呼？"

许亦北第一反应居然是：原来是这个应，小平头可真会念。"许亦北。"他直视对方，说完意有所指地补一句，"我记住你了。"

"许亦北，行，我也记住你了。"应行说完站直，又从头到脚看他一遍，"那你还需要我带吗？"

许亦北手在扶手上一撑，脚下滑了出去，贴着边从一群小孩子旁边轻巧地过去，绕满一个圈，又回到扶手边，精准地一停，正对着他："你看呢？"

应行嘴角勾了一下，很明显地笑了一下："我看今天是不需要了，下回再说吧。"

第4章

等江航拿着罐王老吉回来，就看见许亦北一个人搭着扶手站在那儿，旱冰场里除了小孩子们还在玩，就没别人了。

他问："那个'硬总'呢？"

许亦北说："走了。"

江航觉得不可思议："你俩看来看去的，他就这么走了，没说什么？"

许亦北莫名其妙地笑了笑，表情挺微妙，脚一蹬，滑出场："别问，哥哥一个字都不告诉你。"

江航一愣，扭头追问："怎么着哥哥，你俩有细节？"

许亦北头都没回，还真没说一个字。

说好只玩两个小时，真就只玩了两个小时。

当天回了公寓，许亦北打算暂时不出门了，天太热，江航估计也折腾不出什么新花样再来给他接风了，他还不如待在公寓里多写几道题呢。

确实后面也约不了了，八月眼看着就要过去，作为准高三生，没有几天假了。

果然，没过两天，一通电话就打到了许亦北的手机上。

"许亦北是吧？我是你的新班主任，你的转学手续办好了，来十三中报到吧。"

许亦北一份英语阅读做了一半，手里端着杯水，问："现在？"

"对，现在就来，我在办公室等你。"电话那头的男老师风风火火地说完就挂了。

合着还是个临时通知，许亦北放下杯子就出了公寓。

坐四站公交车，很快就到了市十三中，按照电话里说的，进学校后他直接找去了新班主任的办公室。

门开着，里面的办公桌后面坐着个戴眼镜的中年男老师。

许亦北刚要抬手敲门，男老师迅速抬头看了他一眼："许亦北吧？进来进来。"

看来新班主任就是这位了，许亦北走进去，站到办公桌前。

柜式空调在角落里闷声运转，这办公室里好像也没什么凉气。

新班主任手里唰唰地翻着教案，一边翻一边说："你暑假转过来正好，咱们十三中虽然比不上省重点，但要学习省重点的高标准严要求，八月初就开始给准高三生补课了，你已经来晚了，这都没剩几天了。"

许亦北"嗯"一声，难怪这么急，原来早就开始补课了。

"我姓樊，大名樊文德，除了做你们的班主任，还教数学。我这人最大的优点就是亲切、关爱学生……"说到这儿，樊文德才抬头仔细打量这位新学生。

许亦北长相出挑，个子也不矮，就是比较清瘦，皮肤又白，一副人畜无害的文弱样。他觉得没错，这样的少年肯定很需要自己的关爱，于是又接着往下说："你以后要是遇着什么事就来找我，别不好意思啊。"

发现他看自己，许亦北又配合地说了个："哦。"

樊文德合起教案，忽然问："我看你以前在外地念的都是私立学校，怎么会选择转到咱们十三中来？"

他看过许亦北的档案，家里条件够好的，照理说这样的家庭还是会给孩子继续选择私立学校，毕竟都说是贵族精英教育嘛。就算要进公立学校，肯定也是挤破脑袋地要进省重点才对啊。

许亦北说："我自己选的。"

"理由呢？"

"全市的高中里，十三中的毕业生考去外地大学的最多。"

樊文德一下抓住重点："所以你是想考外地的大学是吧？"

"对。"许亦北补充，"外地的好大学。"

听到"好大学"，樊文德的脸上一下就有了笑容，猛地拍了一下桌角："好，不错！我就欣赏你这种有目标的学生！你放心，只要你表现好，作为一名极其优秀的人民教师，我一定会好好培养你的。"

许亦北还是第一次听人自己夸自己"极其优秀"，是不是真的不知道，就感觉挺秀①的。

樊文德自己好像完全没感觉有什么不对的，站起来一挥手，往外走："走，我带你去教室。"

许亦北跟着他出了办公室，觉得他这架势不像是要带自己去教室，像是要带自己去战场。

这恐怕是位激情澎湃的老师。

激情澎湃的樊老师一路都在兴头上，边在前面带路边说："过两天学校就给你们摸底考试，我看过你以前的成绩，总分挺不错，应该没问题，我看好你。"

许亦北抿着唇，没接话，心想：你可能得看仔细点。

"到了，就这儿，二（3）班。"樊文德脚步快，几句话工夫就停了下来。

许亦北跟着停下。

樊文德也没领他进教室，就在门口站着，托一下鼻梁上的眼镜，背起手："咱们班呢，嗯……班风比较活泼，你不要受影响。"

许亦北觉得他那个"嗯"的调子很有问题，不禁朝教室里看了一眼："知道了。"

樊文德摆摆手："好了，进去吧，后面还有个空位，你先坐着，反正你是本地人，放开点，主动跟大家做个自我介绍，以后好好相处。"

正好在课间，教室里头嗡嗡地吵。许亦北一进去，班里先安静了两三秒，全

---

① 秀：网络用语，可以用来夸奖一个人很优秀、很厉害，也有炫耀、卖弄的意思。

班同学的眼神齐刷刷地甩过来。

他也没开口，拿支粉笔在黑板上写了自己的名字，就算自我介绍完毕，径自走到后面，看见不止一张空桌，最后一排有三张空桌呢。他随机抽选一张幸运课桌坐了下来。

前排有个男生回头，上下打量他："你要坐这儿？"

许亦北说："怎么，不能坐？"

男生笑着答非所问："牛。"

许亦北看他笑得跟朵花似的，就低头看了一眼桌肚子，伸手进去一摸，摸到个纸团，再瞥一眼，里面还有几本书，角落里塞着两支笔。

有人坐？

"新同学？"前面走过来一个短发女生，跟他打招呼，"许亦北对吧？我是班长高霏。"她指了指最边上那张课桌，"你坐那儿吧，那张没人坐。"说着忽然压低声音，"别坐这儿，到时候麻烦。"

许亦北估计她是说动了别人的东西麻烦，于是站起来换位置："行，谢谢。"

刚才笑得跟朵花似的男生"啧"了一声："你们班干部就是多事，错过一场好戏了。"

高霏说："就知道看戏，不知道照顾新同学吗？"

男生说："要我们照顾什么，我们又不看脸。"

前面有人"扑哧"一声笑出来，还吹了声口哨。

高班长脸皮薄，匆匆回了自己的座位，没好气地骂了一句："笑什么笑，真烦！"

许亦北已经在新位置上坐了下来，扫了眼乱哄哄的教室，没在意，反正一个人都还不认识。他刚想擦一下桌子，才发现从人家桌子里摸出来的那个纸团还在手里，也不确定是不是废纸。他展开看了看，上面被人写了好几行字——

"想成为游戏里的王吗？想登上学校里的巅峰吗？想得到怎么样都得不到的东西吗？"

"来吧！这里应有尽有，这里真诚待客！"

"来啊，快来啊！"

"有任何需要，随时随地联系我，二（3）班杜辉……"

这居然是个……广告？这么中二，还是手写的广告？明明字丑得惨绝人寰，怎么画风越看越有种诡异的熟悉感？

许亦北捏着那张纸翻来覆去看了两遍，忽然瞥见有人到了三班的后门口，他转头看了一眼。

来人低着头在刷手机，可能是察觉到有视线，也抬起头看了一眼。

两相对视，顿时无语。

许亦北盯着他，眼睛睁大一圈。

门口的人也明显挑了一下眉。

要么就是大裤衩、黑汗衫的形象，要么就是在旱冰场里教人溜冰，许亦北以为他多半是个社会不良分子，结果现在他居然冷不丁地出现在了这学校里？

要不是自己身体好，他都会认为是自己出现了幻觉。

外面忽然远远传来樊文德的暴喝："应行！你可算知道来了啊！"

门口的人一下闪进了班里。

樊文德还在走廊上喊："你躲，我回头再找你算账！"

许亦北眼睁睁地看着他进了教室，等等，同班？

紧接着又有一个人从后门闪进了教室，跟他后面喊："等我啊，应总，上次那小白脸不是赔了我两百嘛，我来的时候特地给你买了吃的，你就说够不够意思……"

话音戛然而止，进来的不是小平头是谁？他左手煎饼，右手酸奶，话没说完就看到了坐着的许亦北，音调高了两个度，还转了个弯："我去？"

许亦北没表情地看着他，自己才更想骂人呢，合着这两个人都是这个班的？

他眼神一转，去看前面进来的那位。

应行又看他一眼，莫名其妙地笑了一下，什么都没说，就在那张他之前坐错的座位上坐下了。

许亦北醍醐灌顶，瞬间打通了任督二脉，难怪桌子里塞了个手写的广告呢，这不跟优惠券一个画风吗？

这概率，他就该去买彩票，不中个头奖都说不过去！

旁边的座位上"嘭"地放下罐酸奶，小平头的座位正好在俩人中间，他全程盯着许亦北坐了下来，眼神恨不得在他脸上烧俩窟窿出来，张嘴就是一通鬼吼："你坐我旁边？我这什么霉运！"

动静太大，班上的人纷纷回头看。

许亦北不搭理他，把手里那张纸一把揪成团，冷不丁开口："奸……"

"什么奸商！你又骂谁奸商！"小平头觉得他在挑衅，吹胡子瞪眼。

许亦北目视前方："坚持努力，备战高考。"

小平头顺着他的视线看到黑板上方贴着的八个大字，血压都高了，觉得自己被小白脸耍了。

"杜辉，"左边坐着的应行踢踢他的小腿，忽然说，"你过来。"

"啊？"小平头看过去，"干吗？"

应行说："别废话，过来，把你桌子搬我这儿来。"

小平头挺听他话，乖乖把东西一收，开始搬桌子。

许亦北瞥了他一眼，原来小平头就是杜辉。他动作还挺快，已经把桌子搬过去了。

应行站了起来，忽然两手抓着桌沿一抬，搬着自己的桌子过来，往他旁边一放，凳子一踢，坐了下来。

许亦北扭头看他。

他也在看许亦北。

互相对视了好几秒，许亦北问："几个意思？"

"以后我坐这儿，"他说，"没问题吧？"

许亦北看他两眼，又看两眼，转头坐正："随你。"

杜辉在旁边围观半天，以为他俩就要发生点什么了，结果这两人居然就这么坐一起去了。他一头雾水，悄悄踢踢应行的凳子："应总？"

"别烦，吃你的东西。"应行头也不抬地说。

杜辉："……"

第 5 章

许亦北坐正后就没往旁边多看，一手拿出手机，给江航发微信。

——那两个人是十三中的，跟我一个班。

江航估计又闲得在哪儿浪呢，回消息的速度飞快。

——哪两个人？

许亦北打了句反问过去。

——你觉得我还能说哪两个？

还好他不傻，反应过来了。

——!!! 你们这是什么缘分啊！

许亦北自己都想问这是什么缘分。他终于瞥了旁边一眼，应行低着头不知道在干什么，头发漆黑。

他目光转回来，手机一收，站起来出了教室。

他走到外面，高霏刚好从前门出来，撞见他小声问："应行怎么坐你那儿去了，我还没见过他主动坐谁旁边呢，你是不是惹到他了？"

许亦北好笑，谁惹谁啊，他随口说："无所谓，他乐意。"

高霏好奇："他乐意坐你旁边啊？"

许亦北没接话，再接下去就不对味了。

高霏也没再说什么，看了眼他身后，转头进了班里。

许亦北往后看，应行一只手插着裤兜从教室里走了出来，到了他跟前，看他一眼，忽然停下问："迷路了？"

许亦北莫名其妙："什么叫迷路了？"

"你不是新来的吗？"应行嘴角提着，似笑非笑，"站这儿不走，我还以为你是迷路了呢。"

许亦北怀疑他是故意的，也故意回："对，迷路了，要不你给指个路？"

"男厕所在那儿，学校超市在一楼东边。"应行指一下走廊尽头，又指一下楼梯，指完继续往前走，"不谢。"

许亦北没想到他还真指了，这人怎么那么欠呢？

应行没看许亦北到底上哪儿去了，他插着兜走到走廊拐角，猛地听见一句："应行，你给我站着！"

"啧……"他回过头，樊文德背着手，风风火火地到了他跟前，正瞪他呢。

"怎么啊，老樊？"

樊文德打量他："你还知道回来补课啊？是不是又忙着到处赚钱去了？"

应行个高腿长，站他面前还比他高半个头，叹口气说："确实忙，要不然你让我接着过暑假得了。"

樊文德差点没呕出一口老血："你好意思？我跟你说的话你全当成耳边风了，

你知不知道你就快高三了？"

应行"嗯"了一声，要多敷衍有多敷衍。

樊文德又来气，指指他："得亏你还坐新同学旁边去了，你怎么不向人家学习学习？人家就很有奋斗目标！"

应行笑了一声："你这消息够灵通啊，这么快就知道我坐人家旁边去了。"

"我能不知道？刚在窗户外头看了一眼就知道了！"樊文德"哼"一声，又指他，"你别祸祸人家啊。"

应行转头就走："我能祸祸他什么？"

樊文德喊："去哪儿？我话还没说完呢！"

"去厕所放水，要说来厕所接着说。"应行已经一闪没影了。

许亦北还是照着应行指的方向去了趟超市。

他来报到来得太急，不知道学校正在补课，也没带东西，他去买了支笔。

回到教室，一坐下就觉得有人盯着自己，他脸一转，看到百万中二广告的创作者——小平头杜辉正在看自己，那表情好像有谁欠了他八百万似的。

俩人中间隔着应行的课桌。

"看什么看？"许亦北转一下手里新买的笔，"没看过帅哥？"

这话杜辉问过，那天在旱冰场里他就问许亦北"看什么看，没看过滑冰这么帅的是吧"，现在被反将一军了。

杜辉脸更臭了，刚想喷一句"你就是个小白脸"，上课铃响了。

应行踩着铃声进了教室，懒懒散散的，一路走到后排。

许亦北看他一眼，继续转手里的笔，一边没来由地想，这人怎么这么喜欢穿深色？不是黑就是灰，今天又穿了件灰T恤，一出现就很显眼，让人想不注意都难。

"老樊找你了？"杜辉在那儿问他。

应行坐下来："放心，肯定会轮到你。"

"别吧。"

"吵什么，上课了没听到？"樊文德刚好进了教室，这节就是数学课。他背着手走到讲台上，严肃地说："把上次发的卷子拿出来，讲题了。"

班上大家都在"哗哗"地翻找试卷。

许亦北没有，连本数学书都没带，他往旁边一瞥，看到应行居然也从桌肚子里拿出了一张试卷。

往试卷上扫了两眼他就明白了，真干净，这压根就没写啊，可能发下来就直接塞课桌里了。

应行随手把试卷往桌上一放，余光扫到许亦北的脸朝着这儿，抬眼看看他，又看看他空荡荡的课桌，忽然手按着试卷一推，推到两人中间。

许亦北看着他，要带自己看？

应行什么也没说，就这么放着，随他看不看，仿佛刚才推试卷的人不是他。

樊文德还没注意到许亦北没试卷，在上面说："先讲选择题……"

选择题都在应行那边的半张上呢。

许亦北管不了那么多了，只好拖一下凳子，坐近点。

两人就这么坐着，就着一张卷子听课。

应行手里连支笔都没拿，樊文德在上面讲了半天，卷子本来一片空白，现在还是一片空白。

许亦北倒是有笔，可也没动，这又不是他的卷子。

直到下课，樊文德在讲台上往后看，可算发现许亦北没试卷了："我怎么把这个给忘了，回头让班长给你领一套试卷来。"说完瞅瞅应行，像在看他是不是真好心似的，那眼神好像又在说"你别祸祸人家啊"。

应行把试卷抽回来，塞进桌肚子里，一副"别看我，没我什么事"的架势。

"杜辉，过来！"樊文德背着手走了。

"唉，倒霉，真轮到我了……"杜辉骂骂咧咧地站起来。

"应总，坐这儿风水好吗？"

许亦北看见前排那个之前笑得跟朵花似的男生在问应行。

应行说："你想坐这儿试试？"

男生看看许亦北："算了，你的位置我可不敢坐。"

许亦北转着笔想，他在这班里还挺有地位啊，很多人都怕他似的。

补课期间放学比较早，许亦北来报到的时候就很晚了，这节数学课上完又上了节自习课，放学铃就响了。

班上的人都呼啦啦地跑出去一大半，许亦北也跟着要出教室，临走时瞥见应行还在旁边坐着，他想了想，把手里的笔抛过去。

笔"啪"的一声落在他课桌上，应行看过来。

许亦北说："新买的，没用过，送你了，就当回报看了你的试卷。"说完就转身出了教室门。

应行看了眼那支笔，莫名其妙，还有点好笑，怎么着，"谢谢"不会说？居然送支笔，挺踮。

班上的人都走得差不多了，杜辉才从外面晃进来，一脸饱受摧残的惨相："老樊真是个老烦，快把我烦死了，留我到现在，至少问了我一百回知不知道自己就要上高三了。"

应行问："那你知道吗？"

"我知道啊，"杜辉反问，"你知道吗？"

应行说："我知道，又不知道。"

"啧，这原来是个哲学问题，我悟了。"杜辉夸张地在胸口画十字。

应行站起来踹他一脚："滚吧，回去了。"

俩人一前一后出了校门，校门右边的人行道上停了一排自行车、电动车，挤得道都不通。

杜辉打头，在一辆电动车旁边停下来，突然发出一声怪叫："哟，那小白脸在等车呢！"

应行跟在后面，顺着他的视线看过去，对面公交站台那儿站着许亦北。这人长得确实扎眼，穿着件简单的米色T恤搭牛仔裤，在一堆人里也能第一眼就被看见。

他看了两眼，说："你管他。"

杜辉使劲拧着电动车的锁："谁想管他，那不是总遇上吗？我早晚得让他吃点亏。"

应行心想那两张优惠券的亏还不算亏啊，笑着说："就你？"

杜辉拧不动锁，跟钥匙较着劲，狠狠地说："就我！"

公交车来了，许亦北在他视线里上车走了。

应行注视着公交车开远了，回头看了一眼杜辉的车："别打嘴炮了，你还能不能走了？"

杜辉始终拧不开锁，把钥匙往地上一扔："烦死了，又得修了！"

应行掏出车钥匙，去开旁边一辆黑色的电动车："杜辉，我得劝劝你。"

"劝什么啊？"

"你要钱的时候能别总踹自己的车吗？"

杜辉脸都绿了："我那不是为了吓唬江航吗？你看我那一脚下去，他是不是吓得立马就把钱给我了？"

应行"嗯"了一声:"然后你就被你嘴里的'小白脸'给摁跪下了,还向我喊救命。"

"他真的就是个小白脸!"杜辉不服气,"要不是他当时偷袭我,就凭他那柔弱样,还能制得住我?"

应行没接话,推着电动车出来,跨上去,准备走了。

杜辉赶紧说:"你带带我啊。"

"带不了,我今天着急回去,下次吧。"话都没说完,应行钥匙一拧,直接冲了出去,电动车骑得跟摩托似的,飙得飞快,往刚才公交车开走的同一个方向走了。

骑了十多分钟,拐过一个三岔路口,依稀还能看见公交车的尾巴。

应行也没在意,在路边一家修手表的铺子外头停下来,锁了车,拉开铺子的玻璃拉门进去,没看见人,他喊了一声:"舅舅。"

没人答应他,他抬高声音又喊:"贺振国!"

"来了!"铺子里面一间小屋里有人走出来,眼睛上戴着修表用的寸镜,是他舅舅贺振国。

看到他,贺振国一边摘寸镜一边说:"干吗啊,这是,我还以为是催我交表的客人来了。"

"不这么叫你,你不应我。"应行从裤兜里掏出一沓卷着的钱,放旁边桌上,"这你收着。"

"你又出去赚钱了?"贺振国问。

"别问了,给你就拿着。"应行出了铺子,往后走,这铺子就在小区外面,后面就是居民楼,他转个弯就上了楼。

三楼的户门关着,他站在门口,掏出钥匙拨了拨,找到了要用的那把,开门进去。

贺振国跟了上来,在他后面进门,小声说:"你舅妈在屋里睡觉呢,轻点。"

应行没出声,进了门,看电视机开着,居然在放《喜羊羊与灰太狼》,他拿了遥控器关了。

贺振国进了厨房,伸出头来说:"饭做好了,你回屋写作业去。"

应行说:"没作业。"

"快高三了没作业?那还补什么课?我改天问问樊文德。"贺振国压低声音说。

应行无奈，转头往自己屋走："行吧，我找点作业出来做。"

他的屋就挨着主卧，进去的时候开门也很小声，怕把他舅妈吵醒。

屋里床挨着窗户，另一头就是摆得满满当当的书桌，窗帘拉得严实，有点暗。

应行把窗帘拉开，让光透进来，走到桌前，还没坐下，先把桌上的一个笔记本电脑给撳亮了。

门被敲了两下，贺振国紧接着走了进来。

应行看他一眼："你这门等于没敲啊。"

"你不是我亲外甥吗？大家都是男人，还怕我看点什么啊？"

应行说："歪理。"

"我下次注意。"贺振国笑笑，忽然又拉下脸，"我问你，你那件衣服是怎么回事，洗完还皱成那样，是不是又在外头跟人打架了？"

"没有的事。"应行不记得最近跟谁动过手，手在键盘上敲了两下，抬起头，"你说哪件啊？"

"就那件挂在阳台上晒的黑汗衫。"

他想起来了，那不是勒许亦北勒的吗？当时许亦北应该是想挣脱的，背抵他胸口抵得可紧，被那么大力气挤着，能不皱吗？

"没打架，"应行又想起当时的情形，提了提嘴角，"也就是跟人'接触'了一下。"

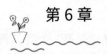

第6章

许亦北头一天去学校报到实在去得太迟了，第二天才算是他的正式补课，总不好再晚去了。

早上他按时出了门，到了十三中外面的那条马路上时，一个人高马大的身影冷不丁骑着自行车冲到了他跟前，一下挡在他前面，不是江航是谁？

"你亲自坐公交车上学？"江航不可思议地瞪着圆溜溜的一双眼，看看他，又看看远处刚开走的公交车，"你这一个人出来住的决心够大啊，真是干什么都一个人了。"

许亦北上下看他两眼："嗯，我还亲自吃饭，亲自上厕所，厉不厉害？"

江航噎了一下："我这不是心疼你吗？决心这么大，是有多不想待在那个家啊。"

许亦北脸上没什么表情，几步绕到他自行车前面，把话题也绕开了："你跑来干什么？"

江航刚才光顾着注意他坐公交车了，才记起来意似的，擦了一把头上的汗："你昨天不是说那俩人跟你是同班吗？我担心你们那天在旱冰场里没干上，在学校里干上了啊！"

许亦北"呵"一声，把手里拎着的书包搭上肩："没事，也就那个杜辉看着对我很不服气。"

"小平头啊……"江航顿一下，"那个又牛又帅的'硬总'呢？我问过小平头了，他叫什么来着，应行？"

许亦北心想：你说就说吧，哪来这么多表扬的修饰词？嘴里不冷不热地说："还行。"

"还行是什么意思？"

"就是还行，至少没打起来。"

江航"嘿"的一下笑出来："你管这叫'还行'？"

许亦北扯了扯嘴角，不想聊了，往学校里走："就这事吗？没事我就去教室了。"

江航嚷嚷："这么急干吗？亏我起个大早过来关心你，你连几分钟都舍不得给我。"

"你的关心有个屁用，真打起来也是第一个溜。"许亦北不给他面子，脚步也没停。

"我的北，你这就叫我寒心了，"江航蹬着车跟到校门口，夸张地吸吸鼻子，"我为了你都去跟那个杜辉打好关系了，真打起来我绝对站你这边。"

"省省吧，你。"许亦北猜他又去买什么东西才是真的，停下问，"你不用补课？"

江航说："补啊，我今天才去呢。咱们十四中跟你们十三中还是兄弟高中，离得不远，这不是顺路吗？再说补课不重要，关心你最重要。"说到这儿，他忽然反应过来，赶紧解释："离得不远归不远，我以前真不知道那俩人是十三中的啊。那个应行是不是太低调了？看着牛，居然都没听过他的名号。"

许亦北总觉得他三句话里有两句都在吹应行，还是无意识的。他朝路上偏一下头："随便吧，忙你的事去，我那位新班主任说过两天要摸底考试，我要去准备了。"

"我去，你果然是个学霸！不就一个小考试，学霸还用得着准备？"

许亦北差点没笑出来："我就算是学霸，也只是半个学霸。"

"啊？为什么？"

"算了，你不懂。"

许亦北转身进了校门，没走几步就听见后面传来了杜辉的声音："你跑咱们十三中来干吗？要买东西别来学校，咱们班老樊会念死我，赶紧走。"

江航在那儿笑："来玩一下呗。"

"玩？滚，你肯定是来找小白脸的。"

江航真诚地问："谁是小白脸？"

"谁脸白谁是！"

许亦北已经走远了，根本都没往后看一眼。

到了教学楼的楼梯上，身后传来噔噔的脚步声，忽然他肩膀被重重一撞，肩上的书包"啪"的一声掉在了地上。

他脚步一停，杜辉顶着小平头刚从旁边上去，回头睨他："怎么走路的，不知道往后看看？"

许亦北冷了脸，捡起书包，抬手就砸了过去。

杜辉背上挨了一下，往前一个趔趄，一把抓住扶手，眼睛都瞪圆了。

许亦北走过去，又捡起书包，拍了拍灰："不服随时找我，少在我跟前阴阳怪气。"

杜辉像是没料到，眼睁睁地看着他上了楼，好半天才想起来放狠话："你给老子等着！"

许亦北已经没影了。

他来得确实算早，进了教室，一半的座位都是空着的。

高霏拿着一沓试卷正往许亦北座位上放，看到他进来，又干脆递到他眼前："这是班主任说要给你的试卷，我给你送来了。"

许亦北接了："谢谢。"

高霏没急着走，拿出手机："你微信号多少，我加你吧，拉你进班级群，方便以后有事通知什么的。"

前排那个笑得跟花一样的男生又插嘴："老樊就不让光明正大用手机，什么通知用得着群啊，你不就想加人家微信吗？"

高霏瞪他："梁枫，你烦不烦！我就是拉新同学进个群！"

叫梁枫的男生接着开涮："那你不会让他扫码进？"

高霏脸都气红了："我不是没想起来吗？算了，让学委拉人好了！"说着她扭头就走，叫了声梁枫旁边的男生："朱斌，你给许亦北扫码进，我不管了！"

许亦北嫌闹腾，耳朵都嗡嗡的，难怪樊文德说这个班的班风是"活泼"。他把书包一放，坐下说："不用，我不加群也行。"

朱斌就坐在许亦北的前面，戴一副厚厚的眼镜，刚拿着手机回头，听他这么说手又收了回去，想想说："不然你加男生群吧。"

许亦北问："还有男生群？"

朱斌说："有，我是学习委员，群就是我建的。"

"看把你能得！"杜辉正好进来，眼睛盯着朱斌，"要你多什么事啊，谁都往群里拉，经过其他人同意了吗？"说完意有所指地瞥了眼许亦北。

朱斌跟着看了看许亦北，顿时明白气氛不对，闭上嘴转过头去了。

许亦北就知道这中二广告大师还没完，冷笑一声："别人花两百块扔水里还能听个响，我花两百块扔傻子头上只能听见同意还是不同意。"

杜辉一开始没懂，到了座位上才反应过来："你说谁……"

梁枫八卦地问："什么两百块？谁是傻子？"

"滚蛋，屁话那么多！"杜辉总不能告诉他自己先被小白脸给撂跪了，又被甩了两百做赔偿，太掉份了。他脸都憋青了，愣是没往下说。加上刚才在楼梯那儿也没讨到好，都快憋死了！

许亦北扫一眼门口，没见有人跟着进来，又扫一眼旁边，空空荡荡，应行还没到。

他有预感，今天这人铁定又是很晚才来。

杜辉一个人逞凶失败，好像也想起靠山了，横眉竖眼地瞥了两眼许亦北，拿着手机坐在那儿拨电话："应总，你人呢？什么，今天上午没有老樊的课？难怪你不在……你早说啊，早说我也不来了！来了就晦气……"

许亦北心想：又中二又傻帽，没救了，江航居然还打算去跟他打好关系。

杜辉挂了电话，指指他："中午我在外面等你，让你见识一下老子真正的实力。"

许亦北说："我有正事，最多给你十分钟。"他得备考。

杜辉脸憋得更青了："十分钟就十分钟，你别跑！"

许亦北点头："行，谁跑谁孙子。"

三班是理科班，今天上午不是物化生就是语文，还真没数学。

天气不太好，一早上都又热又闷。到了中午，外面阴沉沉的，像是随时要下雨。

许亦北热得坐不住，吃中饭都没胃口，去学校超市买了瓶水，回教学楼的路上就喝了快半瓶。

到了走廊上，他老远看见一个虎背熊腰的大老爷们儿在前面站着，正在朝他招手。

他看了看左右，确定是朝他招的，才走过去。

招手的是他们的语文老师，人长得彪悍，名字也彪悍，叫丁广目，叫人不自觉地就联想到广目天王。

广目天王宝相庄严地站在那儿，看着他到了跟前，口气挺温和："许亦北是吧，老樊这两天老是在办公室夸你，说你刚来就有目标，成绩也相当不错啊。"

许亦北挺认真地说："希望樊老师能对我有个全面的了解。"

"这不马上就要摸底考试了吗？你好好考，正好让咱们对你多了解了解。"丁广目来去潇洒，说完连个结束语都没有，转身就走了。

许亦北抿抿唇，拎着水回了教室，心想樊文德捧他捧得未免有点早了。

教室里乱哄哄的，他一进去就碰上要出来的杜辉。

这一上午杜辉尽在教室里睡觉了，睡到现在，精神十足，小平头上的头发丝都昂扬地竖着，挑衅地看向许亦北："走啊，学校外面等你。"

许亦北看他走远了，进去把水朝桌肚子里一塞，也往外走，准备去感受他的"实力"，出教室的时候听见梁枫小声说："瞧他那柔弱样，恐怕要完了……"

从东门出了学校，外面是条小吃街，开了不少店。

许亦北找了一圈，街上没有杜辉，连学生都少得很，直到靠近路口的地方，他看见那儿站着几个身高体壮的男生。

一群男生都穿着运动服，也不知道是本校的还是外校的，一看到他过来，眼睛都朝他身上看。

许亦北打量他们，他们也打量着许亦北。

互相眼神交流了几个来回，许亦北有数了，走过去，一只手插着兜，问："怎么着，你们是一起上，还是一个一个来？"

离他最近的男生一头卷毛，听完问话，立即皱眉："什么意思啊，想打架？"

许亦北说："不是杜辉让你们来围我的？"

"杜辉？"卷毛一愣。

许亦北又跟他们眼神交流几个来回，反应过来了："弄错了。"他扭头就走。

"你等等！"卷毛嚷嚷，"狂成这样还想走？"

许亦北几步走出路口，一眼就看到外面的大路上停着辆黑色电动车。

应行跨坐在车上，长腿伸着，脚踩着地，手搭在车把上正在刷手机，听到动静，他转头看了过去。

"你在这儿干什么？"他问完，朝许亦北身后看了一眼。

许亦北也往后看了一眼，刚才还恶狠狠地跟出来的一群人忽然停在了那儿，齐刷刷地朝这儿看。

应行笑一声："又迷路了？"

许亦北转头看他。

他指了一下右边的岔路："走那儿，能回学校。"

许亦北没作声，看了他好几眼，想想后面还有一群精力旺盛的尾巴跟着，抬脚朝岔路走了过去。

应行看他走没影了，抬眼看向还站在那儿的一群人。

卷毛最先动脚，二话不说扭头就走了，其他人也都立马跟着走了，一瞬间就像转了性似的。

应行动都没动，就在车上坐着，冷不丁听见一声骂。

是许亦北的声音，还夹杂了两声凶狠的狗叫。

他往岔路那儿看了一眼，脚撑一打，下车走过去。

进去就看见一辆大货车在里头堵住了出口，两条又凶又壮的狼狗在车头那儿蹲着，虎视眈眈地朝上吠，旁边堆着几只装货的大木头箱子，码了快有一人高。

许亦北就在箱子上蹲着，冷着脸，眼睛盯着他："这就是你给我指的路？"

走又走不出去，居然还窜出两条这么凶的拦路狗。

应行笑了："你怕狗？"

许亦北拧眉："这是一般的狗？"

应行上上下下地看他，忍住笑，伸手进口袋掏了掏，还好教小孩子滑冰的时候揣了两颗棉花糖，他撕开了，往远处一抛。

两条狗顺利被吸引过去了。

他走过去，拍一下木箱："下来吧。"

许亦北从上面一跃而下，立即就往外走。

天更闷了，就这会儿工夫，他背后已经全是汗。真是脸都丢尽了！

没走几步，他忽然回头，正好对上跟上来的应行："敢说出去就弄死你。"

应行看着他，嘴角又扬起来："你能怎么弄死我啊？"

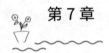

第7章

"我能怎么弄死你？"许亦北忽然觉得这对话够中二的，但是被他一回，情绪也上来了。他指指自己的鼻尖："我有的是方法，不信你可以试试。"说完转身沿着原路出去。

身后的应行笑了一声，不高不低。

不知道为什么，许亦北听着总觉得他那声笑挺有含义，仿佛在说："行啊，我等着。"

他还不能再往下接，毕竟刚才跟狗对峙的画面全被这人看到了，再接下去好像这事就过不去了。

回到外面那条大路上，没再看到那群精力旺盛的男生，许亦北转头看了一眼身后，想了想，还是开口问了句："他们怎么走的？"

应行慢条斯理地跟出来："自己走的，怎么来就怎么走的。"

许亦北没问出什么，扯了一下汗湿的 T 恤领口。

应行跨坐到车上，踢起脚撑时似笑非笑地说："中午休息时间还能玩这么野？"

许亦北一下记起在这儿的理由，转身就走："你怎么不去问杜辉？"

应行看他走远了才骑车上路，也没超过他，一路都骑得很慢，到了学校大门口，锁好车进去，正好碰上杜辉从另一头的教学楼后面绕过来。

"应总！"杜辉一见他就喊，"我说什么来着？那小白脸就是偷袭我厉害，实际上孬蛋一个，我在外面等他半天，他愣是没敢来！"

应行就猜是这么回事，手指转了一下车钥匙，朝前面抬了抬下巴，给他递了个眼色。

杜辉一怔，顺着他示意的方向看过去，许亦北就在前面站着呢，沉着脸看傻子似的看着他这儿。

"你在哪个校外等我？"

杜辉回神，不爽地说："北门外头！老子等你半小时了……"说到这儿他一下反应过来："等会儿，你在哪个门外头？"

许亦北都懒得跟他废话，扫了眼应行，多余的话没说，扭头上了教学楼。

杜辉还蒙着，本来窝了一肚子火，结果搞半天是地方弄错了？他忽然反应过来，问应行："你俩怎么一起过来了？"

应行看着许亦北头也不回地上了楼，发现他 T 恤的背后都湿透了，印出一片若隐若现的汗迹。他不禁想起了刚才在那条岔路上的事，特别是他蹲在箱子上的样子，偏偏脸色那么冷，简直让人想忘记都难。他又转了一下手指上的钥匙，好笑地说："挺逗。"

"谁逗？"杜辉问。

"你逗。"应行往前走，一边上楼一边说，"你老跟他杠什么？"

"看他不顺眼。"杜辉嘀咕，"明明就是个小白脸还这么跩。"

应行说："那真把他干趴了，你再赔他两百，就爽了？"

"嗯？"杜辉蒙了，"这事是这么算的？"

应行笑了声："不然呢，差点弄成群架，赔两百都不一定搞得定。"

杜辉愣了一下："我去？"

这就傻眼了？应行心想还没提那两条狗可能造成的伤害呢。算了，毕竟许亦北狠话放得挺有劲的，还是不提了。

许亦北出了一身汗，先去了趟厕所。

一进去就遇上要出来的梁枫，对方看到他立马停下，从头到脚地打量他。

许亦北没搭理，去了里面。

等他上完厕所去水池洗手的时候，梁枫居然还没走，站到他旁边说："牛啊，你居然完好无损地回来了。"

许亦北抄着水洗了手，又洗了把脸，拧上水龙头，想起临走的时候他说自己要完："没打起来，你是不是挺失望的？"

"没打？"梁枫震惊，"世界变得这么和平了？"

许亦北没告诉他原因，随他自己脑补①去吧。他甩了甩手，离开了厕所。

教室里，那二位已经在后排坐着了。

许亦北一进去，杜辉的目光就甩了过来，闷声闷气地说："今天的事不算！"

他翻了个白眼，人傻还不承认，要约架连地方都不说清楚，然后伸脚一钩凳子，坐下来："随便你，要换地方随时说。"

杜辉说："我放你一马，决定不约了。"

许亦北"呵"了一声："所以谁怂？"

"这跟怂有个屁关系。"杜辉差点就要说这跟赔偿有关系，但憋了口气，忍住了，"反正不约了。"

"你爱约不约。"许亦北还不乐意奉陪呢，浪费时间整这么一出乌龙，又让他在某人面前丢这么大一脸。想到这儿，他往旁边看了一眼。

应行隔在俩人中间，淡定地刷着手机，仿佛不在现场似的。

许亦北从桌肚子里拿了本题册出来，翻开备考，干脆也装不在现场得了。

应行刷了会儿手机，听见俩人没声了，才抬起眼，就见许亦北在旁边看着本题册，谁也不搭理了。

是本数学题，许亦北盯着一道题目看了快半分钟，居然一个字也没写。

应行看了好几眼，嘴边浮出笑，别告诉他是被狗吓的，字都写不出来了。

许亦北捏着笔，跟题又僵持了一分钟，依然没开写。

他写什么都顺畅，除了数学。

应行在旁边转着手机玩，手指一动一动的，许亦北的眼睛不自觉地瞥过去，想起了那张他俩一起看过的数学试卷，一片空白，连个名字都没有，这位的数学应该很差，恐怕是个零分选手。

算了，是不是零分选手关他什么事？许亦北觉得自己也真够无聊的，趁早打住。他忽然往上一扫，看到了应行的脸，发现了他嘴角的笑。

---

① 脑补：网络用语，通常指在头脑中对某些情节进行补充。

"你笑什么？"

应行说："怎么，我不能说，还不能笑？"

许亦北瞬间就知道他在笑什么了，简直是天知地知、你知我知，他抿了抿唇，越看越觉得他真是欠。

"上课了！"没听见铃声，但是樊文德已经夹着教案进来了，还是从后门进的。

班上本来嗡嗡嗡地在吵，立马安静了。

樊文德从许亦北桌子旁边经过，特地看了眼应行："什么时候来的？"

应行回："早上啊。"

许亦北手里的笔一顿，往他身上看，都快被他毫不犹豫的语气折服了，心想：你敢摸着良心说吗？

应行对上他的视线，扬起嘴角，拿了数学书往课桌上一摊，随手一翻，手掌一压，整个过程行云流水、一气呵成，一点都不惭愧。

天气还是闷，教室里的风扇开到最大也没用，外面的天又阴了一层，真是要下雨了。

樊文德上午没课，下午发力，几乎一个人霸占了整个下午的课，还每节课都拖堂。

只有最后一节没拖，铃声一响，他就大发慈悲地拿起教案走人："走读生赶紧回吧，走的时候把窗户关好。"

班上瞬间就像要冲锋似的，一个个麻溜地爬起来往外跑。

许亦北从座位上站起来，听见应行在旁边打电话，上了一下午的数学课，他整个人都是懒洋洋的，连声线听起来也是懒懒散散的："舅舅，怎么了……"

许亦北看了一眼，搭上书包，走到教室门口，应行的声音已经到了身后，懒散劲没了："借过，我有事。"

话音没落，他的肩膀就被蹭了一下，应行擦着他的肩过去，先出了门。

许亦北在门口站了一下，看着他腿长步大地走远，吐槽的话都到嘴边了，又咽了回去。服了，来得最晚，跑得最快，他是来补课还是来度假的？

"怎么了，应总？等我啊！"杜辉在教室里面嚷嚷。

他叫的人已经下了楼梯，人影都没了。

许亦北干脆换个方向，从另一边的楼梯下去，免得再碰上这俩人。

出校门时公交车就已经停在站牌那儿了，他快走几步上去，车紧接着就开了出去。

　　杜辉一溜烟地追出校门，骑上他昨天刚勉强修好的小电驴，差不多跟公交车同时开动。他开得挺快，铆足了劲往前赶，到了路口一拐，换了方向，抄了条近道。

　　紧赶慢赶，终于在一个等红灯的路口看见了应行骑车的身影，他赶紧追上去。

　　"干吗啊应总，忽然走这么急，叫你半天也不等我。"

　　应行看一眼红灯的秒数，又看一眼手机："天气不好，我舅舅说我舅妈出去了还没回来，我赶回去看看。"

　　"她今天没在家睡觉？"杜辉一愣，说着往旁边挪挪，给他让出道，"那我不耽误你了，正事要紧，要帮忙就叫我。"

　　"嗯。"红灯过了，应行第一个冲了过去，起步比旁边的几辆小汽车都快。

第8章

　　公交车到了站，许亦北从车上下来，老天绷了一天，终于绷不住了，噼里啪啦地当场下起了雨，像掐好了表等着他似的。

　　他把书包往头上一搭，几步冲到前面的商场门口。

　　旁边全是躲雨的人，把商场大门都给堵了。还有人带着宠物狗，小哈巴狗拴着链子穿着衣服，蹲在那儿直吐舌头。

　　狗主人五大三粗的一个老爷们儿，一条胳膊挡雨，一条胳膊挡狗："小心点小心点，别踩着我家宝宝。"

　　许亦北不是见不得他家宝宝，是现在不行，现在他只要一看到狗就会想起那条岔路里的两条狼狗，怎么看怎么糟心，干脆扭头进了旁边一家人少的餐厅。

　　一进去就听见门口站着的服务生说："帅哥吃饭吗，几位？"

　　其实这儿离公寓不远，买把伞打着，回去也就几分钟的事。但是既然被问了，许亦北就改了主意，反正也要吃饭："嗯，就我一个。"

服务生指了一下临街的位置："您坐那儿，位置好。"

这种商场一楼的餐厅，靠着路边还人少，除了贵也没别的原因了。

许亦北点了份简餐，在临街的位置坐下了，抽了桌上的纸巾擦了擦脸上和胳膊上的雨水。隔着层落地玻璃，外面的雨越下越大，街上就像起了层雾。

餐上得很快，可能也是因为人少。他嫌雨声太吵，吃到一半，塞上了耳机，一只手拿起手机，点开微信。

那个新家有个群，群名就叫"家"，平时许亦北都屏蔽着，从来不发言，也不看，但是方女士的朋友圈他偶尔会看。

虽然离开了那个家，但那个家里还有他妈，那是他唯一的亲人，哪怕他搬出来的时候再义无反顾，也没法对亲妈不闻不问。

挺巧，打开就看见微信里飘着条新消息，刚好就是他妈发过来的，许亦北立即点开。

是条语音，方令仪的声音从耳机里传出来："你在外地留了点东西，当时咱们搬家的时候一起带到别墅里来了，是不是已经忘掉了？"

许亦北想了想，没忘，但是这阵子也没顾上，估计她提这个是又想叫他回去，他刚要打字回复，方女士的下一条语音进来了——

"本来我是想叫你回来拿的，但是辰宇已经交给司机了，说是让司机回头给你送过去。"

许亦北默默听完，扯了下嘴角，把刚才打好的字删了，重打了一句发过去。

——那就替我谢谢他。

那个家他不想待，但自己走是一回事，被人巴望着别回去是另一回事，他那位继弟就是那个最巴不得他不回去的。

方女士又发了句语音过来："你别多心，辰宇是担心你急着用。说好的，在外面住得不舒服要回来，知道吗？"

许亦北心里想冷笑，手上却还是发了个"嗯"过去，什么都没多说，毕竟说多了就成了他多心了。

回去干什么呢？以前只有他妈的时候，那还是他的家，现在他在那儿就是个多余的人。

本来还能跟方女士闲聊几句，哪怕就是问问她吃没吃饭都好，但现在，话题就在这儿结束了。

许亦北退出微信，筷子一放，不想吃饭了，他转过头，隔着玻璃看着街上。

外面雨还在下，没完没了的劲头，连车带人都被雨给浇跑了。下雨确实烦，因为声音劈头盖脸、无休无止，听不见别的声音了，人就容易矫情，好像全世界就只剩自己一个人了。

许亦北可不想犯矫情，他低头在手机上翻歌，找一首轻快的出来充充耳朵，去他的一个人。

"笃笃笃——"忽然传来三声闷闷的敲玻璃声，眼前的光暗了点。

许亦北抬起头，外面站了个人，一个中年女人，穿着长袖长裤，白白净净的，绾着头发，半弯着腰，正隔着玻璃冲他和和气气地笑，一只手还抬着，维持着敲玻璃的姿势。

他莫名其妙地看着，谁啊这是？

女人笑着说了句话，许亦北隔着玻璃又塞着耳机，根本没听见。

她好像也不恼，还是笑呵呵的，嘴巴动了动，又说了一遍。

许亦北摘下耳机，想听听她到底在说什么。

女人停了几秒，果然又张嘴了，隐隐约约地好像说了句："麻烦你。"

麻烦他？麻烦什么？许亦北摸不着头脑："什么？"

女人看了看他，也不知道他有没有听见，可能是放弃了，摆了两下手，就像是朝他挥手再见了一样，转身走了。

许亦北无言地看着，她就这么走去了路上，被雨一淋，好像才反应过来，连忙抬起两只手搭在头顶，脚步也变快了，急急忙忙地往大路上跑，到了路边忽然整个人一歪，明显是一脚踩空了，"嘭"的一声，撞倒了旁边两辆自行车，人一下摔在路边。

"我×。"许亦北吓了一跳，一边起身，一边摘下另一只耳机，飞快地跑了出去。

到了跟前才发现她还拿手搭着头在挡雨，也不知道马上爬起来。

看着没伤，许亦北才敢伸手拉她，拉了一下没拉动，他二话不说，弯腰把她的胳膊往肩上一搭，把她架起来："没事吧，你？"

一说话淋一嘴雨，女人也没回他。他干脆闭了嘴，先把她半架半扶地弄到餐厅门口。

服务生帮他开了门，递了包纸巾过来，指着门口的条凳说："坐这儿擦擦吧。"

许亦北连抽好几张，塞到女人手里，自己又抽了几张擦脸，就冲出去这一会儿，他身上已经淋得半湿了。

女人拿着纸巾没动，盯着他看，肩膀和裤腿也湿了，还好刚才她摔在一棵梧桐树下面，不然估计全身都要被淋湿了。

许亦北以为她是那一跤摔蒙了，把一包纸都递给她："你怎么样，要不要去医院？"

女人摇摇头，没接，脸上又像之前那样和和气气地笑："麻烦你，振国修表铺。"

许亦北没明白："什么铺？"

她笑着说："振国修表铺。"

许亦北突然反应过来了："你刚才说的就是这个？"

女人点点头："我家，振国修表铺，麻烦你，我不记得路了。"

许亦北往外看看，没看到什么修表铺，回过头说："你是想让我送你回去？"

女人又点点头。

旁边的服务生插话说："修表铺还挺少的，附近就一家，隔了两条街，以前也见到过她，她家应该就在那儿吧。"

许亦北摸了一下，手机揣在裤兜里，他掏出来查地图，地图上还真有个振国修表铺，的确就隔了两条街，步行过去十分钟。他把手机收起来，看着女人："你真不记得了？"

女人摇头："不记得了，我老忘路，麻烦你。"

路痴吗这是？许亦北又问："有电话吗？"

"掉了。"

许亦北又看看外面的瓢泼大雨，再回头看看她摔了一跤的狼狈样，想了想说："你在这儿等我一下。"

餐厅里没几个客人，其他人都看着这边。

他回餐桌拿了书包，叫服务生结账。

服务生过来扫码的时候小声说："你打算送她啊？"

"谁让我脸好，她就找上我了。"许亦北无所谓地笑笑，"我出去看看有没有警察吧，没有就送一下，反正也不远，有什么事的话你们帮我做个证明。"

服务生说："那不至于，这几条街上来来去去就那些人，应该不会有骗子。"

许亦北也是这么想的，不然也犯不着揽这麻烦事，看这女人也就比方女士大几岁的样子，说话又软言软语的，都找上他了，他也没法狠心不管。

付完账，他问："这儿有伞吗？"

服务生指指收银台："有借用的，押金一百。"

许亦北去收银台那儿付了押金，借了把伞，走到门口，女人还坐在条凳上等着，竟然有种乖巧的感觉。

他推开门说："走吧。"

女人跟着他出去，一边说："谢谢你。"

外面大雨下个不停，许亦北一路看过去，没有看到警察，专程报警就没必要了，就这么点路，等警察来的工夫人都送到家了。

路上也没见到出租车，只好还是用脚走。

他肩上搭着书包，一只手扶着女人的胳膊，看她老是抬手遮头，就把伞往她那边倾了倾，开口想叫一声阿姨，想想也不熟，还是算了，直接问："您家里人呢？"

女人手指捏着一截湿了的衣角："他们等我回去呢。"

"哦。"许亦北心想电话掉了，又是个路痴，估计她家里人得找她了。

"我家里人说，没法回家就找警察，找不到就找学生，我看你像学生。"女人又说。

许亦北觉得挺有道理，成年人都忙，可能还会遇到坏人，找警察和学生最有用，他笑一下说："您家里人还挺聪明。"

女人点头笑："他很聪明的。"

过了一会儿，她忽然说："我叫吴宝娟。"

许亦北疑惑地看看她，怎么突然开始自我介绍了？他明明也没问，但看她看着自己，等回应似的，只好笑笑说："是吗？"说完又觉得自己犯傻了，这是跟一个长辈说话的口吻吗？

算了，反正也不熟。

远离了商业区，到了一条僻静的老街道上，终于到地图上指的地方了。

吴宝娟这会儿认出来了："到了。"

许亦北往前看，一排的店面里露出了"振国修表铺"的牌子，蓝底白字，大概有些年头了，都泛白了。下面是个玻璃拉门，开着的，也不知道有没有人。

越走越近，到了门口，淋不到雨了，他把伞收起来，沥了沥水，说："送到了我就走了。"

吴宝娟进了门，回头说："进来呀。"

"没事，我走了。"许亦北转头要走，忽然看到修表铺门口停着辆车，他停了一下。

黑色的电动车，怎么看着这么熟悉？熟悉得好像今天中午才刚刚见过。

他刚在想不会吧，这种概率怎么着也不该再出现在他身上了吧，就感觉有人走了过来，他转过头，应行撑着把黑伞，大步走了过来，看到他在门口，脚步停了。

两个人互相对看，谁也没说话，就差把"怎么在这儿也能碰见"几个大字同时写脸上了。

"你回来了？"吴宝娟从铺子里探身出来，看着应行。

应行看到她，伞一收，顾不上许亦北，几步就进了铺子："我出去找半天了，你去哪儿了？"

吴宝娟指着站在门口的许亦北："他送我回来的。"

应行看了出来，眼神将他从头看到脚，仿佛没想到："这么巧？"

许亦北用力甩了一下伞尖上的水，点头："是啊，真巧。"可太巧了。要不是确信没见过吴宝娟，他都怀疑她是特地挑的自己。

手机忽然响了，是应行的，他拿在手里看了一眼，接了："回来吧，人被送回来了。"

是他舅舅贺振国，他还在外面找人呢。

挂了电话，他看看许亦北："你等等。"

许亦北看进铺子里，见他扶着吴宝娟去了里面的一间小屋，顺带扫视了一圈这修表铺，和外面不同，里面有模有样的，柜台后面好像还摆了不少专业仪器，就是地方太小了点。

这谁的铺子？他家的？他家里修表，自己又在外面赚钱？等等，他忽然想起来，之前吴宝娟夸过聪明的那个"家里人"，就是应行？

莫名其妙想了一通，许亦北忽然反应过来，自己还在这儿站着干什么？刚才就该走了。他想完走到路边，撑起伞。

应行的声音冷不丁地传过来："去哪儿？"

许亦北转头，他刚从铺子里出来，眼睛看着自己。

"不是让你等着吗？"

许亦北好笑："你让我等我就等？"

应行说："事没完呢。"

"什么没完？"许亦北一下想歪了，"你等会儿，她是摔了一跤，但跟我没关系啊。"

应行抬眼看过来，眼神在他脸上转一圈，笑了一下："你还真挺逗的。"

"你说谁逗？"许亦北拧眉。

应行没往下接，手里拿了件雨衣，搭在那辆黑色电动车上："我看过了，人没事，你紧张什么？"

许亦北怀疑他就是故意的，说话跟放饵似的，一点一点地，逗鱼呢？"那还有什么好说的，你妈我也给你送回来了。"

应行一愣："谁说那是我妈？"

许亦北也愣了："那不是你妈？"

"我舅妈。"应行嘴角又提一下，"她健忘，今天出去手机还丢了。"

原来是他舅妈，那也不是路痴，是健忘。许亦北有点好奇他怎么在他舅妈家待着，但想想跟自己也没关系，他们还没熟到那个地步，于是只转过头说："行吧。"

应行掏出车钥匙："你住哪儿？我送你。"

许亦北回头看一眼他的车："坐这个？"

"不然呢？"应行反问。

许亦北长这么大就没坐过电动车，看一眼他人高腿长的样子，想想坐上面两个人还要挤一起，感觉莫名其妙："不用了。"

应行已经跨上车了，看过来："那你就这么回去？"

许亦北低头看了一眼身上，浑身早就湿透了，得亏穿得宽松，不然也够难看的。他抬手抄了一下湿漉漉的头发，反正都这样了，也无所谓了。他撑着伞走出去："嗯，我就这么回去，再见。"

应行目视许亦北撑着伞走远，那道清瘦高挑的身影在大雨里往右边路口一拐，完全看不清了。他又从车上跨下来，嘴里"啧"一声。

他还从没开口提过要送人呢，想谢许亦北才提的，不领情就算了，没见过这么倔的。

第 9 章

早上的光从窗外透进来，刺激着眼皮。

许亦北睡醒，胳膊伸出毯子，在床上翻了个身，想和平常一样起床，但是完全提不起劲爬起来。他脸在枕头上蹭了一下，浑身沉得像是被压了块两百斤的石头。

默默眯着眼适应了一下，他吸了吸鼻子，发现不对头——鼻塞了。

不只，头也昏昏沉沉的，嗓子里干得不舒服，他抬起一只手搭着额头，稍微一想就明白了，哑着声自言自语："中奖了……"

这是感冒了。

昨天给吴宝娟撑了一路的伞就淋了一路的雨，浑身从里到外都湿透了，回来的时候没当回事，晚上还吹了冷气，平时身体好得很，不觉得有什么，没想到居然中招了。

倒霉，再这么下去就得迟到了。他手在床上撑了一下，不行，还是不舒服，想了想，也别挣扎了，一只手在床头柜上摸，摸到了手机，拿到眼前找电话。

给樊文德打个电话好了，就请两个小时的假，休息一下再去，补课期间应该没那么严。

樊文德上次给他打电话的记录还在，他翻到了号码，拨了出去。

两声忙音刚过，对面接了："许亦北，我正要找你呢。"

许亦北半闭着眼开口："樊老师……"

"你怎么还没到呢？"樊文德下一句就把他的话打断了，"时间不早了啊，迟到就算了，今天要摸底考试，你要是再不到可就来不及了。"

许亦北一下睁开眼："不是说过两天吗？"

"是啊，一天、两天，就到今天了啊。"樊文德理所当然地说。

合着"过两天"在他那儿不是概数，就真是——过两天啊。许亦北无语了几秒，心里叹口气，要请两小时假的话也不说了，"来了，我有事耽误了，这就来。"

雨过天晴，今天又出了太阳，天该怎么热还是怎么热。

早自习都结束了，三班的教室里因为摸底考试就像炸开了锅，老远就能听见鬼吼鬼叫。

杜辉叼着根辣条，不知道从哪儿晃荡回来，逛大街似的到了教室外面的走廊上，一眼瞧见前面搭着书包走路的人，忍不住就想嘲讽："让让，别挡道，你老大爷遛弯呢！"

许亦北扭头看他一眼。

"啧，"杜辉盯着他脸上的口罩，一脸惊奇，"都说了不跟你约架了，你犯得着还特地遮个脸来？"

许亦北白他一眼，进了教室："别管我脸上的口罩了，先把你脑子上的口罩摘了吧。"都把智商给遮了。

杜辉叼着辣条思索，啧，小白脸是不是又骂他了？

许亦北这口罩太显眼了，一进班，其他人也发现了。

梁枫回头打量他，正好看见杜辉后脚进来，还晃着小平头眼神不善地斜瞄着许亦北，他看热闹不嫌事大地问："怎么了，不是听说你们休战了吗，不会今天又重来一回吧？"

杜辉丢了手里的半根辣条，当许亦北不在场似的："重来个屁，我给应总面子。"

许亦北刚坐下，扭头看他一眼，什么意思，跟应行有个毛的关系？

杜辉的眼神已经飘去后门了："应总，赶紧，老樊已经来查过一次人了。"

应行从后门走了进来，两只手揣在裤兜里，什么都没带，要多随意有多随意："知道了，要考试。"说话时到了座位上，他一下看到了许亦北的脸，眉头往上一挑。

许亦北的视线跟他撞上，太阳穴突突发涨，抢先开口："行了，我戴了口罩。"怎么着，是一个个的都没见过戴口罩的吗？新鲜得跟进了大观园似的，谁都要盯着他看两眼。

应行听他说话声音都哑了，就知道是怎么回事了，昨天走的时候不是挺潇洒的吗？说送他还不要。他伸脚拨一下凳子，坐下来说："你昨天回去吹空调了吧？"

许亦北压着干涩的嗓子说："十六摄氏度，透心凉。"

应行都要笑了，这不就是折腾病的吗？想想又问："你没吃药？"

许亦北被问得愣了一下，被樊文德一催，他立马就起床来学校了，连早饭都没吃，吃个鬼的药："忘了。"

应行说："神奇，吹冷气还不吃药，你家里就没人提醒你？"

许亦北瞬间没了声音，耷拉着眼皮看他一眼，呼吸闷在口罩里，隔了好几秒才说："你审讯呢，这么多问题。"

应行莫名其妙被杠了一句，好笑地闭了嘴，都这样了还挺有劲，属仙人球的吧。要不是看他昨天淋雨是为了送自己舅妈，还真犯不着问这么多，闲的吗不是。

"人都来了没有？"樊文德背着两只手进了教室，一进来就往后排看。

许亦北不想被他多问，摘下口罩说："来了。"

"好，你到了就好。"樊文德看他好好坐着，点点头，下一秒就板起了脸，往他旁边看，"其他人呢？"

"其他人也在了。"应行懒散地接话。

樊文德看的就是他，嘴里"哼"了声，脸色倒是缓和了点，把手里的一沓纸放讲台上："考试座位表发下去，都去楼下的高一教室考，你们好多人还当是在过暑假呢，我倒要看看能摸出你们什么底来。"

高霏把座位表发了下来，班上的人迫于老班的"淫威"都乖巧得很，纷纷往外走，樊文德看了两圈也走了。

许亦北拿到表，看了看考试时间，差不多还有半个小时，干脆在桌上趴了下来。

鼻塞，脑袋沉，先趴着休息一会儿，尽快缓过来，后面还得考试。

梁枫经过他桌子旁边，后知后觉地说："他这是感冒了吧。"

"不会吧，感冒还能来考试？"朱斌跟着往许亦北身上看，说着拍了两下许亦北的桌子，砰砰作响，"许亦北？许亦北？你真感冒了？"

"别拍，头疼，谢谢。"许亦北闷着声警告三连。

朱斌被他的语气弄得愣了愣，缩回手："哦，不拍了。"

杜辉不屑地"呵"一声，还没说什么，就看见应行先出了教室，从窗外走过，也不是去高一教室的方向，赶紧问："去哪儿啊，应总？"

应行已经走远了，没回答。

梁枫推他一下："走了，应总考不考还另说呢。"

教室里的人走光了，好歹是没人打扰。感冒这玩意真是自带催眠功能，尤其是大夏天感冒，缺氧似的又闷又累，许亦北趴着，昏昏沉沉的就想睡。

一边想睡，一边提醒自己别睡，他脑袋里两个小人打架似的对拼，不知道过了多久，冷不丁听见"哗"的一声响，有什么放在了他桌上，他一下清醒了，睁开眼，枕着胳膊转过头。

桌上多了个塑料袋，应行站在他旁边，手刚收回去："吃药吧。"

嗯？他不是走了吗？许亦北有点迷糊，伸出一只手，拨了一下塑料袋，瞥见里面有一盒速效感冒丸，还有瓶矿泉水。他眼神在应行身上转一圈："你买的？"

应行看他就这么趴在那儿，枕着一条胳膊，露着双眼睛一动不动地看着自己，不自觉地扯了下嘴角："肯定啊，它也不会自己跑到你跟前来。"一边说一边在他旁边坐下，"放心吃，没下毒。"

许亦北坐了起来，不为别的，就因为那"速效"两个字实在太诱人了，像是吃了就能立马好似的。他没什么好纠结的，身体很诚实，手上动作也快，拆开药盒就掰了两颗药塞嘴里，拧开了瓶盖把水灌下去，又翻了一下袋子里面，里头还留了小票。

旁边伸过来一只手，应行把那张小票拿了过去，揪成一团，往角落的垃圾桶里一丢："没事，请你了。"

许亦北已经看到了，37 块 6，他掏出手机，声音还哑着："好好说话，别请我吃药。我知道你为什么买药，一码归一码，钱我转给你。"

应行跟他对视一眼，扬着嘴角，从裤兜里拿出手机："行，你想自己请自己吃药。"

"停！行吗？"许亦北觉得这话题再继续下去，自己会忍不住跟他杠个没完。他低头在手机上点开微信，问应行："你加我还是我加你？选一个。"

应行翻出微信，推到他桌上："扫我吧。"

许亦北拿着手机靠过来扫了码，"嘀"的一声，加了好友。看到他跳出来的头像居然是个闪亮的人民币标志，许亦北服气得话都说不出来，真不愧是应行。他默默完成了转账。

应行点了接收，顺带看了眼许亦北的微信名，就是"许亦北"三个字，他自己也是用的本名，本名对本名，对话框里就一个转账记录，真是正式得不行。

应行站起来，收起手机往外走："好了，没我事了，后面考成什么样就看你的造化了，加油。"

许亦北无语地看了他一眼，这是什么独特的加油方式？许亦北忽然反应过来，看了眼手机上的时间，拿了笔袋和座位表就走，再不走就来不及了。

还有两三分钟就要响铃了，应行才进考试的教室。

人都是打散了坐的，三班的占了一小撮，其他全是别的班的。杜辉坐在他前面的座位上，扭头说："我以为你溜了不考了呢。"

"考会儿吧，来都来了。"应行坐下来，手里就一支笔。老樊盯着他呢，这会儿不考不行。

"那你刚才去哪儿了，走得那么快，到这会儿才来？"

"上厕所。"他没说实话。

杜辉"哦"了一声，忽然想起来似的："我忘了问你了，昨天你舅妈没事吧？"

应行不想提到许亦北，说了肯定又会惹他说一堆不爽的废话，还是没说实话："没事，她自己回去了。"

"那就好。"杜辉往门口瞄瞄，趁老师还没来，拿手拢在嘴边说，"等会儿数学借我抄抄。"

应行笑着踢了一脚他的凳子："这还能借？你自己凭本事抄。"

"嘿。"杜辉拖一下凳子避让，听见桌子里自己的手机在嗡嗡嗡地振，他摸出来滑动两下，嘴里嘀咕，"群里怎么说起小白脸来了？"

应行从裤兜里掏出手机，点开微信，男生群里挺热闹，消息一条一条地往外跳。

梁枫：你们说他是不是装的？刚好就今天病了？

朱斌：装的他肯定就不来了吧，生病还来考试，说不定是个学霸。

有别的男生冒头：你们说谁呢？

另一个男生：许亦北吧，就他不在群里。

朱斌：我想拉他进群的，没拉成。

某男生：为什么？

朱斌：问杜辉。

杜辉：问什么问，这么想拉他进群，你跟他很熟吗？

杜辉：还学霸？他绝对是装的！大夏天的感冒能不是装的？

群里没人说话了，安静了几秒，忽然弹出条消息——

应行邀请许亦北加入群聊。

杜辉猛地往后一甩头，双眼大睁地看着应行。

应行刚收起手机："看什么，顺手的。"

第 10 章

许亦北考试的那间教室里，同班同学更少，前后左右全是其他班的，他一个都不认识。

上午考完两场，手机忽然在裤兜里振，一阵又一阵，振得他大腿发麻。他悄悄摸出来，看见是江航来的电话，赶紧摁掉了。

刚考完的这场是数学，樊文德亲自监考，收完了试卷，特地打他座位旁边过，眼镜后面的一双眼笑眯眯的："许亦北，我看你考试的时候写得很认真啊，不错，我对你的成绩更期待了。"

许亦北其实是趁着药效快马加鞭地在做题，就怕来不及。他沉默了一下说："希望我能考好。"

"要有信心，我很看好你的！"樊文德觉得他就是谦虚，对他更满意了，临走时又叮嘱一句，"考完了就别有太大压力了，多喝点水，你嗓子都哑了。"

行吧，都被他看好八百回了。等他走得看不见人了，许亦北才又把手机掏出来，给江航拨回去。

江航秒接："怎么挂我电话啊？"

许亦北说："我考试呢。"

"那难怪，考完了吗？一起吃午饭啊，我来你们学校外面找你。"

许亦北捏捏喉咙："算了，我今天感冒了，跟你一起吃饭得传染给你，下次吧。"

江航咋呼："难怪我听你声音都哑了，你这样还考试？"

"总不能不考。"许亦北叹了口气，摸了摸脖子上的汗，"估计考得也不怎么样。"

江航挺诧异："这么在乎成绩？北啊，你这算是越富裕越努力？"

许亦北听了扯起嘴角："不努力怎么自力更生？"

"你还需要自力更生？"

"我非常需要。"许亦北知道他是好奇宝宝一个，一聊下去准问个没完，就不想往下说了，"不聊了，约饭还是下次吧。"

"唉，好吧，我回头再找你。"

电话挂了，许亦北从桌肚子里拿出应行买来的那瓶水，拧开又喝了两口，转头看向窗外，对面走廊上一大群人猛兽出笼似的下楼，人群里混着一道又高又显眼的身影，不是应行是谁？

原来他就在对面的教室考试。

应行走到走廊尽头的男厕所外面，刚好遇见梁枫从里面出来。

"应总，"梁枫问，"你都把许亦北拉进群了，咱们以后是不是得对他友好点？"

应行踢开拦在门口的拖把，边进去边说："你们要怎么着还用问我？"

梁枫一下也没答上来话，嘀咕着走了："那不是看杜辉跟他不对付，以为你们都跟他不对付吗……"

应行进了厕所，又撞见杜辉，他从最里头出来，和平常一样晃着小平头，一脸智慧地说："我悟了。"

"你悟什么了？"应行看着他。

杜辉说："我思考到现在了，你拉小白脸进群肯定有原因，我现在悟了。"

应行心想能有什么原因，想拉就拉了，嘴里跟着问："什么原因啊？"

"为了卖东西吧。"杜辉挠挠自己的小平头，转头去洗手，"唉，说起来咱们都好几天没开张了，都是因为这个小白脸，我最近注意力都在他那儿了，被他气得半死，正事都没顾上干了。"

他要这么想也行吧。应行嘴边浮出笑，推开隔间的门进去："要卖东西也得知道人家要什么，你知道他需要什么吗？"

杜辉隔着扇门说："呵，他一个新来的，今天又半死不活的样子，我都琢磨透了，还能不知道？"

应行在里面直接笑出了声："那你好好干吧。"

"我必须好好干啊，我不得让小白脸放点血？"杜辉说着声音飘去了外面，又问了一句，"要等你吗？"

应行说："别等我，你先走吧。"

杜辉听话得很，让他走就走了。应行从厕所里洗了手出来，厕所外面已经没别人了。

他往右一拐，下了楼梯，边走边从裤兜里掏出条手表带，走到拐角，发现前面有人，他抬头看了一眼。

许亦北拎着他给买的那瓶水，正不紧不慢地往下走，一头短发漆黑蓬松，露出的后颈浮着一层汗，走得整个楼梯都没别人了。

可能是听见了脚步声，许亦北回头看了一眼，脚步一停："我挡你路了？"

"就是真挡了，我也不敢催病号啊。"应行似笑非笑地说。

许亦北抿住唇，没劲跟他斗嘴，看了眼他手里的东西，考试还带根表带，真闲。他扭头接着下楼，管他呢。

应行跟在后面打量他："看起来药还挺有用的？"

"还行吧。"许亦北抬手擦了一下脖子上的汗，身上出了不少汗，应该有用吧。

"有用就行。"应行把表带收回裤兜，从他旁边过去，几步先下了楼梯，往校门走，"那你下午继续加油吧，我走了。"

许亦北没回话，下了楼梯，转头准备去食堂吃饭，忽然反应过来，扭头看他："你这就走了？"

"嗯，有事。"应行头都没回。

"下午不是还有考试吗？"

"所以叫你继续加油啊。"应行远远接了一句。他步伐太大，人都快到校门口了。

许亦北眼睁睁地看着他出了校门，那道身影就这么看不见了，他足足蒙了三秒，这人真是准备要上高三的？

下午的确还有考试，一门英语外加理科三项。

不过理科三项分卷不分场，等于考一场理综，加起来也就一个主科的题量，真正考起来的时候，时间过得快多了。

差不多下午四点，结束铃响，老底就算摸完了。

广播里跟着就响起通知，声音分外耳熟，由樊文德老师亲自献声："考试结束，今天提前放学，走读生可以回去了，悠着点，别太飘了啊！"

四周一阵欢呼，明明也就只比平常补课提前了两小时。

许亦北坐在考试的教室里，身上又出了一层汗。

怕下午考试会嗜睡，他也没敢多吃药，考前喝了好几回水，现在全成汗了。

裤兜里的手机突如其来地振了一下，他以为又是江航，掏出来拿着，一边站起来随着人流往外走，一边滑开看，原来是个微信群，群名那叫一个彪悍——"三班猛男群"。

什么玩意，他什么时候加过这个群？许亦北莫名其妙地点开，一眼就看见里面飘着杜辉的发言。

杜辉：前排售卖补考笔记了，价格公道，手慢无啊！

下面瞬间弹出好几条回应——

朱斌：什么意思？

梁枫：什么意思？

其他男生：什么意思？

杜辉：你们都看不懂汉字吗？就这个意思，卖补考笔记！

朱斌：你哪来的补考笔记？

杜辉：你管呢，应总什么搞不到？

某男生：怎么忽然卖这个？

杜辉：老子照顾同学啊，说不定有人弱不禁风又生病什么的，考一半晕了厥了缺考了，要么就考鸭蛋了，他不就需要了吗？

朱斌：……

梁枫：应总让你卖的？

杜辉：当然了，我就代表应总！不信你问应总！@应行

应行不知道在干什么，过了十几秒才冒了一下头——

应行：嗯，卖吧。[微笑.jpg]

许亦北停在走廊上，盯着手机屏幕，都看笑了，自言自语了一句："真行……"

你微笑什么！内涵谁呢这是？留着给你自己用吧，你小子自己就好几门没考！

他往上翻，看到了记录，才发现是应行拉他进的群，进去后就没人说过话，难怪他到现在才知道自己在群里。

差点忘了这两人是奸商了，主意居然打到自己头上来了。他手指一滑，点了屏蔽，当作没看到，就让杜辉那个傻子在群里对空气叫卖去吧。

好不容易随着人潮三步一停地下了教学楼，出了校门，的确算早，太阳还在头顶晒人，公交车也没来。

许亦北生病出了一身汗，不想等了，直接拦了辆出租车。

上了车没一会儿，手机又开始振动，他差点以为杜辉想搞电话推销了，没好气地接起来："喂？"

对面似乎愣了一下："亦北，我是老陈啊，家里让我给你送东西过来，你没在公寓吗？"

老陈是他家里的司机。许亦北想了起来，一定是李辰宇安排司机给他送的东

西到了，他"嗯"了一声："最近补课，刚放学。"

"那我过来接你？"

"不用，我自己打车了，马上到。"许亦北想了想，"东西就放门口吧，我回来自己取。"

老陈答应了："那好吧，正好我还要去接辰宇，他最近在熟悉城里环境，到处玩呢。"

"哦。"

电话挂了，很快，出租车开到了公寓外面。

许亦北到了门前，果然看到一个厚厚的大纸箱，用胶布封得很严密。

他开了门，把东西拖进去，看了两眼，莫名地不太想管，扭头进了洗手间。

只要想起这些是被李辰宇急匆匆打发人送过来的，他心里就很不爽。

浑身是汗，还不如先去洗澡。

水声"哗哗"地响了起来，他在里面边洗边吹了两声口哨，仿佛根本不当回事。

可是等他洗完出来，那个纸箱还在眼前。

许亦北拿毛巾擦着头发，盯着纸箱，对峙似的看了好几眼，抽了毛巾一丢，转头找了把美工刀过来，就地一坐，还是拆了，再不爽也是自己的东西。

纸箱拆开，看到一摞书，都是他在外地上学的时候买的，有些是用过的学习资料。最下面压着个厚厚的盒子，外面还包了层黑绒布，就这个占的地方最大，其他的也没什么了。

许亦北把盒子拿出来，盘着腿放在膝上，褪了外面的绒布，打开，里面是一把琵琶。

他拎出那把琵琶，放在膝上看着，好一会儿，自顾自地笑了笑，这确实是他的东西，不过已经很久没动过了。

小时候他妈请了老师回来教他乐器，一开始他学的是钢琴和小提琴，后来有一回听他妈随口说了句琵琶好听，他就自己做主改学了琵琶。

过去那些年方女士婚姻不如意，只能在事业上拼，许亦北觉得自己就是她唯一的依靠了，她让搬去外地就跟着搬去外地。他嘴上不说，没事的时候却会拿着这个弹一两下，就为了让她开心点。

不过后来她遇到了李云山，就不需要了，他也再没弹过。没想到今天这东西被送了过来。

许亦北想远了，低着头，手指随意拨了一下，刚响亮地"铛"一声，紧接着就"嗡"的一下冒出了绷断的闷响。

"啧。"他懊恼地看看手，真是太久没弹了，就随便碰了一下，怎么就把弦弄断了一根？

真是……这一天够无语的了。他默默地坐了一会儿，放下琵琶，站起来，算了，还是买根新的吧。

拿手机在网上搜了搜，城里有卖乐器配件的，地址也不远，他拿上钥匙就出了门。

步行过去十几分钟，确实不算远。

许亦北走得不快，反正也不是什么着急事。一路走到地址附近，他忽然记起来，往路边看，没两眼就看到了那个蓝底白字的"振国修表铺"。

难怪了，这儿有个三岔路口，要去的店在尽头的路口，就挨着这条街。

他手插进兜里，从修表铺外头经过，心想奸商还想打老子主意，哥哥今天就从旁边过去，眼神都不会白给一个。

结果刚到门口，冷不丁听到"咔嗒"一声脆响，他条件反射地就扭头看了进去。

应行坐在柜台后面，低着头不知道在干什么。他的头发又短又黑，听到动静，眼都不抬地说："贺振国不在，要拿表等会儿再来。"

没听到回音，他才抬起头，看到门口站着许亦北，手上一停，突兀地笑了："你不会是看了群消息来找我算账的吧？"

他不说还好，说了许亦北心里就噌噌冒火。他手从裤兜里抽出来，抓着玻璃拉门一拨拉，"哗"的一声响，直接走了进去："什么群？"嘴上问的是这句，心里却在想：你要是敢说半个字咒老子补考，就让你小子好看！

应行目光在他脸上停留一下，提着嘴角又低下头："没什么。"

他忽然撤了一步，许亦北反而没法往下接了，走也不是，站也不是，眼睛来回看了看，忽然就看到了他手上。

柜台上散着几样手表零件，应行手里拿着个起子一样的小工具，正在往表盘上装表带。

一根皮表带，就是许亦北在学校里见他拿着的那条，这会儿表带上多了行醒目的数字，可能是激光刻上去的，看着像是电话号码。

许亦北看了好几眼，问了句："你还会装这个？"

应行边弄边说："你也不看看我家里是干什么的。"

什么他家里，这不是他舅舅家吗？许亦北看了一圈店里，忽然意识到，这就是他嘴里的家？

应行抬头看他一眼，忽然笑容深了："怎么样，是不是发现我还挺心灵手巧的？"

许亦北默默看了看他的脸："你还是接着装吧。"

应行一顿："这是一语双关？"

许亦北牵起嘴角："你猜啊。"说完转身出去，招呼都没打就走了。

走到路口又花了五分钟，还好赶得巧，再晚点那家店就关门了。

老板听说他要配琵琶弦，一边找货一边问："要原装的吗？原装的贵，我这儿没多的，也没法优惠。"

"嗯，就原装的。"许亦北掏出手机付钱。他从来也没砍价的习惯。

老板看他爽快，把东西递给他的时候说："你是艺术生吧？"

"不是，就随便玩的。"

许亦北接了新弦揣兜里，出了店，沿原路往回走。

他想想也觉得自己挺无聊的，为了根弦特地跑出来一趟，何必呢？感冒加考试消耗太多脑细胞了吧，想到什么就干了，回去多刷几道题缓缓得了。

又走到修表铺门口，这回他真不打算朝里看了，绝对不看！

还没过去，铺子里走出来一个人，正好挡在他面前。

"哎，是你。"出来的是吴宝娟，她正一脸笑容地看着他。

许亦北看到她总不能也当没看见，想了一下称呼："吴阿姨。"

说话的时候就注意到了她的手腕，她手上多了块表，男士款，所以很显眼。表带很宽，上面刻了串数字，不就是刚才应行在装的那条？

吴宝娟眼睛笑得弯弯的，抬起手腕给他看："好看吧？"

许亦北没想到她发现自己在看了，语塞了一秒才说："好看。"

吴宝娟又从口袋里掏出个手机："这个也好看吧？新买的。"

许亦北看她问得太认真了，只好刚夸完表又夸手机："好看。"

话音刚落，应行从铺子里面出来了，手里拿着个橘子在剥，看着他："你干吗去了，转一圈又回来了？"

"我有事。"许亦北又看了眼吴宝娟的手表，随口问，"这上面刻的是电话？"

"嗯，"应行说，"下次如果手机再丢了还有表，找人帮忙打一下上面的电话就行了。"

许亦北明白了："你下午没考试就是忙这些事去了？"

应行看了一眼吴宝娟，见她朝自己看了过来，回头又看许亦北，声音沉了点："你看错了吧，我放学才弄的，下午不是一直在学校吗？"

许亦北目光在他和吴宝娟身上转一圈，了然地点头："哦，是吗？"

应行盯着他，眼神像警告："是啊。"

许亦北挑衅地跟他对视，吓唬谁呢，你还能灭口？

彼此正大眼瞪小眼，不知道从楼上哪扇窗户里传出一声喊："应行，吃饭了！"是贺振国的声音。

"来了！"应行回了一声，带上铺子拉门，一只手扶住吴宝娟的胳膊，"走吧，回去吃饭了。"

吴宝娟指许亦北："叫他一起吃。"

许亦北扫了一眼应行，转身就走："不了，我感冒了。"

应行也说："他不来，我们走吧。"

眼看着许亦北走了，吴宝娟拽了一下应行的胳膊，招招手。

"怎么了？"应行凑近去听。

许亦北都走出去好长一段路了，突然听到身后一阵脚步响，有人步伐很快地走了过来。

他下意识地回头，应行居然跟过来了，胳膊一伸，一把揽住他的肩。

"干什么？"许亦北瞥了一眼肩膀上他的手，眼睛都睁大了。

"麻烦你件事，"应行指一下前面，"难得我舅妈还记得你，她怕下次忘了，想拍个你的照片留着看看，你满足一下？"

许亦北看一眼前面，吴宝娟拿着她的新手机正看着这儿。

什么叫难得记得他，这才几天都见两回了，再健忘还能忘这么快？他耸了一下肩："什么烂理由，松开，我要回去了。"

应行手上一把扣紧了，防止他跑似的，脸上带着笑："你放心，就她看，我保证不外传。"

这是不外传的事吗？许亦北不乐意："我凭什么让你拍？"

应行想了想，说："凭你长得帅？"

许亦北面无表情："松开，你这话没半点诚意。"

应行扣得他死紧："那凭你跟我一样帅？"

"滚吧，没诚意！"

"好啦！"吴宝娟忽然在那头说。

许亦北看过去，她居然已经拍完了，晃了晃手机在笑呢。

应行拍了一下他的肩："谢谢，这个请你吃了。"说完把那个剥完的橘子塞到他手里，松开他走了。

许亦北拿着橘子，看他没事一样回了吴宝娟跟前，都想扔了橘子上去揍他一顿了。怎么着，我就任你摆弄吗？

然而下一秒就见吴宝娟回头朝他笑了笑，眉眼都是月牙形的，亲切得不行。许亦北看着她那张脸，实在没法生气，忍了忍，最后只能扯起嘴角，也跟着淡淡地笑了一下。

真是服了……

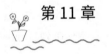

第 11 章

拍到了照片，吴宝娟挺高兴的，回到家里几乎是带着笑脸吃完了一顿饭。

应行坐在旁边，看了看她，也笑了："拍他有这么开心吗？"

吴宝娟笑着说："他人挺好的。"

贺振国在旁边收拾碗筷，疑惑地问："谁啊？"

应行说："我同学，送舅妈回来的那个。"

"就是他啊。"贺振国意外，"你们那会儿在楼下说话就是跟他说吗？那怎么不把他叫上来做个客，我好感谢他啊！"

应行心想算了吧，强拉着人家拍了照，没打起来就不错了。

他从饭桌边站起来，扶吴宝娟起来，顺便找了个理由："下次再说吧，今天他不想。"

吴宝娟被他扶着胳膊送到沙发那儿，拿出手机，献宝一样："我给你看照片呀。"

应行扣着人拍了照，反而把照片给忘了，伸手接了："嗯，我看看。"

新手机里什么都是空的，相册打开，只有这一张照片——

树荫半遮半掩的老街道上，少年搭着另一个少年的肩，背后拖着夕阳的余晖，一个完整的全身远景。

他看了好笑："你把镜头对准他啊，怎么把我也拍进去了？"

吴宝娟像在等他夸似的："我拍得好不好？"

应行手指扩一下放大照片，乍一看画面里的两个人挺和谐，但仔细看就会发现被他搭着的许亦北脸上有多不爽，拍的还是当时朝着他说话的一边侧脸，正脸都没拍到，放大后也有点模糊，不知道是不是他舅妈拍的时候手抖了。

他不想让她失望，点了点头："挺好的。"

贺振国也过来凑热闹看了一眼："这么俊啊，还白白净净的。"

应行随口"嗯"一声，低着头编辑照片。

贺振国问："他叫什么？"

"许亦北。"

吴宝娟忽然接话："北北啊？"

应行抬起头，忍不住笑了，这样叫也太亲昵了，还好许亦北不在眼前，不然不知道是什么反应。

他把手机还给吴宝娟，扶她坐到沙发上："晚上就别一直看手机了，伤眼睛。"

"我知道的。"吴宝娟拿起遥控器，"看一下电视吧，今天几号啊？"

应行和贺振国对视一眼，知道她是又忘了，他已经习以为常，故意不当回事："管他几号，看《新闻联播》不就知道了？"

贺振国也说："是啊，看着不好看就换别的，上次那个动画片你不就挺爱看吗？"

吴宝娟没应，按着遥控器，挺认真地挑选节目去了。

应行看她安安稳稳地坐着，才转身回自己房间。

贺振国跟到门口，小声问："最近好好补课了吧？"

他回过头："说这个干什么？"

"当然是提醒你，你今天又给你舅妈做手表又是买手机的，花了不少钱，回头别又想着到处赚钱，三天两头地旷课！"

应行点着头推开房门："行了，知道了。"说完就把门关上了。

还好，贺振国没推门进来接着唠叨。

应行按亮桌上的台灯，在椅子上一坐，掏出手机，微信里是刚用吴宝娟的手机发过来的那张照片。

他把照片裁剪了一下，点出许亦北的微信，发了过去，然后靠上椅背，手指慢悠悠地打字。

——说好的，不外传，只给你发一份。

他还以为许亦北不会理睬他了，没想到隔了一分钟，那边回了一句过来。

——为什么是裁过的？

应行是把自己裁掉了，只留了他那半张发了过去，扬起嘴角，继续打字。

——把我的照片也发给你，不成自恋了？

许亦北回了一串省略号过来，后面接着又弹出一句。

——你现在这话就够自恋的了。

不知道为什么，应行都能想象出他打这句话时的脸，肯定又跩得没表情了。

——那要把我的那半发你吗？

"嗖"的一声，许亦北紧接着就回了。

——不要！

应行脸上映着一层薄薄的手机蓝光，顿时笑出了声，就知道他这会儿跩着呢。

外面传来贺振国的声音："你一个人在房里笑什么呢？"

"没什么。"应行回了一句，抬手摸了摸嘴，还是想笑。

算了，不回了，再回像是在逗他。

刚想完不回了，手机又进来一条消息，"叮"的一声，这回不是许亦北的微信，是条短信。

——明天准时来学校！到我办公室来见我！敢不来我就上门请你！

是樊文德。

应行不耐烦地站起来，随手把手机往床上一抛，一点也不意外，他早猜到老樊会找他了。

第二天一早，许亦北按时起了床。

感冒已经没什么感觉了，今天不会耽误去学校了。

门边柜上放着昨天拿回来的那个橘子，他到现在一口没动。

他要关门的时候看到，就想起了应行，又想起那半张照片，干脆扒了两瓣下来塞进嘴里，用力一嚼，满嘴汁水。他把门一带就走了。

从公交车上下来，到了学校大门口，正当进校高峰期，一群补课党扎堆往里拥。

许亦北跟着走进校门，肩膀忽然被人拍了一下，他回过头，看见梁枫的脸。

"早啊。"

他不习惯这种突来的亲近，看了对方一眼，把书包换了个肩搭，两只手收进兜里："有事？"

梁枫说："跟你打招呼呗，不都在一个群里了吗？"

怎么着，那个"猛男群"是什么组织机构吗，还带拉近距离的？

许亦北没说自己早把群屏蔽了，扭头继续走："那你也早。"

"哎！"梁枫跟上来，指一下他的脚，"都是同学，我就有话直说了，你这鞋是真的吗？"

许亦北垂眼看了看，他今天脚上穿的是双篮球鞋："你觉得呢？"

梁枫小声说："仿的吧？要不是看你坐公交车上学，我就当真了，这可是限量版，超贵的！"他弯腰看一眼，站直后又说："这做工真心不错，精仿吧，不贵的话给我个链接吧，我可太馋了！"

许亦北随便他看，一本正经地点头："行，我要找到链接就给你。"

"你可真够意思！"梁枫这会儿觉得对他友好还真是做对了。

"许亦北！"教务楼那儿忽然冒出一声喊。

许亦北转头，看见樊文德站在三楼的走廊上朝自己招了招手，接着就两手一背往办公室去了。

"老樊找你呢。"梁枫还憧憬着他的高仿球鞋，主动伸手，"你去吧，书包我替你拿去教室。"

许亦北把书包递给他，朝右边走，上楼梯去教务楼。

他刚到办公室门口，就看到樊文德一个人坐在办公室里，仰着头，拿着个白瓷缸在灌茶。

也不知道是天太热还是怎么，看他那架势，许亦北都忍不住要在心里给他配个"吨吨吨①"。

樊文德"吨吨"完了，看到了他，把白瓷缸一放："来，你进来。"

许亦北走进去，眼睛扫到办公桌上摞着昨天刚考完的数学试卷，最上面的就

---

① 吨吨吨：网络用语，指喝水、喝酒时因速度比较快而发出的声音。

是他的，他眼皮突地一跳。

樊文德两条眉毛拧得像打结："我现在心情很复杂，万万没想到……"

听这开场白就知道不对，许亦北默默站着听他说。

"我是真没想到，居然会是这个情况……"樊文德拿出一张成绩单，"咱们一群老师昨晚加班加点把卷子给批出来了，你每一门都拔尖，相当喜人啊，我琢磨着这总分绝对要比你档案里那分要高多了，搞不好还会是年级第一第二呢，结果数学分数出来了，你这……这……"他很激动地抓起他的数学卷子，"怎么考成这样？"

许亦北的数学卷子上一个鲜红的"45"。

满分 150 分的卷子，这还不够一个尾巴。

樊文德镜片后的眼神很费解："你不是写得挺认真的吗？"

许亦北无奈地说："我偏科。"

樊文德震惊："偏成这样？"

"对。"

樊老师语言匮乏了。

照理说他其他科目都这么好，就算偏科也不至于偏得这么极端，这简直是奇闻级别的偏科啊。

许亦北也觉得打击到他了，毕竟他前几天还各种看好自己，又是教数学的，但这就是现实，自己就是数学不行。许亦北想了想说："我说过想考外地的好大学，我是认真的。"

樊文德眉头彻底皱成了川字："难，我就不说虚的了，要是各科比较平均，各科提一点，肯定容易得多。但你就差在数学，这还是主科，占的比重太大，偏成这样，拉了太多分了，就剩最后一年了，你得翻倍地往上提才来得及，太难了！但要是不提，更不行！"

这下换许亦北没话说了。

办公室里没了声音，师生俩被这魔幻的现实弄得相对无言。

好一会儿，樊文德才像是接受现状了："你还是不要放弃吧，作为一名极其优秀的人民教师，我一定会尽力教你的！"

许亦北更不知道该说什么了。

樊文德看他没反应，托了一下鼻梁上的眼镜："你肯定以为这是句自夸是吧？"

许亦北想说："难道不是？"

"不，这是事实。"樊文德说，"你可能不知道，其实我是从省重点调过来的，以前我在省重点里还教出过一个省状元，可惜后来他家里出了事，自己转去了一个小地方，最后就没成我手里的省状元，想想我就……唉，不说了……"

看他越说越动情，许亦北只能说："好的，我信。"

樊文德摆摆手："算了，先这样吧，你回去想想怎么提高吧。"

许亦北闷闷地抬手扯了一下 T 恤领口，转头要出办公室，刚好撞见应行进来。

"来了老樊，够准时了吗……"应行慢悠悠地进门，忽然看到许亦北在这儿站着，他不说话了。

许亦北看他一眼，心想原来今天被叫来训话的不止自己一个。

身后的樊文德忽然说："你俩真是绝配啊！"

许亦北回头："……"

应行："……"

两人互相对视一眼，又同时转开目光。

樊文德坐在那儿直摇头："一个只有数学不行，一个只有数学行，真是……唉，打着灯笼都难找！"

许亦北一愣，什么意思？数学不行的是他，那数学行的是谁？

他往应行身上看，不可能，想多了，他转头就出了办公室。

应行莫名地被他甩了一眼，看着他走了，才站到办公桌前："好了，有什么事就说吧。"

樊文德把痛心疾首的表情一收，一秒板起脸："你昨天下午居然缺考，好几门零分！我跟你说过要上高三了，你都当耳边风了是不是？"

应行淡定地说："我有事。"

"什么事能比学习重要？"樊文德指指他，"我知道你怎么想的，你这么无所谓就是不想学了！要不是得拿成绩回去给你舅舅看，可能昨天上午那两场你都不考，数学考试肯定也瞎写了，我说中了没有？"

应行笑笑："你说的都对。"

"你还笑！"樊文德气冲冲的，"给我趁早死心！只要我还是你的班主任，就不可能看着你不管！你等着，抽空我得去你家里走一趟。"

应行顿时皱眉，口气也变了："别去。"

樊文德"哼"了一声："非要这么说才急是吧？我告诉你，就快开学了，等开了学你要还是不好好上课，我一定会上你家门！"

应行皱皱眉，没说话，转身就要走。

"你等等！"樊文德瞪眼。

他转过身："还没说完？"

樊文德拍拍桌子上的试卷，又换了苦口婆心的口吻："你看看别人，明明那么难都还想着好好学，你呢？亏你数学能考这样，还不珍惜！要不是怕你祸祸人家，我都想让你俩互帮互助一下，你俩真是百年难得一遇！"

应行还没问"别人是谁"，顺着他的手看了眼试卷，目光先扫到一个鲜红耀眼的分数，接着就看到了旁边的大名：许亦北。

45？许亦北数学考了45？

许亦北进教室的时候被绊了一下，本来就郁闷，这下更烦了，低头看到是个拖把，他脚背一挑，接在手里往角落里一塞，回了座位。

一坐下就觉得有人盯着自己，他抬起眼，正对上朱斌厚厚的眼镜。

"你也太神奇了吧。"

"什么？"许亦北拧眉。

朱斌放了张纸在他桌上："昨天摸底考试的排名出来了，你这分也太神奇了。"

许亦北脑仁都突突了两下，难怪大家都盯着自己，原来全都看到他的分数了。

他又往前看，就连高霏和几个不认识的女生都在扭头看他，这都能算是一考成名了。

梁枫也回头看他："想不到你考个试都能体验从天堂到地狱的酸爽啊，太牛了！"

许亦北在心里回："闭嘴吧，你的鞋本来就没有链接，这下更不会有了。"

"真是太神奇了，"朱斌说，"最神奇的是你还坐在应行旁边。"

许亦北问："坐他旁边怎么了？"

"他数学第一啊。"

许亦北怀疑自己幻听了："谁？"

"还能有谁！"杜辉早看半天戏了，之前看到排名表上许亦北其他分都那么高还不爽地直挠头，结果看到他数学那栏就乐了，按捺不住地插话，"应行，应总！数学第一！就问你小子羡不羡慕？"

"真的！"梁枫也说，"应总别的课不行，就数学巨牛，全校出了名的！"

许亦北拿起那张排名表，从上往下扫了一遍，看到了应行的名字，数学那栏分数：141。

多少？没有弄错吗？他平时数学卷子都不写，不应该是个零分选手吗？

震惊没结束，应行回来了。

许亦北抬头，看着他从前排一路走到后排，走到自己旁边，脑子至少三秒都处于宕机状态。

樊文德说的绝配就是这个意思？

"应总，老樊没让你补考吧？"杜辉在那儿嘀咕，"我那补考笔记可不是给你留的啊。"

"你闭嘴就行了。"应行坐下，转头看旁边。

许亦北对上他的目光，心情复杂得像是第一天认识他，移开视线说："别看我，也别说话。"

应行挑眉："为什么？"

许亦北咬牙，压低声音："我说我想揍人你信吗？"

应行看了一眼他手里的排名表，提起嘴角，转过头去："行。"

上课铃响了，手机悄悄振了一下。

许亦北吐出口气，掏出来一看，是江航给他发来了微信。

——怎么样啊，北，你的考试成绩出来没？看你特别在乎，我来关心一下。

许亦北缓了缓，把那张表拿到桌子底下，手机对着自己成绩那栏拍了个照，发了过去。

没几秒，江航连发三个震惊的表情过来。

——我的妈呀！你还真是半个学霸啊！

半个学霸

许亦北把书包搭到肩上，看着他：

"恭喜你，有了个金主，

记得以后要对我尊重点。"

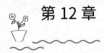

第 12 章

半个学霸就算了，旁边还多了个强烈对比，这才是今天最魔幻的事情。

许亦北现在不想跟人交流，只想静静，跟江航说了这两句就把手机收起来了。

应行也够配合，真没看他，也没跟他说话，只在那儿听杜辉一个人叽叽歪歪。

差不多一个上午，俩人都井水不犯河水，默契得很。

到了下午，痛苦又来了，最后两节全是樊文德的课。

老樊没带卷子来，但是一进教室就向最后一排投来了目光。

许亦北跟他遥遥对望一眼，看到他甚至扶着眼镜无声地叹了口气。许亦北无奈地想，打击可能真的太大了，极其优秀的人民教师到现在还在难受。

樊文德叹完了气就开始严肃说事："马上要开学了，后面放两天假给大家做开学准备。别想着玩，考试考得不行的地方得想着补！还有某些人，一天到晚事多得很，给我趁早收心，开学了要是再不进入状态，我就把这回摸底考试的成绩送到你家里去！听见了没！"

一听要放假，杜辉第一个大声回应："听见了！"

樊文德瞪他："吼什么吼，我跟你一个人说的？"

杜辉晃悠着小平头，拿手指一指旁边两个："我都听到了，不就代表我们仨都听到了吗？"

考得不行的不就是指小白脸吗？一天到晚事多的就是他跟应行呗，别麻烦了，他已经自动对号入座了。

许亦北默默瞥他一眼，心想：我谢谢你。

樊文德嫌他瞎起哄，气得拍两下讲台："你好意思说别人，人家另外五门能抵你一年的分数！"说着指指他跟应行："你们俩好好把我的话记住就行了！"

班上一阵哄笑。

杜辉："……"

应行坐在那儿就没动静，眼睛都没抬一下，跟不关他事似的。

许亦北到这会儿才终于看了他一眼，难怪他今天这么安分，原来是被老樊盯上了。

许亦北还是想不通，为什么这种动不动就逃课的问题分子能考数学第一，这合理吗？真心不合理……

说要放假的时候，班上的同学们碍着老樊在还都很矜持，铃声一响就激动了，一个比一个跑得快。

许亦北闷一天了，走得也快，书包一拿就走了。

杜辉课上的不爽都留到这会儿了，看他出了门，"呵"一声："小白脸一整天都在装淡定呢。"说到这儿他想了起来，看看应行："不对啊，应总，你怎么今天话也这么少？"

应行站起来，空着手来，又空着手走："因为我没你那么闲，你就不能少盯着他点？"

杜辉："……"

许亦北出了校门，刚到路上就看到了江航，他跨坐在自行车上，高高壮壮的身形在一群急着放学的同学里很显眼，想不注意都难。

江航一手拿一罐可乐，就等着他呢，看他走近，立马递了一罐给他："你就说我这哥们儿做得怎么样？我知道你肯定不满意你那分，特地赶过来安慰你。"

许亦北伸手接了，无精打采："我都被你感动了。"

江航笑着撞了一下他的肩："好说，下次请我去燕喜楼撮一顿就行。"

"呵，哪天我数学提高了就请你去。"许亦北边说边往前走。

江航推着车跟着他："还想着呢？你要真这么在意你的分，我替你想想主意吧。"

许亦北笑了："你还有主意呢？十四中的摸底考试考了多少分？"

江航严肃道："不提分数咱俩还是好哥们儿。"

许亦北点点头："行，不提。那你还能给我想主意？"

"学习不好还不能脑子灵活吗？我尽量呗。"他说得头头是道。

两个人有一搭没一搭地说着话过了马路，许亦北也没把江航的话当真。他拉开易拉罐，喝了口可乐，余光忽然瞄到一群人，他扭头看了过去。

对面马路上好几个男生在朝这儿走，都穿着运动的短袖短裤，像是刚从哪儿运动结束出来，一个个浑身是汗，走在最前头的是个卷毛。

江航看到他转头，也跟着看过去，小声问："看什么啊，你认识他们？"

许亦北说："不认识，只见过一回。"就是那天跟杜辉约架，认错的那群人，主要那卷毛太好认了。

江航催促："走吧走吧，那是咱们十四中的体育生，不好惹，离他们远点。"

原来是学体育的，难怪看着一个个都精力旺盛。许亦北转头继续走。

忽然听见一声喊："你等等！"

许亦北看过去，卷毛正盯着他呢，原来那几个人就是冲他这儿来的。

江航愣了："什么意思啊？"

许亦北也没想到对方居然还记得自己，捏着可乐罐说："要不然你先躲躲？估计他们精力太足了，想找我的碴。"

江航蒙了，看了看他，眼看那群人就要过来，忽然抬手挥舞："哎！杜辉！"

许亦北以为他随口胡扯呢，扭头一看，杜辉还真骑着他的小电驴过来了，后面是骑着黑色电动车的应行。

"干吗？"杜辉在路边一停，看过来，小平头被风吹得很精神，还不忘瞅一眼许亦北。

江航说："有事啊，我哪回找你没事？"

杜辉似乎觉得有道理，也不嫌许亦北碍眼了，两脚划着车过来："那你到底有什么事啊？"

江航招手："过来说，要是站大路上就能说我还特地叫你干吗呢？"

"啧，要不是看你老买东西……"杜辉嘀咕着把车停了，回头喊，"应总，你先走吧。"

"嗯。"应行停在路边，应了一声。

江航停好自行车，悄悄戳了下许亦北的胳膊，又低又快地说："趁人多你快走，别跟他们杠上，麻烦。"

许亦北往那头看了一眼，卷毛那群人本来离这儿只有两米远了，这会儿又都站在了原地，可能是以为他们多了俩帮手，就没再过来，看了两眼，反而又沿原路走了。

江航做戏做得还挺足，真拉着杜辉私下谈去了，俩人一头扎进了路边的小超市，这儿莫名其妙就只剩下他了，深刻诠释了什么叫作瞬息万变。

不是，还剩了一个。许亦北看向应行。

明明刚才他就应了声说要走，但到现在也没走，还坐在电动车上，两个人四只眼睛，谜之对视。

互相看了四五秒，应行忽然笑了："差点忘了，不要看你也不要跟你说话是吧？好的，那就再见。"

嗯？许亦北还没说话呢，他就一拧车把，飞快地从眼前开走了。

那之前干吗不走，故意留到现在寒碜人呢？许亦北无语地在原地站了会儿，很快就彻底看不到他骑车的身影了。他回头看看，估计江航这戏一时半会儿也结束不了，他又喝了一口可乐，还是一个人回去了。

数学分数的事烦一天了，还遇上个卷毛。

回到公寓，什么都顾不上干，许亦北进了房间，先把各种数学卷子找出来，堆了一堆在桌上，然后在床上一坐，拿着手机找有用的学习资料。

什么数学五千题库、精练汇总一百讲、名师大课堂……

翻了许多，好不容易找到一个据说是专门帮助偏科学生的线上课程，看着很不错，老师也挺有名，师大附中特级教师，还带出过奥数冠军，他二话不说先买了十节课。

刚付完款，手机就来动静了，江航打了电话过来。许亦北顺势仰头往床上一躺，手指滑开，接了："戏演完了？"

江航得意得不行："我就说吧，成绩不好没关系，脑子灵活就行，你看我这不是阻止了一场群架吗？"

许亦北说："你怎么知道人家不是因为不想闹大才走的？"

江航好像也找不到理由反驳："唉，算了算了，反正他们走了，你安全回去没啊？"

许亦北好笑："你什么时候见我在这种事上吃过亏，真打起来也不至于回不来吧？"

"呃……"江航那边迟疑了一下，"跟应总那次吃过亏？"

"再见。"许亦北觉得他哪壶不开提哪壶。

"别挂别挂，"江航笑着说，"好哥哥，知道你还烦着数学，愚弟今有一计奉上！"

许亦北把手机贴回耳朵："说人话。"

江航说："给你搞了份数学资料要不要？"

许亦北意外："你还真给我想主意去了？"

"那当然了，我肯定说到做到。"

"能用吗？"

江航不服气："没用过怎么知道呢？我听别人说有用才给你的，死马当活马医吧！"

许亦北："……"

江航："哎，我的北，我说错了，你的马还是活的。"

许亦北盯着头顶的吊灯想了想，反正也不差这一招了，都试试得了："行了，发我吧。"

江航动作麻利得很，没一会儿他的微信提示音就响了，收到一个文件夹：《内部珍藏，谁用谁猛，一般人我不告诉他！》

名字这么长，还这么傻，也不知道是不是江航故意改的。

怎么感觉这么不靠谱呢？许亦北在心里吐槽着打开，翻了翻，代数和几何是分开的，简略得很，就列了些题目讲怎么解题，估计真没什么用，但是要都要了，没事的时候再看吧。

他随手丢开手机，又爬起来，还是去找靠谱点的数学资料看。

第 13 章

许亦北这一晚就跟各种数学资料耗上了，连睡觉的时候都是看着公式睡着的，以至于他后来做梦都在做数学。

做了半天，分数出来了，还是个鲜红的"45"……

许亦北醒了，一半是被气醒的，一半是被电话振动的"嗡嗡"声给吵醒的。

窗帘没拉，太阳已经直接照到床沿，一看就时候不早了。他从枕头底下摸出手机，坐起来，看到是他妈打来的，立即放到耳边："喂？"

方令仪在电话里问："许亦北，马上开学了，要不要给你准备点什么啊？"

许亦北听她语气挺愉悦的，笑了一下，一边下床去洗手间，一边说："开个学哪需要这么兴师动众啊？"

方令仪说："这不是要给辰宇准备开学的东西吗？就想起问你了，你都要高三了，肯定有需要的吧？"

许亦北站到镜子前，脸上的笑没了，兴致也降了一半："他都高二了，需要点上课的东西还要你出马？再不行不能找刘姨？"

方令仪笑笑："这又没什么，不都是一家人吗？"

行吧，许亦北看不惯李辰宇那种没事找事的做派，但是她高兴，他还能说什么。"我没什么需要的，最近忙着补数学呢，也没什么时间。"

方令仪顿时没好气："我刚想说叫你回来，你就把我的话给堵了。"

就是猜她想说这话，许亦北才这么说的，不是不想见她，只是不想见李家人，那种感觉没法跟她说，是不想让她夹在中间为难。"没办法，我数学不好。"

方令仪拿他没辙似的："又来！等开学了我再找你，自己住要好好吃饭知道吗？"

"嗯。"许亦北听着她把电话挂了，才把手机拿离了耳朵，对着镜子吐了口气，那个家总能让他心烦，不想了。他顺带又看了一眼手机，屏幕上提醒还有条短信，他点开看。

是他昨天买的那个线上课程来了通知，提醒他今天是周末，课程时间在下午一点，记得准时上线去听课。

手机上的时间都过十一点了，他昨晚熬了夜，今天起得够晚的。他洗漱完，回房间拿了笔记本电脑，按了开机，又扭头去厨房找吃的。

厨房里被家政打扫得干干净净，但他平时根本不会做饭，几乎不用，只能叼着块吐司再回到房间，发现电脑根本没开。

许亦北又按了一下，没反应，才知道开机故障了。

"烦，偏偏这时候……"他自言自语一句，干脆去换衣服，准备带上电脑出门。

反正今天放假，没别的事，许亦北计划出去先吃个饭，再找地方修一下电脑，估计时间正好够他回来上课。

结果饭很快就近吃完了，修电脑的地方一个也没找到。

一连走出去两三条街，还是没找到，许亦北站在树荫下面，拿着手机在地图上搜。

这公寓附近的几条街什么都有，偏偏没有修电脑的，最近的修理点他过去也要四十分钟，但是时间已经只剩十分钟了。早知道该叫人上门的，这会儿也晚了。

夏日到了末尾，晃眼的太阳不依不饶地照着眼前的马路。他站在路边叹了口气，这就是计划赶不上变化吧，攻克数学的道路真是艰难无比。

随便往马路两边看了看，忽然扫到一个网吧的招牌，他一下被提醒了，直接去网吧得了，立马朝那儿走。

这种不用上学的日子，网吧比哪儿都热闹。

许亦北一进去就听见"噼里啪啦"的敲键盘的声音，各种吆喝声此起彼伏，还伴随着若有若无的烟味，但也只能忍了。

"上网……"他扭头看向收银台，话一顿。

应行从柜台后面抬起头，身上穿着件黑色短袖，肩宽身正地坐在那儿，不知道的还以为他是网吧老板。

"你怎么在这儿？"许亦北盯着他，说着目光扫了一圈周围，一下想了起来，"这儿不会跟那个旱冰场一样吧，你也在这儿赚钱？"

应行挑挑眉，没接话。

许亦北忍不住问："怎么不说话？"

应行笑了："不是你让我别看你也别跟你说话吗？咱俩现在能正常交流了？"

许亦北服了，昨天的话还能在这儿等着他，他扭头就往里走："你爱说不说，反正我是来上网的。"

"回来。"应行叫他。

许亦北回头："干吗？"

应行问："你成年了吗？"

他愣了一下："在这儿上网要成年？"

"废话，理论上在哪儿上网都要成年。"应行说完又问，"你长这么大第一回进网吧？不知道借个身份证来？"

还真是第一回。许亦北拧拧眉，忽然觉得不对："那你怎么能进的？"

应行理所当然地说："我没进，我只待在门口这儿。"

许亦北无语，这也行？算了，现在不是说这个的时候，他不耐烦，"如果我必须上网呢？"

应行看到了他手里拿着的笔记本电脑："你有电脑还跑网吧来干什么？"

许亦北把电脑放柜台上："开不了机了。"

应行掀开按了开机，确实没反应，又看他："什么事必须上网啊？"

"正事。"许亦北往里面看一眼，压低声音，"不是理论上的吗，你……睁只眼闭只眼？"

应行指指头顶的摄像头。

"啧。"许亦北闭了嘴，原来这才是理论依据。

"走十分钟，去另一家，他们家能给你睁只眼闭只眼。"应行给他提供一个新选择。

许亦北没动："来不及了。"

应行看看他，忽然往身边指了一下："要不然你就在这儿上。"

许亦北看过去，在他旁边？

"不要？"应行无所谓地说，"那随你。"

许亦北看了一下墙上的钟，只剩一分钟了，他心一横，手指在柜台上敲一下："要，从哪儿进？"

应行指了一下旁边，伸手给他开了侧门。

许亦北进去了才发现地方多小，总共不过两三平方米的地方，一台电脑开着，总控收银用的，在应行那边；一台电脑没开，就挨着他身边。

其他地方留出来做卖饮料的流理台，饮水机、饮料机之类的一堆机器和水池都在那儿。

他挤到电脑那儿坐下，一下碰到条腿，低头看了一眼，应行的一条长腿就挨着他，小腿侧挤压过来，都能叫他觉出一片紧实。他忍不住又瞥一眼，不动声色地往旁边坐了一点，问："你确定我能在这儿上网？"

应行下意识地也看了眼两人的腿，又看他一眼，往回收收腿："我还有一个小时走人，只能确定让你待一个小时。"

一个小时就一个小时，应该也够了。许亦北开了机，照着发来的短信登录网站，戴上耳机前又看了一眼旁边，应行没看他，去看自己面前那台电脑了。

他回过头，刻意又把电脑屏幕往一边拨了拨，才总算开始听课，谁想坐在数学第一的人旁边听数学辅导课？

还是晚了两分钟，讲课已经开始了。

主讲老师气质很像樊文德，一会儿托一下眼镜，导致许亦北每看一眼都会想起那45分和老樊叹息的脸。他只能集中注意力看题，一边掏出手机在备忘录里做笔记。

应行看身边没静了，转头看了一眼，扫到他电脑屏幕上一条醒目的抛物线，才知道他在看什么。他都乐了，大好假日居然有人跑到网吧来学数学？难怪这么急呢，他还真够努力的，就这么在意那 45 分吗？

许亦北没察觉，他全神贯注地盯着电脑屏幕，眼睛半天都没动，眼睫毛又细又长。

应行看了两眼，反应过来，没事盯着人眼睫毛看什么？他的目光转到柜台上，许亦北那台开不了机的笔记本电脑还放在那儿，反正这会儿没事，他伸手拿了过来，放面前仔细看。

许亦北认真听了三四十分钟都没间断，也没人打扰他。听了，又好像没完全听。

讲例题的时候感觉听懂了，可是老师扔一道题出来让解的时候，又无从下手。他在这位名师的讲课声里感觉似懂非懂，对着道题左右纠结，直到一只手在他面前招了招。

许亦北皱着眉摘下耳机，抬头看见一个叼烟的小青年。

"跟你说话怎么听不见呢，来杯可乐！"小青年递了张五块的纸币给他，语气很冲。

许亦北转头看应行。

应行抬抬下巴："接啊。"说完起身，贴着他的后背去出饮料的流理台那儿。

许亦北烦得很，尤其这小青年喷着烟还打扰他听课，搁平时他绝对冷脸，但是坐在这儿没办法，谁让他现在有求于人，只好伸手接了那五块钱。

应行接了杯可乐，又贴着他后背过来，递给小青年。

小青年嫌磨叽，骂骂咧咧地掏出身份证要去上机。

应行给他开好机，一只手撑着柜台，叫了他一声："哎，把烟掐了。"

小青年回头："这里面偷偷抽烟的多了。"

应行盯着他，慢条斯理地重复一遍："掐了。"

小青年居然被镇住了，骂了句粗话，把嘴里的烟扔进垃圾桶才进去。

许亦北看了一眼应行，不想夸他，但看小青年吃瘪还挺爽的。他嘴角都提了一下，把手里的五块钱丢过去："给你。"

应行坐回来，看了一眼那五块钱："这态度不太行。"

许亦北说："怎么，难道我还要叫你一声'应总'？"

应行想了想："许秘书？"

"你……"许亦北刚要跟他斗嘴，看到电脑屏幕，连忙戴上耳机，不说了。

应行好笑地转过头，不看他了。

但是课已经结束了，老师在布置作业，留了几道数学题，让大家回去按今天讲的方法解。

许亦北也来不及记了，拿手机拍了下来。

真是艰难地上完了这一课。这里面虽然开着冷气，但是他跟应行挤在一块都出一身汗了。他扯了扯衣领，要么是因为环境，要么是因为人，反正感觉比出汗还烦躁。

面前忽然推过来他的笔记本电脑。许亦北一眼扫过去，目光一顿："怎么开的？"

原来还开不了机，现在屏幕已经亮着了。

应行刚把手收回去，逗他似的说："这下发现我心灵手巧了吗？"

许亦北诧异地看了看他，想说可以啊，但还是忍住了，抿住唇，就是不想夸他，拿手指移动着点了点电脑，居然真的没问题了。

应行以为他担心别的呢："放心，我没看里面的内容，你那些能看的不能看的肯定都还在。"

谁电脑里有不能看的？果然不能夸，这人就非得这么欠。许亦北故意冷脸："谁说还在，我存的二十个 G 的东西都没了，赔吧。"

应行看着他，忽然笑了："会撒谎吗？这还当着我的面呢！"

第 14 章

真是奇了怪了，俩人说话总能杠上。许亦北被他回得沉默了两秒，好像是说多了，但是紧接着也笑了："是真是假你倒是很清楚啊。"

"这还需要清楚？正常人也知道二十个 G 有多少。"应行笑着说，"别扯了，做个实在人不好吗？"

"呵，你也别扯了，做个人不好吗？"

应行没接，但是嘴角的弧度更明显了。

许亦北确信自己是被他耍了，正常人也不会在这儿一直扯这话题。他干脆打住，站起来，指一下电脑："多少钱？连上网的钱，我一起给你。"

应行转头去看眼前的电脑："不用了，工作机算我的，这种小钱我就不赚了。"

许亦北已经拿出手机准备付钱了，结果突然感觉像是占了他便宜。他看看旁边出饮料的流理台，想了一下："那我消费行吗？"

应行看过来："你要消费什么？"

墙上贴着张饮料价目表，许亦北抬头扫了一眼，最贵的三十五，他连是什么都没看清，直接拿手机扫码付了三十五，说："就那种最贵的饮料，要一杯。"

应行打量他两眼，站起来："行。"

许亦北把自己那台电脑合起来，坐着等，过了一会儿，回过头，就看见他宽肩长腿地站在流理台边，一只手戴着一次性手套，利落地压碎了两只金橘。他不禁多看了两眼，心想这人怎么什么都会干，还真有心灵手巧的范儿了。

等等，这不是夸他，刚才想的不算！许亦北转过头，不看了。

没几分钟，应行端着做好的饮料过来，放柜台上："好了。"

许亦北拿了电脑站起来，指了一下那杯饮料："这是请你的。"

应行抬眼看过去。

"看什么看，就请你了。"许亦北推开侧门出去。

应行一只手撑着柜台，无语又好笑，原来消费就是为了这个？这个做派也太"许亦北"了吧，还是这么跩。

许亦北隔着柜台又跟他对视一眼，仿佛交流完毕，扭头就要出门，正好有人进门，不看路一样，差点撞到他的肩膀。他皱眉，停下看对方。

那人精瘦，穿个黑背心，一股社会不良青年的味道，进门就喊："应行！在不在？"

认识的？许亦北往应行身上看。

应行看了过来，打量对方："怎么啊？"

"跟你商量个事呗。"不良青年倚着网吧的玻璃门，吊儿郎当的，"咱俩的账就清了吧，杜辉追着我要一天了，你让他别再来烦人了。"

应行反问："怎么就清了？"

"就拉倒了呗。"不良青年说，"不就输给你几场球吗？再说你一直赚钱有什么意思，你家里反正都这样了，还有必要吗？"

许亦北听得一愣，什么叫反正都这样了？

应行已经从柜台里面出来了，顺手拿了那杯刚做好的饮料，到了门口这儿，朝对方勾了一下手指："出去说。"

不良青年嘴里不知道嘀咕了句什么，跟着他出了门，一脚刚跨出去，都还没站稳，应行忽然抓住他的后颈用力往下一摁，右手一抬，端着那杯饮料就从他头上淋了下去，一下浇了他满头满脸。

许亦北眼睛都睁大了，第一反应居然是：我请你的饮料是这么用的？

"你干吗?!"不良青年果然炸了，一脸狼狈地挥着胳膊想拉开他的手。

应行死死摁着他的后颈，沉着声音说："够冰吗？脑子清醒了吗？清醒了就回去把欠的钱准备好，还了钱再来说两清。"说完手往前一送。

不良青年一个趔趄差点摔倒，抹着头发站直，还顺带从头发上抹下个金橘，脸都绿了："你小子……"

应行右手一抛，把空杯子扔进了旁边的垃圾桶，打断他："要不服明天去球场找我，别在这儿找事。"

不良青年凶狠地瞪他，脚下却愣是没动一下，估计是一个人来的，狠不起来。他嘴里恶狠狠地骂了几句，又抹了一下头顶，顶着一头淋过水的头发"呸"一声，转头走出去好几米远才回头放狠话："你等着！"

应行跟没听见似的，回头进门，看见许亦北还站着，笑了笑，越过他进柜台："浪费你一杯饮料。"

许亦北张了张嘴，想问怎么回事，但是好像不关他的事，他凭什么多问，又没说了："随你，反正请过你了。"

"那就当我喝了吧。"应行坐在柜台后面，头也不抬地说，"还站着干什么，不是要走了吗？走吧。"

许亦北一想也是，刚才就要走，怎么还站着看到现在了？他看应行一眼，拎着电脑就出了门。

听着脚步声远了，应行才抬头看了一眼，许亦北确实走了。他掏出手机，拨了杜辉的电话，没两秒就通了。

"应总？"

应行问："你去追扈二星的债了？"

"是啊，"杜辉说，"老樊不是说放两天假给咱们准备开学吗？这两天肯定就是给咱们收账用的呗，我肯定得去要钱啊。"

应行笑了一声："你又领悟老樊的意思了？"

"我太悟了！"杜辉说到这儿像是反应过来了，"怎么着啊，那二流子是不是想赖账啊，他找你了？"

"嗯，"应行说，"明天跟我去球场，把大华也叫上。"

"好，我去叫。"杜辉答应得很顺溜，忽然又问，"你今天去哪儿了？"

"我能去哪儿，网吧。"

"那不该早就结束了吗，你怎么还在那儿呢？"

"我有事。"应行随口回一句就挂了电话。

还不是看许亦北闯过来非要上网才多留了半小时，结果还被他看到"债务纠纷"了，可能这就叫好事不能做……

下午三点，许亦北回到公寓。

一回去他就告诉自己要把网吧里的事抛到脑后，还得做数学作业呢。

说做就做，他只喝了杯水就坐到了书桌后面，掏出手机，翻出拍下来的作业，顺手拿了张草稿纸。

结果时间一分一秒过去了，草稿纸都快被他揪成团了，一题都还没解出来。

这节课算是白上了。

学不好就是这种感觉，一节不通，节节不通。许亦北把纸团扔了，换了张新的，又把手机里记的笔记拿出来看，还是那种感觉，雾里看花，一半明白一半不明白。

这老师是不是以为偏科的学生就没他这样极端的，随便点拨两下就能透啊？稍微也考虑一下会有他这种偏得特别彻底的人吧。

手机在桌上振了一下，进来了一条消息。他拿过来，滑开，是他妈发来的。

——你不是说你数学不好吗？回家里来，我给你请个老师上门教好不好？

不知道他妈是不是突然想到的，这消息也太会挑时候来了。许亦北都看笑了，但是要他回那栋别墅去，还是算了。

——没事，我自己想办法提高。

方令仪回了个锤子敲头的表情过来，估计是被他气的，也不往下说了。

许亦北放下手机，站起来，对着满桌子的数学卷子和题册看了看，决定明天再去买点新的，多做总没错。

决定好了，他又随手找了份英语卷子出来，十分钟就做了半页，对一下答案，几乎都对了，他心里受多了。不然总被数学虐，都快怀疑人生了！

反正这两天假算是完全奉献给数学了。

第二天的线上课程还是在下午一点，这回他是在公寓里用自己的笔记本电脑上完的课，笔记做了一堆，前一天的作业却没交。

课一结束，许亦北就关电脑出门，拦了个车，去了附近最大的书店。

城里的书店他太久没来过了，都快没印象了，进门看到有导购站在书架那儿，他直接过去问："今年最新的数学卷子有没有？"

导购指指前面："教辅那排，最下面全是。"

许亦北走过去，一眼就看见《5年高考　3年模拟》，后面是五花八门，连封面都五颜六色的各种题册。其实好多他早就买了，那不是像老骨头一样啃不动吗？

反正还是挑没买过的全拿了，他捧着去结账。

收银的姑娘笑着打趣说："帅哥，你肯定是学霸。"

许亦北回："算不上。"

"别谦虚，上次这么买的同学已经考上清华了。"

许亦北无语，快别说了吧，他简直被会心一击。

今天的太阳也火辣辣地晒人，许亦北拎着一袋数学试卷出了书店，还是打车回去。

快到公寓附近时，他朝窗外看了一眼，忽然说："停吧，我就在这儿下。"

师傅问："不是还没到吗？"

"没事。"许亦北付钱下车，拎着沉甸甸的袋子走到路边的网吧门口，状似不经意地朝里面看了一眼，靠近门口的柜台后面坐着个年轻姑娘，不是应行。

姑娘已经看到他了，笑着问："要上网吗？"

"不用。"许亦北转头走人。还不是看昨天来了个不良青年挑事，他才过来看一眼，不在算了，跟他有什么关系啊。

手里的袋子真沉，他已经后悔下车了，才提着走完一条街就浑身是汗了，他站在路边停了停。

"哎！"前面忽然冒出一声。

许亦北往前看，吴宝娟坐在一片围栏外面的条椅上，绾着头发，穿着玫红短袖和绛色长裤，正看着他，脸上很惊喜，嘴张了张，似乎想说什么，又没说出来。

"吴阿姨。"许亦北叫她一声，走过去，看她还盯着自己，终于反应过来，放下袋子，指了一下自己鼻尖，"许亦北。"

"北北？"吴宝娟像在思索，"对，好像听说过的，我又忘了。"

许亦北就猜她是想叫自己名字，还真是，就是挺不习惯的，连他妈也只在他小时候这么叫过他，感觉太亲昵了。他只能笑笑，抬手遮了下刺眼的阳光，打岔说："你怎么坐这儿，不晒吗？"

吴宝娟指指围栏里面："我等他呢。"

许亦北往围栏里看，里头是个篮球场，几个人正在大太阳下面打球，篮球砸地"哪哪"作响，他几乎一眼就看到了应行。

就他个子最高，想不注意也不行。

旁边还有个晃眼的小平头，不是杜辉是谁？

应行穿着灰汗衫、五分裤，手臂一伸抢到了球，一下扔给一个穿白背心的年轻人，那年轻人不像高中生了，看着比他和杜辉大，二十岁出头的样子。

场里一共六个人，许亦北很快就看明白了，这是打的三对三，应行跟杜辉还有那个穿白背心的年轻人是一队。

另外三个人的队伍就很辣眼睛了，有两个直接赤膊上阵，背上雕龙画凤，有碍观瞻；还有一个精瘦，就是昨天去网吧找应行要求清账的不良青年。

许亦北反应过来，不是吧，敢情昨天他俩约在球场就是约来打球？

"啪"的一声，应行忽然跳起来扣了个篮板。

他眼神都动了一下，这弹跳力，可以啊！

"牛！"杜辉在里面嚷嚷。

许亦北回过神，撇撇嘴，心想有什么好看的，又拿手遮一下太阳，他被晒得不行，转头看吴宝娟："换个地方坐吧，这儿也太晒了，他让你坐这儿就不管了吗？"

吴宝娟摇头："不要紧。"

许亦北皱眉，又往球场里看一眼，回头说："他还不知道打到什么时候呢，你要晒中暑了怎么办？"

吴宝娟脸都晒红了，还和颜悦色的："他说很快就会打完了。"

许亦北发现她还挺固执。

他忽然听见有人问："那是吴宝娟？"

另一个回："是啊，不就是贺振国家的那个吗？"

许亦北朝声音来源看去，马路斜对面有个地铁口，隔这儿十几米远，有人从里面出来，一路过来一路闲扯，是两个跟吴宝娟差不多年纪的中年妇女。

"球场里头那个是她外甥吧？"

"是的吧，外甥有什么用，到底不是亲生的。就像那些离了婚再结的后爸后妈一样，隔了一层，外人就是外人，怎么着也不算一家人……"

许亦北不自觉地沉了脸，故意抬高声音问："吴阿姨，你认识她们？"

吴宝娟疑惑地回头："啊？"

那两位估计还以为她俩说话的声音够低了，没料到被听见了，顿时一脸尴尬，特地绕开走了。

许亦北没来由地冒火，低头看看身上，还好 T 恤外面穿了件衬衫，他脱了下来，搭在吴宝娟头上。

吴宝娟捏着那件衬衫看他。

许亦北指她头顶："给你挡挡太阳。"

吴宝娟笑着说："你人真好。"

冷不丁从球场里传出一声骂。

许亦北看进去，是那个不良青年，看来他是输了。

两队人站到一起，不良青年伸手从裤兜里掏出钱，不情不愿地递了过去。

杜辉劈手夺了过来，又伸出另一只手："还有，今天的呢？"

不良青年嘴里骂骂咧咧的，又掏了钱给他。

今天的？许亦北恍然大悟，看看应行，啧，不愧是他。难怪约在球场不打架只打球呢，这是算钱的啊！

如果没记错，昨天那不良青年说的也是打球输给应行欠的钱。连这都能赚钱，许亦北无话可说，真是对他服气得五体投地了。

不良青年污言秽语地离开球场走了。

应行拿了自己的钱收进兜里，走出来，一头是汗地到了围栏外边，还没说话，看到了吴宝娟头上搭着的衬衫，他抬眼一扫，就见许亦北在旁边的树荫底下站着，面无表情地看着他。

"赚钱有那么重要？"

应行被这一句话问得莫名其妙，看着他，没回话。

许亦北又说："到底隔着一层，不算真的一家人，所以也无所谓是吧？"

应行瞬间拧眉："什么玩意？"

许亦北指指吴宝娟："你说什么玩意，你就把你舅妈扔在这儿晒，不管她？"

吴宝娟一下没搞清楚什么状况，眼神在俩人身上来回转："怎么啦？"

应行忽然笑了，给气笑的，他擦了把颈边的汗，弯腰拿起吴宝娟脚边的一只包，拉开拉链，从里面拿出一大壶凉水，还有一把伞，撑开了递到吴宝娟手里："不是让你打伞吗？去那边的阴凉里等我也行啊。"

吴宝娟拿下头上的衣服，接过伞说："哦，我忘了。"

许亦北："……"

应行看他："您老还有什么指导意见吗？"

许亦北脸上挂不住，过来一把拿了自己的衣服，扭头就走："没了。"

果然不该管闲事，丢人！人家明明什么都顾好了。

"等等。"应行叫住他，"你的东西不要了？"

许亦北回头，看他指了一下地上的袋子才想起来，几步走过去拎上。

应行看了一眼："挺沉啊，装了什么？"

许亦北现在不想多话，头也不回地说："装着我的希望！"

应行看着他走了，没好气地笑了一声，哪来的脾气，谁惹他了这是？

吴宝娟小声问："他怎么走了？"

应行说："谁知道他啊。"

杜辉这会儿才出来，伸头往路上望："那是谁，是不是小白脸？"

穿白背心的大华跟在他后面，没听清楚，也跟着看了一眼："谁白？漂亮妹妹？"

杜辉说："你也太能扯了，哪来的漂亮妹妹，就一个贼气人的弱鸡①！"

大华打趣地看着应行："我就说，以前追你的妹子也不少，漂亮的多的是，你一个都没兴趣，哪可能跟漂亮妹妹聊半天呢。"

"少在这儿胡扯。"应行扶吴宝娟起来，给他们递了个眼色，"行了，你们走吧，我带我舅妈回去了，不然她还得一直守着我，外头太晒了。"

吴宝娟可能是晒久了，站起来的时候拿手摸了下额头，神游太空一样，好像也没在意他们说什么。

大华笑着凑过去，指着自己："宝娟姨，你还记得我吗？"

杜辉跟着指自己："我，还有我。"

吴宝娟看看应行，没好意思直接开口问，但表情明显就是不记得了。

大华尴尬地笑笑："没事，不记得算了。"

杜辉挠了挠小平头："下次再试试吧。"

应行没说什么，去路边推自己的电动车。

大华跟过去，小声说："你舅妈还是这样啊，难怪你一直都在赚钱了。"

应行理所当然地说："放假不就应该赚钱吗？"

---

① 弱鸡：网络用语，指体质差或在某些方面不擅长的人。

"你不放假不也在赚钱？"

他笑笑。

大华拍了一下他的肩："算了，改天再说吧，那二流子闹够了，我也该走了。"

吴宝娟过来坐到应行的车后面，大华伸手扶了一把，冲他俩挥挥手。

应行把电动车开出去，到路口的时候下意识地朝路上看了一眼，没看到许亦北，他应该已经走远了。

吴宝娟在后面拍拍他的背，提醒他："慢点。"

应行好笑地问："多热啊，你不在家待着，非要跟我出来干吗？"

"振国说要开学了，不让你到处跑，我得提醒你念书啊。"

应行叹气："行，我知道要开学了。"

吴宝娟安静了一会儿，忽然问："你上初几了？"

应行沉默了一下，又故意笑出声："管他呢，爱初几就初几。"

吴宝娟被他的语气一逗，也跟着笑了。

许亦北回到公寓，甩上门，身上晒得一身汗，脸上也燥得慌，进洗手间洗了把脸才算好点。

洗完了，他对着镜子教育自己："你说你这是搁他跟前扮演哪块正义小饼干哪？"

纯属闲的，别闲了，事多着呢。

他拿毛巾擦了擦脸，出去把那一袋"希望"一样样拿了出来，抱到房间的书桌上。

两个小时后，公寓外面的阳光渐渐淡了。许亦北坐在书桌边，手上又开始揪草稿纸。

线上课程的笔记复习过了，新买的题刚才也做了，一对答案还是错一大堆。

"希望"也要破灭了？

他丢下笔，把教科书也拿了出来，一边掏出手机找，看还有没有别的可以用的学习资料，翻着翻着，微信里跳出个文件名：《内部珍藏，谁用谁猛，一般人我不告诉他！》

许亦北心里正烦呢，这名字现在就是火上浇油，他往椅背上一靠，叠起腿，干脆点开，倒要看看能有多猛。

第一道例题就解得奇奇怪怪，他边看边在心里吐槽：这能解得了？

结果看到最后，解出来了。

许亦北不自觉地坐正了，继续往下翻那个资料，难怪看着简略，里面都是按题型归纳的，每题后面都有个题型特点概括，然后给出一个对应的解题思路。

就这样？这就做出来了？

本来是想随便翻翻的，可是他居然一字不落地看完了，手指点到最后一页，滑了半天滑不动，才知道到头了。

"什么玩意，就不能多写点吗？"他嘀咕一句。难得全看进去了，他立马站起来，拨了江航的电话。

"干吗呢，北？"江航不知道在哪儿吃东西，嘴里嚼得正香。

许亦北问："那份数学资料你花了多少钱买的？"

"二百五。"

"骂人？"

"唉，不是，我说那份资料我就花了二百五。"

许亦北又问："有网站链接吗？你发给我。"

江航那边像是顿了一下："没，这不是写着内部珍藏吗？我找人买的，怎么了啊？"

许亦北本来想自己去买，只好算了："那给你转五百，再来一份。"

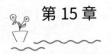

第 15 章

转眼假期结束，名义上的暑假也彻底过去了，不管有没有准备好，正式开学的日子都到了。

这两天许亦北跟数学搏斗，就没闲过，睡得不好，早上也起晚了，好在他已经习惯了赶公交车模式，匆匆洗漱完就小跑着出了公寓的门。

高一高二的都返了校，学校里人数暴增，上教学楼的时候都人挤人。

许亦北随着人流两步一挪地进了高二（3）班的教室，看见黑板上写着大字，通知要换班级去楼上的高三（3）班，大家都在忙着整理课桌，闹哄哄的。

除了他旁边的座位，空的，应行还没到，他一点也不意外。

他把能收的书都收进书包，搭在肩上，抱了剩下的书出去。

上楼的时候，高霏走在他前面，特地停下来等他："许亦北，昨天班级群里发通知了，高三开学要体检的，你不在群里，不会是吃过早饭来的吧？"

许亦北说："巧了，刚好我没吃。"出门的时候急，他还真没吃。

梁枫在后面插话："你就别找理由拉人进群了，朱斌在男生群里也通知了，他就不需要班级群。"

高霏看到他就来气："谁又要拉人进群了？你真是烦死了！"说完气冲冲地上去了。

梁枫被骂了也不当回事，捧着一大摞书跟捧手雷一样排斥。他跟上许亦北："你不觉得她看上你了吗？"

"谁？"许亦北抱着书回头看他一眼，"班长？不觉得。"

梁枫说："看上了也不奇怪，听说上了高三都想谈恋爱，跟魔咒一样。"

"高三了还能有那闲心？"

"嗐，这就叫越压抑越躁动啊。"

许亦北扯了下嘴角："我现在情绪稳定，没有躁动。"

梁枫八卦地说："那你哪天躁动了跟我说，我给你参谋参谋。"

许亦北脚下一拐，进了新教室的门："别期待，没那天。"

新教室里的座位都变了，朱斌正在安排，手里拿着前几天摸底考试的排名表，这个那个点兵点将似的在调动。

许亦北进去看到，扫了眼最后一排，抱着书过去问："我坐哪儿？"

朱斌指着最后一排："老位子，你们没变。"

"我们？"

"你、应行，连带咱们这两排都没变。"

那还拿排名表干什么？许亦北追问："我俩名次很接近？"

朱斌是老实人："你跟应行吗？不近，快隔个太平洋了，但是老樊说排名仅供参考，他可能觉得你俩坐一起还挺搭的。"

许亦北无语地抱着书放到桌上。

梁枫在前面"扑哧"一声笑出来："是挺搭的，你俩要合体就是天下无敌。"

许亦北码着书，心想：这什么形容，你才去跟他合体。

铃声响了，早读课已经被用来体检了，大家新教室的凳子还没坐热，又呼啦地下楼。

季末秋老虎持续逞威，还在早上太阳就晒得人睁不开眼。

许亦北顺着高三的大部队到了一楼的医务室外头，前面已经排了长队，只能站在太阳底下接受暴晒。

朱斌跟在他后面，忽然小声叫他，伸手指了指旁边："许亦北，看那个女生。"

许亦北看过去，旁边的队伍里站着个很苗条的女生，扎着辫子："看什么？"

"那是这回摸底考试的年级第一。"

不愧是学委，就关注成绩。许亦北多看了女生一眼："哪个班的？"

"四班的，你要是数学好，就能跟她叫板了。"朱斌说完不忘补充，"不过她的数学不如应行。"

短短几句，既表达了他数学不好，又夸了应行数学好，真是没一句让人爱听的，许亦北敷衍地"哦"了一声，不想聊了。

队伍半天动一步，又热又烦。四班的体检完了，终于轮到三班。

许亦北背后忽然被人挤了一下，他以为还是朱斌，不耐烦："行了，知道应行牛了。"

"是吗？"应行的声音冒出来。

许亦北回过头，应行明显刚到，就在他后面站着，一只手插着兜，似笑非笑地看着他。

啧，要是能反悔，他就把刚才说的话收回。两人昨天那出闹得挺尴尬，今天见面也不太自在，许亦北转开视线，故意打岔："你插队了。"

"谁插队？朱斌让的。"

许亦北看了看，朱斌还真跑去走廊上躲太阳去了，算他有理。

应行手从裤兜里拿出来，抓着把伞，慢条斯理地打开，撑起来。

许亦北抬头看一眼那伞，忍不住说："这么讲究啊，还防晒？"

"出门的时候我舅妈非塞给我的，你又不是没见过，就是昨天准备给她挡太阳的那把，拿着也是拿着，干脆打吧。"应行说完看了看他，把伞往他那边一倾，一罩罩俩，"带你一个？"

就非得提一句昨天的事让他难堪是吧？许亦北不想回忆，让了一下，晃出伞，不在乎地转身背过去："我白，用不着。"

应行把伞收回来："那行吧，我黑，用得着。"

杜辉从他身后挤过来："带我，晒死了，某些人脸白还挺得意，嘿！"

许亦北不想搭理他，直到脚后跟忽然被踢了踢，才又往后看一眼。

应行抬了抬下巴："到你了。"

他回头，前面确实没人了，立即进去。

一个女卫生老师在里面坐镇指导。

许亦北抽了血，又量了身高、体重，坐在椅子上穿鞋等拿表。应行收了伞，扔给后面的杜辉，紧接着就进来了。

女老师在填表的间隙指指墙边："脱了鞋站上去。"

应行脱了鞋，踩上去。

女老师看了一眼："一米八四了啊。"

许亦北抬眼往他身上看，怎么长的？自己在男生里算挺高的了，也还差一厘米到一米八，照理说五厘米相差不多，但总感觉自己比他矮了好一截。

女老师把他的表递过来："你的好了，去隔壁检查别的吧，你这身高还又白又瘦的，要注意锻炼啊。"

许亦北随口应了一声，拿了表。他天生就长这样，体检时老被叮嘱，也习惯了，站起来的时候应行正好过来坐下，两个人的衣服擦了一下，应行有意无意地往他身上看了两眼，像在看他到底多白多瘦。

看什么，第一天认识我？许亦北扭头出去。

轮到杜辉进来，正好跟他顶头撞上，杜辉张嘴就嘲讽："哎哟，你居然没晕血啊，老师的话我都听到了，这么弱要记得锻炼知道吧？"

"再弱能摁你就行。"许亦北越过他走了。

杜辉瞪眼。

"后面的快点！"老师催促。

应行拿了表出来，顺手拿了伞，把他推进去，低笑说："嘴不行还爱杠，你这不自找的吗？"

杜辉无语，他被连续打击两次，不爽地进去了。

又占了一节课才彻底体检完。

许亦北交了体检表回教室，到了走廊上，看见应行居然已经到他前面了。应行正一手拿着卷起的伞，一手刷着手机。

一大群人堵在走廊的窗户边上，不知道在看什么，好几个三班的夹在里面。

梁枫扭头，看到应行就喊："应总，来看那车！"

应行连个眼神都没给："车有什么好看的。"

"豪车好吗！"

许亦北扭头看向窗外，三楼这高度能看到校门口，外面停着辆黑色商务车。

他停下来，眯起眼睛仔细看，怎么觉得这车那么熟悉呢，忍不住问："哪儿来的？"

梁枫回头看他一眼："听说是高二的转校生，刚来报到，爸爸妈妈亲自送过来的。"他挺不屑："富家少爷就是惯的，这么大人了还要爸妈一起送。"

刚说到这儿，西侧相连的教务楼那儿有人过来了。

梁枫朝那儿看了一眼，立马说："哎，看到没，就那一家！"

许亦北转头，教务楼的办公室里出来三个人，最前面的是个男生，后面跟着西装革履的男人和打扮精致的女人，女人手里还替男生拿着书包。

许亦北脸上僵了僵，因为女人是他妈，男人是李云山。

难怪车熟悉，原来转来的是李辰宇。

"都站着干吗！"樊文德一声吼，一群人立马从窗边散开，掉头就跑。

"许亦北，你等等！"樊文德又叫一声，指指那边，"正好，你妈妈来了，正找你呢。"

梁枫跑一半，愣住："谁妈？"

应行停在教室门口，扭头看了一眼。

许亦北站着没动，看着那边。

方女士已经看到他了，笑着招招手，叫他过去。

许亦北抿住唇，只好过去。

樊文德看他们几个人还站着不动，没好气地说："看什么看，高三了还爱凑热闹，都进教室看书去！"

应行又朝许亦北看一眼，转头进了教室。

梁枫跟在他后面进来，还在震惊："看到没，应总，那是许亦北家里人？"

应行说："问我干什么，我又没见过他家里人。"

许亦北还没走到办公室门口，方令仪已经快走几步过来了，一到他跟前就埋怨他："也不知道你在哪个班，问了教务处才找到你们班主任，看到我们怎么不过来呢？"

他看了一眼远远站着的李家父子："赶着上课，看你们也忙。"

李云山和以前一样，冲他客套地笑笑："以后跟辰宇在一个学校，你们可以互相照顾了。"

李辰宇爱搭不理地看着别处，仿佛就没他这人在场。

许亦北笑笑，根本没接话，还犯得着互相照顾？井水不犯河水就行了。

方令仪多少知道他跟李辰宇合不来，轻声说："再怎么说也是一家人，你们在学校好好相处。"

那也得别人把你当一家人。许亦北从她再婚的第一天起，在这个家感觉到的只有排斥。他一手插兜，淡淡地岔开话："怎么转到这儿来了？"

方令仪说："其他学校没名额，刚好你不是在这儿吗？"

真是"开学惊喜"。许亦北哪能听不出她是有心这么说的，他这会儿真是无比希望她跟李云山多花点钱把李辰宇塞到别的学校去，塞去省重点里都行。

方女士抬腕看看表："我知道你现在读书用功，既然赶着上课，我就不耽误你了，再说两句就走。过两天辰悦要回来，你记得过来。"

许亦北看她盯着自己等回答，只好说："行。"

方令仪怕他又找理由，强调说："一定要来，知道吗？"

"好。"

"那回去上课吧，我们走了，其他事等聚了再说。"方女士满意了，转头回去。

许亦北看着她回到那父子俩身边，手里到现在还替李辰宇拎着书包，三个人一起往楼梯口走了，也没直接走，他们的身影很快就出现在了二楼的走廊上，是送李辰宇去二楼的高二教室了。

他半天没动，看着这画面，只觉得自己多余，自嘲地扯了下嘴角，有他什么事呢？那才是一家人。

第16章

三班的教室里热闹半天了，哪有人听老樊的话看书，全在议论许亦北的八卦。

梁枫在座位上绘声绘色地说："咱们都能去写本书了，书名就叫《富家少爷竟在我身边》，真是没想到啊！"

杜辉刚回来，嘴里叼着根辣条，听得都忘了嚼："真的假的，你乱说的吧？"

"骗你我是狗！"梁枫说，"我跟应总都看到了，还能有假吗？要不是老樊叫人，谁能知道啊！"

朱斌附和："真的，我也看到了，许亦北他妈妈又年轻又漂亮，许亦北跟她还挺像的。"

杜辉："……"

他们刚说完，富家少爷许亦北进来了。

班上同学安静了一秒，一道道目光直往他身上瞥，跟他第一天转学过来没两样，大家等于是才认识他了。

许亦北就猜到会这样，走到座位上坐下，看了一眼旁边。

应行没看他，耳朵里还塞着耳机，低着头在点手机，屏幕上是计算器。

这是在算账？还真像他会干的事。许亦北在心里吐槽着转过头，可能放假两天又赚了不少，谁知道呢。

"啊！"梁枫忽然回头看看他，脸上爆红，"许亦北！"

许亦北说："怎么？"

梁枫转过来朝后坐，把朱斌挤远点，凑过来小声说："你玩我！你那双鞋是真的！"

"我也没说过是假的。"

梁枫："……"好像还真没说过。他一脸被整了的愤懑："你在家是不是不受宠啊？"

许亦北声音也低了："什么意思？"

梁枫分析："从来也没听你提过你家里，你还每天坐公交车上学。你看你弟弟多大排场，坐豪车，报个到爸妈还亲自送来，你们看着根本就不像是一家人啊。"

许亦北听到"弟弟"两个字就已经冷脸了，越听越不爽，抿紧嘴，随手拿了本书往面前一竖，隔在俩人面前，一个字也没说。

梁枫以为他在意隐私呢，拿开那本书："我又不说出去，难道是因为你们有钱人都比较有性格，坐公交车上学是特殊爱好？"

许亦北冷淡地说："别问。"

"为什么？"

"因为我们有钱人任性，就是不想说。"

梁枫终于看出他脸色不对，无趣地转头坐回去了。

铃声响了，旁边的应行动了一下。

许亦北看过去，他摘下耳机，账也不算了，看过来一眼，忽然笑了笑。

"你又想说什么？"许亦北拧着眉。

应行拿支笔在手里转："有钱不是好事吗，你怎么这么不爽呢？"

"我哪里不爽了，我贼爽。"许亦北不承认。

"你语文考得好就靠这歪解能力？"

"你数学考得好就靠天天算账？"

应行看看他，点点头说："确实。"

许亦北刚想跟着说"确实"，又立马闭嘴，说了不就成了承认自己不爽了？他别过脸说："上课了，学习使我快乐。"

应行移开眼，好笑地想，装什么呢。

上午调了课，剩下的几节全是语文课。

丁广目彪悍地讲课，彪悍地拖堂，教室里大家跟闷葫芦似的，什么也讨论不了，这八卦似乎是过去了。

许亦北也不想成为大家议论的焦点，更不想撞见李辰宇，中午吃饭都刻意一个人去了校门外面的小饭馆，几乎就没怎么跟人搭过话。

前几天因为数学分数被人议论，今天又因为家里有钱被人议论，也真是够了，三班风云人物，舍他其谁啊。

好不容易熬到快放学，真难得，最后一节居然是体育课。

大伙像放风一样地出了教室，成群结队地去操场。

许亦北刚踩上塑胶跑道就感觉后面有人跟着，回头看了一眼，是杜辉。他往前面又走出去一大截，离他远点。

杜辉看他好几眼，回头看应行："我真想不通，小白脸居然是个富二代？应总，你怎么一点都不惊讶啊？你那才是真'富家少爷竟在你身边'呢！"

应行最后一个进操场，抬头看了一眼许亦北："有什么好惊讶的，他看着就有钱。"

"啊？有吗？"杜辉头上都快冒出问号了，"我怎么不觉得？"

"你忘了第一次见，他赔了你两百？"

"那我能忘了吗？"

应行笑了一声："你会为了不给别人低头道歉就直接甩钱吗？"

"不会，"杜辉真诚地回答，"我会给他磕头。"

"那不就结了，他会。"应行又看许亦北，"我早猜到了。"那天在网吧看到他的笔记本电脑还是"外星人"的，细节多着呢，一直没当回事而已。

杜辉笑着说："我又悟了，更想让他放血了！"

应行说："别告诉我你又要卖补考笔记那种东西啊。"

"怎么会呢，"杜辉在许亦北身上瞅来瞅去，"这不是体育课吗？我肯定为他量身定做啊。"

应行往前走了："那你就加油吧。"

体育老师已经在操场上站着了，他年纪轻轻，一身腱子肉，干劲十足地招呼大家集合："今天大家打打球、做做仰卧起坐、测测体能，事比较多啊。"

操场里顿时响起一阵齐刷刷又惨兮兮的呻吟："啊……"

"嫌累是吧？"体育老师不为所动，"累也没用，除了今天，估计也就后面的秋季运动会还能带你们玩玩，其他时候基本就没我什么事了。"

高霏问："为什么啊，老师？"

体育老师说："因为后面老师我就会一直被生病了呗！"

"啊——"大家又齐刷刷地一阵哀号，沉痛地领悟了，这就是高三啊！

"好了，别号了，带手机的都放到跑道外边的收纳盒里去，去几个男生领器材！"

许亦北从刚才集合开始就在队尾站着，扭过头，刚好和站过来的应行的目光对上。

俩人除了上午说了那几句话，到现在就没说过别的，许亦北转开视线，把手机掏出来，走去跑道外面。

刚过去，手机振了一下，他看体育老师没注意这儿，停下来滑开，是条群提醒，久违的"三班猛男群"又跳了出来。

都屏蔽了怎么还有消息？他点开，又是一眼就看到了杜辉。

杜辉：前排卖体育大礼包！@全体成员

梁枫：上着课呢，你还卖东西？

杜辉：废话，没看叫体育大礼包吗？体育课不卖，什么时候卖？

某男生：什么体育大礼包？

杜辉：创可贴、小氧气瓶、摔伤急救包，反正就是给体育菜鸟准备的那些玩意，够实用吧？

朱斌：我惹你了吗？你这么寒碜我……

杜辉：有你什么事啊！

朱斌：？

杜辉：你以为这么多东西我随身带着呢？我还要偷溜出去搞，贵着呢，你买不起！娇生惯养的大少爷才需要，人家虚，还有钱，你靠边去！

梁枫：我说呢，以前也没见你在群里卖过东西，合着一回两回的，全是专门为某人准备的啊。

朱斌：你点许亦北名得了……

"那几个男生，放个手机还舍不得了？"体育老师喊了。

许亦北抬眼，刚才聊得正欢的几个人围过来放手机了，全都不约而同地朝他身上看，表情一个比一个精彩，看好戏一样。

杜辉不装了，放手机的时候直接说："要就趁早说，我绝对给你搞到，保证你不在课上晕倒，晚了可就来不及了。"说得有模有样的，好像特别为他着想似的。

许亦北放了手机，嗤笑一声："你脑子还能再奇葩点，多想点馊主意，看我需不需要。"

杜辉看着他扭头走了，反应过来，又骂人？

应行还在队尾站着，手机也没交，刚把群里的聊天记录看完，扯了扯嘴角，真是服了杜辉，只有他想得到。

应行一抬头，许亦北过来了，他漆黑的头发衬着白生生的脖子，走路的时候一双腿修长。应行的眼神在他身上缓缓转了一圈，忍不住又笑了笑，看他外表确实挺像体育不行的，真是一副富养的少爷风范。

许亦北走近，盯着他："杜辉的就算你的是吧？"

"嗯？"

"嗯什么，他卖东西你不知道？"

应行笑笑："现在知道了。"

"行，你知道就行。"许亦北竖起两根手指，"第二次了。"

应行看着他："什么第二次？"

"你们卖东西，"许亦北"呵"了一声，"故意针对我？"

应行打量他："你是来找我算账的？"

"他听你的，我当然找你。"许亦北低低地说，"事不过三，再有下次我就弄你！"

应行挑眉，还没回话，体育老师冲这儿喊了一句："应行，难得见你上我一回课，还站着干吗？还有那个新同学，你俩都赶紧过来！"

俩人对视一眼，先打住，扭头过去，各走一边。

先是做仰卧起坐，又是来回短跑，一节课快上完，不管男生还是女生都累得呼呼直喘。

最后剩下十分钟，体育老师又让大家去玩球，连个让人休息的时间都没有。

许亦北没玩球，也照样一身是汗，终于听到下课铃响，他立马就走。

其他人也一个一个赶紧跑，来的时候以为是放风，走的时候像逃命。

许亦北拿手擦了擦颈边，喘着气出了操场，看了眼前面，冷漠地赏了一记白眼。

杜辉抱着篮球过来，眼神在他身上直转悠，怎么看怎么郁闷。

许亦北说："怎么样？一节课上完了，你看我需要你的大礼包吗？"

"你强撑的呗。"杜辉不屑，眼睛看到他身后，打岔一样，把球举起来喊，"应总！帮我还球！"

许亦北刚转过身要走，篮球飞过来，"嘭"的一声砸上了他的脑袋。他一下捂住头，耳朵都嗡嗡作响，他冷着脸看过去。

杜辉也没想到，发蒙地看着他，紧接着又反应过来，不当回事地说："唉，是我手滑了。"

应行过来捡了球，一把抛给他，朝后偏偏头："自己还去。"

杜辉抱着球，晃着小平头走了。

许亦北冷眼看他走了，目光转到应行身上。

应行正看着他的头："没受伤，手拿下来吧。"

许亦北盯着他："第三次了。"

应行好笑："手滑的又不是我。"

"你俩有区别？"许亦北揉一下头，手拿下来，"我说了，第三次我绝对弄你。"

应行看他的脸，算是看明白了："你早上不是说你没不爽吗？有气别撒我身上。"说完扭头就要走。

"我揍你会更爽。"许亦北忽然一把扣住他的肩膀，往操场的围栏上一推。

应行没想到他动真格的，背上猝不及防地被铁杆狠狠撞了一下，"哐"的一声巨响，骨头像要断了一样。

"嗞！"背上火辣辣地疼，他顿时也来火了，反手抓着许亦北的胳膊一扯，摁着他就抵在了围栏上。

又是"哐"的一声响，许亦北被铁杆撞到胳膊，闷哼一声，拧眉瞪着他。

"你们？"梁枫居然还没走，刚过来，震惊地看着他俩，接着扭头就喊，"老师！别过来，我有事找你！别来别来！"

体育老师已经在往这儿走了。

应行搂着许亦北，许亦北扯着他领口，没几秒，几乎同时往前一推，松了手。

俩人互不相让地对视两眼，一个往左，一个往右，转身就走。

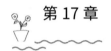

第 17 章

许亦北出校门的时候还带着气，一步都没停，连人群里有个班上的男生跟他打招呼都没听见。

过了马路，就快到公交站牌了，忽然看见一辆黑色的商务车停在那儿，他一下停住。

"亦北。"司机老陈推开车门出来，"我来接辰宇放学，也送送你吧。"

许亦北看了一眼车后座，李辰宇坐在里面，看到他就把脸转去了一边，紧接着就把车窗玻璃升了上去。

他扯了扯嘴角，觉得可笑，就这互相看不顺眼的架势，让他跟李辰宇待在一个家里都难受，还坐一辆车呢？今天够冒火的了，就别火上浇油了。他转身就走："不用送我，我离得近，你们回吧。"

老陈追问："真不用？你妈妈还特地交代了，这不刚好一个学校吗？"

"不用，我还有别的地方要去。"许亦北头都没回，大步走向前面的公交站牌，一脚跨上等在那儿的公交车。

他还真有地方要去，跟江航约好了今天放学碰头。

十几分钟后，公交车和往常一样靠边停下，他下车，进了路边的一家商场。

商场三层有个电子游乐城，江航就喜欢这种地方。

许亦北一进去就看见他站在最显眼的位置玩投篮,小篮筐下面的电子屏半天才显示中了一个,他居然还玩得挺投入。

又是篮球,许亦北现在看到球就烦,脑袋被砸的那种感觉还在似的,连带跟应行打架撞到围栏的那只胳膊都疼了。他也没过去,掏出手机给江航发了条语音:"别玩了,我来了。"

江航很快掏出手机看到,扭头找了找,扔了球过来:"你怎么才来?我都等你半天了。"

许亦北站在门口的前台边上:"才放学当然才来,你不会逃课了吧?"

江航"嘿嘿"两声,不打自招:"请你喝饮料,别揭穿我。"

许亦北说:"我请你吧,谁让我要请你办事呢?"说着在前台给他点了杯冰奶茶,加足了料,自己只要了杯冰水,什么都不要,就要多冰。

江航打量他:"干吗啊,这是,一身的汗,脸色也不好,就喝个冰水,要降火吗?"

许亦北笑了一声:"对,降火。"

"谁又惹咱们北哥哥了?"江航说到这儿笑起来,"别管是谁,只要你别跟应行他们闹僵就行。"

许亦北淡淡地说:"我就算跟他闹僵了又怎么样?"

"不太好啊,我这不还要经常找杜辉吗?"

"那你就非得找他?"

"呃……"江航忽然发出温暾的一声。

"干吗?"许亦北看他。

"啊?没事,我就随口说说。"江航拿出手机,"你不是要资料吗?我昨天买到了,传给你。"

许亦北就是为这个来的,他拿出手机接收,又是一样的文件,这回的名字叫:《内部珍藏 2.0,感到猛了吧?来吧,再猛一次!》

他忍不住吐槽:"你能别总起这些傻里傻气的名字吗?"

江航说:"这可不是我起的啊,买来就这名字。"

许亦北抿抿嘴:"那卖这个的人一定是个憨憨。"

江航忽然被逗笑了:"可不是嘛。"

许亦北收到资料就不想待了,嫌这地方太吵,拿了点的那杯冰水:"我回去了。"

江航跟着他一起往外走："这么着急干吗？"

许亦北晃了一下手机："回去看资料。"

"服了你了，这么有耐心，你数学还能学不好？"

"有段时间没学，缺了基础，当然学不好。"

江航想了想："就是你跟你妈去外地的那几年吧？"

"嗯。"

"唉，那都过去了，你妈现在再婚了不是挺好的吗？"

许亦北干巴巴地笑了一下："是挺好的。"至少对他妈来说是挺好的吧。

说着话出了商场，后面的公交车来得挺巧，他朝江航挥一下手，上了车。

修表铺外面也有辆公交车刚开过去，应行从电动车上下来，扫了一眼车尾，扭头开了铺子的门进去。

外面刹车"吱"的一声，杜辉跟着就进来了："应总！我听梁枫说了，你跟小白脸动手了？"

应行朝里面那间房里看一眼，贺振国不在，才回头说："动了。"

"就他那柔弱样还敢动你啊！"杜辉火冒三丈，"等着，明天我去学校找他算账！"

应行嫌烦："别闹腾了，你要消停点就没这事，拱火半天，他能不发作吗？"

杜辉替他不爽："那就算了？"

"你别管了，走吧，随便去哪儿。"应行转头进了里面的房间。

杜辉骂了两声，出去了，外面很快就响起了电动车开走的声音。

房间里连着个小洗手间，应行走进去按亮灯，侧过身对着镜子，一只手伸到背后抓着汗衫往上一拉，看到背上好几条淤血印子，是铁杆撞出来的，他皱了眉："啧。"

这就是杜辉嘴里的柔弱？

"你回来了？"贺振国忽然回来了。

应行拉下衣服，关了灯出去："嗯。"

吴宝娟是跟贺振国一起进来的，贺振国扶她坐在门口的小板凳上，另一只手里提着只塑料袋，里面装着几盒药。

应行低声问："药吃完了？"

贺振国说："今天刚吃完的，又去医院拿了点，正好带她查下身体。"

"医生怎么说？"

"还不就是那几句。"贺振国叹气，"要好好治，说来说去都是钱。"

应行看看吴宝娟："赚不就有了？"

贺振国瞪他："你少管钱，好好念你的书就行了。"

"我不管谁管？"应行走到门口，伸手扶住吴宝娟的胳膊。

贺振国拿他没辙，在他身后嘀咕："每次说你都不听……"

吴宝娟从刚才开始就看着门外，被应行扶着站起来，茫然地问他："刚才走的是谁呀，北北？"

应行背上还疼着呢，听到这名字就皱眉："不是他，这么多人，你怎么就偏偏记住他了啊？"

吴宝娟笑着说："我喜欢他呀，你们不是好同学吗？"

好同学？同学就同学，哪来的好同学？应行笑了，他跟许亦北算好吗？都快反目成仇了……

许亦北对着镜子，一下一下揉着胳膊。

一早起床就疼得不行，刷牙的时候才发现被撞的那一块青了，从肩膀连到胳膊都疼，他一边揉一边太阳穴突突的，主要是觉得才一下就这样了，要真跟应行继续动手下去，估计自己也占不了便宜。

算了，再想下去也是不爽，不想了。

他找了件宽大的T恤换上，袖长都快到手肘了，把胳膊上那块青的挡得完全看不见，才出门去上学。

许亦北一路都在看那份新到手的数学资料，直到进了教室，有人在他身后故意咳了两声。

他回过头。

梁枫拎着拖把进来值日，朝他竖了下大拇指："要不是我亲眼看到，我都不信，你连应总都敢动，真牛。"

许亦北收起手机："怎么，他不能动？"

梁枫小声说："也就是现在，要是以前的应总，你这会儿已经不知道怎么样了。"

什么意思？难道他现在还算下手轻了？

梁枫说得挺认真："真的，你是没见过以前的应总，他现在不知道收敛多少了。"

许亦北往座位上走，故意说："那我还真是害怕死了。"

梁枫看看他的背影："嚯，还真是有钱任性……"就差没说："你这柔弱的富家少爷还能这么刚，可真勇啊！"

旁边的座位照旧一早就空着，许亦北根本没看一眼，他拿出手机，接着看那份数学资料，一边抽了张纸做笔记。

这回资料上的例题归纳得就更有特点了，例题写得也很简明易懂，好像就是专门写给他这种数学底子特别差的人看的。

许亦北看别的资料都是强迫自己才能看完，只有这两份资料，名字傻得没眼看，偏偏他都能一字不落地看完，有的题还要反复看几次。

大概还剩一小半，还没看完，他就拿起手机，点出了江航的微信，又给他转了二百五。

——下一份资料的钱。

江航回了个震惊的表情过来。

——你这是爱上了吗？

许亦北急着往下看，手指打字很快。

——难得有我觉得有用的，接着买，有多少买多少，钱不够回头补给你。

江航这回发了几个得意扬扬的大笑过来。

——果然还得我帮你吧？

——没问题，我等会儿就去帮你联系。

许亦北发了句"等提高了请你吃饭"，刚要接着看，左边"咚"的一声响，他瞥了一眼，是杜辉来了。

刚才那一声是他连牛奶罐和手机一起重重拍在了桌上。一来他就盯着许亦北，一脸不爽："咱俩把话挑明了，昨天砸你那下我又不是故意的，你要是不爽就冲我来，找应总什么碴啊？"

许亦北翻了个白眼，别看他人跟小学生似的，还挺讲义气："砸我不是故意的，卖东西也不是故意的？"

杜辉理亏了一秒，想想自己也确实挺损的："我又没强买强卖，觉得不满意你提出来呗。"

"我提？"许亦北都气笑了，"省省吧，你们的东西都自己留着，老子一点兴趣都没有。"

杜辉："……"他脸都气青了，论斗嘴他真不是许亦北的对手，迟早有天要被噎死。

梁枫拖着地过来，通风报信："老樊快来了！"

杜辉拍在桌上的手机也在振，他总算坐下来："谁这么烦人……"

许亦北转过头，随手拿了本书往旁边一竖，继续看他的资料，多跟杜辉说一句都觉得是浪费时间。

看得好好的，手机屏幕上忽然弹出了一条微信消息。

——不是让你别跟他们闹僵吗？你怎么还跟应行动手了?!

许亦北手指切过去，还是江航发来的，他拧拧眉。

——你怎么知道？

也不知道是急还是怎么，江航回复超快。

——我刚找杜辉莫名其妙被喷了个狗血淋头，能不知道吗？

难怪刚才看到杜辉手机振呢，就是他啊，许亦北都想喷他了。

——让你替我买资料，你老找他干什么？

江航的回复一下弹出来。

——我不找他怎么给你买资料啊？

许亦北顿时盯住手机，什么玩意？

紧接着这条回复就"嗖"的一下被撤回了。

他转头看了一眼窗外，趁樊文德还没来，站起来，匆匆出了教室。一直走到男厕所，他进了最里面的隔间，立马拨江航的电话。

忙音响了快半分钟对面才接了，江航在电话里尴尬地笑："喂？"

许亦北直接问："那资料是谁的？"

江航在电话里支吾："呃……刚开始怕你硌硬，就没说。"

"你现在说。"

"杜辉卖的，应行做的。"

许亦北眼皮一跳："谁做的？"

"应行做的。"

许亦北："……"

江航反应过来："你放心，我机灵着呢，没说是你买的，杜辉以为是我自己要的。"

许亦北的重点根本不是这个："你再说一遍，资料是谁做的？"

江航说："应行啊。"

许亦北一下挂了电话，所以让他全神贯注、如痴如醉的东西是应行做的？

还能说什么？他愤懑地踢了一脚隔间门。

刚拉开门出去，外面有人进来，俩人同时一停。

应行一只手插着兜，挑眉看了看许亦北，冷战当中，无话可说。他长腿一抬，进了旁边的隔间，一把合上门。

许亦北转头看看那扇门，抿紧嘴唇，一言不发地出去，更愤懑了。

第18章

不知道还好，现在知道了，都没法再好好看那份资料了。

许亦北回到教室里就闷头坐着，手机放在课桌上，还停留在之前看的那页，他偶尔瞥一眼手机屏幕，手指一下一下转着笔，想来想去都是那一句：怎么偏偏是应行做的！

想想自己前一刻还跟他剑拔弩张地动了手，后面就乐颠颠地去买了他的数学资料，这场面怎么想起来让人觉得那么傻呢？

手机忽然"嗡"的一声振了。许亦北看了一眼，又是江航发过来的。

——那……资料你还要吗？

还问呢，够窝火的了。

旁边有人经过，许亦北扫了一眼，看到那双熟悉的长腿，立马一只手盖住手机。

应行坐下，莫名其妙看了一眼他的手。

许亦北生怕他看见资料，抓着手机一把塞进桌肚子里，紧接着就把凳子一拖，往外坐远了点。

啧，先动手的人还有脾气了？应行提了提嘴角，也往杜辉那边坐了坐，行吧，那就冷战得彻底点，谁也别挨着谁好了。

杜辉正好有气，立马拍拍自己的凳子："来，应总，往这儿坐，你吃饭没？我来的时候给你买了早饭。"

应行问："干什么，还特地给我买早饭？"

杜辉闷声闷气的："就觉得昨天那事……挺对不起你的呗。"

应行好笑："至于吗？你自己吃吧。"

许亦北听见了也当作没听见，随手拿了本厚厚的数学模拟题往面前一放，埋头做题。

也巧了，卷子上好几道题都眼熟，是在那两份资料里看到过的题型。

他动笔唰唰地写到一半，忽然停下，从头到尾看了一遍，发现自己连做题的手感都比以前好多了，用的还都是看过的那些例题里的解法……

服了，那资料是真的有用。

手机又嗡嗡地在桌肚子里振了好几下，许亦北伸手摸出来，是江航在小心翼翼地追问。

——怎么说啊，北，你生气了？

——那个资料你到底还要不要了？

——你不发话我很慌啊！

问得真是时候，许亦北看看眼前的卷子，想想自己那鲜红的 45 分，又悄悄看一眼旁边，只看到应行搭在课桌上的一只手。他咬了咬牙，低头打字。

——要！

没过两秒，他又紧接着发一句过去。

——我什么都不知道。

江航的回复立马跳出来，相当配合。

——对，你什么都不知道。

——数学资料是我买的，跟你没关系。

很好，算他上道。许亦北又把手机塞回去，强行装作没事发生。

这下就好受多了……

后排安静了整整一个上午，谁也没跟谁说话。

到中午了，杜辉又叫应行："应总，走，午饭我请你。"

应行站起来往外走："你还没完了？"

许亦北看着他们一起走了，苦装到现在，总算可以暂告一段落了。他把笔一扔，站起来出了教室。

他刚下楼梯，梁枫忽然跟了上来，悄悄叫他："许亦北，我都观察你们一上午了，难道你们打算就这么不理对方了？"

许亦北说："你想说什么？"

梁枫真诚地建议："要不然你去跟应总道个歉得了。"

许亦北拧眉，差点笑了："我凭什么道歉？"

梁枫十分现实地回答："因为我不可能劝应总给你道歉啊。"

这不是搞笑吗？许亦北"哦"一声："那你就谁都别劝。"

"嗐，倔什么啊，我看见你还偷偷看了应总好几回呢，难道不是想和好吗？"

许亦北耷拉了双眼，还不是因为资料的事，明明是自己花钱买的资料，弄得像做贼心虚似的。"你看错了。"他说着往左一拐，出了学校北门。

梁枫停在后面问："你不去食堂？"

"出去吃。"许亦北觉得应行跟杜辉肯定会去食堂，不想跟他们打照面，早就想好要出去吃了。

路边有一家卖鸡汤面的摊子，他看人少，想早点吃完回去，也不挑地方了，走过去随便点了碗面，找位置坐下了。

面刚端上来，摊子前多了个人。

许亦北一抬头，看到应行一手插兜，站在面摊那儿拿着手机正在扫码，扫完扭头，俩人目光正好撞个正着。嗯？他怎么没去跟杜辉一起吃啊？

老板说："你就坐那儿吧。"

应行看了看许亦北，也不说什么，端了碗面走过来，在他对面坐下。

老板习惯性地交代："调料自己加啊。"

应行问："哪儿呢？"

"不都在桌上放着吗？"

应行看看许亦北，调料都在他那边呢。他故意似的说："帮忙递一下？"

许亦北看他跟不认识自己一样，也抿着唇当不认识，拿了醋往对面一推。

应行接了，手往桌上一搭，朝他这儿伸着。

许亦北把面前的辣椒酱也推过去。

应行接了，手又伸出来。

许亦北下意识地就要再递，低头看自己面前什么都没了，顿时没好气地看过去。

应行扬着嘴角收回手。

真够欠的！总有一天还要抽他。许亦北扫他一眼，拿了筷子，一声不吭地吃面。

俩人各吃各的，谁也不妨碍谁。

直到许亦北的胳膊被人拍了一下："许亦北。"

"嗞！"他被撞的那下还没好呢，一把捂住胳膊看过去。

是朱斌，他吓了一跳似的看着许亦北："怎么了？我就是过来打个招呼啊。"

应行看过去，一看到许亦北那模样就知道是怎么回事了，牵着嘴角转过头，原来他小子也伤得不轻啊。

许亦北瞄到他脸上的笑，忍了忍，坐正甩了一下胳膊："没事。"

朱斌还不知道他们打架的事呢，看看应行："你们约好一起出来吃的？"

"没有。"俩人异口同声。

朱斌莫名其妙。

许亦北把筷子一按，站起来就走："不吃了。"

朱斌更莫名其妙了，看他走了，问应行："因为我啊？"

应行笑了声："不是。"

"那是因为什么？"

"你猜。"应行放下筷子，跟着站起来，也不吃了。

许亦北回到教室就看见杜辉在座位上喝饮料，还一边噼里啪啦地拿着手机打字，他觉得杜辉又是在跟江航说话，不动声色地看了两眼。

杜辉看到他回来，没好脸色，特地拿着手机背过去接着打字。

许亦北就当不知道，学数学还挺考验演技，反正不管怎么样，江航给他把资料搞到手就行了，别让应行发现就行。

他刚想到这儿，应行就回来了。

许亦北转头，俩人对视一眼，依然各干各的，位子也照旧是各坐一边。

班级广播忽然响了，老樊在里面喊："全班注意一下，昨天刚开学什么都乱糟糟的，班会也没能开，今天学校要统一给高三开个年级会，都去大礼堂，马上去！"

"天哪，开会都选午休时间，也太没人性了。"班上一群吐槽的。

吐槽也没用，老樊前脚喊完，后脚就来班上查人了。

许亦北刚做完一道数学题，正在悄悄翻着手机看资料，忽然看到应行站起来要走了，立即收起手机。

应行不禁又看了他一眼，这到底是冷战还是防贼呢，一回两回的，谁想看他手机啊？

许亦北接着演，若无其事地出了教室，随着人流出去，到了礼堂里，看梁枫已经找到地方坐下来了，特地过去在他前面坐了下来，还坐在了最外边，旁边都是别的班的。

梁枫一看他就是故意这么坐的，凑过去小声说："你俩可真能扛啊。"

许亦北轻轻哼了一声，就当默认了。谁也不低头，可不是能扛吗？

上面已经坐了一排老师，也不知道是教导处主任还是校长，风风火火的，都没等人到齐就开始讲话了。

许亦北听了几句，无非是动员大家抓紧高三最后一年铆足劲学习。他眼神不自觉地往两边扫，稍微往后一瞥就看到了应行，马上又收回目光。应行在哪儿都显眼，根本不用费力就能注意到。

杜辉在应行旁边坐下来，一坐下就看了看前面的许亦北，小声说："要不然我去跟他道歉得了。"

应行差点以为自己听错了，看他一眼："你肯？"

杜辉梗着脖子："不肯啊，但那不是我卖东西惹出来的吗？这都连累你了，我去跟他道歉呗，然后叫好摁他来给你道歉。"

应行笑了，要不然怎么跟他关系好呢，他把人当朋友了是真挺仗义的："行了吧，都说了没你的事了，现在是我跟他的事。"

杜辉找不到话说了，忽然伸手掏出手机："唉，烦死了，又来了。"

应行听不进那些枯燥的动员，低下头看手机，一边问："什么啊？"

"买东西的呗。"杜辉说到这儿忽然又得意了，"就你以前给我做的那个数学资料，还记得吧？我给拆成两份卖了五百，嘿，现在他还买上瘾了，还要呢，我回头给你分账。"

应行低低骂了一句："我难得给你做个资料，你居然拿去卖？"

"唉，我又学不进去，给我做有什么用，还不如拿去赚钱呢。"

"你不学怎么知道学不进去？"

杜辉看看他："干吗忽然这么说啊，你不也不学吗？"

应行不冷不热地说："我跟你又不一样。"

杜辉看他好几眼，挠了一下头："别这么说，应总，大家都一样，千万别这么说自己。"

应行抬头，笑了笑："你怎么忽然来一碗鸡汤啊，干脆上台去说得了。"

杜辉刚要再说，手机又来了消息，他忍不住拿出来直接关了："都说了没了，还问起来没完了……"

应行看了一眼他的手机："到底谁要买？"

杜辉气冲冲的，压低声音："江航，说起来我就来气，就冲小白脸跟你动手，我也不可能再卖给他了。"

应行回忆了一下江航那样子："他还买数学资料？"

"谁知道啊，就那天被他在路上拦了下来，他问我有没有能提高数学成绩的东西卖，说他在十四中数学考得不好，要提高一下。也是他命好，我说别的可能没有，刚好你数学好啊，不然还得去外面搞呢。真逗，从来也没见他学习过，一天到晚地就知道买游戏里的东西，不知道这回是装的哪头蒜……"

应行挑眉，忽然朝许亦北看过去："哦——"

杜辉看他："哦什么？"

他笑了声："我悟了。"

"啊？"

应行踢一下他的腿："让我过去。"

杜辉收腿给他腾位置，应行直接站起来，越过他，朝坐在许亦北后面的梁枫摆了下手。

梁枫一愣，跟他换了个位置，忍不住嘀咕："不扛了？"

听到后面有动静，许亦北下意识地回头，就看到应行坐到了自己正后方，他看了两眼，又转过头。

"你好，"旁边坐着一个外班的女生，之前都没动静，这会儿才叫他，"你就是许亦北吧？"

许亦北看了看她："你认识我？"

女生点点头："我是四班的刘敏，上次摸底考试你的分数挺突出的，除了数学，所以我对你印象挺深的。"

听她说到摸底考试，许亦北想起来了，这不就是朱斌说的那个摸底考试考了年级第一的四班女生？许亦北客套一句："比不上你。"

刘敏说："我语文和英语都不如你，我们老师还特地提到你了呢，要是以后有机会的话可以一起学习，我也可以帮你补补数学。"

许亦北挺意外，又看她一眼："你数学考了多少？"

"131，比不上你们班的应行。"刘敏不好意思地笑笑。

确实比不上，比他少了10分呢，明明131也很高了，但许亦北现在都用到那位做的资料了，连眼光都高了，加上跟人家女生也不熟，总觉得不太自在："再说吧。"说完眼睛不由自主地就想往后瞟，但他忍住了，那位就在后面坐着呢。

"那好吧。"刘敏笑笑，没再说了。

讲话总算结束了，大家听的时候不用心，最后鼓掌最用力，终于可以走了。

许亦北坐着没动，有意等别人先走，尤其是后面那位。

一直等到前面和旁边都空了，还没听见后面那位有要走的迹象。

算了，随便吧，他要走了。许亦北刚要站起来，忽然一只手在他肩膀上一按，他一下又坐了回去。

还没扭头，应行从后面凑近，在他耳边笑了一声："怎么样，我的资料好用吗？"

第 19 章

许亦北愣住了，脑子里一瞬间只剩下一个想法：他是怎么知道的？

难道是自己演技不好暴露了？不应该啊……

肩被应行摁着，他整个人也像是被定在了椅子上，过了好几秒，才一脸平静地开口："你什么意思？"

应行又笑一声，声音低得大概只有他一个人能听见："也就杜辉不知道你对数学多卖力，不然他早就主动卖给你了，也省得卖那些乱七八糟的东西惹你不爽了。别不承认，我都知道了。"

许亦北："……"

没等许亦北再说话，应行摁在他肩膀上的手拍了他一下，意味深长似的，人站了起来。

许亦北终于往后转过头，看见他一只手插着兜，往大礼堂的门口去了。居然就这么走了？

他真知道了！许亦北一下站起来，掏出手机，飞快地拨了江航的电话。

刚接通，江航就在那头竹筒倒豆子似的说："喂？北啊，你别催我了，我还

109

没买到呢，杜辉现在非说那资料没了……"

"你跟杜辉暴露我了？"许亦北直接打断了他。

"啊？"江航莫名其妙，"没啊，我小心着呢，怎么可能告诉他啊？"

许亦北又看了一眼应行刚出去的大门，明白了，他就是特地到自己耳边宣告结果来的。

这人到底是怎么知道的？许亦北在心里复盘一样想了一遍，刚才他说杜辉不知道自己对数学卖力，对，他知道，自己不是还在他眼前上过一回线上数学课吗？

简直是当场抓了自己一个现行，许亦北感觉被他明明白白地耍着玩了一回。

"到底怎么了？"江航问。

总不能把刚才的情景给他复述一遍。许亦北拧着眉说："应行知道了。"

"他知道了？"江航诧异，"那怎么办啊？"

许亦北一边往外走，一边说："行了，那个资料你不用买了。"

"你不是一定要拿到的吗？"

许亦北想了想，干脆说："你别管了，我自己去买。"说完挂了电话，出了大门。

出去时他就在看，应行走得够快的，人影都没了。

直到进了三班教室里，连后排的座位也是空的，许亦北走到自己的座位上，扫了一眼那头的杜辉："他人呢？"

杜辉一下还没反应过来他是在问自己，看他两眼才说："干吗？你找应总是又想找碴？"

许亦北没好气地点两下头："你不用回答了，我自己找。"

杜辉："……"

梁枫回过头，小声说："应总什么作风你还不清楚吗？今天下午没老樊的数学课啊，懂了吧？"

许亦北懂了，所以他肯定是又早退了，难怪跑得这么快呢。真行，撂完话就走了，够潇洒的啊。

"怎么了？"梁枫打量他的脸色，忍不住又想八卦，"你俩不是不扛了吗？还是说你这是准备去跟应总和好啊？"

许亦北坐下来，忽然笑了一下："对，我现在就想去跟他和好。"

杜辉听见，奇怪地看了他一眼，什么鬼，太阳打西边出来了？小白脸前面说得那么刚，现在居然肯低头认怂了？

只有朱斌摸不着头脑，到这会儿才回头问："什么和好？发生什么事了吗？"

梁枫嫌他迟钝，推了推他的肩膀："算了算了，别为难自己，学委您还是好好学习吧。"

许亦北瞥了一眼旁边的空座位，应行什么东西都没带，还真符合他逃课的风格，然后又抬头看了看墙上挂钟上的时间。行，走就走吧，等放学了再说。

下午果然没有樊文德的数学课，两节物理，两节语文，上完就到了放学的时候。

今天午休时间开的年级会上刚倡导了走读生也要勤上晚自习，许亦北听见了，但是今天肯定是上不了了，铃声刚响，他拿了书包就匆匆走了。

上了公交车，车刚开出去，他就留心着外面的街景，三站路后，转过了三岔路口，公交车靠站停下，他比往常提前下了车，远远地看见马路对面那个蓝底白字的修表铺招牌。

修表铺的玻璃拉门是开着的，许亦北大步走到门口，没看到柜台后面有人，在门口看了一圈，也没看到应行那辆熟悉的黑色电动车。

不在？这人不会又是上哪儿赚钱去了吧？越想越觉得有这个可能，许亦北掏出手机，翻着微信，找到那个人民币头像，打了行字发过去。

——你在哪儿？给我个地址。

过了有一分钟，应行才回复。

——怎么，因为我拆穿了你，要过来找我算账？

许亦北耷拉着眼皮看完，都被气笑了，手指点了两下，直接拨了语音电话过去。

没几秒钟，那边接通了，应行在电话那头的声音听起来漫不经心的："喂？"

背景音有点嘈杂，不知道他在什么地方。

许亦北说："给我地址，要么你就现在回来。"

应行在电话里笑了："你这是想怎么样啊？"

许亦北把书包搭到肩上，倚在修表铺的门口："不怎么样，资料就是我买的，所以我本人来跟你谈个买卖。"

应行说："那不好意思，资料已经没了，我就做了两份。"

许亦北淡淡地说："我现在不要什么资料了，你本人不是比资料更有用？"

他早就做好准备了，既然被挑明了，还藏着掖着要什么资料啊，直接找他本人不就行了？不就是挑明了吗？来啊，直面现实呗。

应行在那边顿了几秒，一下失笑："别闹了。"紧接着就直接把电话挂了。

许亦北把手机拿到眼前看了看，还真挂了，什么意思，他这要求很像是在胡闹？

"北北？"他忽然听到吴宝娟的声音。

许亦北抬头，看见吴宝娟一个人从路上过来了，她冲他笑着，衣角和长裤上却被画了好几道五颜六色、乱七八糟的线条，还沾了灰，也不知道是在哪儿弄的，还有好几个孩子跟在她后面，探头探脑的。

他一下就看明白了，冷着脸走过去："那几个小孩是不是捣蛋了？是他们把你的衣服画成这样的？"

吴宝娟看看他："啊？我不记得了。"

估计就是看她不记得才会这样。许亦北冷眼扫向那几个小孩："谁干的？"

几个孩子吓了一跳，掉头就跑了。

许亦北看他们全跑了，回头问吴宝娟："怎么不在家待着呢？"

吴宝娟被他一问，像是想起来了，连忙往修表铺里走，嘴里直念叨："对，我要看店的，振国给人送手表去了……"走到门口，她想起来了，又回头朝他招手："北北，你也来啊。"

许亦北想了想，走过去说："那我陪你看会儿店吧。"

"好啊。"吴宝娟正高兴呢。

许亦北跟她进了铺子里，放下书包，在玻璃柜台那儿的凳子上坐下来。

正好，就在这儿等着应行，他总不能不回家吧。

吴宝娟端个凳子，一板一眼地坐到他旁边，扒拉着手腕上戴的那个男士手表，看了看时间，忽然问："他去哪儿了呀？"

许亦北一愣："谁啊？"

"他呀。"

许亦北明白过来，她问的应该是应行。他忽然想起，好像还从没听她直接叫过应行的名字，他笑了一下，故意说："谁知道呢，可能马上就回来了吧。"

玻璃拉门忽然被人从外面拉开了点，有人匆匆走了进来，进门就问："你没乱跑吧？"

许亦北看过去，进来的是一个中年男人，两鬓都花白了，他马上反应过来，这位肯定就是应行的舅舅了。

贺振国说完话才看到不止吴宝娟一个人在，还有个人在柜台那儿坐着，他也没看清，脱口就问："是要修手表吗？"

许亦北说："不是。"

吴宝娟指指他："北北呀。"

贺振国看到他的脸，认出来了："哦，是你啊，我见过你照片的，你是那个……大名叫什么北来着？"

"许亦北。"

"对对，许亦北。"贺振国笑了笑，指了一下吴宝娟，"她经常念叨你，上次你送她回来，一直还没机会好好谢谢你呢。"

"没事。"许亦北边说边看门外面，他是一个人回来的，没别人了。

贺振国担心吴宝娟一个人在家，回来得急，到这会儿都还在喘气，扯了两张纸巾擦着头上的汗，可能是怕许亦北不认识自己，一边又跟他寒暄："我是应行的舅舅，这个振国修表铺就是我开的，我大名就叫贺振国。"

许亦北觉得他们夫妻俩性格都挺温和的，怎么会有应行这么欠的外甥呢，真想不通，但也不好多问他家里的事，只好叫一声："贺叔叔。"

贺振国打量他："你真客气，难怪宝娟喜欢你，一看就是家里教得好。"

许亦北笑笑，听别人说到家里，他多少有点不自在，眼睛又忍不住往门外看。

贺振国很快就看见吴宝娟衣服上被人乱画的痕迹了，叹了口气，拉她站起来："怎么又这样了？算了，人没事就行……回头可别跟他说啊，不然他又得去找人家了……"

许亦北听他小声跟吴宝娟说着话，看他们一眼，心想他可能是怕应行去找欺负吴宝娟的人吧。

吴宝娟像个小孩子似的，说什么都回："知道啦。"

贺振国对她叮嘱完，冲许亦北不好意思地笑笑："要不然你坐会儿，我带她回去换身衣服，我们家就在楼上，挺近的。"

许亦北点头："行，我可以帮你们看店。"也不是看店，主要是为了等人。

贺振国越看他越觉得不错，扶着吴宝娟的一只胳膊，带她出门先回去了。

许亦北坐着也是坐着，拿出手机，打开那份没看完的数学资料，这会儿能光明正大地看了，反正也挑明了，就是当着应行的面看都行。

像是呼应他的想法似的，还没看完两道例题，外面传来一阵电动车开近的声响。

他抬头看出去，黑色的电动车飞快地滑过来，在门外停住。

应行长腿一跨，下了车，拿着钥匙，低头进了门，紧接着就对上他的视线，顿时一停。

许亦北收起手机，看着他："你可算回来了。"

应行看他在这店里像模像样地坐着，都乐了："你还找上门来了。"

许亦北也不瞒他："跟你打电话的时候我就到了，不都说了吗？我是来跟你谈买卖的。"

应行转一下手里的钥匙："我也说了，别闹了。"

"谁说我闹了？"

"我前脚拆穿了你，你后脚就要来跟我谈买卖，这还不叫闹？"

"你平常跟杜辉一起卖东西，我现在终于来买东西了，你管这叫闹？"

应行转头看了看门口，又扫一圈店里，确定没别人，走过来，一手搭着他旁边的柜台："那不一样，你那意思明摆着是要买我来教你数学吧。"

许亦北看他："不行吗？"

应行直截了当地说："不行，我没干过这种事，没时间，还会妨碍我赚钱。"

许亦北差点要说"你就知道钱"，还好忍住了："我又不是不给钱。"

应行笑了，指指自己，忽然压低了声音："我很贵的。"

许亦北无语，忍不住扫他一眼：你当卖自己呢是吧？

"你回来了？"贺振国正好又带着吴宝娟回来了，一只手里还拎着个装了满满一包菜的塑料袋。

"嗯。"应行立马站直了，装作刚才跟许亦北什么都没说的样子。

吴宝娟换了身衣服，还是长衣长裤，头发也重新梳过了，看着很精神，笑着说："回来了呀，一起吃饭。"

应行看一眼许亦北，朝他递了个眼色，往门外偏了偏头，意思是话就说到这儿了，他可以走了，一边跟吴宝娟说："那回去吃吧。"

贺振国说："不用回去了，咱们今天就在这儿煮火锅吃，我菜都拿下来了，正好请你同学吃饭，早就想谢谢他了。"

许亦北刚接到应行那记眼神，意外地看了一眼贺振国，没想到他这么客气。

应行停下脚步，话里带话地说："你怎么自己就定了，人家还没同意呢。"

吴宝娟小声问："北北不同意？"

许亦北听她语气都变失望了，跟应行对视一眼，扬起嘴角："我同意了。"

应行嘴角也扬了起来，瞪他对着干似的，转身去接了贺振国手里的菜："随你。"

铺子里就有个电火锅，贺振国搬了张小折叠桌出来，往柜台旁边一放，忙前忙后，很快就把火锅给煮上了。

围着桌子摆了四张凳子，许亦北去里面的小洗手间里洗了手出来，吴宝娟已经被应行扶着坐了下来，应行跟着坐下，看到他，用脚轻轻踢了踢旁边的一张凳子，示意他坐。

许亦北答应的时候挺爽快，其实还从来没在别人家里吃过饭，心里不自在，脸上装作很自然的样子，走过去，在他旁边坐下。

应行这会儿才发现吴宝娟换过衣服了："早上穿的不是这身啊，怎么了，在外面摔跤了？"

许亦北不禁看他一眼，他有这么细心吗？

贺振国端着几碗酱料上来："别胡说了，没有的事。"

吴宝娟的回答很跳脱："有北北呢。"

应行转头看许亦北。

许亦北当作没看到，接了贺振国递来的酱料，不参与讨论。

贺振国递双筷子给他，顺嘴问："你跟应行是一个班的吧，我第一次看他有新朋友。"

许亦北瞥一眼应行："嗯，同班，还坐一起，确实是'朋友'。"

应行看过来，嘴边浮出一抹笑，两人靠眼神都能对战几个来回了，今天上午还互不理睬，太算"朋友"了。

"难怪呢。"贺振国觉得他穿得不错，家里条件应该挺好的，怪不好意思的，"不知道你要来，也没准备，没什么菜，别太在意。"

"那有什么，"应行抢先说，"不是朋友吗？他不在乎这些。"

许亦北白他一眼，心想：你可真会接话。一边想，一边换了只手拿筷子，另一只手掏出手机。

应行夹了块煮熟的羊肉片给吴宝娟，裤兜里的手机忽然振了一下，他拿出来看了一眼，跳出来的微信消息上是许亦北的名字，他朝旁边看。

许亦北像个没事人一样，朝他抬了抬下巴，意思是叫他看。

应行垂眼点开，一条转账信息，整整一千，他诧异地挑眉。

许亦北的消息紧接着回过来。

——你不是贵吗？这是预付金，够吗？不够我可以加。

应行似笑非笑地看过去，收起手机，接着吃饭。

许亦北回看他一眼，什么也没说。

没过半分钟，应行裤兜里又是一振，他掏出手机。

一条新的转账信息，又是整整一千。

他直接"哧"的一声笑了出来，真不愧是富家少爷，就知道许少爷留下来吃饭是为了这个。

贺振国瞪他："好好的笑什么？"

许亦北拧着眉也瞪他一眼，笑什么笑，哥哥砸得起。

应行只笑，也不说话。

贺振国不搭理他，转头叫许亦北夹菜："别不好意思，多吃点。"

吴宝娟说："北北下次还来。"

"对，经常来。"贺振国点头，说到这儿，他像是忽然想起来似的，看着应行，"你们不是一个班的吗？怎么今天不是一起放学的，你回来得这么晚，去哪儿了？"

应行不笑了，看了一眼许亦北："我走得晚，不知道他要来，不然肯定就一起了，是吧？"

贺振国问许亦北："是吗？"

许亦北表情淡淡地看了看应行，慢吞吞地嚼着块羊肉片，过了好几秒，才若有若无地笑了下："是。"

贺振国看他比较可信，总算放心了："这还差不多。"

应行跟许亦北互相看了看，心照不宣地一起闭上嘴。

一顿火锅快吃完，外面天都黑了，许亦北放下筷子，又掏出手机，紧接着小腿就被旁边挨着的腿撞了一下，他看过去，发现应行正盯着他。

"你够了吗？"

许亦北一只手拿着手机搁桌底下，反问："你够了吗？"

应行放下筷子："我够了，总觉得你也应该够了。"

俩人像打哑谜似的，许亦北哪能听不出他的意思，跟着说："嗯，我吃够了。"

"那走吧。"应行站起来。

贺振国刚要收拾碗筷，看着他："干吗去？"

"吃多了，出去走走。"应行找了个理由，临走时不忘跟吴宝娟说，"我很快回来，你要困了就早点回去睡吧。"

吴宝娟点点头："好。"

许亦北拿了自己的书包，特地跟贺振国和吴宝娟都打了声招呼才跟出去。

一出去，外面黑乎乎的，许亦北没适应，没走几步，一下撞到应行背上，紧接着肩膀就被他回头一把摁住了。

"干什么！"两个人异口同声。

应行背上还没好，推住他的肩，生怕他来第二下："那么大个人影在前面你看不见？"

"那你也出个声啊。"许亦北推开他的胳膊，没好气，"拿开，摁几回了你？"

应行笑了声，抬脚往前走："我顶多摁你两下，你不仅能撞我，还能用钱砸我。人生第一次体会到被人用钱砸是什么感觉，居然是因为数学，可太逗了。"

许亦北在他后面跟着："逗吗？要不是你说够了，我还能接着砸。"

应行一只手插着兜，点头："够了，不够能叫你出来吗？"谁受得了被这样一直砸钱啊？

俩人一前一后走了快有十分钟，到了另一条街上，旁边是个小公园，大晚上的只有几个老人远远地在搞锻炼，灯都没亮几盏。

许亦北停下说："就这儿吧，叫我出来不就是要找地方说话吗？"

应行停下来，看了看周围："黑黢黢的，这谈的不像是正经买卖。"

许亦北翻了个白眼："从你嘴里说出来，确实不像正经事。"

"那就正经点。"应行走到里面一张条椅那儿，坐下说，"赚钱可以，话得说清楚，总得让我知道要做什么吧？"

许亦北站他对面："帮我补数学，就这一样。"

应行问："还有呢？"

"外面补课什么价，我给你什么价，今天的不算，每次考试有提高，我还会给你额外奖励，只要你能让我数学成绩提上去，一切好说。"

周围实在没几盏灯，应行连他的表情都看不清楚，搞不清他在想什么："就这样？"

"就这样。"

应行想了想："怎么偏偏是我啊，外面的补习班有名的老师一大堆，你不是还报了什么线上课程吗？"

"谢你那份数学资料去。"

应行"哦"一声："所以确实好用是吧？"

许亦北不想夸他，岔开话题："别废话，干不干？"

应行又笑了，被他的语气弄笑的，他半天没回答，坐在椅子上，慢条斯理地摆弄着手里的手机，在晦暗不明的光线里看着许亦北的脸，像是把每一句话都想了一遍似的，直到嘴里"啧"了一声。

"干吗？"许亦北问。

"有蚊子。"应行站起来。

许亦北怀疑他又在玩自己，立即往外走。

到了外面的路灯下面，应行跟出来了，一直走到他面前，停下说："走啊，谈完了还不走吗？"

许亦北顿时笑了，已经明白他的意思了："所以就是说定了是吧？"

应行扫了眼路灯下俩人拖在一起的影子，觉得好笑："恭喜你，因为数学，你跟我结束冷战了。"

许亦北把书包搭到肩上，看着他："恭喜你，有了个金主，记得以后要对我尊重点。"

应行抬眼看过去。

根本没给他说话的机会，许亦北转身就走："你的金主要回去了，再见。"

应行看着他越过斑马线去了街对面，勾起嘴角，难怪砸钱爽快，除了要学数学，还在这儿等着自己呢。

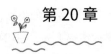

第 20 章

"北啊，怎么样了，那个资料你买到了？"一大早，江航就打来了电话。

许亦北已经进了学校，塞着耳机接了，手机揣兜里，一边脚步轻快地上教学楼，一边笑了声："没有，但是我现在买到更好的了。"

江航像是没想到："他们还有更好的？杜辉居然没告诉我！"

许亦北说："杜辉没有，应行有。"

"什么啊？"江航已经好奇了。

许亦北有意卖关子："以后你就知道了。"

江航还是不太放心："那应行呢，你俩现在没事了？"

还能有什么事，"合作协议"都达成了，现在自己可是他的金主。许亦北想起来就觉得有意思，今早起床都神清气爽，爽得看了半小时的数学资料才出门。他笑着说："没事了，风平浪静。"

"真的？亏我以为你俩彻底掰了，差点要去十三中找你……"江航直犯嘀咕。

许亦北听着电话，转过拐角继续上楼，迎面拥了一群人过来，吵吵闹闹地抢着下去，一下把楼梯占了，他的书包被挤了好几下。

他抓着扶手，抬头看了一眼，脸上的笑瞬间没了，口气也淡了："行了，下回见面说吧。"

"怎么了？"江航问。

"有事。"

那是一群高二的，有人怀里抱着足球，可能是一大早过来赶着去踢球的，人群中间的就是李辰宇。他早就看到许亦北了，绷着个脸，不知道的还以为是谁欠了他钱，没看两眼，他又故意别过脸去看其他人。

许亦北挂了电话，摘了耳机，也没有理睬他的意思，冷着脸说："让一下。"

估计是看他这白净斯文的样子没什么威慑力，高二的"勇士们"还在挤着下楼，就是没一个让路的。

"啧。"身后忽然有人不爽地出声，估计是被挤到了。

一群人忽然乖巧了，还有人打招呼："对不起。"

许亦北回头，是应行。

今天天气不算热，他穿着件黑色长袖衫，袖口拉到手肘，露着结实的小臂。他抬头看了过来，两个人视线一接触，达成的"合作"就提到了眼前，彼此的眼神都很微妙。

那群高二的也不吵闹了，乖乖在旁边让个道出来，一个挨着一个下了楼，李辰宇也被人推着一起下去了。

许亦北扫了两眼，心想什么情况，这学校里有这么多人怕他吗？也没见他干吗啊。

应行看了眼下去的李辰宇，开学的时候见过，有点印象，回头又看一眼许亦北："那不是你弟弟吗，连个路都不给你让？"

许亦北本来心情挺好的，撞见李辰宇毁一半，被他这句话毁了另一半，凉飕飕地说："不是说过了，以后你得尊重我点。"

应行问："你说的和这有关系？"

"有关系，尊重我就别提什么弟弟。"许亦北转身上楼。

应行莫名其妙地看他一眼，上楼时好笑地想，确实不该问，人家家里的事，跟自己有什么关系啊。

快到教室门口，许亦北才回头又看他一眼："我可真不习惯。"

应行慢条斯理地走过来："哪方面啊？"

"你今天来得早，不然呢？"许亦北说，"身份方面我挺习惯的。"

应行听出来了，当金主他挺习惯的，似笑非笑地说："那还不是得谢你，昨天跑去我家里，我舅舅见了你，一大早就赶我来学校。"

"为什么？"

"你长得像好学生啊。"

许亦北"咻"一声："我本来就是好学生。"

应行手从兜里抽出来，扔了个东西给他："行，好学生，这给你了。"

许亦北一把接住，居然是包奶糖："干吗？"

应行越过他进教室："给你吃啊，我舅妈非让我带给你，咱俩现在不是'朋友'了吗？"

许亦北愣了一下，想起昨天吃火锅时说的话了，无语地跟进去。

梁枫刚刚到教室外面，傻眼地看着那两人一前一后进了教室，都惊呆了："他俩真和好了？"

杜辉就跟在他后面，嘴里叼着的油条"啪"地掉到了地上："怎么可能？"

梁枫扭头看到，立马捡起来塞他手里："快！没过三秒，还能吃！"

"滚你的！"杜辉挥开他的手。

梁枫笑得不行，忽然看见樊文德来了，才匆匆进教室。

许亦北把吴宝娟好心给他的奶糖收进书包，一起塞进桌肚子里，拿着手机点出那份数学资料，一边看一边说："还剩一点我就都看完了。"

应行扫了一眼："嗯，怎么学还不是看你。"

刚说完，俩人同时抬头，看见杜辉和梁枫到了座位上就在打量他们。

许亦北收起手机，拿了支笔打草稿，应行垂眼，难得摸了本书出来，很有默契，谁都跟没事人似的。

樊文德跟往常一样背着手进了教室，一进来就直奔后排，盯着应行："今天太阳打西边出来了，你居然来得这么早？"

应行说："人生总要有点惊喜。"

杜辉嚷嚷："老樊，我也来得早，表扬表扬我啊。"

"来得早不是应该的吗？还不把你嘴上的油擦擦！"樊文德没好气地瞪他。

杜辉闭嘴了。

樊文德又盯着应行："你昨天是不是又旷课了？"

应行叹气："你做老师屈才了，去当侦探吧。"

樊文德指指墙角："摄像头我都打开了，别忘了我跟你说过的话，以后注意点，再有下次你试试！"

应行扫了一眼，皱了眉，不耐烦地"啧"了一声。

樊文德说完，转头看许亦北，发现他又在做数学，点点头，很满意："还是你让我放心，加油，数学成绩一定能提上来！"

许亦北心想当众警告就完了，怎么还当众加油了？他悄悄看了一眼应行。

应行在旁边也看了他一眼，勾起嘴角。

樊文德背着手转悠一圈，回到讲台上："来，大家把书拿出来，咱们要把高三的课尽快上完。"

有人嘀咕："这不是早自习吗？"

老樊耳尖地听到了："早上两节数学，我现在提前来给你们上课了还不好？"

教室里一阵哀号，只有班主任占课能占得这么理直气壮。

许亦北拿出数学书，换只手捏笔，在应行桌上点了点："待会儿好好做笔记。"

应行看过来："这就开始了？"

"对，开始了。"

他低声说："我一般不做笔记。"

"那你就从现在开始做。"许亦北小声回。

行吧，拿钱办事。应行只好拿了书出来，手里也捏了支笔。

许亦北自己边听边记笔记，到不明白的地方就看他记的，不知不觉就往他那边坐了一大截。

应行要写字的时候胳膊抵到他才发现他离自己这么近，抬眼看到他凑过来看的脸，又看到他纤长的眼睫毛，侧脸白生生的，鼻梁又细又挺，再近点都能蹭到他的头发。他下意识地偏头让了让，桌下的腿一动，踢了踢许亦北的脚，小声说："还让不让我记了？"

许亦北看了他一眼才反应过来，坐正了点："你记。"

杜辉过一会儿就朝应行那儿看一眼，前前后后看了好几回，不是看见应行在一本正经地记笔记，就是看见许亦北直往他那边靠，都蒙了：什么情况？昨天他俩还各坐一边呢！

不知道是第几遍铃声响了，连续上了将近三节数学课，已经到了出操的时间，樊文德嗓子都要说哑了，才总算下课。

许亦北一见老樊走了，就朝应行伸手。

应行懂了，把自己的书给他。

"不懂的我再问你。"许亦北压着声音，不想被别人听见。

"行。"应行起身去操场，也压低声音，"我服务还是很不错的。"

怎么听起来怪怪的？许亦北看着他出了教室，心想：你就不能用点好词吗？

杜辉早跟出去了，一直跟到操场，终于忍不住了："应总！"

应行回头："怎么啊？"

"小白脸昨天真找你去了？"

应行还以为他知道许亦北去过修表铺了："你怎么知道？"

"你们真和好了？"

原来是说这个。应行往阴凉里站："明摆着的，你不是都看到了？"

杜辉一脸费解："他嘴那么硬，我以为他要死扛到底了呢，怎么这就换风格了？"

"没换风格，他还是老样子。"应行好笑，砸钱解决就是许亦北的风格，哪儿换了，这"合作"做得可太许亦北了。

杜辉挠头："我还是想不通，你俩昨天说什么了？"

应行想了想："就和好了啊。"

不好提，谁能想到靠数学还能达成"合作"啊，要换个人应行还真不干。

没办法，毕竟许少爷给得太多了。

刚好，许少爷来做操了，站到队伍前面的时候，还特地转头朝他们这儿看了看。

应行也看他一眼，闲闲散散地站着，除了学数学，其他时候他俩还是各干各的。

这一天相安无事，连梁枫都感慨万千。

下午，趁许亦北去厕所，梁枫跟过去说："你们这和好得真够彻底的，就跟没打过架一样，没想到应总也有好说话的时候。"

许亦北都被他跟杜辉的眼神扫一天了，轻描淡写地说："谁让我有诚意呢。"

只要钱够，诚意就足。

刚好手机振了，他掏出来，是他妈打来的，应该是算好了现在是课间的点。

梁枫说："去里面接，在外面被教导处的老师看到就收手机。"

许亦北扭头去了最里面的隔间，立马接了。

"许亦北，晚上在中心酒店吃饭，你记得来啊。"方女士开门见山。

许亦北问："有事？"

"就知道你忘了，开学的时候不是跟你说好了吗？辰悦要回来。"

许亦北想起来了，当时答应过的："嗯。"

方令仪说："千万要来啊，妈妈又好久没见你了，真想你了。"

许亦北难得听她说这种话，心也软了："好，放学我就去。"说完补充一句，"我自己去，不用车接。"

方女士没办法："你能来就行。"

许亦北挂了电话，推门出去，梁枫还没走，一脸夸张的表情："我不是有意听你电话的啊，但你那语气也太温柔了，你是不是就是用这种语气让应总跟你和好的？"

许亦北没好气地出去了，真能联想，你去跟他温柔吧。

班上有摄像头开着，应行今天算安分的，还在班上待着，没早退，但是车钥匙已经拿在手里了。

许亦北回到座位，顺带看了他一眼，就知道他准备走了。

应行留意到他的眼神，还以为他又要接着学数学，看看旁边几双眼睛，掏出手机。

紧接着许亦北裤兜里的手机就振动了一下，他悄悄摸出来，在桌底下看，是应行发了条微信过来。

——今天先到这儿，放学我有事。

许亦北看完，打了句话回过去。

——那正好，我今天也有事。

对话完毕。

两个人收起手机，互看一眼，这"合作"突然就像是见不得光了。

一节课后放学，果然一打铃应行就走了。

许亦北不想碰见李辰宇，特地留在班上把应行做的数学笔记看完了才走，晚了快半个小时。

打车到中心酒店差不多也是半个小时。

下了出租车，天刚擦黑。

许亦北走到酒店门口，听到一声车喇叭响，转头看见停车位那儿停着辆白色小轿车，车窗降下来，里面的人正冲他笑："许亦北。"

是李辰悦。虽然跟李辰宇是亲姐弟，但她人要好接触多了，许亦北对她也挺客气，停下来，叫她一声："悦姐。"

李辰悦从车里出来："我今天回来才听说你一个人搬出去住了。"

许亦北打岔说："车新买的？"

李辰悦回头看一眼："开学刚换的，等你成年拿了驾照，家里肯定也要给你准备车的。"

许亦北笑笑，往酒店里走："我用不着，代步而已，坐什么都行。"

李辰悦和他一起进去，边走边说："那不一样，我们有的你也该有才对。"

许亦北没接话，他对这些根本不在乎，但也知道李辰悦说这话是好心。

上电梯的时候，李辰悦又问："一个人住外面还习惯吗？"

许亦北说："就跟你大学住校差不多吧。"

李辰悦笑起来："那应该挺自由的。"

"嗯。"只要不在那栋别墅就挺自由的。

出了电梯，早有服务员等着了，引着他们去了订好的包间。

方女士和李云山已经在包间里坐着了，正在喝茶。

李辰宇就坐在他们旁边。

"怎么才来？"方令仪一见许亦北就招手，每次都嫌他来得晚。

许亦北倒是想坐去她身边，但是她旁边已经挨着李辰宇，他就在进门的地方坐下了，随口说："放学晚。"

李辰悦说："我们碰上了，聊了会儿天，耽误了。"

方令仪嗔怪地看一眼许亦北："早上我就让辰宇给你带话了，他肯定是没碰上你，亏我后来又打了电话给你，不然可能今天也聚不上了。"

让李辰宇带话给他？没碰上？许亦北扯了下嘴角，像是听了个笑话，除非他今天早上在楼梯上碰到的是个假人，才叫没碰上。

"怎么了？"方令仪问。

"没什么。"许亦北冷冷地扫了眼李辰宇，真是一点也不意外。

李辰宇从他进门到现在都对人爱搭不理的，没说一句话。

李辰悦看了看他们，笑着说："高三学习忙，碰不到也正常，在一个学校能互相照应还是挺好的。"

方令仪也看出气氛不太对，圆场说："对，许亦北，你大一点，多照顾辰宇。"

李云山跟着说："辰宇不懂事，也只能被照顾。"

李辰宇反驳："照顾得了再说吧。"

李云山爽朗地笑了两声，一人一句，仿佛开了个挺温馨的玩笑似的。

许亦北脸上一丝表情都没有，明明他们的话里每一句都有自己，但就是感觉没自己什么事。

方令仪叫服务员撤了茶水，又打量许亦北，口气都放轻了："我怎么觉得你瘦了，是不是没好好吃饭？"

许亦北冲她露出笑："没瘦，你这是心理暗示。"

李云山说："肯定是高三学习紧张，拿菜单加点自己爱吃的，别吃不好。"

"菜单呢？"李辰悦转头找，找来找去发现在李辰宇那儿，她皱眉，"你怎么不吭声啊，拿过来。"

李辰宇推了一下菜单，嘴上没说，脸上明显不耐烦。

李辰悦瞪他一眼，拿了放到许亦北旁边："你来点。"

许亦北推给她："你点吧，我去洗个手。"说着站了起来，出了包间。

刚出去，拐了个弯，到了楼梯间门口，就听见那边包间门响了两声，有人跟着走了出来。

许亦北停了一下，听见李辰悦在另一头低低的声音："你是不是故意没给许亦北带话？"

李辰宇的声音回："是啊，我就是没带。"

李辰悦说："家里特地让你带话还不是希望你们关系能缓和点，你干吗老针对他？"

"我跟他就是合不来，又不是第一天了，再说要不是因为他，我们能搬到这儿来？我就不爽他怎么了？"

"我还在这儿念大学呢，你怎么不说是因为我？"

"要是因为你，那去年就该搬回来了，因为谁还用说吗？你老替他说话，到底是谁亲姐啊？"

"你怎么说话呢？"

"干什么！"李云山的声音忽然横插进来，压着声音，口气不好，"亲姐弟俩吵成这样，像什么样子，让人看笑话！"

声音一下断了。

许亦北觉得真有意思，听了这一通吵，连回去的心情都没了，吃什么饭啊，还不如别见面了，真糟心。他直接抬腿一脚，"嘭"的一声，踢开眼前的门就走了。

"许亦北？"李辰悦听到声音追过来看，早没人了。

许亦北从货梯下了楼，出去后特地走了酒店后门，走到一条林荫遍布的小街上，才停下来，深吸口气。

就这会儿工夫，天已经彻底黑了。

他站在街边，盯着地上自己被路灯拖拽的影子，下决心说："迟早得走……"

迟早要离这个家远远的，自己走了，他们就和谐了，他妈也不用夹在中间费心缓和什么关系了，就都顺心如意了。

忽然听见"哗"的一声，他转头，看见路边有一家游戏厅，有人从里面拉开门走了出来。

背后厅里的灯光昏黄，正好勾勒着他的宽肩长腿，这身影可太熟悉了。

许亦北脱口而出："你有事就是来这儿？"

应行抬头看过来，脚步一停："你有事也是来这儿？"

许亦北看看他身后的游戏厅，忽然反应过来："你这是有八百个赚钱的点吗？"

旱冰场、网吧，现在是游戏厅，这城市的娱乐场所是被他包了吧！

应行手里拿着车钥匙，指了一下自己的鼻尖："你是真傻还是假傻，我还没成年呢。"

许亦北一下明白了，所以他干的都是临时的，难怪每次看到他的地方都不一样。"你有这么缺钱吗？"

应行忽然笑了一声："谁会嫌钱多啊？"

许亦北无语，这话说得，不愧是他。

手机忽然振了，许亦北还以为是他妈，掏出来才发现是李辰悦，他看看应行，转头走开两步，接了："喂，我先回去了，你们吃吧。"

李辰悦挺不好意思的："你在哪儿？我来找你了。"

许亦北现在就想离那环境远点，李辰悦见了他肯定还要劝他回去吃完那顿饭，他不想麻烦："我打车回去了，麻烦你跟我妈好好说一下，就说我作业多，别让她不舒服。"

"没事，我都说过了，这又不怪你。"李辰悦好像已经出来了，有开车的声音，"你是不是走酒店后面那条路了？我马上开过来。"

"不用……"许亦北还没说完，李辰悦已经挂断了。

应行跨上电动车，刚踢起脚撑，听见这话，又往他身上看。

紧接着就有车灯照过来了，许亦北转头就朝路口走，走了几步，忽然回头看他。

应行说："看什么？"

许亦北看了一眼路上，李辰悦正从路那头开过来，速度慢，应该是在找他，眼看就要到了。他几步走过来，一下跨坐到应行的车后座上："带我一程。"

"嗯？"应行好笑地说，"今天转性了？上回要送你，你都不坐我车呢。"

"少废话了，快走。"许亦北烦着呢。

应行往后面看了一眼，猜了个大概，挺有意思，这是躲谁呢？

"你的腿。"

许亦北没耐心："什么腿？"

应行无奈，一看少爷就没坐过平民座驾。他低头抓着许亦北的一条腿往上一搭。

许亦北踩到搭脚的地方，腿一下挨上他的腿，都愣了。

还没反应过来呢，应行一下把车开出去了。

第 21 章

许亦北果然是第一次坐电动车，收着腿半天没动弹，手也不知道该放哪儿，只能往后抓着后座，背挺得直直的。

谁让应行漆黑的后脑勺就在他眼前，他稍微一动胸口都要贴上应行的肩背。许亦北呼吸都不自觉变轻了，总觉得一呼一吸都在拂过他脑后短短的发根。

应行也不说话，开得飞快，就是李辰悦的车真跟上来，估计也早就被他甩了。

风声呼呼的，直到拐过一条街，应行忽然说："我这是带了尊大佛吗？"

许亦北一下回了神，皱眉："什么意思？"

"你一动不动的干什么，第一次坐这种车也不至于紧张吧？"应行笑了声，

"我又摔不了你。"

许亦北不服气："谁说我不动了？"说着就想拿脚踢他一下，腿刚动，车忽然一晃，他一把抓住应行的肩，瞪着他的后脑勺，"你故意的？"

应行笑着说："你不是不紧张吗？"

许亦北看了一眼自己抓着他肩的手，一下抽开，又抓到后座。

应行不逗他了："走哪儿啊？"

许亦北没好气，看了看路，他开得太快，已经到熟悉的地方了："前面右拐，看到小区就停。"

应行开到地方，看到一片公寓区的大门，停了下来。

许亦北立马从车上下来。

"你就住这儿？"应行看了一眼公寓大门，又看了一眼附近，才发现他住得离自己这么近，难怪总在附近碰到他，"你们家不像住这种地方的吧？"

许亦北活动一下屈久了的腿："谁告诉你我家住这儿了，我自己住不行吗？"

自己住？应行朝他看了一眼，这就是他每天坐公交车上学的原因？

"我走了。"许亦北转头朝大门里走。

应行看他头都不回一下，明显心情不好，总不可能是被自己逗的。他多看了两眼，笑笑说："那就再见？"

"再见！"许亦北用力回了一句，忽然想起来，回过头，"等会儿。"

应行刚要走，又停住："怎么？"

许亦北看看他，强行坐了他的车，居然差点就这么走了，还不是他刚才太欠了，弄得自己都忘了。他掏出手机说："不白坐你的车，说个价吧，我转给你。"

应行看着他："你怎么就知道钱？"

许亦北噎了一下，抬起头："你有脸说我啊？"

应行勾着嘴角："算了吧，我还不用靠这个赚钱，你不是金主吗？就当是给老板的优待，送你了。"话音没落，他的车就开了出去。

许亦北一愣，看着他骑车的身影在路灯下面一闪，飞快地消失在了视线里。稀奇，这话居然会从他嘴里说出来。

站了好几秒，直到车的声音都彻底听不见了，许亦北才转头进大门。

回到公寓，门一关，他总算记起来还没吃饭，但是好像也不饿，完全没胃口。许亦北按亮灯，在客厅的沙发上一坐，往后一靠，就觉得累。

与那个家的人格格不入，确实累。

手机一下一下地振了，他伸手摸出来，放到耳边："悦姐，别找我了，我已经回来了。"

"是我。"是方令仪，她的声音又轻又急，"你回去后吃饭了没啊？"

许亦北顿了顿，没说实话："吃了，在外面吃了。"

方令仪叹气："明天妈妈去看你好不好？"

许亦北说："我没事。"

"辰悦也只说没事。"方令仪又叹气，"你就这么走了，我不放心。"

"真没事。"许亦北扭头看着窗户外面黑黢黢的天，想说"你过得好就行了"，话到嘴边，又觉得矫情和多余，咽了回去，只叫她一声，"妈。"

"嗯？"

许亦北笑了声："挂吧，没事。"

方令仪听到他笑才放心了，轻声细语地说："那妈妈下回再去看你，你记得有什么事要跟我说。"

"嗯。"

电话挂了，许亦北丢开手机，一只手遮住眼睛，就这么靠坐着，什么都不想干。

没事，毕竟也习惯了。

直到想起应行临走时的脸，他一下拿开手，站了起来。哪能什么都不想干啊，学数学！

干正事就对了，那个家的事少想。

第二天一早，还不到早上七点，三班的人已经差不多都到教室了，但是后排还空着两个位置。

梁枫在座位上吃早饭，回头问杜辉："你猜他俩今天是不是又一起进教室？"

杜辉一听就没好气："少胡扯，他俩昨天也不是一起进的，顶多是碰见的，说是和好，他俩本来也没多好啊！"

刚说到这儿，许亦北进来了。

昨晚学到大半夜，结果就是今天早上是被闹钟闹醒的。他咬着块吐司上的公交车，进教室前才吃完最后一口。

高霏拿着块抹布过来，递给他："许亦北，今天你值日。"

"哦。"许亦北接了，忽然反应过来，"就我一个人？"

梁枫回头插话："等于就你一个，还有应总，但是他从来不值日，你就别指望了。"

高霏要说的话都被他说完了，瞪了他一眼。

杜辉紧接着就喊了声："应总！"

许亦北转头，应行走了进来，一下和他的目光碰上，莫名其妙地笑了一下，像是对昨晚的事一带而过。

高霏小声说："你值日吧。"说完就走了。

许亦北看了一圈周围的人，明白了，难怪他不用值日，是根本没人敢叫他吧。他坐下来，踢踢应行的脚。

应行刚刚坐下，转头看他。

许亦北说："今天你跟我值日。"

应行像刚听说有值日这回事似的："是吗？"

"是啊，"许亦北别有深意地看他一眼，"同学一场，什么都是我一个人干不合适吧？"

应行看他两眼，他那眼神不叫"同学一场"，干脆说"'合作'一场"得了，就差把他是老板写在脸上了。他站起来说："那我拖地，你擦黑板？"

许亦北点头："行。"然后起身擦黑板去了。

旁边的杜辉刚听完他两对话，扭头就见应行拿了拖把，有点蒙："应总，你干吗呢？"

应行说："看不见吗？拖地啊。"

"应总居然做值日了！"梁枫夸张地看着他，又转头看看在前面擦黑板的许亦北，被这场面震撼了，不可思议地嘀咕，"什么情况？和好了能有这待遇？"

朱斌看来看去，搞不清状况："他俩有这么和谐？"

应行嫌被他们围观得烦，很快就拎着拖把出了教室，许亦北擦完黑板也走了出来。

"数学资料我看完了。"一出来他就小声说，"你今天什么时间有空？"

应行说："放学吧，放学出学校，今天我没事。"

许亦北点点头："那就放学约。"

高霏正好捧着一堆作业从教室里出来，俩人顿时跟没说过话一样各自散开。

许亦北回教室去早读，应行去厕所洗拖把。

今天老樊调课了，一节数学都没有，除了早上值日，俩人各干各的，就没交集。

发蒙半天的梁枫和杜辉终于消停了。

好不容易到了放学的点，许亦北把一堆数学卷子收进书包，看一眼旁边，把书包搭上肩就走。

应行看他一眼，跟着站起来。

杜辉叫他："应总，打球去不去？"

应行说："不去，有事。"

杜辉纳闷："啊？给钱的球也不去？"

"今天不去，下回。"应行插着兜走了。

杜辉看到他的背影才反应过来："哎，等我啊！"

他连人影都没了。

许亦北出了校门才想起来，也没约好在哪儿碰头，刚掏出手机，朱斌就在后面叫他："许亦北！"

他回头："干吗？"

朱斌伸手指了指："有人找你，在北门那儿。"

"谁啊？"

"不认识，反正是找你的。"

许亦北看时候还早，收起手机，去了北门。

刚到那个路口，一眼就看到一群熟面孔——一群身高体壮、穿着短袖运动服的男生，打头的是个卷毛。

是江航说的那群十四中的体育生。

许亦北停下来，对方一群人瞬间齐刷刷地扭头看他。

"怎么是你啊？"卷毛咋呼。

许亦北拧眉："我还想问呢，就是你们找我？"

卷毛打量他："你叫许亦北？"

"是啊，怎么？"

卷毛"呵呵"一声："那就别怪咱们了，你们学校的一个有钱小少爷惹了咱们，临走时说他在高三（3）班，叫咱们随时找他。我来一打听，听说你们三班就一个叫许亦北的最富，没想到叫出来就是你啊！"

许亦北捋了一下，沉了脸："什么有钱小少爷？"

卷毛拿手比画一下："这么高，死跩，一脸欠揍样，反正不是你。"

"他说他在高三（3）班是吧？"

"对啊。"卷毛说，"现在你来了正好，刚好咱们也算算你那回瞎挑事的账。"

许亦北冷笑了声："行，那你先等等，回头来算，我先去算一下账。"

卷毛拦住他："你都来了还想走啊？"

许亦北指指自己："你现在知道我叫什么了，还怕我跑？最多十分钟，咱们就约在这儿，该怎么样就怎么样。"

卷毛看看自己一群人，他就一个，让开了："行，就等你十分钟，不来你试试。"

许亦北转头出了路口。

校门那儿走读生都散得差不多了，黑色的商务车低调地远远停在路边上，还没走。

许亦北过去的时候，老陈在驾驶室里看见了，马上下车出来："亦北，巧啊，我刚接到辰宇，要不要送你？"

许亦北转头看了看周围，指一下远处："陈叔，麻烦你去那边抽支烟，我有点事。"

老陈看看他，又回头看看车，识趣地走开了。

后座的车窗降下一点，露出李辰宇不耐烦的脸："什么意思啊？"

许亦北冷冷地盯着他。

李辰宇不想跟他耗，伸手就要推车门出来叫老陈。许亦北霍然抬腿一脚，直接把车门给踹关了回去。

"嘭"的一声闷响，李辰宇被车窗玻璃撞了个正着，捂着鼻尖朝他吼："你有毛病？"

许亦北一把按住车把手："你惹的事，故意扔我头上就没毛病？"

李辰宇额角都蹭破了，红了一大块，脸色难看："我又没报你名字！家里人个个说得好听能照顾人，就知道是随口说说！一试就破！"

许亦北懒得跟他废话："你不就是任性找碴吗？再有下回我就不只踹车门了，这回也不是看你，是冲我妈，以后你最好离我远点，咱俩谁也别惹谁，不然我也可以让你试试我的'照顾'！"

李辰宇气得胸口一鼓一鼓的，一个字也没说出来。

许亦北转头就走。

卷毛那群人果然还在等着呢，跟闲得没事干似的。

许亦北走进路口，看了看旁边，学校的围栏旧了，有几根旧铁条还没修，摇摇欲坠，他准备待会儿动手就扯一根下来用，很平静地问："你们想在这儿解决，还是找地方解决？"

卷毛说："那这事就你扛了是吧？"

"我扛了。"许亦北淡淡地说,"就这一次,再有下回麻烦你们去找那个小少爷,我跟他不熟。"

"嚯,有种!"卷毛都要对他刮目相看了,朝旁边摆摆手,一群人动了脚。

忽然一阵电动车刹车的声音。

许亦北转过头看了一眼,站着不动了。

应行开了过来,坐在车上,看看他,又扫了一眼那群人:"我等你十几分钟了,你在这儿?"

那群人瞬间也全都原地不动了。

卷毛的眼神在他俩身上来回转:"你们什么关系?"

许亦北看一眼应行:"没关系,这事和他无关。"总不能说金钱关系。

应行抬眼,打量了卷毛一圈。

卷毛突然后退半步。

应行看向许亦北,笑了声:"算了,看你们挺忙的,我还是去前面等你吧。"

许亦北朝他递个眼色,都说了跟他没关系了,尽快走就行了,这事扯不上他。

应行一转车把,飞快地开走了。

卷毛看他走了,又看许亦北:"你俩真没关系?"

许亦北憋了一肚子火,烦着呢:"动不动手?不动手就滚!"

卷毛看这架势不太对,他明明一副又瘦又白的身架,还这么刚,别是有招吧!他觉得有道理,朝应行开走的方向看一眼,指指许亦北:"你等着,今天先饶你一次!"

撂完狠话,一群人忽然走了。

许亦北皱眉,这就走了?

一群人真走了,一会儿就都不见人影了。

他甩了甩手腕,绷着的肩背松了,沿着路口走出去,心想真是莫名其妙。

一直走到公交站牌那儿,路边早看不到那辆黑色商务车了,许亦北绷着脸,心里还冒火,一回头,看到应行坐在车上,正看着自己。

"解决完了?"他问。

许亦北嗤笑一声,冷脸说:"还以为多厉害,就一群会放空话的。"

应行笑了:"老板真牛啊。"

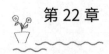

第 22 章

许亦北觉得他夸人像逗人，但是没关系，"老板"这称呼还是让自己满意的。许亦北连心里冒的火都被灭了一小撮，拨了拨肩上的书包说："不废话了，干正事。"

应行问："去哪儿干啊？"

许亦北边往前走边说："找个地方，吃饭补课一起解决，补完了我还要回学校去上晚自习。"

应行意外地看了看他，前面还差点跟人打群架，转头还能惦记晚自习。他骑着电动车慢悠悠地跟上去说："佩服。"

他真挺佩服许亦北这学习精神的，分数对他有这么重要吗？

许亦北绕过学校外面的路，在附近的商业街上找了家咖啡厅，主要是见里面没几个人，够安静，离学校又近。

应行停好车进去，他已经在角落里的桌子后面坐下来了，拿了份菜单放在桌上说："想吃什么自己点，我请，你就当是你的工作餐。"

还工作餐？应行听得好笑，在对面坐下："你自己吃就行了，我要回去陪我舅妈吃饭，她会等我。"

许亦北看了看他："那不行。"

"为什么不行？"

"我不习惯吃饭被人看着，要么一起吃。"

应行说："有钱人规矩这么多？"

许亦北没表情地回："反正我的规矩多。"

那你还真难伺候。应行没说出来，无奈地说："点杯喝的吧，你随便点，行了？"

许亦北点头，翻开菜单给自己点了份牛排饭，给他点了杯咖啡，最后选的时候也不知道起了个什么心思，特地挑了个最苦的黑咖啡给他，谁让他平时老是嘴欠，他值得拥有。

应行完全没管，在对面看了看时间："一节课按四十分钟算，现在就开始了，你先做二十分钟题，剩下二十分钟我来讲，挺合理吧？"

许亦北拿了书包，一份一份地往外拿试卷，堆了都快有一摞："做哪份？"

应行挑眉："我现在理解什么叫'差生文具多'了。"

许亦北顿时不爽："咱俩谁才是差生？"

"我，但是我文具少。"应行理所当然地微笑。

许亦北翻白眼，随手一推："快说，做哪份！"

应行翻了翻，抽了张测验卷子，看题量正合适，手指点了点："就这个了。"

早点挑出来不就完了吗？许亦北拿过来，把其他试卷推到一边，拿了笔就开始做。

应行看他开始做题了，掏出手机，他从来也没正儿八经地教过人，先定个闹钟，二十分钟后就凭感觉教吧。

两人一个做试卷，一个玩手机，安静了二十分钟。

直到"嘀嘀嘀"的闹钟声响起来，应行按了关闭，抬头看对面，许亦北捏着笔、拧着眉，朝他看了过来。

应行看看他面前的卷子，懂了："没写完？"

许亦北抿唇，脸上挂不住，低下头说："再匀十分钟。"

应行看着许亦北捏笔在卷子上写了几下，但是紧接着又停了，刚好看见服务员送餐过来了，他摸了下鼻尖，忍了笑，提议说："要不然你先吃饭吧。"

许亦北放下笔："那就暂停，吃完继续。"

应行给面子地说："行。"

许亦北赶时间，吃得很快，最多十分钟他就把服务员叫过来撤了餐盘，立马又拿了笔接着写。

应行耐心地等了会儿，再抬眼看他，发现他卷子上面居然还空着一大片，诧异地说："有这么难？"

许亦北顿时拧眉抬头，真是饱汉不知饿汉饥："你说呢？"

应行嘴角一动，想笑又没笑，看看他："我不知道，没体会过。"

这是人说的话？许亦北瞪他，愤懑地抿住唇，心想：先让你得意得意，等老子把你的数学价值压榨光了，立马就把你一脚踹开！

应行又看了看时间，已经不早了："超时太多了，要不然别写了，我直接给你讲答案好了，不然我就先走了。"

"你等会儿。"许亦北头也不抬地说，"就不能学老樊拖个堂吗？"

应行反问："做人就不能学点好的吗？"

"反正你别走，"许亦北边写边说，"我是老板，我说了算。"

应行看着他漆黑的头顶，有点不耐烦，看一眼手里拿着的手机："再给你半小时。"

许亦北"嗯"一声，都不知道他有没有听见，只顾着埋头奋战。

外面天都黑下去了，说好的补课时间也早就过了，咖啡厅里寥寥无几的客人已经换了几拨，但角落这桌的俩人还坐着。

手机响了，许亦北被打断，抬头发现是应行的。

应行看他一眼，转过身侧坐，放到耳边接了："喂？有事，马上就回来了……真的，你们先吃……好，我骑车很慢的，放心吧……"

许亦北忍不住看他一眼，知道肯定是吴宝娟。他忽然发现应行对他舅妈真够好的，至少比现在补课有耐心多了。

"我得走了。"应行挂了电话，忽然说。

许亦北抬头："我同意了吗？"

应行皱皱眉："你要打算这么补课，不同意也得同意。"

许亦北听他语气一下认真了，盯着他不说话。

应行也盯着许亦北不说话。

俩人对视几秒钟，许亦北让了一步："最后半小时，讲完就走，我给你按总时长算账。"

应行强调："真的是最后半小时了。"

刚说好，外面有人经过，有个女孩子的声音说："烦死了，看到你就烦！"

许亦北往外看，怎么听着像是高霏的声音？

紧接着响起梁枫的嗓音："烦什么，路是你开的？"

朱斌接话："饿死了，我就想出来找个烧烤吃，别吵了别吵了，赶紧找地方，我还得赶回去上晚自习呢。"

还真是。许亦北立即朝对面摇摇手。

应行看着他。

"你先撤，我可不想明天就全班知道，后天就全校知道，大后天咱俩就被拎去教导处罚写检查说学生私下搞'交易'什么的。"他拧着眉说。

应行朝店门外面看了看："思维真快，你再铺展铺展，咱俩大大后天都能上社会新闻了。"

"别废话，撤。"许亦北压着声音催。

应行也不想被看见，主要是嫌烦，他慢条斯理地站起来，插着兜朝后门走了。

没一会儿，高霏还真从玻璃店门的外面经过了。

本来就过去了，她偏偏往咖啡厅里看了一眼，一下就看到了许亦北，惊讶地隔着玻璃喊了他一声："许亦北！"

许亦北已经塞上了耳机，低着头，侧对窗户，写他的卷子。

高霏差点怀疑是自己二百度的近视眼看错了："不是他吗？"

梁枫远远地在后面吐槽："你绝对是看上许亦北了，有事没事就找他的话题。"

高霏气得不行，脸上爆红："就你最会胡扯！"骂完扭头就走。

直到外面安静了，许亦北才摘下耳机，卷子努力做了一大半，只能这样了，他转头找应行，没看见人影。

他丢下笔，站起来，匆匆走到后门，也没看见人，转头看到往二层去的楼梯间的门虚掩着，他一下推开走了进去。

里面就一盏应急灯，暗得不行，应行倚在楼梯扶手那儿，低着头，不知道在想什么，薄薄的灯光罩着他的宽肩长腿，嘴边一点红星明明灭灭。

许亦北目光来回看他，没见过他这样，下意识地问："你还会抽烟？"

应行一下转头看过来，皱着眉："你走路没声音的？"

许亦北被他吓一跳才是真的："干吗？"

应行站直了，拿开嘴里的烟几下捻灭，丢进垃圾桶，走过来说："你再拖会儿，我就什么都会了。"

许亦北被他噎了一下，憋口气："行啊，那不然我回去再拖会儿？"

"啧。"应行笑了声，被气笑了似的，扭头出去了。

许亦北跟着回到桌边。

应行已经坐在那儿看他的卷子，看了好几眼，忽然说："早知道你数学比我想的还差，我应该给你准备几张优惠券。"

许亦北一愣，紧接着就想起来了，想起来就有气："你还记着那东西呢？"

应行说："那东西怎么了？一般人我还不给呢。"

"那我还真是好荣幸啊！"许亦北没好气，忽然反应过来，等会儿，他刚才说什么？自己数学比他想的还差？

"你是不是在笑我？"

应行看他一眼："我在感慨自己做了个大买卖不行吗？"

许亦北忍了：等数学成绩提上来再说。你别栽在老子手里。

卷子终于讲完，时候真不早了，许亦北本来还说要赶回去上晚自习，也泡汤了。

应行立即站起来："我走了。"

许亦北被折磨到现在，也没好情绪，李辰宇惹人生气，连数学补课也惹人生气，什么世道。他把书包一收，跟着站起来："再见，补课费回头转你。"

俩人一前一后离开桌子，应行走在后面，看见许亦北头也不回地直奔门口，心想怎么着，被自己几句打击的话给惹毛了？

算了，不管了，不就是个各取所需的"合作"，还至于照顾他的心情吗？他转开视线，双手插兜跟在许亦北后面，冷不丁听见两声狗吠，转头又看了过去。

刚从门外面进来个客人，手里牵着条高大的德牧，一进门就撞上要出去的许亦北，德牧立马狂吠了两声。

许亦北一下站那儿不动了。

客人五大三粗的一个中年人，不在乎地摆摆手说："它不咬人，你过去。"

许亦北拧眉看着狗，又想起了那回被应行指路后遇到的两条大狼狗，感觉不是很舒服：你对着这凶神恶煞的狗过一个啊！

"走啊？"对方还催他。

应行看得明明白白，提着嘴角，刚打算直接越过他出门，走到他跟前，看他还站着不动，想了想，还是转了向，两手插着兜，故意从他和狗的中间不急不缓地穿过去。

许亦北立马动脚，趁他挡在狗前面时跟他并肩一起出去了。

一出门，应行就笑了，一边掏钥匙开电动车，一边说："老板虽然牛，但是怕狗。"

许亦北顿时皱眉："你再说一遍？"

应行坐到车上，放低声音："放心，我又不说出去，你不是要弄死我吗？"

许亦北沉默了一会儿，忽然说："我要声明一下，我不是怕狗。"

应行看着他："是吗？"

许亦北指指自己的脸，非常认真地解释："我只是稍微有那么一点不乐意接近大狗，记住了。"

护肘

应行对上他的视线，笑了一下，往外走：

"看什么？我还等着老板的感谢呢，

当然选1。"

第 23 章

事实证明许少爷的嘴比人还硬，居然还一本正经地解释，解释完就走了，像是不给人反驳的机会似的。

应行看着他头也不回地过了马路，一转就不见人了，扯着嘴角不客气地笑了声。

真是又傲又倔，刚才就该丢他一个人去跟狗搏斗，可能他就知道低头服软了。

骑车回到修表铺外面的时候，铺子还没关门，灯全开着。

应行锁好车，转身大步走到门口，一进去就说："还等着我呢？"

大华在柜台那儿坐着，看到他说："等着你呢，你舅妈等你好半天了，刚刚才被你舅舅哄回去了。"

应行特地在门口听了一下楼上家里的动静，感觉没什么事才回头问他："什么时候来的？"

"有一会儿了，给宝娟姨带了点核桃粉。"大华叹气，"但是她还是不认识我。"

应行也没说别的，"嗯"了一声："谢了。"

"你舅舅说你还没吃饭，我叫他别给你留饭了，给你买了烧烤，来吃吧。"大华推一下柜台上他带来的餐盒。

应行进里面的小卫生间里洗了手，出来拿了根烤串，咬了一口："说吧，肯定有事找我。"

"小事。"大华把脚边放着的一个背包打开，拿了个笔记本电脑出来，放到柜台上，"知道你玩电脑牛，给我把这网站破一下，人家要查资料用，老登不上去。"

应行打开电脑，一边去看他说的网站，一边按着键盘，敲了一会儿，才吃完了几根烤串，就说："好了。"

大华伸头看了一眼："果然牛！"

应行又检查了一下，关了机，推给他。

大华看看他："其实你会的东西这么多，能力多强啊，只要肯学，在学校里好好念书，分分钟就冒尖了，就别老在外面赚钱了，这都高三了。我看你舅妈这样也挺好的，有时候……健忘也不是什么坏事。"

应行抬头："哪儿好？"

大华被他的眼神一看，噎住了，顿了顿才说："我就是觉得，你还是得想想自己，就高三这一年了。"

"啧，你都快赶上我班主任了。"应行嫌烦，扔下手里的竹签，走出柜台，朝他招招手，"滚吧，我要回去了。"

大华笑着站起来："好歹我也比你大几岁，能不能给我点面子？我不说了还不行吗？省得你说我啰唆，就再跟你说个我的事吧。"

"你还有什么事，没完了？"应行走去门口，敲敲门框，"赶紧走。"

大华收起电脑，抓着包走到门口，神秘地说："好事，我恋爱了！"

应行都听笑了："你恋爱了，还是你看上人家了？"

"没什么不同，我都追人家几个月了，还不迟早是我的人吗？"大华拍拍背包，"这电脑就是人家美女的，我特地自告奋勇帮她弄的，明天就去跟她表白，别羡慕我。"

"你看我羡慕吗？"应行问。

大华看看他："你不羡慕，你别是个性冷淡吧？什么妹子都看不上。"

"快滚。"应行抬手关门。

大华笑着走了。

应行回头收拾了柜台上剩下的烤串和餐盒，关灯锁门一气呵成。

很快回了小区楼上，开门回家，客厅留了灯，主卧关着，吴宝娟应该是睡了，他在门口站了一下，听着挺安静的。

从里面传出两声低低的咳嗽，是贺振国，他要是看到应行才回来又得唠叨。应行伸手关了客厅灯，转头就回了自己房间。

房门刚关上，裤兜里的手机就响了一声。

应行掏出来，也没开灯，坐在床上滑开，是许亦北发来的转账，一个小时按三百算，他转了四个小时的钱，足足一千二。

"服了……"应行好笑，估计外面一对一的特级教师也就这个价了，真是巨款，许少爷挥金如土。

少爷只转钱，没别的话了，可能还有情绪？应行想了想，低头，特地打了一句话发过去。

——谢谢老板。[玫瑰 .jpg]

许亦北看见这条微信的时候，一大早刚进教室。

他转账的时候是故意没搭理他，一个字都没多说，转完就没管了，现在到校，准备拿手机听英语才看到，脚步一停。

叫得这么好听，还加个玫瑰，这么热情，什么玩意？他是不是又在逗鱼一样逗自己呢？

"许亦北。"高霏也从后门进来，撞见了他。

许亦北立即收起手机，免得被她看见："嗯。"

高霏说："学校过去两条街的那个咖啡厅你知道吧？我昨天在那儿看到一个人好像你啊。"

"是吗？"许亦北装傻，不说是，也不说不是，把书包放到桌上，往外走，"我去个厕所。"

高霏只好不问了。

等他去了厕所回来，刚到走廊拐角就碰上从教学楼过来的樊文德，老远就听见他在喊自己："许亦北，过来一下！"

许亦北停一下，走过去。

樊文德背着手说："你最近几天都没上晚自习啊，其他不学的几个我就不说了，你肯定不是那种人，怎么回事啊？"

许亦北想了想："我打个申请行吗？以后晚自习可能会经常上不了，我要在课外补数学。"

樊文德一听这个还有什么意见："我对你肯定是放心的，只要你能把数学成绩提上来，什么都好说。"

"谢谢老师。"许亦北说完就走。

"等会儿。"樊文德叫住他，忽然问，"你跟应行坐一起这么久了，没什么不适应吧？"

许亦北莫名其妙："没有。"

"那就好。"樊文德托了托眼镜，"是这样啊，应行的情况呢，你也知道了，他跟你刚好相反，所以我想，你的学习积极性这么高，要是你对他没有那么不适应的话，有时候也可以稍微带一带他的学习积极性啊，情况好的话，说不定偶尔

142

他也能帮一帮你的数学呢。"

许亦北拧眉:"我带他?"

樊文德点头:"对,但是也别跟他太接近了,千万不要反过来被他给带歪了。"

许亦北真诚地问:"那我该怎么带?"

"就尽量地带嘛。"

许亦北:"……"这不等于没说吗?

樊文德朝他摆手:"好了,去吧,好好补数学。"

许亦北无语地走了,让他带应行,怎么可能,他只想无情地压榨那人的数学价值,"合作"结束就拜拜,有这层关系在,应行不帮他也得帮啊。

回了教室,背后忽然被人蹭了一下,他回头,应行双手插兜,跟平常一样不紧不慢地来了,胳膊正好蹭到他的背。

俩人对视一眼,却又没说什么,昨天补课的事也只字不提。

坐下来的时候,许亦北才说:"今天放学还是老时间……"

"今天别老时间了。"应行打断他,"换个时间,马上不就放假了吗? 放假等我电话,我陪你慢慢玩。"

"玩?"许亦北看他。

应行看他一眼,低声说:"你就当是暗号吧。"

刚好杜辉挠着小平头进来了。

许亦北压低声音:"行,放假玩。"

杜辉不禁往他俩身上看。

应行扭头问他:"昨天球打得挺好的?"

杜辉一下被岔开了注意力,气冲冲地说:"好什么啊,你不在,输惨了,大华也不在,就我一个,哪顶得住啊?"

"下回再赢回来不就行了?"应行掏出手机。

旁边的许亦北拿了份数学试卷,他俩又开始各干各的。

杜辉觉得自己肯定是听错了,这俩人不可能约了一起玩,刚才那是幻听。对,绝对是幻听!

今天周六,升上高三了,每月的双周周日才会放一天假,其他时候全有课,刚好这周属于双周,有假。

许亦北差点忘了,听应行说了才想起来。

下午，语文课还没结束，班上已经一群翘首企望的了。等到铃声一响，一群人火速往外冲，住校生们眼睛都红了。

丁广目在讲台上维持秩序："别挤了，挤死了也就一天假，一个个像饿狼一样！"

许亦北拎着书包被堵在门口，被梁枫拿胳膊肘捅了一下。

"许亦北，放假去不去玩？明天约一下？"

许亦北说："我没空，有约了。"

梁枫没想到："看你成天一个人，居然还有约啊。"

"嗯。"许亦北往后看，看到应行懒散地跟在后面，特地盯着他。

应行早听到他们说话了，抬头看到许亦北的眼神，牵了下嘴角，抬抬下巴，示意他走。应行还能忘了吗？

许亦北挤出教室走了，出了校门，打算直接回公寓，快到公交站牌的时候，忽然看到路边停着辆白色小轿车，有点眼熟。

紧接着车门被推开，李辰悦从车上走下来："许亦北，是我。"

许亦北刚才就想是不是她的车，还真是。他走近："你怎么来学校了？"

"来看看你。"李辰悦笑笑，"那天的事怪不好意思的，我猜你们要放假了，你应该有时间，就来了。"

许亦北不冷不热地笑了一下，沿着路往前走："那找个地方坐坐吧，别在这儿站着了。"

李辰悦跟上他："我看见辰宇脸上的伤了，他不肯说是怎么回事，你们又闹矛盾了？"

许亦北表情都没变："对，他先挑事的。"

"我猜也是。"李辰悦小声说。一个是亲弟弟，一个是继弟，关系这样，她都不知道还能说什么。

"我妈没生气吧？"许亦北忽然问。

"没有，她也就是两边担心，我回去了会好好跟她说的，你放心。"

李辰悦说话办事都周全，脾气又温和，许亦北有时候觉得她跟李辰宇都不像是一个娘胎里出来的。

走到学校后面的街上，看到一家奶茶店，许亦北不走了："要不然就这儿吧。"

李辰悦抬头看了一眼店面的门脸："总觉得你是在有意脱离咱们的生活，住那么普通的公寓，进这么小的奶茶店。"

许亦北抿了抿唇，转头说："要是觉得这地方太普通就算了。"

李辰悦笑着推他进去："没关系，就这儿吧。"

应行晚了几分钟出校门，高三的差不多都跑光了。

坐上电动车，拧了车钥匙刚要走，瞥见杜辉的小破电动车就停在路头上，他往旁边看了一眼。

杜辉蹲在前面，旁边是大华，两个人一起蹲在路边抽着烟，也不知道怎么了。

他两脚撑着地，问："干什么呢？"

杜辉抬头看到他，赶紧说："应总，你来得正好，大华失恋了。"

"还没恋就失恋了？"应行好笑地看着大华。

大华愁眉苦脸地看他一眼："你就别嘲笑我了，我刚要去表白，跟了一路，发现人家身边多了个男的，还是个比我帅的小嫩草，够硌硬的了。"

杜辉说："那女的什么眼光啊，居然看不上咱们华哥？"

大华严肃地说："不许你这样说我女神，人家白富美，超有气质，我在她面前都自卑。"

杜辉没话可说了："算了，那让应总来说吧。"

"我有什么好说的，这不是还没表白吗？"应行胳膊搭着车把，无所谓地说，"你就直接约她去表白吧，行不行看她，大老爷们儿坐这儿晒也太傻了。"

大华一听，捻了烟站起来："你说得对，我现在就去约她。"

应行点头："加油。"说完就要走。

"别走，"大华说，"你们都别走，跟我一起去，壮个胆。"

"你多大人了，还要我们给你壮胆？"杜辉嚷嚷。

"你不懂，万一人家真有男朋友了，我需要安慰。"大华拿出手机，"我现在就约她，你俩就在这儿。"

应行无奈："行，你约吧。"

许亦北跟李辰悦在奶茶店里坐了差不多十分钟，只点了两杯最简单的柠檬水。李辰悦喝不惯那种兑奶精的奶茶，纯粹就是找个地方坐坐。

"还是找个地方去吃饭吧，去燕喜楼，你肯定好久没去过了。"李辰悦没说他瘦了什么的，那就弄得跟他妈方令仪的口吻一样了。

许亦北想了一下："下次吧，下次我请你，最近忙着补课。"

"数学？听说你数学不好。"李辰悦说，"要我帮忙吗？我毕竟也是重点大学的。"

许亦北笑了笑："不用了，我找了个人教，还挺有用的。"除了气人了点。

手机忽然响了，李辰悦说："我的，我接一下。"

"嗯。"许亦北其实已经想走了，听她这么说，只好再等等。

李辰悦看了一眼号码，忽然皱了眉，放到耳边："喂？你跟着我？"

许亦北不禁看了她一眼。

李辰悦像是有点紧张："你想干什么？有什么话非要现在说吗？"

许亦北问："怎么了？"

李辰悦看他一眼，挂断了，小声说："就一个追我的，有事没事给我帮忙，我看他挺像不良青年的，都不敢拒绝，也不敢跟他走得太近，没想到今天居然跟着我到这儿了。"

"他跟踪你？"许亦北沉了脸，法治社会还有这种人呢？

李辰悦站起来："算了，赶紧走吧。"

许亦北没动："他约你说话了是吧？"

"你听到了？"

"听到了。"许亦北说，"没事，我在这儿，你让他过来，有什么话跟我说，要是他下回再敢找你，就直接报警。"

李辰悦看了看他："能行吗？"

许亦北点头："放心，打电话吧。"

李辰悦转过身，拿着手机打了电话过去："喂？你过来吧……"

电话打完，许亦北把自己的书包递给她："帮我拿一下，你先去车里等我吧。"

李辰悦临走前叮嘱："那你小心啊。"

"嗯。"

她前脚刚走，后脚奶茶店的门就被人推开了。

许亦北一听动静就冷了脸，还真是一路跟着呢，这么快就过来了。他转头看见一个穿白背心的青年，二十岁出头的样子，确实挺像不良社会分子的，脸色更不好了。

进来的是大华，一看到他就变了脸："李辰悦呢？"

许亦北冷眼看着他："你想干什么，跟我说就行了。"

大华早在校门那儿看到他俩一起就冒火了，正好没处发呢："你是她什么人，我凭什么和你说啊？"

许亦北一下站起来："那你就跟踪她？"

大华还以为他要动手，惊讶地往后一让，不小心撞到了旁边的桌子，顿时"刺啦"一阵响。他觉得没面子，对方比自己小，自己居然还往后撤，立马又站直了往他跟前贴："谁说我跟踪了！"

"怎么了？打起来了？"门外忽然传来杜辉的声音，紧接着就有人冲进来了。

应行跟在杜辉后面进来，一眼就看到许亦北站在那儿，他目光一顿。大华不爽地冲着许亦北，杜辉也过去了，店员们都慌了，眼看乱成一锅粥似的就要动手，他大步走过去，不由分说地拉着许亦北的胳膊就往后一带。

许亦北刚看到杜辉，忽然被扯着往后一退，转头才看到他，愣了一下。

"干什么？"大华诧异地看着应行。

杜辉也蒙了。

应行说："搞错了。"

"啊？"

应行看了一眼许亦北，指指大华："这我哥们儿，误会。"

许亦北看了看他的手，动了一下胳膊："先松开。"

应行顺着他的目光低头看了一眼，松开了，笑了笑，手插进兜里，往外面抬了抬下巴："你先走吧。"

许亦北看了眼大华，顺带扫了眼杜辉，目光又落到应行身上，看了好几眼，简直莫名其妙，他出门走了。

"许亦北？"李辰悦已经不放心地找过来了。

许亦北在外面说："没事，走吧。"

应行往外面看了一眼，刚好看到他俩一起走了。

大华心口又被扎了一刀，回头看应行："那谁啊？"

应行说："同学。"

"只是同学？"

"不然呢？"

大华情伤暴发，闷头出去了。

应行刚要出去，杜辉跟了上来。

"应总，你不对劲。"

应行看他："我哪儿不对劲？"

"你居然帮小白脸！"杜辉愤懑，"咱们三个人，你居然先拉他！"

应行在门口一停，莫名好笑，那可是老板，一晚就能赚一千二的那种，能不拉吗？

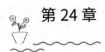

第 24 章

李辰悦开着车，一直到商场附近才停下来。她将了将头发，问坐在旁边的许亦北："刚才真没事吗？我看他们像要动手了。"

"真没事。"许亦北捏两下胳膊，其实应行拉他那下差点没让他胳膊往后扭伤了，这人的手劲怎么会这么大？他悄悄在心里记了一笔，皱了皱眉，"他们说是误会。"

李辰悦回想了一下："那个追我的叫周承华，我听其他人都管他叫大华，我们是在学校的活动里认识的，他应该是附近其他大学的吧，就是看不到他上学，成天都在混，怪吓人的，我对他就知道这么多了。"

"他居然还是个大学生呢？"许亦北都觉得好笑了，真看不出来。

李辰悦挺不好意思的："不该把你扯进来的，我跟家里也说过了，实在不行就在家里住一段时间，他应该也不敢干什么，万一连累你上学都不安稳就不好了。"

许亦北说："放心吧，反正他的哥们儿都是我身边的老熟人，他能把我怎么样？"

李辰悦忽然问："你说的那个老熟人，是不是叫应行啊？"

许亦北一愣，看向她："你认识他？"

李辰悦摇头："不算认识，也就以前通过别人才知道一些他的事，他确实也长得帅，偶尔见过一两回就让人印象挺深的，我就记住了。反正他这个人……"她斟酌了一下："挺复杂的，你最好还是离他远点。"

许亦北莫名其妙："他怎么了？"

李辰悦说："那得说人家家里的事，我就不多说了，不然就太八卦了，反正你跟他保持距离总没错的，再说今天那个大华还是他哥们儿呢，他们几个看起来都不好惹。"

许亦北扯扯嘴角，觉得这种说法挺没影的："他家里人我都见过了，没什么复杂的。"

李辰悦惊讶地看着他："你们的关系有这么亲近吗？"

许亦北突然感觉自己说多了，想了想，找了个说法："就跟你一样，偶然见过他家里人一两回吧。"反正离他远点是不可能的，除非不学数学了。怎么远？远不了。

李辰悦还想再说点什么，想想还是别一直停在路边了，把车又启动起来："我先送你回去再说吧。"

许亦北往车窗外面看了一眼，目光在后视镜上停了一下，忽然说："算了，我就在这儿下好了，反正离公寓也不远了。"

"怎么了？"李辰悦看着他。

许亦北还没回话，有人从车后面跑过来，拍了拍李辰悦的车窗："姐！"

李辰悦转头，发现外面是李辰宇，往后视镜里一看，后面就停着老陈总送他上下学的那辆黑色商务车。她一下就明白刚才许亦北的反应了，降下车窗说："你怎么来了？"

李辰宇鼻梁上贴着个创可贴，额角也贴了一块，明显是那天被车门撞出来的伤还没好。他开口就说："我还找你呢，你那天不是说有个男的老是追着你吗？我刚好来商场，看到你车停在这儿不动，就赶紧过来看看……"

他话说一半，看到了副驾驶座上的许亦北，脸色一下就不好看了，话也不说了，绷着脸像是仇人见面。

许亦北从刚才到现在就没看他一眼，拿了书包，推开车门："悦姐，我先回去了，有什么事下次再说吧。"

没等李辰悦说话，他就下了车，甩上车门，直接走了。

李辰悦看他说走就走，看向李辰宇："我还真遇到事了，多亏了许亦北帮忙。"

李辰宇口气不好："他那样能帮你什么？别把自己搭进去就不错了。有什么事我这个亲弟弟不会帮你吗，还要靠他？"

"你就是说再多他也帮了我，就算不记人好还要说他的过吗？"李辰悦口气也不好了。

"他才是你亲弟弟吧,你就知道向着他!"李辰宇转头又回商务车上去了,气坏了。

李辰悦也不想跟他多说,关上车窗,开车走了。

许亦北肩上搭着书包,已经走出去好长一段路了,但还是隐隐约约地听见了他们俩的说话声,紧接着是车开动的声音。他一路冷着脸,转个弯,彻底把动静甩得听不见了。

附近一阵"哪哪"的打篮球声,许亦北扭头看了一眼,围栏里是上回应行他们打过三对三的那个篮球场,有几个人在里面打球。

他忽然想了起来,那个叫什么大华的,不就是那次跟应行他们一起打三对三的青年?上回也就是远远看了一眼,没在意,现在才回忆起来,难怪应行说是他哥们儿。

"嘁。"许亦北不自觉地笑了声,哥们儿又怎么样,我还是老板呢!

他边走边掏出手机,点出应行的微信,发了句话过去。

——今天的事,你得给我个解释。

两辆电动车停在修表铺外面,应行从附近的一家小超市里出来,手里拎着几罐冰啤酒,走到修表铺门口,给站在那儿的大华和杜辉一人抛了一罐。

大华接了,抱在手里,往地上一蹲,唉声叹气。

杜辉"刺啦"一声拉开,擦擦头上的汗说:"行了大华,都陪你喝酒来了,你就别想了,不就一个妹子吗?"

大华抱着啤酒罐,像抱李辰悦似的不撒手:"那小子肯定是她的男朋友,没想到她喜欢的是那种高中生,我竟然还比不上一个未成年的高中生。"

"烦人,怎么哪儿都有小白脸……"说着扭头,杜辉挠挠头,忍不住骂,"应总,你怎么不说话啊?"

应行坐在电动车的后座上,笑了声:"我有什么好说的。"说完一手扯开拉环,喝了一口啤酒。

许亦北和人家美女一起走的时候他看到了,挺意外的,原来许亦北喜欢的是这种姐姐型的?

不过富家少爷配白富美,也没毛病吧。

吴宝娟从铺子里走了出来,手里拿着手机,茫然地看看三个人:"你们怎么啦?"

应行指了一下大华:"大华失恋了。"

"大华？"吴宝娟明显是又不记得了，看了看大华。

大华叹气："宝娟姨，我够难受的了，听你这么叫我，更难受。"

杜辉拍拍他的肩："其实宝娟姨不记得你才好，不然记得你失恋的糗样也是丢你的人啊。"

"你……"大华按住额头，痛苦又抑郁。

吴宝娟像没听见似的，伸头找了一圈，问应行："就你们几个在呀？"

应行看她手机上还开着他跟许亦北的那张合照，立马站起来，知道她想说什么，托住她的胳膊："回去吧。"

吴宝娟被他扶着回了铺子里，紧接着就小声问："他们是谁啊？北北怎么没来？"

应行就猜她是要问许亦北，低声说："别在他们跟前说，手机里的照片也别给他们看，记好了。"

吴宝娟这种时候就像个小孩子似的，点点头，听话地把手机收了起来："为什么？"

应行说："怕他们知道了会把北北揍一顿。"

吴宝娟皱眉说："那不行。"

应行笑，扶她坐下，给她拿手机点开视频看。

吴宝娟被打了个岔，捧着手机，自己选要看的东西去了。

看她暂时想不起许亦北了，应行才又出去，一出去就见杜辉也在门口蹲下了，他走近说："你又怎么了？"

"我现在更讨厌小白脸了。"杜辉生闷气似的说，"惹大华失恋，你还帮他……我越想越不爽，也难受了。"

应行踢他一脚："你那是什么怨妇口气？"

杜辉拿着啤酒罐跳起来，总算不蹲着了，嘀咕说："反正我跟他和平不了……"

应行把手里的啤酒塞给他："你们先走吧，明天陪大华去打球，今天你俩接着去别处喝吧，我要带我舅妈回家了。"

杜辉只好转头叫大华："走啊，大华，别难受了，咱俩找个地方去接着喝。"

大华站起来："那小子叫什么？"

应行看他一眼："许亦北。"

杜辉补充："还是个富二代！"

"那我真是比不上了……"大华的心被伤得更狠了。

杜辉扶他去坐车："好了好了，走吧。"

看他们走了，应行才掏出手机，刚才就听见手机响了，现在才有空看。

点开微信，是许亦北发来的消息，应行看了一眼就笑了，居然让他解释？

许亦北进公寓楼的时候，手机响了，是语音电话的声音。他掏出来，看到来电人那个人民币的头像，手指一点，接了。

"你想要我怎么解释？"应行在电话里问，声音隔着电流像调侃。

许亦北边上楼边说："你那个哥们儿都差点跟我动手了，他到底是不是跟踪，我得要个说法吧？"

应行说："简单地说，就是我哥们儿看上了你女朋友，他想表白，才发现还有你在。"

许亦北一停："我什么？"

"女朋友。"应行问，"怎么，说错了？"

许亦北忽然笑了一下："你眼睛这么会看，有没有错，自己没点数？"

应行也笑了，在电话里低声说："没数，老板的喜好，我怎么能确定呢？"

许亦北故意说："不确定算了，老板的喜好你就猜吧。"

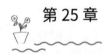

第 25 章

早上十点，应行骑着电动车到了球场外面。

里面已经有篮球拍地的声响，杜辉跟大华早就在篮筐底下，一个球你传我传你，打得心不在焉。

杜辉一转头，看到他到了，立马跟得了救一样："快来吧，应总，大华失恋还没好，动不动就念叨人家妹子有了小白脸，我都快吃不消了。"

应行锁了车："来了。"收着钥匙进球场的时候，他又想起了跟许亦北打的那个电话，看了眼大华："差不多就行了，也没人说他们就一定是男女朋友。"

大华立马看过来："他们不是？"

应行提着嘴角："不确定。"

毕竟许亦北也没明确说，明摆着就是故意不告诉他，非让他猜。他怎么猜？总不能追问老板到底喜欢什么类型的，莫名其妙吗，不是？

"那你还说什么。"大华刚提起的劲又泄了，把球往他身上一抛，"要不然我再去找一回那个许亦北？"

应行接了球，"啪"地投了个篮，皱皱眉："还找他干什么？"

"问清楚他俩的关系啊。"

"他不会告诉你的。"

"你怎么知道？"大华看着他。

杜辉也问："对啊，应总，你怎么知道，你什么时候这么了解小白脸了？"

应行拍一下球："打不打？不打我就走了。"

"打，来来来。"杜辉不问了。

刚开打，从球场外面走进来几个人，打头的一进来就说："哟，都在呢，来几场？"

杜辉刚拿到球，看了一眼就嘀咕："这二流子还不死心呢！"

是上回那个输了球想赖账的扈二星，球场上被教训过了，今天又来了。

大华正好找不到出气筒，甩了下手上的汗说："来！你们来得正好，待会儿输了别想跑！"

扈二星笑得贱兮兮的，说话的时候眼睛盯着应行："跑什么啊，不就是给钱吗？老子又不是没给过，你们别跑才是真的。"

大华回头喊："应行，上！"

应行抬头看了看天，动手卷长袖衫的袖口，一边说："打可以，别打太久，我还有事。"

大华拿了杜辉手里的球就要上场："今天你们不是放假吗，你还有什么事啊，比兄弟都重要？"

应行笑了一下："正事。"

许亦北在公寓里做着题。

书桌上堆了一堆数学卷子，他从早上起来就在做了，磕磕绊绊地坚持到现在，中间还复习了那天应行给他补课的内容。他忽然想起来，停下扒开一堆卷子，找到了压在最下面的手机——锁着屏，毫无动静。

许亦北按亮又看一眼，还是没动静。

如果没记错，应行放假前说了让自己等他电话，现在电话呢？总不可能是他忘了吧。

许亦北先不写了，拿着手机去了客厅，转头看看窗户外面，这都要到下午了，干脆拨了应行的电话。

忙音响了快一分钟，对面才接了，应行的声音带着喘息："怎么？"

许亦北直接问："什么意思啊，因为你哥们儿的事，老板的事就不用干了？"

他的声音压低了："不是让你等我电话吗？"

"那你的电话呢？"许亦北拧拧眉，"说话要算话，你别玩我。"

应行笑了声："谁玩你了？"

许亦北还没说话，听见电话里有拍篮球的声音，紧接着有人叫："应总，跟谁打电话呢，还没打完呢！"

是杜辉。

许亦北问："你在打球？"

"嗯，"应行说，"在安慰被你伤害的兄弟。"

许亦北疑惑，什么玩意？

电话里又有人喊："你快点，老子这把绝对翻盘！"

"催什么，被虐得还不够？"应行说完，声音拉近，又低了不少，"打完再找你，就这样。"

电话挂了。

许亦北看一眼手机，什么安慰被他伤害的兄弟？翻盘都说出来了，他明明就又是在打赚钱的球吧！

许亦北拿着手机接着回去做题，顺手定了个闹钟。今天放假，有时间，就再等他一会儿。

"啪"的一声，应行又进了一球。

杜辉立马喊："应总牛啊！又赢了！"

大华朝扈二星伸手："你们自己送上门来的，怪不了别人，哥们儿现在爽多了，掏钱吧。"

扈二星跟他两个雕龙画凤的队友都青着脸，嘴里又开始骂骂咧咧："有种别让应行上！"

大华乐了："他打得好我不让他上，找个跟你们一样烂的上啊？少磨叽，给钱！"

扈二星翻来覆去地骂那几句，骂完吼："等着，老子打个电话！"

大华说："你就是打十个电话也得给！"

应行随他们去，反正打完了，他擦了把脖子上的汗，去球场边拿了瓶放地上的矿泉水，拧开喝了两口。

杜辉走过来："干吗啊，应总，你今天钱不拿就要走了？"

"让大华拿了喝失恋酒去吧，本来也是陪他打的，我赶时间。"应行顺手又拿瓶水扔给他。

杜辉接住，摸不着头脑："赶什么时间，还能比赚钱重要？难道你现在有大钱要赚了？"

应行往球场外走，都要笑了："你要这么说也行吧。"

"难怪最近老不见你，神神秘秘的……"杜辉嘀咕着，猛灌了两口水，看他要走了，又连忙跟上去，"我跟你一起。"

"跟着我干什么？去陪大华。"应行拎着水，一只手掏出钥匙，还得去找老板呢，哪能带他啊？

刚要出去，从球场外面拥进来一群人，乍一看有七八个，个个染着头、抽着烟，把路给堵死了。

应行看了一眼，停了下来。

大华在篮筐那儿骂："你找死？"

杜辉顿时就明白了，回头瞪着扈二星那几个人："你们还带了人来！输不起就想打架是吧？"

"老子特地挑的今天来找你们的，特别是应行。"扈二星挺得意，他老远指着应行，"上回在网吧拿喝的浇我一头，真当我不记仇呢？平常怕你，今天人多还怕你啊？"

应行"啧"了一声，什么感觉都没有，纯粹嫌烦，转头朝大华偏了偏头，又看一眼杜辉："我真赶时间，别耗了，直接甩开就完了。"

三个人又不是头一天一起玩，大华早就明白他的意思了，在那头把球往地上一砸，"嘭"的一声，掉头就朝围栏冲了过去。

杜辉立马往反方向跑。

应行直接把手里的水往那几个挡路的身上一扔，人已经越过他们跑了，到了围栏边抓着栏杆，一跃就翻了过去。

书桌上摊着好几张卷子，卷子上一堆错题。

许亦北转着笔，等了几个小时了，一直做题做到现在，能做的都做了，别的实在做不下去了，但是应行还没来电话，今天到底什么时候才能补课？

"嘀嘀嘀——"手机闹钟响了，他拿起手机看了一眼，定的下午四点的闹钟，已经到点了。关了闹钟，他又翻了翻手机，应行确实没来电话，点开微信，也没消息。

再拖下去，这一天都要过去了，到底什么赚钱的球能比他给的多，还舍不得结束了？他拧拧眉，笔一扔，又拨了电话过去。

"嘟嘟"的忙音响了快半分钟，居然没人接。

"还真是玩我？"许亦北自言自语一句，又看了一眼桌上的错题，一下站了起来，踢开椅子就往外走。

"行啊，非要老板亲自来提你是吧！你给我等着！"

"真没品，要不是你不想跟他们耗，老子非得摁那二流子给咱们磕头！"杜辉一头扎进一条巷子，喘得跟头牛似的，说着往后看，"大华跑了，那群人还追着咱们呢，这是冲你来的啊，真是胆肥，嘿！"

应行大步走过来，自己的车还停在篮球场那儿，暂时是拿不到了，他抄了下汗湿的前额，朝杜辉招一下手："杜将军，把你的爱马牵来给朕用用。"

杜辉的小破电动车就停在这儿呢，不然能往这儿跑吗？他转头就去推车。"来了来了，我的爱玛来了！"说着就插上了钥匙，然后忽然一停，"唉，我去，又坏了！"

应行皱眉，真是想赶时间都赶不了，他抬脚就往巷子外面走。

紧接着几个人就冲进来了。"这儿呢！"有人喊。

扈二星跟了进来，他瘦得跟个猴似的，跑得上气不接下气，拦在巷口喊："你小子别想跑！"

应行插着兜，不耐烦地看他一眼："少输不起，我还有事，都让开。"

"吓唬谁啊！老子就输不起，除非你们把老子的钱都吐出来！"扈二星仗着人多，挤在几个人中间嚷嚷，"你家里那样都是你自己害的，赚再多钱也没用！"

"你敢再胡扯一句！"杜辉一下从车那儿蹿起来，吼完小心翼翼地看一眼应行，"应总？"

应行的脸已经沉了，手从裤兜里抽出来，转头看了看两边，后面墙根那儿堆了一堆还没来得及拖走的装修废料，他走过去，用脚背挑了根钢管在手里，掂了掂重量，看看那几个人："行吧，你们自找的。"

许亦北出门拦了个车，上去就说："去附近的球场。"

司机问："哪个啊？"

"最近的那个。"

"那也用不着坐车啊，这才多远。"司机像嫌他败家一样。

许亦北没好气："开就完了。"不远也不想等了，他都恨不得飞过去，看看应行到底在搞什么，让他等了快一天了！

司机把车开出去，飞快地到了地方，车一刹："到了。"

许亦北刚要下去，先往外看了一眼，发现球场里没人，再看了看周围，球场外面停着那辆熟悉的黑色电动车。他猜应行肯定没走远，又坐回来："继续开。"

"往哪儿开？"

"随便，我找人。"

车沿着路开出去，绕了差不多快一圈，拐进一条店铺混着居民楼的老街道，忽然听见几声凌乱的骂声，他听着像杜辉的声音。

许亦北叫停，推开车门，跟司机说："就在这儿等我。"说完下了车，大步循着声音过去，心里已经开始冒火了。

刚到那条巷子外面，冷不丁从里面摔出来一个人，"砰"的一声跌在墙根那儿，像摔了个破罐子似的，栽在那儿起不来了。

许亦北愣了一下，立马往巷子里跑。

一进去，里面还躺着几个，跟废了一样，他扫了一圈，都蒙了，抬头就看见杜辉和应行的身影一闪，从对面的巷口出去了。

角落里躺着个精瘦的混混，呻吟着骂："你等着，老子还有人……"

许亦北看了一眼，这不就是那个要赖账的不良分子吗？姓应的就不怕把人打残了？

他没多待，扭头就出去了，上了车，一把带上车门："往对面的街上开。"

司机听他语气不对，还以为出什么事了，赶紧把车开了出去。

应行出了巷子，往垃圾桶里扔了手里的钢管，大步往路对面走，头也不回地跟杜辉说："赶紧走，大白天的招人眼。"

"那群牲口……"杜辉气冲冲地在后面跟着，老远看见还有几个混混往这儿来了，又骂一声，"没完了！"

路上忽然开过来一辆出租车，一下在眼前刹住。

应行顿时一停。

后座的车门被人一把推开，简直像是踹开的，许亦北坐在车里，冷眼看着他："上来！"

应行挑了下眉。

杜辉愣在那儿："什么情况？"

"你上不上？"许亦北不耐烦。

应行推着杜辉往里一搡，低头坐了进去。

车立马开了出去。

杜辉夹在俩人中间，看一眼应行，又看一眼许亦北，不明白他怎么会跑出来帮他们，莫名其妙地问："你干什么呢？"

"我路过！"许亦北语气不好。

杜辉："……"

应行忽然笑了一声。

许亦北拧眉扫他一眼：你还笑？

三个人谁也没再说话，直到许亦北喊停。

车在路边停下，他看一眼杜辉："你可以下车了。"

杜辉更莫名其妙了。

应行推开车门，先走下去，朝他递个眼色："走，去跟大华说一声，让他找人解决。"

杜辉下了车，瞅了一眼许亦北，嘴一闭，扭头走了。

应行又坐回车上，看一眼许亦北："你看到了？"

许亦北皱眉："看到了，你还真够狠的。"

应行活动着刚打完架的手腕，靠着椅背，懒洋洋地说："意外。"

许亦北扭头看他，把人揍成那样就叫意外？

彼此没话说了。

车很快就开到了公寓外面，停了下来。

许亦北付了钱，推开车门下去。

应行跟下车，看了眼公寓区的大门口，转头看他："我也可以走了？"

许亦北对上他的视线，"呵"一声："想得美，你欠我的，今天不补够了别想走！"

第 26 章

应行就知道是为了补课，不然他哪能忽然就冒出来，他对数学还真不是一般地执着，居然亲自跑去找人，真是服了。不过今天确实是自己晚了，他无话可说，只能跟他走。

一前一后上了公寓楼，到了门口，许亦北开了门："进来。"

应行跟进去，里面不大，家具几乎都是新的，一看以前就没住过人。他朝许亦北看一眼："你还真是一个人住的？"

"那不然呢？"许亦北"砰"的一声关上门，忽然反应过来了，自己风风火火地去提人，居然就把他直接叫来住的地方了，一转头，刚好撞上他看过来的视线。

俩人互看了两秒，应行问："现在就开始？"

许亦北还是第一回带人回来，不太自在，转头就往里走："肯定啊，我都等到现在了。"

应行扯了扯汗湿的领口："至少也让我先洗个脸吧，我浑身都是汗。"

许亦北回头又看一眼他身上，皱皱眉："你身上可不只是汗。"

应行看看身上，确实不只是汗，长袖衫上还沾了几滴血迹，当然不是他自己的。他随手抹了一下，抬眼问："卫生间在哪儿？"

许亦北只好伸手指一下："那儿。"

应行走了过去，把门一关，水声紧接着就响了起来。

许亦北看了一眼关上的卫生间门，忽然又想起来，书桌在房间里呢，待会儿不是要叫他去自己房间里补课吧？

那好像也挺古怪的，未免太亲密了点，他俩哪有那么要好啊，连江航都没有这待遇。

趁水声还在响，他匆匆进了房间，把书桌上的卷子都捧了出去，一股脑地放在客厅的茶几上。

没一会儿，卫生间的门"哗"的一声开了，许亦北正坐在沙发上等着呢，立马转头看过去。

应行低着头走了出来，额上、颈边都湿漉漉的，短短的头发全往后抄，正在往自己身上套长袖衫，抬头看见他，手往下一拉，遮住了小腹。

许亦北眼神一动，嗯？刚才好像看到了几块挺有模样的腹肌？

应行盯着他，忽然笑了一下："怎么样，挺好看的？"

许亦北一下反应过来，"嗤"了一声："我就没细看，大家都是男的，又没什么区别。"

"区别肯定有。"应行上下打量他，忍不住就想逗他，"老板又白又嫩，我是比不上。"

许亦北拧眉，又觉得他欠抽了："你在我家里脱衣服还脱出骄傲来了？"

应行往下拉了两下袖口，领口那儿弄湿了点，像是沾过水："什么在你家脱衣服？我得把衣服上那几滴血给搓了，省得回去被我舅舅唠叨。"

"谁管你……"许亦北手指敲敲茶几，"你还补不补课了？"

"行了，来。"应行不说了，再说他得急了，走过来，在他旁边的沙发上一坐，伸手，"把你今天做的试卷给我。"

许亦北直接拿了三四张出来，全是今天刚做的，一起塞给他。

应行又伸手："笔。"

许亦北又拿支笔扔给他。

应行一把接住，低头把试卷上的错题全看了一遍，圈了几个地方出来，每题旁边都飞快地写了几笔，又还给他："这几题重新做一遍，解法给你标提示了。"

许亦北拿过去，刚准备埋头做题就看他站了起来，立即问："干什么？"

应行说："打电话也不行？"

许亦北撇了撇嘴，低头做题，一边说："随你干什么，反正我不说走，你不能走。"

应行看他一眼，没接话，掏出手机，去了阳台。

没一会儿，许亦北就听见他断断续续的说话声，声音压得很低："舅舅，舅妈今天没什么事吧……我能干什么，就跟大华他们去打了个球……"

许亦北一边打草稿，一边在心里吐槽：你舅舅哪知道你在外面已经把人打成那样了啊。

应行紧接着说："她问我什么时候回去了？"

许亦北看了出去。

应行正好回头，和他对视一眼，拿着手机说："现在还不行，有事，做完了才能回来。"

"算你识相。"许亦北又低头写他的题。

一通电话好一会儿才打完,应行把手机揣进裤兜,走回客厅里。

许亦北笔停了一下,忽然抬头看他:"你今天……"

"我今天什么?"应行看着他。

许亦北本来想问"你今天怎么突然就把人打成那样了",话说一半又觉得自己挺多事的,低头说:"没什么,就想说我快写完了。"

应行看了眼他写卷子的姿势,出去打电话前他还坐在沙发上,这会儿已经拿了沙发靠垫直接坐在了地板上,就在茶几上写着卷子。他看了一圈,问:"你没书桌?"

许亦北无语两秒,故意说:"对,这公寓什么都有,就是没书桌。"

应行好笑:"还有这种事?"他一个每天都在学习的人,住的地方居然连张书桌都没有,怎么那么不真实呢,许少爷还能缺买张桌子的钱?

还好,许亦北在提示下顺利写完了,笔一放说:"赶紧来讲吧。"

应行走过去,看他坐在地上,干脆也拿了个靠垫放地板上,在他旁边坐下来,接过卷子,先浏览了一遍:"比上回好多了。"

许亦北到现在总算听到一句让人舒服的,语气都变好了:"那期中考试我要提到及格线,有没有可能?"

应行看他:"你都计划到期中考试了?"

"那当然了,你以为还远吗?不考试我怎么知道自己有没有提高?"

应行想了想:"要提到及格线,得一下让你的分数翻一倍。"

许亦北笑一下:"我的分数翻一倍,你的奖励也会翻一倍。"

应行被他的语气弄得提了提嘴角,真行,这不就是利诱吗?他也没回答到底有没有可能,朝许亦北勾一下手指。

许亦北会意,马上坐近,去看卷子上的题。

讲题最耗时间,尤其是应行这种凭感觉讲的,许亦北这种偏科极端的。前前后后全部讲完,屋子里就全靠灯照着了。

应行停下看了眼窗户,外面天已经黑了,忽然感觉小臂被蹭了一下,他有点痒,扭过头。

许亦北人往他这边靠,眼睛盯着卷子,一条胳膊搭在茶几上,想伸出去拿笔的时候刚好擦过他的小臂,随后反应过来,抬头看他一眼,胳膊立即收回去了。

应行去看许亦北的胳膊,他身上的 T 恤宽大,露在外面的两条手臂瓷白,被灯照着更白了。他一下想起之前说的那个玩笑，下意识地摸了下小臂，心想老板确实又白又嫩，冷不丁笑了一声。

许亦北莫名其妙："你笑什么？"

应行放下试卷，答非所问："饿了，打了快一天球，我连中饭都没吃，已经不早了，吃点东西吧。"

许亦北又想吐槽，没吃饭还能打架呢，随口问："怎么吃？"

应行看着他："你问我？你平常在家不吃饭？"

许亦北实话实说："要么在外面吃，要么点外卖，我从来不做饭，不会。"

少爷会做饭才怪了，但是至少也该有个做饭的保姆吧？应行朝厨房看一眼："怎么不请个人？"

许亦北淡淡地说："饭在哪儿吃都行，反正迟早要适应。"

应行看着他，适应什么，没保姆的生活？

"还是点外卖吧。"许亦北掏出手机。

应行站起来："点外卖得等，麻烦，你总得准备点东西在家吧？"

"不知道有什么，"许亦北说，"我让家政随便买了点，厨房都不怎么进。"

应行看他两眼，去了厨房。

许亦北问："干吗啊？"

应行已经进去了："你不是说除了不能走，我干什么都可以吗？"

那行吧。许亦北随他去了。

厨房里灯亮了，一阵响动，不知道他在找什么，好像还有开炉灶的声音。

许亦北也不问了，反正自己对厨房一窍不通，他想怎么倒腾都可以，既然暂时不讲了，那干脆自己再做会儿题。

顶多过了十分钟，他忽然闻到一阵香味，紧接着面前多了一碗煮好的面。

许亦北一愣，抬头，应行在旁边坐了下来，手里端着另一碗面，顺手又放了双筷子在他面前的碗上："吃吧。"

"你做的？"他都蒙了。

应行"嗯"一声："你厨房里只有这些，没的选。"说着看他一眼，还以为他身边一堆人伺候呢，没想到连饭都没人做，这算什么富家少爷生活？

许亦北确实也饿了，看看那碗面，上面还卧了个鸡蛋，不知道他是怎么做的，都能拍了去当广告图片了，看着就有食欲，但还是不想夸他。他起身去洗了个手，回来坐下，拿了筷子，跟应行一人一边坐着开始吃面。

"怎么样？"吃得差不多了，应行才抬头问。

许亦北咬了口鸡蛋，轻描淡写地说："厨房里应该还有，再煮一包。"

应行挑眉，嘴真硬啊，说声好吃有这么难？应行不太想让他得逞。"我是来补课的，又不是来煮面的。"

许亦北掏出手机，低头点了几下，放下时说："饭钱，不够我再给。"

应行裤兜里的手机一振，他拿出来看了一眼，微信上多了个一百块的转账，提了提嘴角："又来？"

门忽然被敲响了，两个人同时一停。

应行问："你还点外卖了？"

"没。"许亦北爬起来要去开门，又停下看他一眼。

应行秒懂他的意思，当然是又要他回避了："有这必要？"

许亦北说："万一是熟人呢？"

行吧。应行站起来，也没处去，又进了厨房。

许亦北走去门口，拉开门，外面是司机老陈。

"亦北，我来给你送东西。"老陈手里拎着个礼品盒。

"这什么？"许亦北扫了一眼，"我妈让你送的？"

老陈说："辰宇让送来的，他今天突然叫我买点东西给你送来，说是要谢谢你那天帮了辰悦。"

许亦北表情瞬间就淡了："他还会这么客气？"

老陈不好多说，就跑个腿："东西我送来了，你收下吧。"

许亦北一手搭着门框，没接："没事，他还说了什么你直说就行。他是不是还说了，他亲姐的事轮不到我这个外人管啊？"

老陈尴尬地笑笑："别这么说，你妈妈和你李叔叔是要过一辈子的，那你们就是一家人了，不分什么亲不亲的，都是亲姐弟。"

许亦北最烦听到这种话，听腻了，李辰宇那天说的话他都听见了，要不是这意思能送东西来？

说得好听是谢他，不就是强调一下那是他亲姐，他们才是一家人吗？还专程送礼？那不就是答谢外人的架势？

这么硌硬人的事只有李辰宇这种任性幼稚的人才干得出来，可能还觉得事情做得特别漂亮呢。

老陈看他不说话，更尴尬了，把东西放在了门口："那我走了。"

许亦北一脚把东西踢了出去。

老陈惊讶地回头。

他脸上挺平静："不好意思，陈叔，不是针对你，你的工作我不为难你，这是我刚才踢出门的垃圾，麻烦你帮我带下去扔了。"说完就把门关上了。

外面没了动静，老陈应该是走了。

许亦北对着门站了一会儿，冷着脸回到茶几那儿，忽然想起来，往厨房里看。

应行宽肩长腿的身形倚在流理台边，低着头在刷手机，忽然抬眼看了出来。

两个人无声地对看了好几秒，许亦北问："你听到了？"

应行把手机往兜里一收，站直了，走出来，也没回答，直接说："这下应该补够了，我差不多也该走了。"听见了人家的家庭矛盾，不太好留了。

许亦北一听这话就知道他肯定是听到了，抿住唇，没说话。

应行手插着兜走到门口，拉开门，看见他还孤零零地站着，忽然就明白他怎么一个人住了，停了一下，提醒说："你不是付钱了吗？面在锅里了。"

嗯？许亦北往厨房看一眼，他煮了？

应行已经出门了："面我煮了，碗你就自己解决了。"

许亦北顿时一愣："你等会儿，我不会……"

"不会洗"三个字还没说完，门就被带上了。

第 27 章

只有数学，没有休息的一天假就这么过去了，周一到了，还得继续上课。

许亦北照常起了个大早，肩上搭着书包，上了教学楼，补课补习惯了，他还没进教室，就在走廊上找应行的身影。

算了，这么早，他肯定还没来。

还没到教室，后面有人来了，他往后瞥一眼，来的是杜辉，目光又转回来，当没看到。

杜辉一过来就瞅着他了，吊儿郎当地从他旁边经过，忽然往他身上抛了个东西。

许亦北下意识地一接，是盒酸奶，他停下来："干什么啊？"

杜辉停下说："请你的呗。"

许亦北看两眼那盒酸奶："下毒了？"

杜辉顿时瞪眼："说什么屁话，我这还不是为了谢你帮了咱们！"

他一嚷，走廊上早到的同学们都往这儿看。

杜辉嫌丢脸似的，小声骂了一句，指指自己的鼻子，闷声闷气地说："我虽然对你很不爽，但是那天打架，你帮了我和应总，我就谢你，以前卖那些东西给你也都算我的错，我认了，以后咱俩扯平了。"

许亦北简直又意外又好笑："活久见①了，还有这么一天呢。"

杜辉哼哼两声："我说到做到。"

许亦北真笑了，把那盒酸奶抛回去："留着自己喝吧，北哥也不是不讲道理的人，你肯低头，哥哥也可以原谅你。"

杜辉兜着酸奶，蒙了一秒，一下炸毛："谁认你做哥，能让我叫哥的只有应总！"

"嗯，你哥来了。"应行插着兜从楼梯口过来，一来就看见他们站在一起说话，来回看了看俩人，"你俩和平了？"

杜辉前面还放过话说不可能跟小白脸和平呢。他挠了挠小平头，觉得没面子，打岔说："怎么上学才见到你啊，我下车后你去哪儿了？我找完大华还去你家里找你了，没看到你，你舅舅说你有事一直没回去呢。"

应行看一眼许亦北："就是有事。"

许亦北看看他，转头拨一下肩上的书包，往前走了。

"什么事啊？"杜辉追问。

"赚钱的事。"应行一句带过，也朝前走了。

杜辉完全没留意到俩人的眼神，小声吐槽："你还真是有大钱要赚了，架打成那样都忘不了去赚钱……"

许亦北在前面悄悄提了下嘴角：想不到吧，大钱就来自你北哥我。

应行跟了上来，低声说："昨天洗碗了？"

---

① 活久见：网络用语，指"活的时间久了什么事都可以见到"。

还知道来问呢，绝对是故意的，许亦北看他一眼："扔了。"

应行好笑："锅也扔了？"

许亦北"啊"一声："我有家政。"

"行，原来是玩我。"应行越过他，先进了教室。

许亦北还想趁机跟他约个补课时间，一进教室，发现老樊都已经在讲台上站着了，只好闭嘴先不说了，在座位上坐了下来。

应行在他旁边坐下，都没往讲台上看一眼。

樊文德就像是等着他俩似的，紧接着就说："有个事宣布一下啊，马上秋季运动会就要到了，今年高三也可以参加，学校希望各个班积极参与、踊跃报名，咱们班呢，就大家看着报，不要花太多时间在这上面，高三了还是要一心向着学习，知道吧？好了，回头给其他晚到的同学都说一声。"

杜辉才慢吞吞地进班，嘴里还叼着被许亦北抛回去的那盒酸奶，他听到老樊的话很激动："要开运动会了？"

老樊不理他，拍拍讲台："应行，你跟我出来！"

许亦北一愣，低声说："你打架的事被知道了？"

应行站起来，压着声音说："那肯定就是你告密出卖我了，不然他怎么知道。"

谁出卖他！许亦北看着他出去了。

梁枫回头问："许亦北，应总是不是放假干吗了？"

许亦北说："问我干什么，我怎么知道？"

"你俩刚才明明小声说话来着，怎么会不知道啊？"

这耳朵可真利索。许亦北没表情地说："真不知道，骗你杜辉跟你姓。"

杜辉被酸奶呛了一下："啊？"

梁枫乐了："嘿，今天杜辉居然没冒火啊。"

杜辉看看许亦北，刚和平，忍了，扭头喝酸奶去了。

许亦北拿了英语书出来背单词，梁枫又问他："哎，运动会你报不报？"

他抬头："报什么？"

梁枫上下打量他两眼："算了，看你也不擅长，当我没问。"

看不起谁呢？许亦北翻着书说："不报，学习。"说着往外看一眼，窗户外面老樊正在跟应行谈话。

樊文德背着手站在窗户边上："运动会的事你都听到了吧？"

"嗯。"应行站在他面前，"怎么啊？"

樊文德说："机会不多了啊，人家体育生早都训练了，现在已经高三了，趁着刚开学，还有最后一批，我给你报一个体育生的名额吧，这样你努力努力，还能靠体育进大学。"

应行说："我不行。"

老樊瞪眼："你哪儿不行？"

"身娇体弱，体育不行。"

老樊一下来气了："你有脸说这话？我看你哪儿哪儿都行，就是不肯干！要不是你就一门数学拿得出手，我犯得着这么替你操心吗？"

"那你就别操心了。"应行转身回教室。

"你给我……"老樊气急攻心，话都不知道怎么说了，最后吼了句，"反正运动会你必须参加！"

应行回到座位，往旁边一看，许亦北正盯着他。

应行低声说："经过我的验证，老板没有出卖我。"

"谁跟你说这个！"许亦北看看左右，外面老樊也不在了，他竖着英语书挡着，歪过头来小声说，"今晚能接着玩吗？"

玩？应行想起来了，是自己说的暗号，他牵着嘴角"嗯"一声："今天保证准时。"

"这还差不多。"许亦北转头看书，"放学见。"

应行又转头跟他各干各的了："行，放学带你玩。"

今天学校好像人不多，只有高三的在上学似的。

一开始还没注意，到了放学的点，外面跑动的脚步声都没以往热烈，许亦北才留意到。

朱斌在前面嘀咕："今天高一高二放假吗？"

梁枫说："别管了，反正咱们又不放假。"

放学铃响了，应行在旁边看了一下手机，站起来，从他背后走的时候低低说了句："出去等你。"

许亦北转头，看他已经出门走了，立即拿了书包跟出去。

杜辉在后面哀怨地喊："应总！你又不等我……"

应行走到停车的地方，大华正靠在旁边的梧桐树上抽烟，等了有一会儿了。

"等你呢，那厮二星的事解决了，我来跟你说一声。"

应行掏出车钥匙："只要他以后不敢了就行。"

大华说："我就是不找人治他，他也不敢了，那二流子就是没挨过你的揍，这下才是真知道怕了。"说着看他一眼："不过你下手也太狠了，我去找他的时候连他人样都看不出来了。"

应行冷笑："活该。"

大华诧异地看他一眼："他不会是拿你家里说事了吧？"

"嗯。"

大华看看他的脸色："那他是活该。"

应行拧了车钥匙，看他一眼，他今天在白背心外面罩了件短袖衬衫，模样挺周正，就是还是没精打采的。他坐到车上说："别颓着了，我还有事，要走了。"

大华捻了烟："唉，那我也走了。"刚说要走，看见有人在往这儿过来，瘦瘦高高，帅得扎眼，不是许亦北是谁？他立马情伤又犯了，看看应行："他是不是来找你的？你可别伤害我啊。"

应行转头看一眼，许亦北已经看到大华了，站在那儿看了这边两眼，转头往反方向走了。

大华憋得内伤："多看他一眼都让我难受。"

应行踢起脚撑，忽然问："你那天说你女神叫什么来着？"

"李辰悦。"大华边说边往路上看，许亦北走得连人影都看不见了。

应行说："我这儿有一个好消息，还有一个坏消息。"

"什么啊？"大华问得心不在焉。

"好消息是，他俩是姐弟。"

大华瞬间眼睛就亮了："真的?!"

"坏消息是，不是亲的。"

大华都蒙了，忽然想起来："你是怎么知道的？"

应行还能怎么知道的，还不是不小心听见了人家的家庭矛盾。许亦北让他猜喜好的时候，他哪知道他们是这层关系，笑了下说："我就知道这么多了，别人的事说多了不好，走了。"说完一拧车把，飞快地走了。

骑车出去没多久，应行就看见了在路边等着的许亦北。

应行开过去，一停："今天去哪儿？"

许亦北说："还是去我那儿补。"

"行。"应行刚要走，又停了一下，"那你是打车回去，还是等公交车？"

许亦北看了看他的电动车，想想反正也坐过了，走近抬腿一跨，坐到后座："走吧，节省时间，期中考试我一定要提到及格线。"

应行往后看一眼："现在不担心有人看到了？"

许亦北立即转头，发现没熟人才松口气："吓我一跳，都走到这儿了，谁还会……"

"哎，应总！"梁枫的声音远远地冒出来，都不知道他人在哪个方向。

应行一下笑出来。

许亦北立即推他肩："别笑了，快走！"

应行立即把车开了出去。

本来一路都开得飞快，过了三岔路口，要经过修表铺时，他忽然一下放慢了车速。

许亦北问："怎么了？"

应行说："我舅妈。"

许亦北往前一看，吴宝娟搬了个小马扎在路边坐着，眼巴巴地看着路上。

应行直接一转车把，开了过去，停在铺子门口："我回来了。"

吴宝娟看到他的车就站了起来，紧接着又看到他后面坐着许亦北，更高兴了："你跟北北一起回来呀？"

许亦北："……"

应行回头小声说："今天就在这儿补吧，改天再去你那儿。"

许亦北看看吴宝娟，也不想让她失望，就从车上下来了。

一起进了修表铺子，才发现贺振国不在，难怪吴宝娟会百无聊赖地坐在路边等人回来了。

应行朝许亦北偏了偏头，知道他不想耽误时间："你随便找地方先做题吧。"

许亦北看一圈，只能去柜台那儿，他放了自己的书包，拖个凳子坐下，拿了笔准备写卷子，发现吴宝娟看着自己，冲她笑笑说："吴阿姨，我今天在这儿写作业行吗？"

"好啊。"吴宝娟点头，说着走过来，放了几颗大白兔奶糖在他卷子上，"这个给你吃。"

许亦北拿着笔指一下自己："我写卷子没空吃，你吃吧。"

吴宝娟笑着说："吃啊，北北，这个好吃的。"

应行在后面说："他忙着呢，你吃药了吗？"

许亦北看过去，吴宝娟还吃药？

"没呢，"吴宝娟说，"我等会儿吃。"

"那就一会儿，别等太久。"应行说。

"嗯，我今天也没出去乱跑。"吴宝娟的语气像个讨奖赏的小孩子。

应行拿了凳子让她坐下来："以后都别乱跑，我最近经常要晚回来，有事。"

吴宝娟说："好。"

应行转头看了一眼许亦北："你等我一下。"

许亦北看他出去了，也不知道他干吗去了，扭头又对上吴宝娟的视线。

"吃糖啊，北北。"

许亦北拗不过她的热情，剥开一颗糖塞到嘴里。

吴宝娟问："甜吧？"

"嗯。"确实挺甜的。许亦北小时候不怎么吃糖，方女士管得严，吃什么都有保姆看着，现在没人看着了，可以随便吃。

吴宝娟满眼的笑，指着应行刚出去的门口说："他也喜欢吃糖。"

是吗？许亦北没想到："他这么大的人了还喜欢吃糖？"

吴宝娟认真地说："我记得他喜欢的。"说完可能是想起来了，拿出手机，"你写作业吧，北北，我看东西，不打扰你了。"

许亦北觉得她这性格真是没话说，一点也不给人添麻烦，比那些拉着人家长里短问一堆的长辈强太多了。他都快羡慕应行了，含着嘴里的糖，低头去写题。

他一颗糖吃完，写了两道题，应行就回来了。

许亦北往门口看一眼，看见他手里拿着个笔记本电脑："干什么？"

应行走过来，把电脑放在柜台上，开了机："你不是期中考试要提到及格线吗？就你那基础太难了，给你找点补基础的资料。"

许亦北皱眉，总觉得自己被鄙视了，抿抿唇，忍了，探头过去，看到应行很快在屏幕上点出一个网站入口，还要账号密码和身份验证，他坐回来说："内部网站，上不了，散了吧。"

"谁说的？"应行手指敲着键盘，没一会儿就说，"好了。"

许亦北一愣，又探身过去看，资料都开始下载了，不禁看他一眼："你还有这本事？"

应行说："这种级别的没什么难度。"

许亦北忽然想起那回在网吧，他几下就把自己的电脑给搞好了，原来是他电脑本来就玩得好。

应行忽然抬眼，对上他的视线，笑了："别这么看我，我是守法公民，不搞乱七八糟的。"

许亦北眼神动了一下，转开目光，没两秒又转回来看看他的脸，真是对他刮目相看。

资料都下好了，应行又抬头看他一眼："觉得我挺牛的？"

许亦北被他戳中心思，拿着笔就要接着写题，看到卷子上的糖，顺手推过去给他："喏，你不是爱吃吗？"

"谁说我爱吃这个？"

许亦北朝坐在那儿的吴宝娟歪歪头，小声说："你舅妈说的。"

吴宝娟低着头在看手机，听声音好像是在看什么动画片，根本没听见他们说话。

应行把糖推回来："她记错了，我不吃甜的。"

许亦北莫名其妙地看他一眼，想想吴宝娟确实健忘，可能是记错了："算了，不吃拉倒。"

应行没说话，有一下没一下地敲着键盘。

许亦北写着题，忽然想起来，抬头问："你不写作业？"他早就想问了，从来就没见应行写过作业。

应行看他："有作业？"

许亦北说："有，还很多。"

应行拖个凳子过来，在他旁边坐下："那行吧，反正没事，借支笔给我，再借份作业，我也写会儿。"

什么叫反正没事？连作业都要借？

许亦北忽然想起老樊让自己带他，他这根本就不学啊。他默默无语了一瞬，拿了支笔给应行，顺便把自己的语文卷子也给他："写吧，这卷子我还有，我要是你，有这数学成绩，我肯定……"

应行抬眼："你肯定什么？"

许亦北撇撇嘴："随便你。"他学不学跟自己有什么关系啊，还真准备带他了？

应行低头，就在他旁边写那份语文卷子。

许亦北有意无意地还是看了几眼，看到卷子上他龙飞凤舞的字，一笔一笔特别有力，想起了最早在那两张优惠券上见到的就是这手字，不禁又看他一眼。他成绩不怎么样，可惜了这一手好字。

外面忽然"砰砰"响了几声，像放鞭炮似的。

吴宝娟看手机看得好好的，一下站起来，慌张地问："怎么了？"

许亦北扭头看她。

应行已经抛下笔过去了，一只手扶住她的胳膊："没事，今天过节，人家踩的气球。"

"过节了？"吴宝娟一脸茫然。

"嗯。"应行扶着她往里走，"去里面待着吧，吵不着你。"

吴宝娟乖乖点头，进了里面的小房间。

应行送她进去，没一会儿关了门出来，又坐回来。

许亦北往外看一眼："今天真过节？"

应行说："中秋，高三不放假，谁还记得。"

"哦。"许亦北这才想起来为什么会觉得今天学校里人少了，停顿一下，一边把手里的卷子推给他，"讲吧，我写完了。"

应行拿过卷子，看他一眼："还讲吗，你不要回去团圆？"

"没必要，讲吧。"许亦北淡淡地说完，看看他，"你们家要过节？"

应行提了下嘴角："不过，讲题吧。"

许亦北看看他，也看不出他说的是真是假，也许是因为他跟着舅舅家生活？也不好提，不想了，凑过去听他讲。

前后也就讲了三四十分钟，刚好讲完写的题，外面有低低的咳嗽声，听着是贺振国回来了。

应行停下说："我舅舅回来了，先到这儿吧。"

许亦北收了东西，站起来，走到外面，果然是贺振国回来了。

"贺叔叔。"

"哎。"贺振国看到他挺惊喜，"要走了吗？"

"嗯。"

贺振国笑笑："哦，对，今天过节，我就不留你了。"

许亦北没说什么，看了一眼坐在那儿的应行："我走了。"

应行看看他："嗯，资料回头发你。"

许亦北转身走了。

贺振国进了修表铺里，看应行在摆弄电脑，搓着手说："我回去做点菜吧，大小是个节。"

"别过了，又没什么意思。"应行朝里面的小房间歪下头，"舅妈在里面，刚才被吓了一下，带她回去吃药吧。"

贺振国一听就不说了，赶紧进去叫吴宝娟。

许亦北到了路上打了个车，本来是要回公寓的，想了想，又改了主意，让司机往别墅区开。

到地方的时候天刚好黑下来，路上亮了一排的路灯。

他搭着书包，走到别墅区的岗亭那儿，停下来，掏出手机，想翻翻那个家的群，看看他们在做什么，手指已经点开微信了，滑到那个群名上，又不想看了。

万一看到他们一家和和睦睦地在过节，还不如不看，还不是提醒自己像个外人？

手机突然就振了，许亦北愣了一下，拿起来，看到方女士的名字，立即接了。

"许亦北，今天过节知道吗？"方令仪的声音听着很轻。

许亦北实话实说："刚知道。"

"我想叫你回来过节，都不知道怎么开口。"方令仪叹气，"家里关系这样，妈妈想跟你团圆都变难了。"

许亦北抿着唇，往里面那片别墅区看了一眼，故作轻松地笑笑："高三哪还有团圆节啊？"

方令仪还没说话，电话里传出李云山的声音："吃饭了，别说电话了。"

"等一下。"方令仪回了李云山一句，接着在电话里说，"妈妈今天不能陪你过节，改天去陪你，晚上你一定要吃顿好的，别亏待自己，听到没有？"

"嗯，听到了。"许亦北转头往回走，就当没来过这儿，在路口抬手拦了辆车，"你去吃饭吧，我忙着做卷子，根本就没想起来今天过节。"

"那早知道我不提醒你了，反而难受。"方令仪又叹气。

"没事，我不难受，你也别难受。"许亦北坐进车里，说，"挂吧。"像是要证明自己不难受似的，说完他先挂了。

说不难受是假的，这个家他想待也待不下去，迟早要远走高飞，今天日子特殊，他只想看看他妈罢了。

车远离了别墅区，往市区开，许亦北看到那个熟悉的三岔路口，喊了停，准备像他妈说的那样去找个地方吃顿好的。

下了车，站在路边看了看，路上没什么人，可能都回去过节了，他也不知道该去哪儿吃，这条街压根也不是吃饭该来的地方。

路灯拖着他的影子，斜长的一道，他看了两眼，忽然笑了，自言自语一句："我是个流浪汉吗？"怎么突然就像无家可归一样？

贺振国把吴宝娟带回去了，应行关了电脑，锁好铺子，没急着回去，伸手在裤兜里掏了一下，掏出烟，沿着路走出去，一边往嘴里塞了一支。

一直走到三岔路口那儿，够远了，他才停下来，一抬头，看见许亦北在前面的梧桐树下站着。

他不是回去了吗？

应行走近两步，就见他低着头在滑手机，嘴里小声念着："五阳酒店，菜品一般……鸿品轩，也一般……燕喜楼，要预订……"

应行都听笑了，少爷在选吃饭的酒店呢，这么丰盛？

许亦北忽然不滑手机了，也不说话了，拿下肩上的书包，拎在手里，靠着树干，慢慢蹲了下来，看着地上自己的影子，好半天，一动不动。

应行看着他，嘴角刚提起的笑没了，想了起来，他现在是一个人住公寓里的，难怪在这儿孤零零地选吃饭的地方了。

还是别待着了。应行转头要走。

许亦北已经察觉到了，扭头看过来，一下站起来："等会儿！"

应行脚步一停，回头打量他，故意说："这么巧？"

许亦北冷着脸问："你什么时候过来的？"

应行咬着烟嘴，没回答："你不是该回去了？"

许亦北转头看路上，不想让他看见自己现在这狼狈样："你管我，你不也到处跑？"

应行点一下头："对，我就出来透个气。"

刚想走，他又停了下来，回头看，许亦北还站着，好像到现在也没想好到底要去哪儿。他拿了嘴里的烟，丢进旁边的垃圾桶里，忽然问："要不然你也去透个气？"

许亦北看过来，好一会儿才说："去哪儿？"

应行转头回去："随便，你就当学累了休息一下好了。"

许亦北看他往前走了，慢慢跟过去，到修表铺门口时才说："就一个小时。"

不想让自己那么颓，就一个小时。

应行坐上电动车，朝后面偏偏头："上来。"

许亦北跨上去，刚坐好，他就飞快地开出去了。

才十几分钟就到了城东的商业街，电动车在游戏厅门口停下来。

应行打起脚撑说："这儿你来过，不用我介绍了。"

许亦北从车上下来，看了一眼："嗯。"

是以前江航带他来过的那个旱冰场。

应行停好车，先走了进去，跟前台打了招呼，熟门熟路地去了旱冰场的工作间，很快找出两双溜冰鞋，抛一双给他："今天过节人少，随便溜。"

许亦北刚跟进去，一把接住，坐在凳子上换了鞋，抬头的时候，应行已经换好鞋进了旱冰场了。

他溜过去说："比一下吗？"

应行看看他，好笑："你跟我比？"

"嗯。"许亦北一阵风似的从他旁边滑过去了，总得找点事干。

场里确实没什么人，就两三个戴红领巾的小学生，从他们当中穿过去轻巧得很。许亦北流畅地滑了一个圈，刚要伸手抓住场边的栏杆，一只手快他一步抓了上去。

应行拦在他前面："还比吗？"

许亦北一愣。

应行看看他白生生的脸，知道他现在不在状态，拍一下栏杆："再让你一圈。"

许亦北一下滑出去："你等着。"

还没滑多远，忽然听见外面有人过来了，叽叽喳喳的一群，最高的声音特别熟悉："这儿有意思，我带我哥们儿来过，今天你们要不约我，我就去约我哥们儿了。"

许亦北抓着栏杆一停，怎么好像是江航的声音？

应行滑了过来："干什么，不滑了？"

许亦北朝外面看一眼，果然看到江航过来了，赶紧推他一把："走。"

应行也往外看了一眼："江航？"

"对，快走！"许亦北推着他往外滑。

应行反手抓住他推人的胳膊："你别这么慌行吗？"

"已经来了！"许亦北下意识地不想被发现，哪儿顾得上，到了场边也没缓下速度，在台阶那儿绊了一下，人往前一倾。

应行一把拉住他，还是没挡住他往前栽的冲力，反而连自己一起摔了下去，"轰"的一声，被他一头压在胸口："唑……"

许亦北迅速爬起来，拉着他进了工作间。

江航刚进来，转头找声音来源："怎么了？"

后面有人说："有人进工作间了，撞到东西了吧。"

许亦北在工作间里换了鞋，转头看看旁边。

应行看他一眼，沉声说："我肩膀快断了。"刚才摔倒的时候被许亦北压了一下，肩膀正好撞到了场边的储物柜。

许亦北拧眉："我哪儿知道会摔啊。"

应行单手脱了脚上的溜冰鞋，换了自己的鞋，起身去里面的柜子里找了找，拿了张膏药过来，扔给他，坐下说："帮我贴一下。"

许亦北随手拆了膏药包装："哪有那么严重，我看……"

应行一把拉下长袖衫的领口，肩膀上青了一大块，他瞬间没声了，默默凑过去，撕开膏药。

应行忽然笑了一声："这是第二回了。"

"嗯？"许亦北看应行，"什么第二回？"

"你在我身上留伤第二回。"应行学他以前的口气，"事不过三，再有一回我就弄你。"

许亦北抬高声音："你……"从外面传来江航的笑声，他一下闭了嘴。

"贴。"应行说。

许亦北又凑近了点，离得近才发现那块青得更严重，都淤血了。他脸上有点挂不住，拿着膏药要往上贴的时候，也不知道怎么想的，仿佛觉得能缓痛，低头吹了一下。

应行肩膀一动，一下转过头来看着他。

许亦北被应行一盯，也愣了，刚才那下好像有点多余了。

两个人默默对视了好几秒，他才把膏药贴了上去："好了。"

应行拉上领口，手在肩膀上摁了一下，头转回去："嗯。"

第 28 章

外面江航他们正在玩，还不知道什么时候才会走。

里面的两个人沉默了好几秒，都没什么话说。

许亦北觉得怪丢人的，早知道他这么大反应就不多事吹那一下了，纯粹是看过有人这么哄小孩子，还以为真有用呢，仔细想想也挺傻的，旁边这个一米八四的又不是小孩子。

外面一群人滑来滑去，动静够大的。

应行忽然转头看他："你不是说只出来一个小时？"

"差点忘了。"许亦北一下想起来了，说着探身往外看一眼，又转头看他，抿一下唇说，"是我拉你进来的，我想办法出去，大不了打电话把江航支开。"

应行提起嘴角，站起来，往工作间里面走，走到头，推开一扇门，回头看着他："这世上有个东西叫员工通道。"

许亦北顿时站起来："你不早说！"

应行说："你也没问啊。"

许亦北："……"他快步走过去："算了，走了。"

应行偏一下头，让许亦北先出去。

许亦北二话不说越过应行先出了门。

员工通道就连着楼梯口，灯光暗，出口都不知道在哪边，许亦北走到前面，停下问："走哪儿啊？"

"这儿。"应行跟过来，伸出手在他身侧推了一下，挨得近，一低头，鼻尖差点蹭到他的头发，于是偏头让了一下。应行扫了一眼许亦北昏暗里的侧脸，又想起他吹的那一下，觉得挺莫名其妙的，低低笑了一声。

许亦北刚出去，又回头看他："你笑什么？"

应行走出去："我都留伤了还不能笑？"

许亦北没话可说，谁让这事怪他呢，他转头往前走。

两个人一前一后，绕了一圈，很快就到了路上。

路边就是个小球场，外面停了一排的自行车，好几辆上面还搭着校服，背后露着十四中的字样。

许亦北扫了一眼，今天是十四中聚众来这儿开会了吗？难怪会遇到江航。

快过去的时候，球场里打着的篮球飞了出来，一下滚到路上，里面有人喊："哥们儿，麻烦捡一下！"

许亦北拿脚挡了一下，捡起来，刚要丢进去，一眼看到匆匆跑到场边来拿球的人，居然是那个十四中的体育生卷毛，手顿时一停。

"怎么又是你！"卷毛也看到了他，说话时一脸不耐烦，"赶紧把球给我，你会玩吗，还捧着干吗？"

许亦北本来不想搭理他，客气一点也就给他了，但他口气这么冲，偏偏赶上今天自己心情不爽，还就不想直接给了，手里掂了下球，目光越过他朝里面的篮板看了一眼，霍然抬手就是一个远投。

"啪"的一声，球直接进了筐。

应行不紧不慢地从后面过来，刻意没走近，一只手插着兜站着，目光一下转了过去，意外地看了一眼许亦北。

卷毛也呆了一下，扭头往篮筐那儿看。

许亦北拍拍手说："给你了，捡去吧。"说完直接往前走了。

应行看着他走远的背影，挑了下眉，转过头，卷毛已经看到他了。

"应总……"卷毛眼神闪烁，讪笑着说，"巧啊。"

"嗯，巧。"应行转头朝许亦北那儿走了。

到了前面，他看许亦北从路边一个药店里走了出来，就这会儿工夫，手里已经拎着只塑料袋了。

应行走过去说："可以啊，也没见你打过球，还有这一手。"

"我瞎投不行吗？"许亦北淡淡地说，说着几步走过来，把塑料袋一把塞到他怀里，"拿着。"

应行一只手接了，拎起来看了一眼："这是什么？"

"药酒，药店里的人说平常的摔伤擦两回就能好，给你擦肩膀。"许亦北给完就走，"我回去了。"

应行看看他："怎么回去？"

"自己打车回去。"许亦北头都没回，把应行摔成这样，都不好留了，拍了一下肩上的书包说，"回去学习，明天见。"

应行又看了一眼手里的药酒，扬起嘴角："行吧，明天见。"

俩人一个往左去打车，一个往右去骑自己的电动车，各回各家。

许亦北原本挑了半天吃饭的地方，最后也只是随便在回去的路上吃了点东西，这个节就算过了。

节一过，像连夏天的尾巴也彻底过了，他一早起床，觉得天气都凉爽了不少。

许亦北进卫生间去洗漱，顺手滑了下手机，看到微信里有他妈给他发的一条新消息，点开一看，是条转账。

看时间昨晚就发了，他当时跟应行在外面，没注意，现在才看到。

大概是没能一起过节的补偿吧。他自嘲似的扯一下嘴角，想了想，还是点了收款，免得他妈心里不好受。他知道他妈夹在中间左右为难，也许钱就是她现在最容易给的东西了。

刚要退出去，发现还有一条新消息，应行那人民币头像上飘着个鲜红的"1"。许亦北点开，看到他发来了好几份资料。

——补基础的资料，老板签收一下。

许亦北看了两眼，打了自己的名字过去。

——许亦北。

应行那边很快发来一句回复。

——真有你的。

"不是你让我签收的？签收了啊。"许亦北觉得他这回没逗成自己，满意了，有意振奋精神，响亮地吹了声口哨，洗漱出门。

今天三班的教室里一早就乱哄哄的。

许亦北一路看着那份基础资料进了后门，刚到座位上，就被朱斌叫了一声。

"许亦北，你把这表填一下。"

许亦北坐下来，面前推过来一张表格，他抬眼问："什么啊？"

梁枫回头抢话："不是通知要开运动会吗？结果咱们班就没人想报，老樊现在下命令了，让男生每人必须报一项，把名额塞满，反正想偷懒是不可能了。"

许亦北看一眼那表："必须报？"

朱斌唉声叹气："对，必须报，我已经准备装病了，你也想想招吧，我只能帮你到这儿了。"

许亦北无语地看他一眼。

旁边忽然"啪"的一声扔下把车钥匙，应行坐了下来。

许亦北转头看他一眼。

梁枫立即叫他："应总，你可算来了，快说说你运动会要报什么。"

应行说："没想过。"

"那快想吧，大家都要报！"

杜辉跟在他后面进来，听了个大概就嚷嚷："别废话，应总肯定跟我报一样的，你别指望蹭他。"

梁枫说："带带我也不行？"

"不带。"

应行没回应，有点嫌烦，忽然转头看许亦北："你报什么？"

许亦北反问："你报什么？"

应行笑了一下："随便。"

许亦北说："那我也随便。"

朱斌火急火燎地催："你俩快填表吧，我还得交给老樊去呢。"

应行无所谓："我不急，再说吧。"

朱斌只好催许亦北："那你快填。"

许亦北想了想，随便报个团体项目混混就完了，哪有心思参加什么运动会啊，还得补数学呢，想完又悄悄看了一眼应行，猜他肯定跟杜辉一起报篮球，于是拿了笔，低头在表上写了个足球，交给朱斌。

应行连头都没抬，压根不想参与似的。

光这么一件报名的事就忙了好几个课间，朱斌这个学习委员干了体育委员的活，到处催人报名。

午休的时候，杜辉叫应行："应总，抽空去打个球，就当为运动会热身了。"

"不去。"应行刷着手机，"肩膀痛。"

许亦北埋头在补基础，听到这话，立马瞥他一眼。

杜辉问："好好的肩膀怎么痛了？"

应行笑了一声："去旱冰场里带了个小朋友，小朋友太慌张了，为了拉他摔了一下。"

杜辉顿时骂："熊孩子真闹心！"

许亦北默默翻了个白眼：你才是熊孩子！

应行看他一眼，牵了牵嘴角，手机一收，从桌肚子里拿了什么揣在裤兜里，起身出了教室。

许亦北正好要找他，站起来，跟了出去。

应行腿长步大，就是走得懒散，到厕所门口时回头看到了他，放慢一步：

"怎么，又要玩？"

"你不是肩膀痛吗，还玩得了吗？"许亦北故意问。

"能是能，但你还是先补基础吧，补完也需要点时间。"应行已经替他算过了。

许亦北还真是来约时间的，一听也是，撇撇嘴说："行吧。"

"那就先这么说好了。"应行往里走，推门进了隔间。

厕所里也没别人，许亦北在水池那儿洗了个手，刚想走，忽然听见他在里面低低地"啧"了一声，特别不爽似的。他感觉不对劲，想了想，走了过去，拿脚踢踢门："干吗呢，你？"

门被一下拉开，应行站在里面，一只手拿着药酒，朝自己的肩膀歪了下头："你说呢？"

许亦北反应过来："擦药？你不在家擦跑这儿来擦？"

应行拧开药酒，往他眼前一送。

许亦北被浓烈的药味熏了一下，一把捂住鼻子。

"你在家擦试试，立马就会被发现，我还不想被我舅舅唠叨个没完。"应行敲敲门框，"关上，我这属于工伤，当事人就别围观了。"

许亦北要被他气笑了，抬脚把门一踢，直接进去。

应行看他忽然挤了进来，几乎都要贴到自己跟前，垂眼看着他的脸："干什么？"

"你不是工伤吗？来，老板给你擦。"许亦北一把拿了他手里那瓶药酒。

应行看他两眼，提提嘴角："行啊，那就好好擦。"说完抬手，把领口往下拉，露出肩膀。

许亦北看了一眼，那张膏药撕了，但现在还又紫又肿，他顿时又不好说什么了，谁让自己是罪魁祸首，看了看这儿也没什么工具，只能忍着浓烈的药味，倒了点药酒在手上。

应行偏头看了一眼他的手，忽然低低地说："这次别吹了。"

许亦北眼皮一跳，又想起昨晚那丢人事，看着他的侧脸，手一下就按了上去，抓到一片紧实的地方，重重一揉。

"嘶！"应行痛得猝不及防，一把撑住门框，余光瞥见外面有人进来了，又立即拉上门。

许亦北故意又狠狠揉了好几下：让你废话多。

外面有人，应行也没作声，皱着眉转头看他一眼，一下看到他白生生的手按在自己肩上，比自己白了不止一层，于是突然理解杜辉为什么总叫他小白脸了。

终于外面没声音了，许亦北才拿开手，甩了甩手腕："老板对你的工伤够负责了吗？"

应行拉上领口，活动一下肩膀，忽然抬眼看了过来，拿了那瓶药酒，慢条斯理地拧上："行了，不用你擦了。"说完他莫名其妙地扯了下嘴角，推开门，直接走了。

许亦北跟出去，又甩了一下发酸的手：哼，不用我擦拉倒。

第 29 章

应行回到教室的时候肩膀上都还火辣辣的，估计许亦北揉的那几下把全身的力气都用上来了。他坐下来，自己拿手又按了一下肩，那阵又痛又麻的感觉也没消。

杜辉在旁边摇头晃脑地哼歌，忽然看他："你干吗去了，身上怎么好大一股药味啊？"

应行按肩的手拿下来："不是告诉你我肩膀痛？"

"擦药去了？那怎么不叫我帮忙呢？"杜辉恍然大悟，边说边往他跟前凑，"我帮你看看。"

应行一手推开他："行了，少多事。"

杜辉一脸蒙地看看他："怎么了这是，擦个药好像还擦出不爽来了？"

他刚说完，许亦北回来了，揣着两只手走到座位上，眼睛盯着应行。

杜辉刚好凑得近，顿时又往他身上看："你身上怎么也一股药味？"

许亦北看应行的目光一飘，坐下说："你闻错了吧。"

应行在旁边看着他，什么都没说，顺带扫了眼他从兜里抽出来的手，转开视线，自顾自地笑了一下。

杜辉又看了一眼应行，还真以为是自己闻错了，嘀咕一句，坐回去不说了。

说好了暂时要补数学基础，当天放学后俩人就没再约。

许亦北自己先回去看那些资料，本来以为也就一两天的事，结果应行给他搞来的那些基础资料真不愧是内部网站的，太多、太细了，一补就补了快一周。

这一周过去，运动会开幕的日子都到了。

周二早上一进校，他老远就听见了学校的大广播里在放运动员进行曲。

许亦北先在公寓里自习了一个小时才来的，肩搭着书包进了教室，一边还悄悄翻着手机上一堆截了图的资料，都是补基础还没补通的。他一到座位上就往旁边看，空的，应行居然还没来。

教室里闹哄哄的，不用上课的日子，大家都很躁动。

梁枫在前面吐槽："开幕式都不让咱们参加，别人都入场了，咱们还在自习，非得轮到比赛了才让去，这也算带高三参加啊？"

朱斌叹气："我还不想参加呢。"

许亦北坐下来，拿书竖起来挡着，继续翻那些资料，过了好一会儿，还是没见应行来，干脆退出去，点开微信，刚滑到那个人民币的头像，想给他发条微信过去，梁枫一下回过头："许亦北，时间到了，走走走！"

许亦北立马遮住手机，从书后面抬起头，拧着眉问："急什么啊？"

班上的同学们都在往外冲了，梁枫也站了起来："怎么不急啊，你不是报足球了吗？足球早上就得比了！"

"哦……"他不说，许亦北都忘了自己还报了这个，看了一眼脚上，还好今天穿的鞋能踢球。他把手机一收，站起来往外走。

到了操场，终于有开运动会的气氛了，开幕式刚结束，到处都是人。

梁枫往前小跑："我也报了足球，好混，你等着，我去找找咱们的队在哪儿。"

许亦北看他跑远了，从跑道上的人群里穿过去，到了中间踢足球的草地那儿，面前一下冲出来个人。

"哎，我的北！"不是江航是谁。

许亦北停下来："你怎么在这儿？"

江航朝看台努努嘴："你不看横幅吗？咱们十三中和十四中是兄弟高中，运动会肯定一起办啊，去年在咱们高中，今年到你们高中。"

许亦北转头看了一眼，看台上还真挂着两个高中的横幅，难怪了。他回头看看江航，又想起中秋节那天差点被他撞见的事，打岔一样问："你报了什么？"

江航哪知道有那茬，还觉得这么久没见了，兴冲冲地说："跳高，打酱油呗，你呢？"

许亦北说："足球。"

江航一愣："你怎么报这个啊？"

"怎么了？"许亦北看他。

"唉，你可真会选。"江航往前面的草地上指一下，小声说，"自己看吧。"

许亦北看过去，一群穿着十四中校服的人正在做热身，个个人高马大的，中间一个拿脚钩着球的最显眼，居然是那个卷毛。

他顿时"呵"了一声："那我还真是挺会选的。"

卷毛已经看到他了，横眉竖眼地看过来："怎么着啊，你小子也来踢球啊？"

他一开腔，一群十四中的全都抱团似的看过来。

许亦北一只手插着兜，没表情地看着他："是啊，你小子没眼睛看吗？"

卷毛一下把脚边的球踢开："还挺横啊！"

"干什么？"忽然来了个体育老师，"赛前准备了！"

卷毛暂时闭嘴，瞪他一眼，站一边去了。

江航慢慢往外挪，一边扯了扯许亦北的T恤："北啊，别跟他们刚了，你小心点，我先去跳个高，马上就来给你加油。"说完人就溜了。

体育老师又跟许亦北说："踢足球的吧，去跑道上集队。"

许亦北瞥了一眼卷毛，走了。

卷毛被他那眼瞥得，差点就要跟上来。

跑道上站了一群十三中的，梁枫就跟在后面。

"许亦北，这儿！"

许亦北走过去时看了一眼，这也不是校足球队，本班的就梁枫和他，其他人都不认识，运动会前连一场球都没训练过，八成全是来混了充任务的。

刚来的那个体育老师是临时指导，过来给他们简单说了几句，什么友谊第一，比赛第二，注意安全，享受运动的快乐，就算指导过了。

梁枫忽然挤到他跟前来："是不是还少一个人啊？"

许亦北看了一下，确实少一个："还有谁？"

话刚说完，有人从跑道对面过来了，他抬眼看过去，是应行，他的身高优势实在太明显，老远就引人注目。

应行一路走到跟前，看了他一眼，直接就站到了他旁边。

体育老师说："行了，都到了，准备吧。"

梁枫激动："应总也在？"

许亦北愣了一下，盯着他："你报了足球？"

"嗯。"应行看他，"怎么？"

许亦北莫名其妙，怎么跟自己想的不一样啊，下意识地问："为什么啊？"

应行似笑非笑地说："可能是因为我肩膀刚好吧。"

好吧，算他狠。许亦北不问了。

一群人进场去热身，里面十四中的人齐刷刷地看过来。

卷毛都不遮掩，直接嘲讽："就这啊？"

梁枫看了看那群人，后悔了："居然跟体育生比，早知道不报这个了。"

许亦北跟着进去，朝卷毛看了一眼。

卷毛刚想嘲讽他，一眼看到他后面的应行，立马一句话没说，扭头回了队伍。

双方各自准备五分钟，比赛开始。

梁枫居然还对许亦北小声叮嘱了一句："你小心点，别被他们弄摔伤了，你这身板，受伤了他们可赔不起。"

许亦北耷拉了眼皮：老子在你眼里是有多弱？

旁边忽然一声低笑，他扭头看过去："什么意思？"

应行转头看他，嘴角扯了扯："没什么。"

许亦北心想：白给你擦药了，那天就该更用点力！

哨声一响，开了球，开场十三中就处于劣势，球一下就被十四中的给带走了。

许亦北本来就是抱着混一混的心态来的，但是刚跑出去，卷毛就拦了上来，根本就不让他有空间活动。

他一让，绕了过去，卷毛紧接着又贴了上来，就是要让他难受似的，甚至还伸腿做了个要绊倒他的假动作。

许亦北冷脸看他一眼，忽然故意一退，紧接着迅速跑去对面，一记横切，把对方的球踢了出去。

梁枫都惊了："哟嗬？"

应行在远处及时接住了那球，传给队友。

可惜队友没接住，又被对方截了回去，一脚踢进了球门。

卷毛顿时眉飞色舞，得意地回头，继续拦许亦北。

整整二十几分钟，许亦北就没好脸色，终于在卷毛不知道第几次想要惹他摔倒的时候，上半场结束了。

所有人下场休息，许亦北停下看着卷毛，冷冷地说："先撩者贱，别说我没提醒你。"

卷毛一脸不屑："老子今天来十三中没见到那个有钱小少爷，就见到你了，前面好几回没动得了你，今天在球场上还能放过你？没干别的已经给你面子了，你等着，今天别想好过！"刚说完，他朝场边看了一眼，看到站在那儿的应行看了过来，立即不说了。

"行，我等着。"许亦北说。

"余涛！"十四中的人在叫卷毛。

"来了！"卷毛临走时还瞅了许亦北好几眼。

许亦北转头去了场边，梁枫抛给他一瓶水，直感慨："看不出来啊，你那一球真不错，可惜，咱们队就只有应总能接，不行啊。"

应行站在旁边，拿着瓶矿泉水喝了两口，无所谓地说："不是来混的吗？"

刚说完，脚后跟被踢了两下，他转头，许亦北正盯着他，然后朝旁边递了个眼色，转头走开了。

应行看了一眼梁枫，跟过去。

直到走出去好几米远，许亦北才停下，拧开瓶盖喝了口水，回头说："下半场我不混了。"

应行说："是吗？"

许亦北朝远处的卷毛歪一下头："输了也没关系，但那个叫余涛的卷毛一球都别想碰到。"

应行听得挑眉："跟我说干什么？"

"你说呢？"许亦北看着他，"跟你'合作'，你帮我，我转钱。"

应行好笑："又砸钱，有这必要？"

许亦北看了应行两眼，扭头就走："不帮算了。"

应行不禁看了他一眼，又朝远处的卷毛看了一眼，上半场那小子老是缠着许亦北，是个人都看到了，看来是把他惹火了。

休息完毕，下半场开始。

许亦北重新活动了一下手腕脚腕，进了场。

球一开，又被十四中的抢了先，卷毛余涛传了一球，转头又去挡许亦北。

许亦北侧身一让，从他侧面突围，一脚拦断了球。

余涛立马跟上来抢球，十四中的好几个人都围了上来，像要生扑了他似的。

球刚要被余涛抢回去，旁边风一样杀出道身影，一脚把球带走了。

余涛一愣，扭头发现那是应行，更愣了。

应行带出那球，让过两个人，居然回头一脚又踢给了许亦北。

许亦北抬脚接住，蒙了一下，没想到他会忽然杀过来，还把球踢了回来，带着球跑出去的速度都慢了几拍。

应行跑过来，扬着嘴角："愣着干什么，你不是不让他碰球吗？"

许亦北一下反应过来，他还是帮了自己，立马加快速度，把球踢了出去。

杜辉优哉游哉地到这会儿才来，挤到草地外围来看比赛，一眼看到应行在里面，呆了一下："应总怎么跑去踢足球了？"

嘀咕完就看见应行从卷毛那儿断到了球，他顿时忘了别的，刚想喊"应总快射门"，就见应行一脚把球踢去了许亦北那儿。

许亦北立即带着球突围了。

"啊？"杜辉莫名其妙，干吗把球踢给小白脸啊，直接射门就完了啊。

"这是干吗啊？"旁边也有人嚷了一声。

杜辉扭头，看到江航站他旁边，眼都不眨地盯着球场。

看了好几眼，江航转头说："我看错了吧，应总是在给我哥们儿喂球吗？"

"不可能！"杜辉说，"那就是凑巧传给他的，做什么梦呢，你！"说完又赶紧去看。

应行又一脚切到了卷毛脚下的球。

"等着，这下他肯定要自己射门了，这么好的机会。"杜辉边看边说。

然后应行一脚，球又飞去了许亦北那儿。

许亦北接了，一脚传了出去。

"我去？"杜辉一脸蒙地看着里面，有必要非得把球给许亦北吗？

江航也震惊："这也是凑巧？"

杜辉回神，死不承认："对，就是凑巧！"

下半场也踢完了，十三中毫无疑问地输了。

许亦北输了也挺爽的，扬着嘴角下的场，老远看见那个叫余涛的卷毛一脸吃瘪的表情。

他不碰到球还好，许亦北顶多跟他玩几下突围，只要他脚碰到球，一定会被应行杀出来截断，球就会到许亦北那儿。

赢是赢了，但是没一个球是在他脚底下得的分，到后来队友都不乐意传球给他了，真是没比这更打击人的反击了。

应行一身是汗地过来，拿了瓶水，拧开直接倒在手上抹了把脸，把额前湿漉漉的碎发都抄了上去，转头看他："有这么高兴？"

许亦北看他一眼："爽。"

应行提了一下嘴角，低声说："不用转钱了，谁让你本来就是老板呢。"说完就走了。

许亦北看着他走远，忽然笑了，当老板还有这好处呢？

应行一路从人少的地方出了操场，刚准备走，卷毛余涛悄没声儿地跟了过来。"应总。"

应行回头看他一眼："怎么？"

余涛吃瘪到现在了，早就按捺不住了："我就问问，那小子是不是跟你关系不一般啊？你突然这么帮他……"

应行远远地朝许亦北身上看了一眼，"合作"关系，确实挺不一般的，他笑了下："差不多吧，少问，也少惹他。"

余涛愣了，眼睁睁地看着应行走了。

第 30 章

许亦北球踢爽了，心情很好，出了操场就在找江航，是看今天正好遇上了，想叫他一起去吃个午饭。

找了半天也没找到，许亦北还以为他回十四中了，只好自己出去吃，结果刚出学校西门，就看见江航在前面，旁边还跟着杜辉，像是一起出来的。

他看了好几眼，忍不住问："你们怎么在一起？"

江航回头，看到他就笑了："唉，没事，这不是看你们关系变好了，想叫他一起出来吃个饭吗？早说了要打好关系的。"

杜辉立即扭头说："别胡扯啊，也没多好，顶多一般，老子出来是看在你买过不少东西的分上。"

江航说："我觉得挺好啊，就冲今天应总给他喂球，你就不能说一般。"

许亦北听得眼皮一跳，总感觉这说法挺怪的，想了想，反驳说："我跟他一个队的，能不互相合作吗？"

杜辉一下找到共鸣："没错，那就是一个队的比赛需要！你少来劲了！"

江航看看许亦北："一个队就你们俩需要合作啊？"

许亦北不想跟他扯了，这小子今天怎么话这么多，算了，发小默契没了。他转头就走："你们去吃吧。"

江航赶紧问："你不跟咱们一起吃？"

"不了。"许亦北要自己找地方去吃，省得还被揪着喂球的话题不放。

看他走了，杜辉晃了一下小平头，一本正经地看着江航说："老子必须跟你强调一下，跟应总关系最好的人是我，他跟你哥们儿关系也就一般，我跟你哥们儿也是刚刚才和平，少自作多情了。"

江航一听，那不就更需要加强关系了？马上把他往路边的小饭馆里推："不多说了，走，去吃饭。"

别看他平时凶，人高马大却是实打实的，杜辉居然被他推得跟跄了一步："你放开……我正经说话呢！"

"哎，知道了，来吧，来吧。"江航非把他连推带拽地弄进去了。

许亦北一个人吃得很快，吃完就回了学校，往教学楼走的时候，一只手揣在兜里，抓着手机，心里又开始惦记那些截了图的基础资料。

经过花坛时，忽然看到前面熟悉的身影，正不紧不慢地迈着长腿朝远处走，看方向好像是校门，他加快脚步过去，拦在前面："去哪儿啊？"

应行停下来，手上已经拿着车钥匙："你看我要去哪儿？"

许亦北上下打量他："看今天是运动会，班上的摄像头也抓不到你，所以又准备溜了是吧？"

"你知道得太多了，迟早会被我灭口。"应行说完就要走。

"等会儿，"许亦北死死地挡着他的路，"我那些基础都补完了，还有很多不懂的呢，你不能走。"

应行看了看周围："你要在这儿补？"

许亦北转头看看，现在开着运动会，正好四周都没人，"嗯"了一声："我不挑地方，你挑？"

应行看看他，提着嘴角往花坛后面走，到了一棵桂树后面，勾了下手指。

许亦北跟着走了进去，挨着树丛，在花坛边一坐，掏出手机："开始吧，我看好时间了。"

应行在旁边坐下，伸手："拿过来。"

许亦北把手机给他，这种时候最好说话，让干吗干吗。

应行拿着他的手机，翻了翻里面的截图，看他半边身子已经不自觉地往自己这边歪了，又看了一眼他漆黑的头发，让了一下："你这是陷进数学的海洋了？"

许亦北说："我也只能在你这片海里游啊。"

应行翻手机的手一顿，看着他的侧脸。

许亦北一下抬起头，跟他目光一碰，下意识地说："我说数学。"

应行嘴角露笑："我又没说什么。"

许亦北反而没话说了，简直莫名其妙。他拧拧眉，催促说："你快说。"

应行低头去看资料，顿了一下才找到话头，刚开口，外面一声吼："应行！"

许亦北一愣。

应行往外看了一眼，回头一把抓着他的肩往里一推："进去。"

许亦北被推得直接抵住树丛，扭头看他，他已经站起来出去了。

"我就知道是你！"樊文德的声音由远到近，"你在花坛后面干什么？抽烟还是赚钱呢？"

应行站在他面前，刚好挡着花坛："我说我在学习你信吗？"

老樊直摇头："你现在连借口都懒得找了，直接就编瞎话来糊弄我了。"

应行往对面走："不信算了。"

"你等等，"樊文德背起手，"我是特地来找你的，马上还有一场你的篮球赛，你赶紧去准备。"

应行停下来："我什么时候报过篮球？"

"我给你报的。"樊文德托了一下鼻梁上的眼镜，"我那天跟你说，你必须参加运动会，指的就是参加这个。"

应行不耐烦："运动会我参加了，上午已经踢了足球，我报什么你还要强迫？"

樊文德哼一声："那我去你家里家访一趟，你看算不算强迫。"

应行皱眉："我说过了，别去我家里。"

樊文德也就只有用这个才能说动他了，换了个商量的口吻："我作为你的班主任，还不知道你擅长什么吗？你能替班级争光不争，非要报个足球，就是在充任务。反正你把这场赛比了，结果怎么样我不多问，也不去你家里家访，就这么定了。"

应行手插着兜，实在不想让他登门，忍着烦躁问："什么时候啊？"

樊文德看看手表："还有二十分钟，去球场吧。"

应行转头朝花坛那儿看了一眼，转身走了。

许亦北猫着身子躲了半天，听见没动静才直起腰，站起来走出去，有点来气，好好的补课就这么被打断了。

"许亦北！"

他脚步一停，转头，老樊居然还没走远，又折了回来，在朝他招手。

许亦北只好走过去，差点以为他发现自己待在花坛后面了。

樊文德上下打量他，不确定似的问："你这身高挺不错，会打篮球吗？"

许亦北不明白他什么意思，斟酌了一下回："会一点吧。"

"一点也行了，"樊文德指了一下应行刚走的方向，"你也去篮球场参加比赛，咱们班没什么人报，人可能会不够，凑个数就行。"

许亦北简直莫名其妙，怎么连他也算上了？

"快去吧。"樊文德催他。

许亦北抿唇，转头去篮球场。

操场就在篮球场旁边，现在还人声鼎沸。篮球场里人倒是不多，篮筐底下站着两个拿着计时器和记分牌的体育老师，正在等着开始。

应行在场边站着，手里拿着两只护肘，正在往胳膊上套，转头看到他，手停了一下："别告诉我你还追这儿来了。"

"不是为了补课。"许亦北走近说，"老樊让我来支援你的篮球赛。"

应行反应过来："他连人都没找齐就非撺我来比赛？"

许亦北也觉得挺无语的，看了看他："老樊又不是体育老师，这么在乎你打不打篮球干什么？"

应行忽然笑了一下："谁让他是优秀的人民教师呢。"

什么意思？许亦北想了一下，老樊是觉得这对他有好处？忽然反应过来，老樊不会是想让他做体育生才这么积极地张罗吧？

还没两分钟，杜辉从场外进来了，一进来就说："应总，我还以为你今天不准备碰篮球了。唉，本来听说今天有三对三打我还挺高兴，结果听说朱斌也报了，那菜鸟百分之百要装病，咱们班就我俩怎么打啊？"

应行朝许亦北看了一眼："这不是吗？"

杜辉看向许亦北，愣了："跟你打，那今天不得输惨了？"

许亦北拧眉，江航今天这顿饭真是白请他了，喂出这么张嘴，刚想说"嫌弃就算了"，应行接过话说："嗯，就他了。"

杜辉被噎了一下："为什么啊？"

应行看了一眼许亦北："不想让老樊上门行吗？"

许亦北看他一眼，想起踢足球的时候他也帮了自己，还没收钱，那现在帮他一下，好像也应该，于是点了点头说："行吧，那就打吧。"

场中忽然吹了声哨子，体育老师喊："队伍都到齐了啊，你们准备一下。"

又有三个人进来，许亦北扫了一眼，三个穿校服的，好像都是高二的。本来就是随便扫一眼，等看到最后面的是谁，他脸色就冷了一半，凉飕飕地扯了下嘴角。

最后面的那个是李辰宇，一进来也看到他了，瞬间就没了好脸色，远远地站着，脸上的创可贴今天可算是没见到了。

应行转头看到许亦北的脸色，顺着他的目光看了一眼，打量了一下李辰宇，想了起来，楼梯上撞见过，紧接着又想起了他的家庭矛盾，不是他弟弟，是继弟，又看了一眼许亦北，心想真够巧的。

杜辉过来提供情报："那两个高个是高二校篮球队的，技术应该还不错，那小子不知道，没见过。他们外面还站着个替补呢，咱们就这？"

应行说："随便，反正赢了也没钱。"

"那也得赢。"许亦北说，"输给谁也不能输给他们。"

杜辉不可思议地看着他，小白脸这身板，居然还能说出这番大话呢？

"每队来个人签到！"体育老师喊，"本校高三（3）班对高二（6）班啊。"

杜辉带着一肚子怀疑签到去了。

许亦北扫他一眼，走到应行跟前，低声说："这场球我也得认真打了。"

应行忽然摘了一只胳膊上的护肘扔给他。

许亦北一把接住："干什么？"

他笑一声，低声说："老板的仇人真是太多了，待会儿说不定又得被围，给你用，别摔了。"

许亦北刚想说"不要"，应行已经去场边做准备活动了，他只好将护肘套上左臂。

五分钟后又吹了一声哨，比赛时间到了。

三对三的赛时不长，一场也就二十分钟，每半场才十分钟，场地需求也小，准备起来很快。

许亦北活动完毕，走上场，终于和李辰宇面对面。

李辰宇上下打量他，压低声音说："都不知道你还会打球呢。"

许亦北冷笑："我倒是在楼梯那儿看你跟别人一起拿过足球，今天那个卷毛踢了足球，你别是为了躲他才改选的篮球吧？"

李辰宇顿时像被踩了痛脚似的，脸都涨红了："你少胡扯！"

"赛前不要言语互激啊！"体育老师提醒，一边准备按下计时器，"准备——"

许亦北转头看旁边："你控球？"

应行目视前方，当作没听到他跟李辰宇刚才的对话，点一下头："可以。"

"行，那你指挥吧。"

比赛瞬间开始，进球方在对面，对面的两个人都比李辰宇高，一个抢球果断，一个接球敏捷，配合得特别好，开场就投中一球。

"哼！"杜辉不爽地低骂一句。

李辰宇还没碰到球，但是得分了就很得意，特地从许亦北身边跑了过去，嘲讽地看了他一眼。

许亦北扫了他一眼，看见对面一个高个抢到球传给了他，迅速过去，刚拦在李辰宇前面，他抬手就要投，侧面一下跳起来道身影，一手把球盖了下去。

"应总牛啊！"杜辉直接嚷嚷。

应行抢了球，脱手就投了出去。

"啪！"中了。

许亦北意外地看了应行一眼，早知道应行打球不错，但这一下还是让他刮目相看，前后反应实在太快了。

李辰宇觉得没面子似的，赶上去堵应行。

他还真是踢足球的，篮球打得根本不顺手，身高不够，堵人也有点吃力，但旁边两个队友不是吃素的，趁机一左一右夹击，从杜辉手里断了球，转头又中一个。

十分钟的时间过得很快，比分你追我赶，咬得很紧。

"啪"的一声，对面最瘦最高的那个又投中一球。

应行一手拦断，回身迅速补了一个。

分又再度拉平。

上半场双方的分一直拉扯着，眼看着时间就要结束，谁能领先就看后面一球了。

杜辉被盯得紧，应行也被盯得紧，只有许亦北没有被放在眼里。

大概他白白净净的，看起来实在不太像是会打球的，甚至拉比分的时候连传了两个球给应行，都没人重视他。

李辰宇最直接，除了炫耀的时候，就没给过他一记正眼。

持续耗下去，谁都是一头汗。

杜辉跑动着，又急又快地跟应行说："别管了，应总，咱们临时凑的，想赢就得走个险招，我可不想输给高二的，等下抢到球你就直接投，要么就给我，拼一把！"

应行说："你好好防守就行了。"

"啪"的一声，对方又中一球。

体育老师报分，高二领先了一分，上半场他们就要赢了。

李辰宇又忍不住得意，扭头看许亦北。

许亦北被忽视了大半场的时间，没搭理他，因为要赢根本不需要理他，只需要看他那两个队友就行了。

又是一球落到了对方手里，杜辉毫不犹豫地冲了过去，应行先他一步断到了球，带球躲人。

杜辉急得不行，就差直接喊了，连续朝他伸手示意："这儿！这儿！"

应行躲开一左一右两个门神，忽然抬手一抛："许亦北！"

许亦北条件反射似的一接，听见他说："投！"

简直是个防守空缺，许亦北迅速带球出线，一个起跳，远投，"啪"的一声，正中篮筐。

直接反超了一分，赢了。

杜辉惊了，一下甩过头看他。

对面的两个人也呆了，完全没想到一样，李辰宇脸都青了。

许亦北甩了下手，跑到应行跟前："算好的？"

应行挑眉，低低地说："那也得你接得住啊。"

第 31 章

球场边不知不觉已经围了一群人。

梁枫叼着吸管挤进人群，看见站着的几个人里居然有许亦北，又看到记分牌上的分，三班居然还赢了，他简直惊讶，都不知道发生了什么。

朱斌跟在他后面过来，不太好意思往球场里看，小声问："我报了名没来，他们不会最后没打成吧？"

"离大谱了好吗！"梁枫说，"还赢了呢！"

朱斌立即伸头朝里看："真的假的？嗯？许亦北？他怎么上了？"

不少女生也挤在前面围观，高霏在人群里说："那个穿白 T 恤的是咱们班的许亦北，刚才那最后的一球就是他投的。"

四班的刘敏站在她旁边："看到了，我跟他说话的，看不出来他成绩挺好，打球也这么厉害。"

梁枫插话："谁啊？许亦北吗？你确定不是在说应总？"

高霏看到他就来气，翻个白眼："你不会自己看啊？"

球场里马上就要开始下半场。

高二的三个人埋头在那儿商量了一下，可能是讨论了打法，说话的时候几乎个个都在往三班这边看，特别是李辰宇，绷着脸往这儿看了好几回。

杜辉看到，扭头去看许亦北，到现在还觉得那一球挺意外的，但是球场上总会有点运气吧，他抹着满头的汗说："上半场那球让你碰巧进了，下半场还是稳点，你只要帮咱们稍微防一防就行了，其他就交给我和应总。"

许亦北听笑了："碰巧？"

应行拿了瓶水过来，扔给他："喝吧，喝完上去继续'碰巧'。"

许亦北接住，看他一眼，对上他似笑非笑的脸，不说了，扭头喝水。

杜辉有点蒙，盯着应行不放，就差直接问了：什么啊，你就这么相信小白脸？

应行拉一下胳膊上的护肘，上场时踢了他一脚："少废话，放心打就行了。"

杜辉："……"

哨声响了，下半场开始。

李辰宇走过来，盯着许亦北，一张脸拉得老长。

许亦北根本没看他，只看球。

一瞬间开了球。对面一个高个进攻，一个高个防守，几乎立刻就投中一球。

但下一刻，应行就断到了球，反身一投，追平。

又开始了紧追不舍的拉锯战。

许亦北刚要给应行协防，面前忽然多了李辰宇的身影，一下拦在他眼前。

他扫了一眼，看样子是对面叫李辰宇来专门盯自己的，脚一动，从旁边突围，一下抢到了球，飞快地到了篮下，立即就要投。

刚起跳，小腿猛地被人绊了一下，他球脱了手，人瞬间失重往前摔。

一只手及时伸过来捞他，手臂箍住了他，用力一带。

许亦北勉强没摔下去，但还是没止住前倾的力道，左臂在篮球架上刮了一下，还好套了护肘。他一下抵住旁边人的胸口才站稳，眼角瞥见人高腿长的身影，不是应行是谁。

体育老师吹哨："绊人犯规！"

许亦北冷着脸往后看。

李辰宇皱紧眉，看着他说："看什么，我是为了抢球，又不是冲你人。"

他的两个队友已经赶紧过来，全冲着应行——

"应总，对不起，不是故意的。"

"他新手，以前踢足球多，技术一般，别介意。"

应行沉着声音："这就是个运动会，别学外面那些乱七八糟的东西，这话我就说一回。"

"对不起……"两个人连声道歉。

李辰宇脸色难看地走开，等罚球。

许亦北动了一下，才发现应行的手臂还箍着他，不禁转头看了一眼。

应行看着那两个高个走开了，看他一眼，立即抽回了手，转头回了原位。

梁枫在场边刚刚认出来："那个不是许亦北的弟弟吗？"

朱斌伸头："就是那个全家送来的小少爷吗？"

"是啊。"梁枫嘀咕，"怎么看着好像跟许亦北不对盘啊。"

场上在罚球。

杜辉眼睛瞟着李辰宇，嘀咕着骂："那小子缺少社会毒打吧？"

许亦北说："你总算说对一回。"

杜辉疑惑地看看他，又看一眼应行："应总刚才反应真快。"

196

"我捞你的回数少了？"应行看着前面说。

杜辉被噎了一下，他也没说什么啊，怎么还呛回来了？

罚球结束，对方的分又领先了，比赛继续。

许亦北看一眼应行："换一下打法。"

对面三个又不是傻的，明显是开始防他了。

应行提了下嘴角，知道他被绊那一下，肯定又不爽了："行，你打进攻去吧。"

许亦北二话不说跑向目标。

杜辉已经断到球，迅速传了出来。

应行接住，故意带着球吸引了一下火力，转头就把球远远一抛。

许亦北一下接住，风一样跑过线，反身起跳，远投。

"啪！"中了。分又平了。

"嚯？"梁枫终于亲眼看到，惊呆了，"原来他没那么弱啊！"

江航姗姗来迟，一来就看到许亦北进了球，差点就要喊"我北牛"，紧接着看到应行和杜辉都在，"咦"了一声，这还说关系一般呢？

"啪！"许亦北又投中一球。

都有20分了，快要接近得胜的21分，到了赛点时刻，最后一分就看是哪一方先拿到了。

双方到了互拼的时候。

杜辉一回还能说是碰巧，现在看许亦北的眼神已经不太一样了，但最后时刻，还是不敢太冒险，看到对面高个手里的球，一下飞奔过去拦断，转手就抛了出去。

应行接了，面前立即多出两个拦路的。他是场上得分最多的，眼前几乎时刻都有人防守。

他没半点犹豫，直接抬手就要往左传球。

杜辉离得最近，跑去左边等着接。

李辰宇立即赶去他左边拦。

应行忽然手往后一拨，球从右边飞了出去："许亦北！"

许亦北就在右边，一下接住，再次过线，准备远投，忽然说："等着！"

杜辉莫名其妙，什么等着？转头就见应行飞快地跑向了篮板。

球投了出去，在空中画了道弧线，对面两个高个几乎同时在篮下起跳，一下把球拦离了篮筐。

但是侧面忽然又跳起一道身影，接住了球，一下灌了回去。

是应行。

"我天!!!"场边的人大气都不敢出,直到现在,梁枫第一个带头吼,"赢了!应总牛啊!"

江航激动得不行:"那个,那个白衣服的是我哥们儿,牛吧!"

连朱斌都激动了:"应行可太帅了!那球还能这样打啊!"

女生们比较含蓄,不太好意思当面表现出来,但是已经有人拿出手机准备拍照了。

杜辉在场里站住,震惊地看着许亦北,这下终于不能说是碰巧了:"你……你们俩……"他话都说不周全了,想说这配合得也太好了吧!

体育老师宣布了结果。

对面的三个人脸色都不好看,李辰宇闷着头去了场边。

许亦北小跑几步,刚好迎上过来的应行。

"还行,你也接得住。"他低声说。

应行看着他,牵起嘴角:"你也不赖啊。"

比赛结束时,也就过去了一个小时。

三班赢得毫无悬念。

体育老师记了名次就赶人:"都走,别堵在这儿,这里还要比下一场。"

许亦北还没动脚,就被过来的江航塞了瓶水,江航拖着他往外走:"真牛啊,北,我都好久没见到你打球了,你跟应总打过吗?配合得够好的啊!"

"没打过。"许亦北拧开瓶盖,猛喝了几口才平复了喘息。

其实自己也没想到能跟他打成这样,扭头看一眼,应行也被杜辉和梁枫围着出了球场。

刚到外面路上,应行忽然转头看过来。

许亦北跟他视线撞上,就见他朝前面抬了抬下巴,然后转头走了。

杜辉跟梁枫还在那儿一口一个"绝了"地复盘比赛。

许亦北转过头,刚想跟江航找个理由溜,看到后面过来的人,脸色又一下冷了。

李辰宇从后面经过,看到他就紧皱起眉:"都说了我不是故意的,怎么着啊?"

许亦北冷冷地说:"你最好不是。"

李辰宇嘴一闭,气闷地走了。

江航说:"这不是刚才球场上一直盯你的那小子吗?"

许亦北说:"这小子叫李辰宇。"

江航还没见过李辰宇，许亦北也不太爱把自己的事往外说，但他俩毕竟关系好，他多少还是知道一些俩人的事，立马反应过来："就他啊，你后爸家那个……"说后爸有点多余了。

"嗯，就他。"许亦北也懒得绕弯，往教学楼走。

江航嘀咕："怪不得他输了球就拉着张脸呢。"

许亦北不想聊这个，眼睛看着前面："我先回去了，你也回去吧。"

江航还以为他生气了："那我先走了，高兴点，北哥，别跟那小子来气，他就是被宠坏了，你今天在球场上帅爆了！"

许亦北扯扯嘴角，挥一下手，往前走了。

运动会进行了快一天，该比的都比得差不多了，广播里已经在喊剩下的运动员们集合了。

许亦北一手擦着汗，经过一楼的男厕所，忽然伸出来一只手，一把抓住他的胳膊把他拽了进去。

"谁！"他下意识就想动手，转头看到应行的脸。

"我。"应行说，"都给你暗号了，还这么大反应干什么？"

许亦北挣开胳膊："有必要搞得跟犯罪一样吗？"

"你不是喜欢这样吗？"应行好笑地看他一眼，"在这儿说话至少比在花坛那儿强吧。"

许亦北无话可说。

应行说完了才发现这一下把他拉得太近了，看了眼他汗津津的脸，转身出去："不懂的那些资料都截图发我，今天打球太累了，补课还是明天吧。"

许亦北拧眉："就这样？"

"嗯，说完了，明天见。"应行直接出去了。

许亦北想想从上午到现在，确实够累的了，明天就明天吧，忽然想起来，扒一下左臂，追出去："等会儿，你的护肘！"

"送你了。"应行已经走出去一大截了，一转身人就不见了。

许亦北站了一会儿，看了一下那只护肘，怎么成礼物了？

第 32 章

晚上回去吃完了饭，应行才收到许亦北发来的那些资料截图。

时间不早不晚，估计这会儿发来是他又在学习了。

应行一手端着碗筷进了厨房，放进水池里，一手拿着手机一张张翻着看。

截图真多，少爷还真是很多基础都不全，难怪数学分数跟其他科目差了那么多，这是有几年基本没学吧。

贺振国从后面进来，厨房太小了，难免要挨在一起，伸头就瞧见了他在看什么，都惊讶了："这是怎么了，我以为你拿着手机就知道玩呢，还知道看学习的东西？"

应行没想到被他看到了，把手机揣进裤兜："不看也要说，看也要说，那我到底是看好还是不看好？"

"那肯定是看好。"贺振国说，"你舅妈还说上回那个许亦北来咱家写作业了，我看你俩待一起挺好，都知道学习了，你以后就多跟他一起待着吧。"

应行好笑："什么叫一起待着？"

贺振国瞪他："就经常在一块待着，还装听不懂了！你也别欺负人家，他看着就乖，你要多照顾他，把关系处好，处亲密一点，那话怎么说的？近朱者赤，这不比你跟别人待一块强？"

应行牵了牵嘴角，许亦北可不乖，处亲密这说法听着也很别扭，他抬手把水龙头拧开，趁着"哗哗"的水声转头出去："碗你自己洗吧。"

贺振国看他出去了，摇摇头："还不让说了……"

应行出去时和平常一样，先看一眼主卧，看门关着，他舅妈已经早早进房去睡了，他才又掏出手机，回了自己房间。

按亮灯，又看了一会儿那些截图，他干脆拖了椅子坐下来，拿了支笔，在纸上一个地方一个地方做记录。

没一会儿，贺振国在外面压低声音问他："你那护肘怎么少了一只？"

这家里一点小事他都会过问，应行已经习惯了，边记边说："随手送人了。"

差点要说"送给你喜欢的许亦北了"。这家里怎么谁都喜欢他？要是知道自己跟他正"合作"着，还不知道他们会是什么反应。

想到这儿，他笔忽然停了一下，应行看着纸上记的东西，无声地笑了一下。真逗，自己对这补课还真开始上心了，还从没这么认真地做过记录，真是太给许老板面子了。

贺振国又敲了两下门："忘了跟你说了，明天早点去学校，放了学也晚点回来，最好在学校上个晚自习再回。"

应行转着笔，看一眼门："为什么？"

"不为什么，我想把店里和家里好好大扫除一下。"贺振国小声说，"就这么说定了，别把你舅妈给吵醒了。"外面没声了。

应行听了个大概，眼神又转回到眼前的纸上，手里的笔一抛，不记了。

许亦北回去就把那只护肘和衣服一起放洗衣机里洗了，也没等家政来清理，早上起床才挂去阳台上。

可能是长这么大没收过别人的东西，一只护肘也让他挺不习惯的，出门的时候，他又回头看了一眼，才带上门走了。

一上公交车他就往耳朵里塞了耳机，边听英语听力，边翻着微信，特地点开人民币头像看了看，消息记录还是自己昨天发过去的资料截图，也没收到回过来的消息。

怎么着啊，老板的消息都不回啊？他边想边朝车窗外面看了一眼，公交车从修表铺外面开过去，也没看到那辆熟悉的黑色电动车，不知道应行人走没走。

都是为了数学，做老板的还要时刻关注他的动向了。

到校门口的时候还很早，许亦北摘了耳机，刚要进校门，面前忽然冒出来个女生，急急忙忙挡他前面。

"那个……"

他停下来，看女生一眼，不认识。

"学长你好，我是高一的……"女生脸涨得通红，紧张得话都说不好，大概是说了个名字，但是声音细得让人根本没法听清，"就那个……昨天你们球打得太好了，我想请你……"她前言不搭后语地说了几句，忽然扔出来个东西："这给你！"

真是扔出来的，许亦北接个正着，看了看，一封信，还用了个粉红色的信封，就是傻子也知道是什么东西，他拧着眉就要还回去。

女生接着说："请你帮我交给应行，谢谢！"说完扭头就跑了，慌不择路似的冲进了校门。

许亦北愣了一下，什么玩意，让他给应行？敢情自己就是个工具人？他皱了下眉，刚要进大门，余光瞄见后面走过来的人，一停。

应行从停车的地方过来，看了一眼他手里的信，又抬起眼，意味深长地看他一眼，转着手指上的车钥匙，往前走："我什么都没看见。"

"等会儿。"许亦北叫住他，把信丢了过去，"给你的。"

应行接住，挑眉看着他："别人给你，你给我？"

许亦北几步进了校门，反应过来，回头说："本来就是给你的，那个高一女生让我给你的，跟我有什么关系啊？"

应行才算明白了："是吗？"

"你们俩！"远处忽然传来老樊的声音。

俩人同时转头，应行立即把信往兜里一收。

老樊在教务楼的楼梯口那儿远远朝他们招手："都过来！"

许亦北看一眼应行，先走过去。

应行慢条斯理地跟上去。

老樊不是一个人，身边还有个人，个高体健，脸上仿佛就写着他是个体育老师。

果然，他俩一到跟前，老樊就开口说："这是十四中的体育老师，昨天看了你们的篮球赛挺满意，特地找过来的。"

体育老师一脸阳光："同学们好啊，我是十四中的焦平焦老师，也是十四中的篮球队教练，昨天你们在球赛中表现得很好啊，但是明明赢了，怎么就只跟高二打完一场就没往下打了？"

应行说："说好只打一场。"

老樊在旁边干咳两声，像是提醒他注意说话。

许亦北没吭声，他看出来了，老樊还真是想让应行去做体育生，这个焦老师八成是老樊带来的。

焦老师不当回事地笑笑："是这样啊，咱们十四中体育强，你们要是有兴趣走体育生路线的话，可以加入我的篮球队。"

"他不行。"樊文德立即指一下许亦北，又指应行，"你还是跟他谈吧。"说完朝许亦北摆摆手，示意他先走。

许亦北看看他们，扭头上楼，到了拐角，才听见应行远远地说了一句："我也不行。"扭头要去看，已经被楼梯挡着看不见了。他只好放弃，上了三楼，心想：你那还叫不行？睁着眼睛说瞎话吧！

三班的教室里今天闹哄哄的，可能是运动会的后遗症还没消。

许亦北到了座位上，刚坐下，梁枫就来了。

"许亦北！你不知道吧，你跟应总在球场上那一出，简直都要成学校热门话题了。"梁枫转头看看教室外面，没见有老师经过，遮遮掩掩地想掏手机，"来，我给你看看学校贴吧里给你俩盖的楼。"

"还有心情看贴吧？"许亦北眼皮都没抬一下，"看书去吧。"

"啊，这就是高冷的富二代！没错，就是这个味，难怪一场球就把你的人气给抬起来了。"梁枫居然还来劲地点评。

许亦北无语。他往桌肚子里塞书包，手一伸进去，碰到什么，摸出来，是一封信，再伸进去，拿出来，又是一封信，低头往桌肚子里看了一眼，足足有三四封信扔在里面。

"这什么？"梁枫凑过来看，嗓门高了一个度，"情书啊！"

顿时前面一群人都往后看。

梁枫看见高霏探头探脑的脸，小声对许亦北说："高班长要伤心了。"

高霏居然听见了，红着脸骂："你胡说什么呢！"一下扭过头不看了。

许亦北没搭理他，拧眉说："放错了吧。"

朱斌回头，托一下眼镜："没放错，我帮你塞的，好几个别的班的女生叫我放你桌里的。"

许亦北耷着眼皮看他一眼，学习委员还干这个？

"我早说了，高三就是想谈恋爱的时期，你看看，桃花这不来了吗？"梁枫直感慨，坐下接着说，"估计也就只敢给你塞情书了，应总肯定没人敢送。"

拉倒吧，十分钟前才帮他转交了情书呢，人家差点就当面塞了。许亦北说："你怎么知道他没人敢送？"

梁枫非常肯定地说："因为他老是拒绝啊，估计也就高一的小妹妹不了解他，还敢冲一冲了。"

许亦北想了一下，那个女生还真是高一的，嗤笑了声："那他也不一定次次都拒绝。"

说不定这回这个就成了呢？谁知道啊。

"他肯定拒绝。"梁枫小声说，"你等着看吧，我就没见应总对哪个妹子多看过一眼，别看应总牛，他在这方面可能是个性冷淡。"

许亦北："……"

杜辉刚好进来，耳朵够尖的，马上问："谁，谁是性冷淡？"

梁枫生怕他告诉应行，忙不迭打岔："杜辉啊，不是我说你，你看昨天球场上他俩都出够风头了，许亦北还收到情书了，你怎么样啊？"

杜辉一听，胜负欲爆棚，立马冲到座位上一通翻："还用说嘛，球是三个人打的，那老子必须也得有啊！"

没半分钟，他抬头，空着手骂了句："太没眼光了！"

梁枫要笑死了："别灰心啊，辉哥，可能会有男同胞给你写挑战书呢。"

"滚你的！"

两人吵闹了两句，应行从后门进来了。

樊文德紧跟其后，背着手到了后门口，张嘴就喊："杜辉！出来！"

杜辉被吼得小声骂了一句，都没来得及说什么，赶紧出去了。

许亦北扭头看一眼，老樊板着脸走了，应行在旁边坐了下来。

班主任一吼就是效果显著，班上一下就安静了，个个埋头看书。

梁枫转回头之前，还不忘跟应行八卦一句："应总，许亦北收到情书了，好几封！"

应行偏头看一眼，正好看到桌上的几封信，然后往许亦北脸上看："这么有魅力？"

许亦北顺着他的视线才发现信还堆在桌上，一把拿了全塞回桌里，对上他的视线："你也不差啊。"

应行和他互看两眼，心照不宣地笑笑，转过头不说了，谁让他也收到了呢。

许亦北也不想多说，再说下去弄得像是在较劲比人气似的，中不中二啊，立即拿了本书出来早读。

足足过了一节早读课，杜辉才回来。

一坐下，他就冲应行说："怎么回事啊，应总，老樊和一个叫焦平的体育老师叫我去做体育生，还说是你推荐的？"

应行"嗯"一声："是我推荐的。"

杜辉挠挠头："那咱俩一起去吧，不然我不想去了。"

应行抬腿在桌底下踢他一脚："少啰唆，你篮球打得不错，做个体育生不是挺好的？说不定能考个大学。"

"那你呢？"

"我什么？我跟你的路不一样。"

许亦北下意识地看他一眼，什么路不一样？

应行看到他的眼神，问："怎么？"

许亦北本来不想多管闲事，听他问了，只好说："你为什么不去？"

"不想。"应行扯一下嘴角，"我跟那个叫焦平的老师说了，体育生就留给喜欢体育的人去做吧，我没兴趣，有钱赚的比赛可以叫我去打。"

许亦北服了，难怪之前老樊脸色成那样了，张罗半天还被拒绝了，能高兴吗？"然后？"

应行说："然后焦平留了我的电话，说以后有赚钱的比赛就通知我。"

"什么？"许亦北听笑了，人家老师还真同意了？可真够魔幻的。

杜辉已经不吭声了，垂头丧气地趴在桌上。

做个体育生就像是要了他的老命似的，他眼巴巴地瞅着应行，不知道的还以为他在上演一场生离死别。

班上也没几个人知道这事，直到中午，梁枫回头叫他："杜辉，别丧着了，做体育生不是挺好的吗？你该请客啊！"

杜辉总算恢复点人气，看看旁边："行，我请客，走吧，应总，去吃饭。"

应行站起来，踢开凳子："你这样谁还敢吃？"

朱斌主动回避："你们去吧，当体育生太可怕了。"

许亦北听他们说要请吃饭，就猜他们肯定会去学校外面，他站起来，直接出了教室，去食堂。

结果在食堂窗口排着队打了份饭，刚要付钱，旁边伸过来一只手，"嘀"的一声替他刷了卡。

许亦北扭头，应行站在旁边，手刚收回去，朝后面的杜辉偏一下头："他说也请你，谁让球赛是三个人打的呢？"

杜辉特别豪气地接话："对，看你球打得不错，请你了！"

许亦北扯了下嘴角："一般吧，北哥也就比你强点。"说完端着餐盘，转头找了张空桌坐下。

"他什么意思，我请客还要被呛？"杜辉郁闷。

应行抓着他的后领摁到窗口，笑着说："谁让你请客也没句好话，废话什么，去打饭。"

杜辉嘀咕："你还帮他说话……"

梁枫打好了，端着饭，在许亦北对面一坐："世界真奇妙啊，杜辉成体育生了，咱们居然还能坐一起吃饭了，真是太奇妙了。"

许亦北说："感谢老樊去吧。"要不是老樊非要他上场去打球，也没现在。

杜辉很快端着饭过来，看看位置，选择坐在梁枫旁边。

应行跟在他后面，扫了一眼，也没什么好选的，就在许亦北旁边坐了下来。

许亦北忽然拿腿撞他一下。

应行转头看他，就见他比画了个口型：玩？

还能是什么，是又惦记起他的数学了。应行好笑，又不能在这儿跟他商量时间，于是当作没看见，转头吃饭。

许亦北皱眉，忍一上午没提这茬了，总得给点反应吧，又拿腿撞他一下。

应行还是没回应，吃他的饭。

许亦北觉得他是故意的，腿一动，还想撞，一下被条腿死死抵住了，他一愣。

应行的腿靠过来，紧紧抵着他的，膝盖抵着膝盖，小腿抵着小腿，力气太大，让他动都动不了。本来应行就是不想让他再撞了，偏头看他一眼，动了动嘴，比画了句：晚点。

许亦北拧着眉，缩回腿，小声说："劲真大……"

梁枫立即抬头："什么真大？"

许亦北："……"他瞥了一眼旁边，拿筷子戳了戳餐盘里的狮子头："食堂师傅的手劲真大，狮子头都被扣碎了。"

应行在旁边提起嘴角，那下次注意点，别把老板的金贵身板给伤到了。

"许亦北。"旁边有人经过，停下来跟他打招呼，"你在食堂吃饭啊。"

许亦北抬头，认了出来，是那个四班的年级第一，好像是叫刘敏，他"嗯"了一声。

刘敏跟他中间隔了个应行，她看了一眼应行，笑了笑，从校服口袋里掏出个信封，递给许亦北："这个给你。"

顿时一桌的人都看了过去，梁枫直接就说了句："哟？"大概是没想到还有女生会这么直接。

刘敏看看梁枫，赶紧说："这里面是照片，你们昨天在球场里打球的时候我拍了全程，回去找地方洗了，觉得得给你一份，就拿来了。"

像是怕许亦北不信似的，她还特地打开封口，抽出几张照片来给他看。

许亦北看里面装的确实是照片，才伸手接了："谢谢。"

"别客气，你别介意被我拍了才好。"刘敏笑笑，又看了一眼应行，"还有应行，你们都别介意。"说完大大方方地走了。

梁枫震惊了："看到没，这才是高段位啊，人家送情书，她直接送照片。"

杜辉已经忍不住了："打开看看，肯定也有我！"

许亦北直接把信封推了过去，让他自己找。

梁枫跟杜辉像找宝藏似的凑在一起翻照片，总共十几张照片，很快就翻完了，杜辉没好气地往桌上一按："老子这场球跟没打一样！"

"你就别找虐了，"梁枫直乐，"人家摆明了就是冲许亦北拍的，倒是还有不少应总的，人家招呼都没跟你打。"

应行到现在都没说什么，听到这句才往那个信封上看了一眼。

"这张乍一看就跟抱上了一样。"梁枫忽然拿出张照片说。

许亦北伸手夺了过来，翻过来看了一眼，拧拧眉："少胡扯。"

应行在旁边顺带看了一眼，眉一挑。

是他在球场上捞许亦北的瞬间，他一条手臂箍着许亦北的腰，许亦北背抵着他的胸口。当时差点被绊着摔倒，正在气头上，许亦北完全没有好脸色，冷着脸侧对镜头，唇抿得很紧。

杜辉不爽地说："拍照技术真不行，最帅的那一球不拍，居然拍了要摔倒的这个。"

梁枫说："你就别吃不到葡萄说葡萄酸了。"

许亦北不想被他们一直谈论，随便把照片拢了拢，塞回信封。

梁枫问："怎么样，许亦北，我觉得她这种学霸类型应该是你的款。"

杜辉可能是想起了大华那事，哼哼两声说："算了吧，他可能喜欢成熟大姐姐呢。"

许亦北没搭理他，放下筷子，站起来："吃完了，再见。"

应行让了一下，让他出去，然后把筷子一放，也跟着站起来。

杜辉立即问："你也吃完了？"

"嗯，"应行说，"少八卦，赶紧吃吧。"说完扭头走了。

杜辉："……"

出去没多远，就看见许亦北在前面慢吞吞地走着，应行跟上去说："行了，急什么，还是放学玩。"

许亦北就等着他呢，回头说："放学你没别的事要忙？"不是收到情书了吗，这不得去处理一下？

"我没有，你有？"应行反问。

"我也没有。"许亦北心满意足地往前走了。没有才好呢，正好不耽误他补数学。

今天最后一节又是老樊的课。

也不知道是不是因为体育生的事，老樊心情不太好，一节课至少有大半节课都在往最后一排看，最后下课了还拖堂了十分钟。

铃声一响，许亦北立即拿了书包出教室，一直到出了校门，还特地往前又走了一段，才停下来往路上看。

还没两分钟，应行就骑着他的车来了，在旁边一停，朝后面偏一下头："附近没熟人，赶紧上。"

许亦北本来还考虑今天坐公交车走，话都被他堵了，二话不说跨上去："走吧。"

应行也没问去哪儿，车开过三岔路口，远远看到修表铺，他忽然想起贺振国的交代，让他今天晚点回去，怎么想怎么不对味，车把一转，往铺子门口开了过去。

车停下，许亦北才问："又来这儿补？"

"嗯。"应行直接打了脚撑，"下来。"

许亦北只好下了车，往铺子里看了一眼，没有人，贺振国和吴宝娟都不在。裤兜里的手机紧接着就振了。他掏出来看了一眼，人民币头像给他发来了微信，一份文件，他不禁往门口看："什么啊？"

应行手机刚收起来："那些资料的截图我都看完了，这是针对你不会的地方出的题，你先做吧。"

许亦北一愣，没想到应行居然还专程给他出题。

应行看了一眼他的脸，猜到他在想什么，挑眉说："按时长算钱的。"昨天本来都不做记录了，最后还是做了这个，算了，就当为老板无私奉献一回了。

许亦北牵起嘴角："还能少了你的吗？"

算钱他也赚了，当老板的好处他算是又体会到了。他把书包往柜台上一放，翻了翻，找出里面塞着的那几封情书，拿在手里出去。

应行手插着兜走到路边上，一手掏出在裤兜里揣了一天的那封情书，一手掏出打火机，挨着旁边的垃圾桶，刚要点，就看见他走了出来。

许亦北看着他："你干什么？"

应行"啪"的一声点着了："看不懂吗？保护别人的隐私啊。"

许亦北瞬间明白了，走过来，亮一下自己手里那几封信："那一起吧。"

应行把烧了的信扔进垃圾桶，看他一眼："你不看了？"

"废话什么啊，你不也烧了吗？点。"许亦北一点好奇心都没有，也不是反感送情书这事，就是觉得烧了才能彻底避免被人看见，不然万一掉哪儿被人捡去了，刚好是学校里的人看见，人家女生还不得被嘲笑死。

应行笑了一下，接过来，打着打火机一封封点了，全扔进垃圾桶。

烧完了，垃圾桶边还弥漫着一股焦煳味。

他收起打火机，忽然问："那些照片你打算留着了？"

许亦北刚要进铺子里去写那些题，听到这话停了一下："怎么了？"

应行说："没什么，随便问问。"

许亦北倒是被提醒了，掏出刘敏给他的信封，抽出那些照片，在手里展开，跟把扇子似的，伸到他眼前："这儿不是也有你的照片吗？挑吧。"

应行扫过去，一眼看到许亦北的个人照，他运球过人的瞬间，他过线投球的瞬间，拍得还真挺好的，看得出这个刘敏还挺上心的。他忽然就想起梁枫的话，学霸款和姐姐款，还真不知道许亦北喜欢哪一种，想着想着居然笑了。

"挑啊，你笑什么？"许亦北莫名其妙。

应行本来也没想挑，都要进门了，被他催了一下，又停下看了一遍，看到那张自己捞他时的照片，抽了出来，往裤兜里一揣："就这张了，省得被别人看见又说是抱。"

第 33 章

许亦北听到这话的第一反应都愣了一下，没想到他还记着这茬，梁枫那个八卦分子的话能当真吗？眼看着他揣着那张照片进了铺子里，心想：行吧，你爱收就收着吧，反正又不是真的抱了。他把剩下的照片都收了起来，跟了进去。

"我做题了。"他拖了张凳子，坐在柜台边，拿了支笔，又抽出几张草稿纸，"根据我的判断，过了运动会就会期中考。"

应行随手扔下手里的车钥匙，看他一眼："你确定？"

"肯定的，整个高三都在赶进度，新课很快就会上完，期中考试肯定也会往前赶，不信你等着看吧。"许亦北早就分析过了。

应行发现他还真是满心都是学习，连时间规划都有，真不知道他这么有钱还这么努力的动力在哪儿，提着嘴角说："那要是这样，我给你补基础补得也太及时了。"

"嗯。"许亦北低着头，对着手机上他发来的那些题在草稿纸上写，"放心吧，我的数学分数上去了不会亏待你的。"

这是什么口气？应行简直快被他给弄笑了，也不打扰他写题，转头往店里看了一圈，又走去里面的小房间里看了看，都没看到贺振国，等回过头，发现他才写几笔就停下了。

"算了，本来就不会，怎么做啊？"许亦北拧着眉，推一下草稿纸，"你还是直接过来说吧。"

应行刚想给贺振国去个电话，看他这么痛苦，还是先打住了，走进柜台里，拿过了草稿纸，伸出手："笔。"

许亦北现在已经习惯给他递笔了，立即把笔放他手上。

应行一只手撑着柜台，一只手拿笔，在纸上边看边圈："这几个题型可以多看，卷子上经常出现。"

许亦北看着草稿纸："你在押题？"

"不是，"应行头也不抬地说，"我就是告诉你，题型很重要，学数学也是讲方法的。"

许亦北想起了他做的那些数学资料，看看他的脸："说得这么头头是道，你怎么其他科都不讲讲方法去学啊？"

应行抬起头："这跟补课有关系？"

许亦北抿了抿唇，好吧，没关系，算自己多话，不问了。

应行低头接着讲，每道题都讲了一遍，把笔又还给他："现在再写。"

许亦北拿回笔，差点想问他怎么又不写作业，想想还是忍了，别老管他写不写作业了，自己是他什么人啊？

应行倚着柜台，想掏手机，手伸进裤兜，掏出了刚才揣在兜里的那张照片，想想得找个地方放起来，于是回头在旁边的柜子下面打开个抽屉，拿出了个铁盒子。

许亦北一抬头就看见柜台上多了个铁盒子，好像是装饼干的旧盒子，应行拿着他挑走的那张照片，打开了盖子，放了进去。

"你还特地放起来？"他问。

"嗯，"应行故意说，"放着好提醒我曾经在球场上捞过你。"

"那我干脆给你送面锦旗得了。"许亦北忍不住回呛。忽然看见铁盒子里还放了只特别漂亮的老怀表，表壳子上好像还刻了字，他的注意力顿时被吸引了过去。就是字太小了，看不清楚。他忍不住伸手进去拨了一下："这是你的？"

应行立即说："别碰！"

刚看清那上面刻的是个"原"，表壳忽然"咔"一声细响，散了架似的，一下脱落在了盒子里。许亦北完全愣了，看向他："我没用那么大力气啊。"

应行瞬间抬眼看来，皱着眉："你不知道很多老东西碰都不能碰吗？"

许亦北真没想到，纯粹就是想调一下角度看一眼上面的字，真就只是拨了一下而已，都没想过要拿起来，但是看见他脸色不对，就知道这东西没那么简单。他拧了拧眉，掏出手机："能修吗？我出钱。"

应行垂眼看着那块表，一把盖上盒盖，沉着声："算了吧，你当什么东西都能用钱换了？"

许亦北顿时眉拧紧了，脸色也淡了，被他这句话顶了回来，觉得自己再说什么也是多余，手机收了回去，淡淡地说："我的责任，我认，不要我赔就算了。"说完站起来："后面的题你肯定不想讲了，我走了。"

应行又皱了眉，看过去。

他还没说什么，贺振国匆匆进了铺子门，进来就看见他们俩在柜台这儿，没想到一样："你们怎么都在？"

许亦北把草稿纸往书包里一塞，把书包搭上肩，往外走："我先回去了，贺叔叔。"

"这就走了？"

"嗯。"

贺振国看着他出了门，头也不回地走了，又回头看应行。

应行朝许亦北刚走的门口看了一眼，沉着眉眼，一句话都没说。

贺振国走近，看了眼他手底下的盒子："怎么了这是，不是让你跟他处好关系吗？"

　　应行不想提，忽然闻到他身上的味道，像是烧过纸回来的，抬眼看他："你去哪儿了？"

　　"没去哪儿。"贺振国搓了搓手，咳两声清清嗓子，"不是说了让你晚点回来吗？我要大扫除的。"

　　"也没见哪儿干净了。"应行说，"舅妈呢？"

　　"楼上，我先送她回家休息了才出去的。"贺振国转头，随手拿了个鸡毛掸子，去掸墙上挂钟上的灰，像是现在才刚开始打扫一样。

　　应行看着他忙，忽然说："下次要出去烧纸就直接告诉我，怀念亲人的事有什么好回避的？"

　　贺振国掸灰的手停了停，回头说："你好好学习就行了，我回来的时候闻到外头垃圾桶那儿有烧纸的味道，是在那儿沾的。"说完拍拍身上的灰，进里头的小房间里去了。

　　应行一个人站在柜台后面，听到他的话抿了下唇，觉得这理由找得也太牵强了。

　　皱着眉回过头，又掀开盖子看了一眼，老物件，早就浑身是伤，怪不了谁，就是想修也修不了了。他烦的其实是这个，以后连个完整的样子也看不到了。

　　算了，他把盖子盖回去，拿着放回柜子里，抽屉一关，出了柜台。

　　到了外面，天刚擦黑，路上不是车就是人。应行两手插兜，一脚踢开路边的一片枯叶，抬起眼，往路上看。

　　不意外，许亦北早走得连人影都看不见了。

　　真是世事变幻，一个小时前还一起烧情书，一起讲着题呢，这会儿居然就闹到说走就走了。许亦北坐在商场一楼的餐厅里，准备吃完晚饭再回去，脑子里全是这个想法。

　　手边摊着没讲完的那几张草稿纸，手机屏幕上亮着应行给他出的那些题，他拿着筷子，一边吃饭一边看，一边看一边停顿。

　　之前走的时候倒是很干脆，现在只能自己一个人硬着头皮往下啃，还啃不透。

　　斜前方有一桌子人在过生日，全是男生，一个比一个嗓门大，吵得不行。

　　他伸手在书包里掏耳机，烦躁地朝那桌扫了一眼，没想到那桌人里也有人在看他，那人坐在人群中间，一头扎眼的卷毛。

还是那个十四中的体育生余涛。

"我从刚才就在看，果然又是你！"余涛噌的一下站起来，往他这儿走。

许亦北不掏耳机了，看对方人高马大地走到了跟前，心情不爽，也不想多搭理，不冷不热地说："嗯，又是我，还用得着特地来打招呼？"

看余涛的表情明显是被噎了一下，他忽然压着嗓子狠狠地说："骗子！我那次差点要动你的时候，你不是口口声声说跟他没关系吗？"

许亦北莫名其妙，什么玩意，跟谁？应行吗？

余涛大大咧咧地在他对面一坐："废话不多说，今天既然碰上了，咱俩就定个时间约一场！话先说好，就是男人对男人，堂堂正正的那种，不搞多对一，也不搞阴的！就你跟我！"

运动会的时候应行说过叫他别惹许亦北，他还记着，但这又不是惹，光明正大的事能算惹？

许亦北听着这几句话，感觉他背后已经浮现出一个硕大的"中二"了，还男人对男人。他冷笑了一声："行啊，等考完期中考试，你想约架还是约什么，都随便，我等着，谁逃避谁是孙子。"说完站起来，筷子一丢，拿了草稿纸和手机，搭上书包，直接就走了。

余涛被他的口气弄得愣住，直到看着他推开玻璃门出去了，才回神："他踮什么啊？"

该补的数学没补完，吃个饭还遇到个约架的，许亦北整整一晚上都不舒坦，回去后随便冲了个澡，又坐在书桌前埋头做那些题。

一直到大半夜，总算都做完了，也不知道对错。他拿着手机在眼前看了好几眼，一直瞄微信里的那个人民币头像，最后手机一放，笔一丢，转头往床上一躺。

盯着吊灯好半天，他想想还是来气，都不知道气什么，干脆蹬了一脚毯子："我真不是故意的，至于吗……"

忍了一晚上，早上还得一大早起床去学校。

路上许亦北都还在想着这事，他人站在公交车门边，一只手抓着拉环，耳朵里塞着耳机，一边听着英语听力，一边往车窗外面的修表铺看。

太早了，铺子门还关着，也没看见那辆黑色电动车。

人走了？去学校了？

他摘下一只耳机，捏在手里，拧着眉想，算了，随便他，关注他干什么啊。

三班的教室里，今天又是热闹非凡。

许亦北搭着书包一进去，就看到黑板上几个硕大的粉笔字：期中考试安排通知。

朱斌正在狂背语文，看到他就说："许亦北，看到了吧，期中考试的安排出来了，太突然了，我感觉就要死了。"

"早猜到了。"许亦北一点都不意外，坐下看看旁边，当然都是空的。

"那你准备得怎么样？"朱斌追着问，"数学补了吗？"

真是哪壶不开提哪壶。许亦北正烦着呢，拿着一堆草稿纸和卷子放在眼前："再说吧。"

朱斌悲伤地宣布："那你也没希望了。"

许亦北拿书往眼前一挡，眼不见为净：赶紧闭嘴吧，你！

许亦北在卷子上做了几道题，梁枫他们都到了，来了就对着黑板上的通知此起彼伏地哀号。

许亦北低着头在打草稿，忽然听见旁边"啪"的一声，眼睛下意识地看过去，桌上多了串车钥匙，他抬眼看过去。

应行在旁边坐了下来，头一偏，刚好跟他的目光撞上。

两个人互相看了两眼，又各自转过头，谁也没提昨天的事。

"应总！"杜辉跟在后面进来，嘴里还叼着半个包子，含混不清地说："那个体育老师叫我没事的时候多去球场练练，你今天要是有空，去帮我练几局吧。"

应行说："再说吧。"

梁枫回头："你怎么不叫我帮忙啊？"

杜辉直嫌弃："滚蛋，你那烂球技就算了吧。"

"想帮你还不好？"梁枫指指许亦北，"那你怎么不叫许亦北啊，饭都请了，口气好点呗。"

杜辉可拉不下那个脸，看看许亦北，又看到他手底下都是卷子和草稿纸："快拉倒吧，人家是好学生，我还是更相信应总。"

许亦北眼睛睨过去，转开，就当没听见。

应行又偏过头，朝他身上看了一眼，还是没说什么。

今天班上的人全都在铆足劲准备考试，后排一片安静，好像也没什么古怪的。

到了中午，杜辉又开始叫应行："应总，什么时候能打啊？"

应行看了一眼墙上的挂钟，站起来："现在去好了。"

杜辉求之不得，马上跟着他出教室："那先去吃饭，吃完就去，走走走。"

许亦北往后瞥了一眼，那两个人从自己背后过去，出了门走了。

一上午没说一句话，居然就这么打球去了。他盯着眼前的数学草稿，手指转着笔，又抬头看黑板上的期中考试安排，更郁闷了。

吃完了饭，大概也就只能打半小时的球。

杜辉风风火火地抱着只篮球进了球场，难得找到了做体育生的乐趣，还不就是以后都可以自由地打球了。

他一回头，发现应行在后面不紧不慢地跟着，两只手都揣在兜里，跟散步似的，还以为他是嫌两个人打球没劲，提高嗓门说："说实话啊，应总，我这两天复盘了好几回咱们那天的球赛，发现了一个点，以后咱俩球场上配合的时候可以注意一下。"

应行随口问："什么点？"

杜辉一脸智慧的光芒："咱们以前也没跟小白脸配合过，但是那天你俩配合得太好了，所以我找了一下原因，你肯定是在球场上太关注他了，他说什么你都第一时间听见了，所以就接得特别快。"

应行挑眉："是吗？"

"这不是重点！"杜辉指指自己，"重点是以后你也在球场上多关注我，多听我说什么，那我们才会配合得更好不是？"

应行说："你好好想想，也有可能是你废话太多了，才觉得我没听你说话。"

杜辉语塞。

应行一手夺了他怀里的篮球，往篮筐里一投，看他一眼："还站着干什么？滚去捡球。"

杜辉乖乖去捡球，一边说："搞错了？那我还是回去重新复盘一下。"

半小时过得很快，许亦北匆匆吃了个午饭，回教室后又在看那些数学题。

应行给他圈出来的题型他全看过了，给他讲过的地方也全都复习好几遍了，剩下的那些总得解决，不解决怎么考试啊。

他看了好一会儿，笔一抛，拿着那堆草稿纸站起来，在手里卷了卷，出了教室。

下了教学楼，一直走到底，往右一拐，迎面正好撞见迈着长腿过来的身影。

应行刚洗了把脸，额前、鼻梁上都挂着水滴，湿漉漉的，他停下来看着许亦北。

许亦北跟着停下来，手里转着卷成筒的草稿纸，盯着他的脸。

俩人莫名其妙地对视了两三秒，还是许亦北先开了口："补课……"

应行从他旁边过去，直接打断了他的话："补吧，趁现在有空。"

许亦北一愣，扭过头看着他，刚刚还在思考要怎么说呢，没想到他直接就说了这个。

应行走到前面，发现他没跟上来，回头说："不补了？那算了。"

许亦北立即跟上去："补！"

应行偏头看他一眼，往前走，上了教学楼。

午休时间，其他人要么去吃饭了，要么回了教室。只有男厕所安全，既没有摄像头，也没什么人。

俩人一前一后走了进去，应行扫了一圈，没人。他走到最后的隔间，推开门。

许亦北跟过去，看着他："昨天的事算过去了？"

应行转头看他："我昨天也没说不补，不是你自己走的吗？"

许亦北没话说了，那不是看他都生气了吗？话都呛过来了，还不走，难道要留下招人嫌？

想了想，他还是说："那个怀表我赔你吧，你尽管说个数。"不然他也过意不去，总觉得把他的东西弄坏了，傻子也看得出来那只表对他挺重要的。

应行看着他的脸，忽然笑了一声："你还真是不会说好话。"

许亦北拧眉："什么意思？"

应行推开隔间的门进去，一手抓着门框，又回头看他一眼，目光从他嘴唇上扫过去，这张嘴每次就是干脆地砸钱，不知道为什么，还挺想看看他这张嘴冲自己说几句好话的。他忽然说："打个赌吧，你期中考试要是真能达到及格线，就好好谢我一回。"

许亦北刚要进去，又停步："为什么？"

应行就猜到他会是这个反应："你不是说考得好我就有额外奖励？我要的奖励就这个了。当然了，你要是考得不好就算了。"

许亦北盯着他看了好几秒，搞不清他怎么会有这个要求，好一会儿，才低声说了句："你等着。"谁知道他是怎么想的，玩自己的吧，等考完再说。

"行，我等着。"应行拨一下他的肩，"进来。"

许亦北也不想废话了，赶紧补课吧，立即走进去，门紧接着就被他一手拉上了。

隔间里光线不够亮，但是讲题是足够了。

应行接了他手里卷在一起的草稿纸，看了看，经过一晚上都皱了，不禁看了他一眼，扯了扯嘴角，心想回去没少看吧，难怪一上午就憋不住了，再憋一憋，草稿纸都要包浆了。

许亦北抵着门，拿出手机看了眼时间，催他："快点，备考的时间不多了。"

应行低下头，压低声音："过来点。"

许亦北往他身边靠，腿挨到他的腿。

应行垂眼看了看："也不用那么近，你能听见就行。"

许亦北低声说："能听见，说吧。"

题讲得差不多了，差不多也快到午自习的时间了。忽然一大群人进了厕所，闹哄哄的，最高的是梁枫的声音。

应行立即一脚抵住门，抬起头，不说了。

许亦北也抬起头，一声不吭。

梁枫和好几个男生一起，隔着扇门在小便池那儿说："我就知道许亦北把咱们的猛男群给屏蔽了，难怪这么久都没冒过头。"

朱斌问："你怎么知道？"

"班级群里正在猜他这回数学会不会又垫底呢，我在猛男群里说了这事，他都没反应，肯定屏蔽了。"

朱斌叹气："我问了，他没准备，八九不离十了，唉……"

有个男生接话："这些人真闲啊，猜人家分的事情怎么能做呢？我表示谴责！所以到底怎么猜的？"

梁枫说："你也没好到哪儿去，我也谴责！反正就是选1猜许亦北这回分数能超过45，选2猜他还是老样子，垫底。"

男生说："这么有意思？我都想去猜了。"

"那你猜几？"梁枫问。

"2吧。"

"……"许亦北在隔间里低低冒出个气音，快被这群人的闲心给气笑了，差点就要出去。

应行看他一眼，把手里的草稿纸卷了卷塞给他，低声说："分开走。"说完抓着他的胳膊往后一带，推门先出去了。

几个人都在水池边洗手，梁枫回头才看见应行，还挺意外："应总，你从哪儿出来的？"

应行就近指了一下第一个隔间，过去洗手："听你们聊半天了。"

梁枫问："你都听到了，那你猜几啊？"

应行拧上水龙头："1。"

梁枫说："应总居然选 1？"

"嗯，"应行说，"不然还有什么挑战？"

里头的隔间门响了一声，许亦北的声音紧接着在身后响起来："巧啊，我也选 1。"

"你怎么也在？"梁枫回头，说完反应也快，赶紧解释，"我可没选啊。"

朱斌嫌丢人，这不被抓现行了吗？推推他："走吧走吧。"

一群人打闹着都走了。

许亦北去水池边洗手，拧上水龙头时，看了一眼应行，还以为他刚才会故意选 2。

应行对上他的视线，笑了一下，往外走："看什么？我还等着老板的感谢呢，当然选 1。"

希望你赢

许亦北自己的得分是跟不上了，

但是应行还有希望，

他又扫了对面一眼，回头看应行：

"我希望你是 MVP。"

第 34 章

期中考试就定在了十月底的周五、周六两天。一到月底，天气说凉就凉了，早上出门已经到了要穿外套的地步。

才六点，许亦北往身上穿了件牛仔外套，拿了书包就匆匆出门。

那天靠着男厕所里那一通奋战，终于在学校里补完了基础，后面就是不停地做卷子、做卷子，一直做到今天，终于要考试了，他都不习惯，老是觉得还不够，最好晚两天再考才好。

但是手机上明晃晃的"星期五"告诉他，那是幻想，就是今天没跑了。

到了公交站牌下面，车还没来，许亦北拿着手机，趁着这点空当，低着头不停地滑。

屏幕上都是表，许亦北想看看有没有跟应行那块怀表一样的表在卖，如果找到了，自己就买下来，当作赔偿送给他，不然总觉得欠他什么。许亦北这几天有空就在找，但是一直没找到。

车来了，手机也刷完了，结果还是一样，各个网站都找遍了，没找到。

算了，毕竟是老物件，可能早就停产了。许亦北只好放弃，收起手机，上了车。

要考试的日子，学校的楼梯上又是人挤人。

许亦北随着人流慢吞吞地上了三楼，进教室的时候，高霏正好从后门出来，手里拿着笔袋和草稿纸，要提前去考场做准备。她一见许亦北就说："许亦北，你就在本班考，不用换考场了。"

"知道了。"许亦北随口应了一句，进了门。

高霏都走出去了，突然又来一句："你加油啊！"

许亦北疑惑地看了她一眼，回过头，朱斌捧着几本书也跟着要出去，看到他也说："加油。"

许亦北："……"什么玩意？

梁枫排队似的跟着出去："你……"

"行了，不用了。"许亦北不想再听什么莫名其妙的加油了，越过他去了座位上，一个个的，还来劲了。

梁枫笑着靠近："我跟你说，那个选择题，到现在只有两个人选1，你行不行就看今天了，加油！"跟故意似的，他说完就溜出门了。

许亦北耷拉下眼皮，坐下来，只有两个人选1，那不就是只有应行跟他自己觉得他能考好吗？

哦，应行还说了是为了感谢。

他立马拿出一堆数学卷子，趁着考前赶紧再把常错的题全都看一遍。

理科班要考两天，本来一般头场考的都是语文，但是这回不知道是哪个鬼才老师想出来的主意，居然把数学放在了第一场。

许亦北在座位上埋头看了半天数学题，忽然听见铃声响了，才意识到考试已经开始了。他一边抬头收东西，一边看了看班上，只剩了一半的人，可能考场是打乱随机排的，后排现在就只剩自己一个人还在本班。

好像到现在也没看见应行。

也顾不上在意这个了，老樊已经拿着卷子进来了，今天又是他监考。

许亦北看着他在讲台上发卷子，居然不自觉地深吸了口气：选1还是选2，"合作"到底有没有效果，就看这场了。

卷子刚拿到手，樊文德就背着手下了讲台，慢吞吞地走过来，经过他身边，冷不丁伸手在他肩膀上拍了一下。

许亦北看过去，就见他冲自己郑重地点了一下头："加油啊！"说完他两手背回去，继续在考场转悠了。

怎么还特地过来鼓励一下？许亦北正悬着口气呢，别加油了，跟火上浇油也没什么区别。

做数学痛苦，在一堆无脑加油的情况下做数学更痛苦。要是第一场考别的还好一点，现在连个缓冲都没有，直接就让他直面最大的痛苦，人生太残酷了……

这痛苦持续了两个小时，在老樊的不断踱步游走中度过，终于结束了。

铃声"丁零零"地响起来，许亦北都惊了一下，才跟着停下笔，实在是写得太入神了。

也不知道自己怎么写完的，反正不管怎么样，至少他把卷子全都写满了。

老樊收好了卷子，走到门口还不忘警告一句："我还是很勤劳的，分数很快就给你们批出来，自己考得怎么样自己给我有点数！"

许亦北无言地看着他走了，抿了抿唇，都考完了还给一层心理压力，够闹心的。他默默在座位上坐了一会儿，看其他人都往外冲去吃午饭了，才跟着站起来。

到了外面，他转着头看了看，每个教室都有人往外走，但依然没看见应行。

不会吧，这人不会连期中考试也翘了吧？那也太嚣张了。许亦北腹诽着去了学校西门，今天不想去食堂吃饭，主要是不想碰到梁枫他们，否则又得废话一堆，倦了。

下午还要考试，他吃得很快，吃完就准备回校备考。

沿着马路往回走，快到一家小饭馆门口，正好碰上从里面出来的两个人，许亦北顿时停了下来，打量对方："你们俩居然又一起吃饭？"

刚出来的两个人同时转头，一个杜辉，一个江航。

"哎，北啊，我听说你们今天考试呢，就没找你。"江航拍拍杜辉的肩，"这不是又来跟他改善关系嘛。"

杜辉一下挥开他的胳膊，让一步："干吗这么腻歪，说多少回了，我是冲卖东西才来的！"

许亦北看了看他们，一只手收进兜："哦，那祝你们开心。"说完就想走。

刚动脚，冷不丁一道声音吼过来："杜辉！你小子给我站着！"

许亦北停了下来，已经有四五个人从路对面过来，包围似的，一下把他的路给挡了。

杜辉立马嚷了一句："扈二星，你还有脸过来！"

四五个人里打头的那个很眼熟，许亦北多看了一眼才想起来，这不就是那时候在网吧里被应行浇过一头饮料，后来在巷子里又被应行揍得爬不起来的那个不良分子？

扈二星眉骨那儿还青着一块，也不知道是不是当时被应行揍的，到现在都没好，流里流气地瞅着杜辉："少废话，你们那回揍了老子，连医药费都还没给呢！"

"做梦吧，你！"杜辉直接开喷，"你不就是不敢找应总了，才跑来找我的吗？还有脸来要钱？"

扈二星要是要脸，就不可能被叫作二流子了，他一副死皮赖脸相："反正你得赔钱。你要是没钱，这儿不是还有两个你的同学吗？跟他们'借点'呗！"

江航一听，赶紧悄悄往许亦北背后挪，想扯着许亦北溜，结果旁边几个人把他们俩围得严严实实的，不知道的还以为他们一群人是在这儿聊天呢，他脸都要急白了。

许亦北倒是明白了，这不就是找借口来敲诈勒索的，还是勒索高中生？他就这么站着，不动声色地扫了一圈这四五个人。

扈二星一双眼贼溜溜地往他们身上看，一下锁定许亦北，可能是觉得他这清瘦白嫩样看着就好欺负，抖着腿，抬手往他肩膀上重重一拍："帅哥，你看着有钱，替姓杜的给了吧？"

杜辉骂："你狗嘴还真有种开啊！"说着就撸袖子，想直接动手了。

许亦北冷了脸，看一眼肩膀上的手："拿开，给你一千，够不够？"

杜辉一停，看看他，差点想说"你疯了吧"。

扈二星眼睛都亮了，立马拿开手："那拿来啊！"

许亦北拿手掸了掸肩，掏出手机，低着头在手机上点了几下，抬眼说："你过来拿。"

扈二星巴巴地凑了上来，一眼看到手机屏幕上一个拨号界面，上面三个醒目的数字"110"，顿时变脸："你敢耍老子！"

话音没落，许亦北直接抬腿就往他膝弯里一踹。

扈二星一个趔趄单腿跪在地上，把他几个同伙都给搞蒙了，骂了一声，跳起来就要蹿上来动手。

"吱"一声刹车响，黑色电动车直接冲过来，往他前面一挡。

许亦北转头，一眼就看见应行坐在车上，往两边看了看，都不知道他是从哪儿过来的。

扈二星扭头看到他，顿时噤声。

应行看一眼许亦北，又扫一眼扈二星："已经沦落到要敲诈高中生了？"

扈二星缩到自己那几个同伙旁边，梗着脖子说："你别插手啊，我跟这小子的事，犯着你了？"

应行车把一拧，又往前开一步，直接把许亦北给挡住了，两手搭着车把说："嗯，犯着了。"

旁边几双眼睛顿时看过来，杜辉的眼神最突出，探照灯似的，看看他，又看看许亦北。

许亦北也忍不住看了看他，这么够意思？

杜辉可算回神了，趁机骂："你小子这会儿知道怂了！还不赶紧滚，那天挨的揍还想来一回是吧！"

扈二星脸都青了，瞅瞅应行，怂归怂，但要强撑："咱俩本来没事了，你非得替这小子出头是吧，那你等着！"狠话放完，都不敢等应行说话，赶紧溜，走得比谁都快。

其他几个人也跟着走人，眨眼的工夫就一个不剩了。

江航这会儿才敢吱声："应总牛啊！你刚才替咱北挡那一下，帅爆了！"

杜辉觉得这话挺别扭，又说不上来哪儿别扭，抢话说："那不是看咱们都在这儿，应总才来的吗？"

应行看一眼许亦北，又垂眼看一眼自己的车，这位置还真是把他挡得好好的。他车把一转，往前开出去："刚好路过。"

江航看着他的背影说："那也帅，比电视上的英雄救美都帅！"

应行笑了一声，都快到校门口了。

许亦北不禁白了江航一眼，心想什么话啊，那自己不成被救的美了？抬手又捶了一下自己的肩，跟着朝校门走："没事就行了，我要回去备考了。"

江航叮嘱他："那你好好考，别再撞上这群混混了。"

"你自己小心吧。"

杜辉看他们都往校门口去了，扭头嫌弃地看一眼江航："瞧你刚才那怂样，还比不上你哥们儿呢！"

江航乱抓重点："你在夸我哥们儿？"

"滚，我就是骂你怂。"杜辉不承认。

一直到上了教学楼的楼梯，许亦北才跟上应行，边走边说："我还以为你连期中考试都不考了呢。"

应行说："期中期末还是要考一下的，不然老樊会上门。"

合着他还真想不考？许亦北快无语了，到了三楼，才说："那群人……"

他话都没说完，应行就说："没事，一群狗皮膏药，离他们远点就行了。"

许亦北停下来看了看他，本来是想说今天的事他不是给扛了吗，听他这么说就没往下继续，扭头往教室走："那我准备考试去了，放学见。"

应行看他一眼，往另一头的考场走："行，放学见。"

下午的考试总算没那么痛苦了，一场物理，一场化学。

考到五点，全部结束。

许亦北搭着书包往校门口走,到了外面,左右看了看,那群烦人的不良分子不见了,也没班上的熟人,正好,他就在路边等着。

没一会儿,应行就跟平时一样,骑着黑色电动车过来了。

到了跟前,他一下停住,长腿撑着地,看过来:"今天还要补课?"

"不补,我有几个不确定的数学题,记下来了,你帮我看看我做得对不对。"许亦北一早就打好主意,就等着放学找他了。

应行好笑:"至于吗?"才考完就这么着急。

"至于。"许亦北几步走过来,刚要抬腿上他的车,忽然看见后面有辆黑色小轿车远远地开了过来,他停下来看。

应行等了会儿,看他还不上车,回头看:"怎么?"

许亦北忽然摆两下手:"你先走吧,我突然有事,不能约了。"说完往回走了。

应行看了一眼他走过去的方向,一辆黑色小轿车在那儿缓缓靠边停了下来,豪车,应该是他家里的车,既然是他家里的事,那就没必要掺和了。他想完坐正,又看了一眼,拧了车把,朝反方向开了出去。

许亦北刚走到车外面,车门就被推开了。

他妈方令仪在后排坐着,招手说:"等你呢,快进来。"

许亦北刚才就认出来了这是她的车,坐进去,带上车门:"怎么到学校来了?"

方令仪穿着套裙,不知道是从哪儿过来的,挺正式的,笑着说:"中秋节的时候不是说好了下次再陪你,我今天才有空,特地来接你的。"

许亦北这段时间一直在补数学,都快把这话给忘了,突然发现真的挺长时间都没见她了,笑了一下说:"那走吧。"

司机把车一路开到公寓楼下。

方令仪从车上下来,抬头看了眼老旧的公寓楼,立即就皱了眉。

许亦北知道她肯定又要说这儿条件不行,抢先往楼里走:"上去吧。"

方令仪跟着他上了楼,一边走一边打量,进了公寓的门,又里外打量一圈,看屋里环境还算不错,才总算没说什么了。

司机跟在后面,拎着大包小包的东西送进门就走了,东西在门边柜上堆了快有一排。

许亦北放下书包,关门的时候看了两眼,问:"这都什么?"

方令仪说:"吃的用的,你高三了得补充营养啊。我早该来的,你老说学习学习,我都不敢来打扰你。"

"弄得我像吃的喝的都没有一样。"许亦北说归说,但东西是他妈好心带来的,还是收下了。

方令仪一看他的脸就想说瘦了,从带来的东西里挑了几样,往厨房里走:"过节也没陪你吃饭,今天妈妈给你做饭吧,你想吃什么?"

许亦北跟进去:"什么都行,我都好久没尝过你做的饭了。"

方令仪笑起来:"以前还有空做一做,现在哪有时间啊,最近刚忙完两个新项目,不然还没空过来呢。我把刘姨叫来给你做饭好不好?你看你这儿冷锅冷灶的,肯定天天都在外面吃。"

"别,让刘姨跟着你。"许亦北知道他妈是事业女性,刘姨跟着她照顾了这么多年,都习惯了,他无所谓,反正也是要自立的。

"我叫别的保姆过来?"方令仪还是不死心。

"说了不用了,外面多的是好餐厅。"

听他说去餐厅吃,方令仪才算放心点:"得吃好的。"

"知道了。"

方令仪洗了手,开了一袋意面:"就这个吧,复杂的我也不会。"

许亦北感觉这画面他真的太久没见了,走过去,挨着她的肩,下巴在她肩上搁了一下:"妈。"

方令仪转头看他,都觉得惊讶:"好久没跟妈妈这么黏糊了,上回这样还是几岁的时候呢,现在都一米八的大小伙了。"

许亦北挨着她说:"那不还是你儿子吗?"

方令仪柔声说:"妈妈也还是你妈妈。"

"嗯。"

最后也只做了一顿简单的意面,方女士实在是尽力了。

许亦北也不挑,端着两盘意面放到餐桌上,给他妈拖开一张椅子,拍拍椅背,示意她坐。

方令仪坐下说:"在哪儿学的,这么绅士,以后不知道便宜哪家女孩子了。"

许亦北说:"想那么远,我现在心里只有学习。"

方令仪想起来:"我在校门外面等你的时候听说你们今天考试了,考得怎么样?"

许亦北心里一直悬着呢,就因为她来了才被打断了一下。他沉默了一下,拿了叉子坐下来:"吃吧,吃饭不提考试。"

刚说完，门忽然被敲响了。

方令仪想去开门，他站起来说："我去开吧。"

到了门口，他还想了一下会是谁，拉开门，外面站着李云山。

许亦北看他一眼，叫了声："李叔叔。"

李云山笑着点头："我是来接你妈妈的。"

"你来早了。"方令仪已经从里面走出来了，说完冲许亦北说，"我今天刚从外地办完事回来，你李叔叔本来是准备去机场接我的，我说会过来你这儿，他才来这儿了。"

许亦北也没说什么，拉开门，让人进来。

李云山进来后跟他妈一样，打量了一圈，也没坐，就站着，客气地说："屋子挺干净，你比辰宇强多了，自己住也井井有条。"

许亦北听到李辰宇的名字就没兴致，随口说："还行吧，能专心学习就行。"

李云山笑笑："学习你也没必要那么担心，听说你偏科严重，这也不是什么大事，实在没法提高就算了，不是非得拼国内的高考，你还可以出国深造，多的是选择。"

许亦北抿了抿唇，淡淡地说："还没拼完呢，谁知道就一定不能提高。"

李云山又笑了笑："这几次考试一看就知道了，你别给自己太大压力，尽力了就行了。"

许亦北已经不想回话了，每一句都说得挺好听的，但是凭什么话里话外就认为他一定提高不了了？

方令仪也觉得没必要那么拼，是心疼他太辛苦，但是看他脸色，就知道他不爱听，打岔说："吃着饭呢，提学习干什么？"

李云山回头看见餐桌，让开一步："那你们先吃吧。"

许亦北看一眼方令仪："没事，你们回去吧。"

方令仪说："说好要陪你的。"

这都站着一个在等了，还陪什么。许亦北说："回去吧，你赶回来也累了，回去吃点好的，我待会儿就学习了，明天还有几门要考。"

方令仪看看他，又看了一眼李云山，看样子也待不下去了，只好说："那我先走了。"

"嗯。"

方令仪拿了包，出门的时候说："你好好吃饭，好好睡觉，别太拼了。"

"知道了。"

方令仪又交代两句才出门，李云山跟着出去了。

许亦北送到门口，看着他们一前一后下了楼，直到外面一点动静都没了，才"嘭"的一声甩上门。

"谁想出国……"他对着门自言自语。

问过他了吗？他要靠自己考个好大学，还没出结果，怎么就知道一定不行呢？许亦北越想越不甘心，他还偏要考好了！

一大早，应行刚起床，手机忽然振了一下。

他掏出来，一边往身上套外套，一边滑着看，是许亦北发来的，一串的题目标号。

——帮我回忆一下这些题的答案。

应行默默看了几秒，忍不住笑了，说他急还真是，昨晚没约成，居然今早又来了。他随手按了，丢在床上，没管，哪有让人回忆答案的，太闹了。

刚要出去洗漱，应行在门口停了一下，还是回了头，走到桌边，拖了椅子一坐，开了笔记本电脑。

屏幕上很快跳出十三中的学校网站，首页都快八百年没换过了。应行敲着键盘，没费什么力就进了学校后台，翻了翻，老樊真积极，分已经改出来了，有的都录进系统了，他直接从最下面往上翻，差不多有七八个已经能看见分数了，其他的可能是还没录进去。

他看了几眼就退了出来，笑了一下，这七八个最低的里面都没有许亦北的名字。他关了电脑，出去洗漱。

许亦北早就到学校了，来了这么久，还是没看见应行，发过去的微信他也没回。

许亦北坐在座位上等着考试，一边想着自己的数学有没有及格，一会儿就转一下笔，跟等着裁判宣判似的。

等了快一天，所有考试都结束了，也没见到应行人，裤兜里的手机也没有一点动静。

大广播倒是响了，老樊在广播里通知："所有人回班，自习到放学再走！"

今天考完才四点，最后一两个小时该压榨也要压榨。

许亦北心烦意乱地翻开本书，没一会儿，就看其他人全都回来了，瞬间班上就闹哄哄的。

他眼睛时不时看一眼后门，来来回回看了好几次，总算看见应行进来了，马上眼睛一眨不眨地盯着他。

应行抬眼就看到了他的眼神，慢条斯理地走过来，从他背后经过，忽然说："可以期待一下。"

嗯？许亦北的脸随着他的走动转过去，压着声音问："真的？"

应行坐下来，扯了下嘴角："等着不就知道了？"反正垫底的里面没他，有一个快八十分了，说明他只会更高，那就说明可以期待。

许亦北就想知道自己到底及格没有，哪儿等得了啊，悬到现在了，越等越不平静。

忽然听见高霏在前面说："发数学卷子了！"

他立即抬眼看过去，高霏捧着一沓卷子正在发。

老樊说自己勤劳，居然是真勤劳，这就马不停蹄地把卷子给批出来了。

班上的人都在哀号，梁枫和朱斌同时回头看着他，眼神像哀悼似的。

许亦北说："转回去。"

俩人挺识趣，没说废话，很配合地转回去了。

卷子很快就发到了他手上，是高霏亲自送过来的，给他的时候，她还特地看了看他的脸。

许亦北没在意她的眼神，垂眼扫了一眼，卷子背面朝上，好几个鲜红的叉，他一只手按着，深吸口气，居然没勇气翻过来。

"不愧是应总，140！"杜辉在那头嚷嚷。

许亦北瞥了一眼，应行拿着卷子翻了一下，角上一个耀眼的"140"。

梁枫说："应总最近都没怎么逃课，应该140出头，整140少了。"

行了，真够刺激人的。许亦北腹诽一句，又垂眼看着自己的卷子，一狠心，翻了过来，眼神一凝。

85。

"多少？"梁枫早凑过来了，"85！许亦北，牛啊，你一下进步这么多！"

应行转头看了过来，85？

朱斌也跟着凑过来看："提高了四十分，这么多？"

连杜辉都伸头往这儿看："真的假的？"

许亦北脸上没有半点喜悦，心都沉下去了，居然差了五分，就差五分，没到及格分，他一下把卷子翻了回去，盖住了。

梁枫以为他是不好意思呢，还打趣："进步了还不让人看啊，那不看了行了吧？"说着推推朱斌，给面子地坐回去了。

应行看了看他的脸，又看了一眼他压着卷子的手，没说话。

许亦北转头看他，想起他之前说的话，拧着眉小声说："没够，有什么好期待的？"

应行看了看两边，趁其他人不注意，伸手把他的手一掀，抽走了他的卷子。

"干什么？"他压着声音问。

"检查。"应行说。

许亦北心想反正没到及格分数，也不想看卷子了："随你便吧。"

应行把他错的地方都看了一遍，折两下，还给他，想想梁枫说他140少了，又去看自己的卷子。

许亦北拿了卷子，直接揣进桌肚子里，真不想看了。

差不多一节自习课他俩都没再说话。

临近下课，杜辉忽然问："应总，你今天怎么一直在看卷子啊，以前不都随手丢的吗？"

应行没搭理他，一手拿了卷子，站起来就出了教室。

"干吗啊？"杜辉莫名其妙。

许亦北看了他一眼，也没心情去管。

应行沿着走廊一路去了办公室，随手敲了下门，直接就进去了："老樊。"

樊文德在办公桌后面喝茶，看到他进来，一口茶顿了顿才咽下去："什么风居然把你吹进办公室来了，还会主动来找我？"

应行把卷子放他眼前，手指在中间的选择题上指了一下："这题答案有问题吧。"

樊文德托一下眼镜，凑近去看，看着看着，拿笔算了算，又赶紧翻出答案来对。

"别看了，就是错了。"应行说，"我算了好几遍了。"

樊文德还是仔细确认了一下，又找了其他学校那边的答案资料，然后抬头说："是咱们这儿的答案印错了，我给改过来。"说着拿笔圈了一下，又忽然反应过来："你什么时候这么在意分数了？"

应行抽过卷子，往外走："多五分不是更好看？我回去还得给我舅舅看的。"

"我就知道！"樊文德数落他，"你看看你旁边的许亦北这次进步了多少，你就只有个数学……"

应行根本没听，说走就走了。

铃声一响，自习结束。

许亦北拿了书包站起来，准备走。

应行回来了，在他旁边坐下来，把试卷随手往桌子里一塞，看他一眼："要走了？"

"不走干什么。"许亦北连说话的情绪都没有，昨天被激出了满心的不甘，没想到及格线的目标还是没达到。

樊文德跟着就进来了，一进来就说："卷子上有一题搞错了啊，大家翻开看一下，选择题的第五题，应该选 D，不是 A，错的人分数都减掉五分，对的人自己加上五分，后面我要核实重新算分的。"

许亦北一愣，立马坐下，翻出卷子，自己的卷子上选的是 D。

D！所以他多了五分？那不就是正好 90 分，及格了？？？

他呆住了，一下转过头，看着应行，都不知道要说什么了。

应行看着他黑亮的双眼，勾起嘴角，低低地说："恭喜啊，老板。"

第 35 章

许亦北的嘴角扬了起来，听到这句恭喜才算是完全相信了，他真的及格了！

惊喜来得太突然，樊文德还在讲台上说着话，他也一句都没听进去，其他科明明也考过很多高分，居然都没有今天这一个及格来得让人激动。

谁说他提高不了的？这不是及格了吗？

班上一阵骚动，是樊文德终于说完话走了，梁枫和朱斌几乎同时回头，全都往许亦北的卷子上看。

朱斌说："老樊刚才夸你呢，说你分数都翻倍了，你怎么没反应啊，怎么做到的？"

梁枫紧接着说："他有钱，肯定找私教了！绝对！"

许亦北的心思总算转了回来，嘴角的笑就没淡下去，看了一眼应行："嗯，私教确实有用。"

"你看，我说吧！"梁枫立马说。

朱斌羡慕："有钱真好。"

杜辉在那儿探头探脑，看看许亦北，不太信似的，愣是半天没憋出一句话来。

应行跟许亦北的眼神对上，一脸似笑非笑的表情，忽然拿着车钥匙站起来，扬着嘴角直接就走了。

许亦北看应行走了，才反应过来刚才就放学了，可以走了，他太激动了，真是什么都给忘了，立即把卷子塞回书包，站起来也跟着出去。

"哎，许……"梁枫话说一半，就看他出了门，懊恼地说，"亏了，还想趁机叫他请客呢，跑这么快。"

杜辉转头看看应行的空桌："应总都八百年没等过我了！"

考完试的气氛就是不一样，走读生一窝蜂地往校门口拥。

许亦北跟在人群后面，到现在嘴边都是带笑的。

应行就在前面，他俩中间只隔了一两个人，但是没法挨着。

许亦北努力往前挪了两步，靠近他背后，眼睛盯着他后脑勺短短的发根，还没开口，他就像是感觉到了一样，一下回过了头。

"今天应该不用约着玩了。"他说。

许亦北跟他的目光撞上，看了看两边的人，反正都不认识，小声说："不约，你想要什么感谢？"许亦北特地挤过来就是想问这个。

应行看他两眼，提着嘴角说："至少也得特别点的。"

许亦北又压着声音问："什么样的叫特别？"

"自己去想。"应行挑了下眉，转回头，他自己开口要的还能叫感谢？

刚好出校门了，过来两个人一挤，俩人又隔开了。

许亦北看着他人高腿长的在前面穿过人群，往右一拐，去了停车的地方，没跟上去，转头往公交站牌走。

干吗非得提这种古怪要求，直接说要什么不行吗？明明那么爱赚钱，这回居然不提钱，自己刚才甚至想说直接给钱了。

应行坐上电动车，准备走，又远远地看了眼对面，许亦北正好上了公交车。

想想他运气也真够好的，自己也就是抱着试试看的心态检查了一下，居然还真给他捞回五分。应行想着想着，嘴角又扬起来。

裤兜里的手机一下一下振了，应行脚撑着地，一手掏出来，扫了眼是他舅舅打来的，接了电话："怎么了？"

贺振国在电话里张口就说："你快回来！"

应行脸上的笑一下没了，收起手机，立即拧了车把，飞快地朝修表铺开了回去。

许亦北在公交车上靠窗坐着，余光瞥见车窗外面掠过去的身影，转头看出去，就看见应行骑着黑色电动车跟阵风似的开出了他的视野。

开得可真快。他腹诽一句，怎么像是突然丢下个难题给他就走了，这人不会真是玩自己的吧？还真有这可能！

公交车好半天才开了出去，转过三岔路口，许亦北还在想什么感谢方式比较特别，但始终没想到，转头又往外看了一眼，修表铺大门开着，应行的电动车却不在门口。开这么快居然还没回家？

车靠站停下，他想了想，干脆就在这站下了车，看能不能去问问吴宝娟，问贺振国也行，就跟他们打听一下应行喜欢什么，买个他喜欢的东西做礼物答谢他得了。

真难，许亦北长这么大就没干过这种事，还没为谁这样费过心思。他搭着书包走到修表铺门口，朝里面看了看，叫了声："吴阿姨？"

没人应。他又叫了一声："贺叔叔？"

"哎！来了来了！"贺振国急匆匆地从里面的小房间里跑出来，手里还拿着手机，看到他在门口，一停，往他身后看，"是你啊，你是送你吴阿姨回来的？"

许亦北愣了一下："不是，怎么了，你在找她？"

贺振国没看见有别人，叹了口气："对，她今天出去到现在还没回来，我打她电话打不通，关机了，也没等到她打电话过来，肯定是又走丢了。应行已经去找了，叫我在家里守着。"他说着往回走："我去打电话接着找，没事啊，你回去吧。"

难怪应行之前骑车骑得那么快，原来是找人去了。

许亦北看他捧着手机进了里头房间，转头往路上看了看，没看见应行回来，也没看见吴宝娟出现，不知道她出去多久了。

他在门口站了一下，也没犹豫，拨了一下肩上的书包，沿着路出去，干脆也去帮忙找。

应行在路边停了车，走进一条老街，一边往四周看，一边掏出手机，准备拨贺振国的电话。

好几个小时了，他舅妈以前也走丢过不止一回，但是从来没有像这次这样，这么久都没有消息，现在能找的地方都找了，要是再耽误下去还是找不到，就干脆跟他舅舅说报警吧。

电话还没拨出去，大华的电话先打过来了。

应行随手接了，边走边听："有话快说。"

大华问："怎么了这是，口气这么急？我就想问问你，你最近跟扈二星是不是又有什么了？我昨天还听见他跟人吹牛说你妨碍他好事，要弄你呢。"

应行说："谁有空管他……"话一顿，他皱了下眉："他最好别惹我。"

大华听出不对："到底怎么了？"

"你要是有空就帮我找找我舅妈，叫上杜辉。"应行顾不上说别的。

大华像是反应过来了："难道那二流子还敢拿你舅妈惹事，他疯了吧？"

应行没多说，挂了电话，回头去开电动车，直接去找扈二星。

许亦北也不知道吴宝娟平常喜欢去哪儿转悠，凭着感觉找，走着走着到了那片球场附近，想起以前在这儿见过吴宝娟，特地停下来多看了几眼。

老远有几个人抽着烟在往这儿走，都不知道在聊什么，一路骂骂咧咧的，脏话不断。

许亦北随便扫了几眼，就是那天一起在校门那儿想敲诈他的几个混混，打头的就是那个不良分子扈二星。

听应行说他们是狗皮膏药，最好离远点，但是现在要转头走也来不及了，他干脆一手插兜，没事一样从旁边过去。

已经走过去了，可能是他肩上搭着书包，扈二星往他身上看了一眼，一下认了出来，立马掉头："你别走！"

一群人顿时都跟了过来。

许亦北停下来，扭头看他一眼。

扈二星摘了嘴里的烟头往地上一扔，火冒三丈地指了下自己的膝弯："你小子那天敢踢我是吧，今天让老子撞上了还想走？姓应的今天也管不了你了，你这回再硬气啊？"

许亦北扫他们一眼，故意问："你怎么知道他今天管不了我？"

扈二星骂了句："真不知死活，还有种犟嘴，他这会儿忙着呢，你要么赔老子钱，要么让咱们一人踹一脚，自己选吧！"

许亦北突然明白了，这不就是不打自招吗？应行这会儿还能忙什么，当然是找吴宝娟。敢情是这货做的好事，真不愧是法盲，无法无天。

他冷着脸，往他们来的方向看了一眼，球场对面有一条街，他眼神又转回那个扈二星身上，拿了肩上的书包："你要多少？"

扈二星看他认怂，撸了一下袖子："至少一千！不，两千！得赔偿你踹老子那一下！这回别想耍花招，真当老子是吃素的。"

旁边有人忍不住了："别废话了，咱们这么多人对他一个，就他这么个身板，还用得着添这句吗？"

扈二星被催，跟着冲许亦北嚷嚷："快点！"

许亦北忽然笑了一下："让你要，你还真敢张嘴啊。"话都没说完，他忽然抢着书包就朝扈二星脸上狠狠一砸。

"嘭"的一声，书包里全是书，要多沉有多沉，扈二星被这下砸得太阳穴都嗡嗡的，一下摔在路边，嘴里吼了声："你找死！"

其他几个人都没想到他还敢再来一回，顿时过来动手。

许亦北抬腿踹了一个，被两个人趁机摁住了肩，抬腿又踹一个，冷不丁小腿一痛，被人反踹了一脚。

是扈二星，他总算爬起来，趁着人多，恶狠狠地冲过来，报仇一样往许亦北小腿上踹了一脚。

"你小子够烈的啊，今天弄不死你！"扈二星头上都被砸破了，渗了点血，要多来气有多来气，就想冲上来再给他一下。

许亦北挣开一条胳膊，反手抓着另一边制在自己肩上的胳膊，猛的一个过肩摔，"轰"的一声，直接砸他身上，连带旁边两三个挨着他的人都摔了个四仰八叉。

扈二星都没想到他这么有力气，摔下去都是蒙的，背一下撞到什么，嘴里一通脏骂，忽然听见"啪"的一声打脚撑的声音，回过头，背后撞的是电动车的轮胎，他下意识地就想跑。

应行从车上下来，一把揪住他的衣领把他扯了起来，抬眼看了看许亦北，往身后偏一下头，直接说："过来。"

许亦北愣了下，反应过来，几步到了他旁边，喘着气问："找到了？"

"没有。"应行都没顾上问他是怎么知道这事的，扯着扈二星问，"我舅妈呢？"

扈二星装傻："我怎么知道？你问我干吗？"

其他几个人只敢看着，都不敢上来，光是刚才这个看着不咋行的高中生都制不住，又来一个应行，还怎么扛得住，他们早被他揍怕了。

应行摁着扈二星的脖子，往路牙上按，随时要让他磕个头破血流的架势："我再问一遍，我舅妈呢？"

"我就是不知道，谁会干这事啊？"扈二星脸红脖子粗地死撑，打死也不承认。

"有胆子做，没胆子认？"应行忽然把他扯起来，抬腿一脚就把他踹了出去。

"哐"的一声，扈二星的背直接砸在球场的围栏上，他哼都没哼一声，栽那儿跟晕死过去了一样。

周围一个人都没敢吱声，扈二星的那几个跟班看起来都想溜了。

许亦北也呆了一下，这也太狠了，比上次看到他们挨揍的场景还狠……

应行大步过去，一把拖起扈二星，沉着声说："是我这几年太规矩了，让你觉得我好惹了？给你提个醒，其他好说，你要是动我家里人，我可能真会弄死你。"

许亦北不禁看了他一眼，总觉得他这话不是吓人。

扈二星一口气好不容易缓上来，在那儿哼哧哼哧地直喘气。

"那儿，就在那儿的白云网吧……行了，应行，咱们以后真不敢了，没人敢真动你舅妈，就留了她一会儿……"跟班里有个光头忍不住说了，说完就溜。

应行看了一眼许亦北："帮个忙？"

许亦北懂他的意思，是叫自己去找吴宝娟。许亦北没说什么，搭上书包，往球场对面的那条街走，小腿还有点疼，他忍住了。

街上有一排店面，小超市旁边挨着家网吧，挂着"白云网吧"的牌子，他走进去，拐了个弯就看见了坐在角落里的吴宝娟，赶紧过去叫她："吴阿姨。"

吴宝娟坐在一台电脑前面，也没开机，周围都是别人吞云吐雾的二手烟，她难受得眯着眼，听见声音才抬起头，看到他就叫："北北，你来啦？他们非让我在这儿等他，我想回去了。"

他们肯定是骗她说等应行。许亦北拉她起来："走，我带你回去。"

吴宝娟乖乖点头，跟他出门。

门口收银的姑娘看了他们一眼，又当没看见。

一出门，就听见远处的鬼号声，是扈二星的。许亦北看了一眼旁边的吴宝娟，扶着她的胳膊朝反方向走："走这儿。"

吴宝娟跟着他走，一边东张西望地问："他呢？"

"马上来了。"许亦北胡扯一句，直接拐弯走到另一条路上，到了路口，伸手拦了辆车，对司机说："把人送到振国修表铺，我记住你车牌号了，人丢了我要找你。"

司机莫名其妙，一边动手导航。

吴宝娟被他送着坐到后排，还没搞清楚状况。

许亦北关上车门，拍一下车窗："走！"

司机把车开走了，紧接着远处就传来了警笛声。

"我×！"许亦北心想不会连警察都引来了吧？他赶紧往那儿跑，连小腿疼也管不了了。

一路跑回球场外面，那几个跟班早跑没影了好几个，剩下的两个过去拽歪在那儿的扈二星，也要跑了。

应行刚从那儿转头过来，跨上了车。

"快点！"许亦北叫他。

应行飞快地把车开到他跟前，一停："上来。"

许亦北坐到后座，没坐稳就说："你舅妈我送回去了，快走，赶紧！"

应行车把一拧，立即开了出去。

两个人谁也没说话，只剩下一阵一阵的心跳声和呼吸声，混着秋天吹过的风声，呼呼地贴着耳边过去。

一直到半路，什么声音也听不见了，应行一下刹了车，停住了。

许亦北晃了一下才稳住，回过神，看见他在前面一手掏出手机，低着头拨了个电话。

电话很快通了，他在电话里问："舅妈到家没有？"

电话里是贺振国的声音，隐约能漏出音来："到了，放心吧，人没事……"

"你让她跟我说话。"

许亦北一直看着他的后脑勺，明明现在天都凉了，他发根那儿还沾着汗水，难怪刚才发那么大火。

想想刚才，简直跟火线救援、极限逃生一样，许亦北居然忍不住笑了。

应行跟吴宝娟说了好几句话，终于放心了，连声音都放缓了。他挂了电话，一回头，看见许亦北脸上的笑，眼神顿了一下，才想起来问："你怎么突然来了？"

许亦北迎风眯着眼："想来就来了。"

"就不怕惹麻烦？"他问。

"麻烦什么，这事说到底也是因为我，你不是替我扛了那回吗？"许亦北淡淡地说。

应行看了看他的脸，忽然也笑了："那要是被逮到了，我们就一起进去喝茶了。"

许亦北："……"他立即转头看了看，生怕警车马上就开过来，推了一下应行的肩："赶紧走吧！"话刚说完，"唑"了一声，是应行的腿碰到了他的小腿。

应行收起手机，低头看了一眼他的腿。

"别看了，挨了一下。"许亦北怕再被他碰到，腿往后一缩。

应行不逗他了，坐正了，把车开了出去。

应行一直开到公寓楼下才停。

许亦北从车上下来，转了转小腿，往楼里走。

应行锁好车，跟上去："现在不疼了？"

"你别乱碰就没事。"许亦北正常上楼，忽然回头问，"你还要送我上去？"

应行说："都要一起进局子了，能不送吗？"

许亦北抿了下唇，笑了下："算了吧，你当我傻吗？那群人自己都那样了，还会报警吗？那警车肯定就是路过的。"

"那你刚才那么急。"

"总不能碰上啊。"

应行好笑，那警车确实不是冲他们来的，他边跟着许亦北上楼边说："挺刺激的？"

"太刺激了，我数学刚及格，已经够刺激的了。"

应行扯了下嘴角，确实刺激，许亦北帮他找了他舅妈不止一回，要么是贺振国找，要么是他自己找，从来就没想过有天会多出一个人来帮他找。

一直跟着许亦北进了公寓的门，应行把门一关，顺手把灯按亮，直接说："你坐着等会儿。"

许亦北莫名其妙地看着他，突然就被反客为主了。他在沙发上坐了下来，随手扔下书包。

应行去了卫生间里，水声紧接着响了，没一会儿，他从里面出来了，手里拿了块毛巾，走过来说："裤腿卷起来。"

许亦北看看他手里的毛巾："干吗？"

应行干脆一蹲，把他的裤管拉上去，抓着他的脚踝往茶几上一搭，看到他小腿侧面青紫了一片，抓着毛巾就按了上去。

许亦北腿上刚觉得一疼，紧接着就发现毛巾是湿凉的，忍住了，看他一眼，原来是要给自己冷敷。

应行扫了眼他的小腿，没来由地想怎么连腿都这么白，真是少爷身架，然后松开手说："自己按着。"

许亦北接着毛巾按住。

刚好手机响了，应行掏出来，看了一眼，一边放到耳边，一边往阳台走："大华……"

许亦北独自坐着，敷了一会儿，感觉没那么疼了，毛巾也快半干，他放了下来，回房间去找药。

他本来也没什么独居经验，住出来这么久就没准备过这些东西，找半天也没找到药，倒是在书桌靠墙的角落里看到了那把快被自己忘了的琵琶，他伸手拿了起来。

忽然想起来，他本来还在想怎么样感谢应行才算特别呢，最后居然跑去找人还顺带打了场架……

应行在阳台上跟大华说了个大概，没提许亦北，怕他硌硬。

大华已经很来气了："这事怪我，我上次没教训好他，没想到他明的不敢，改玩阴的了。"

"以后别让我再见到他就行。"应行口气不好，今天的事已经碰到他的底线了。

"放心，他再出现你削我。"大华直接下保证。

应行挂了电话，走回客厅，许亦北居然不在。

他站了一会儿，手里一下一下地转着手机，忽然反应过来，好像这儿也没自己什么事了，人都送回来了，还站着干什么，想着不禁扯了扯嘴角，朝关着的房门看了一眼，抬高声音说："没事我就走了。"说完转身朝门口走。

房门开了，许亦北走了出来："你等会儿。"

应行已经走到门口了，又停下来，回过头。

许亦北身上的牛仔外套脱了，只穿了件白T恤，黑长裤裹着他笔直修长的双腿，手里还拎着个东西。

应行仔细看了两眼，居然是把琵琶："干什么？"

许亦北拖把椅子，坐下来，把琵琶架到膝上，看他一眼："这个除了我妈，还没有别人听过，用这谢你算特别了吧？"

应行眼神一动，紧接着就看见他抬起了手。

那只手在琵琶弦上悬停，一秒，两秒，忽然一落，一串清澈激越的乐声响了起来，直冲到他的耳朵里。

应行一下定在了原地。

许亦北微微低头垂眼，怀里抱着紫檀琵琶，白生生的侧脸靠近琴头，手指在灯光下舒张，修长有力，指尖缠绕着黑色义甲，一阵一阵地拨着弦。

应行从没见过这样的许亦北，眼睛都没法从他身上挪开。

两个人刚从外面飞奔回来，才打过架，现在他的手居然在弹琵琶。

听众只有自己一个。

琵琶声激昂婉转，直扑过来，大概还带着刚才一起骑车时迎头吹过的凉风。

只弹了半曲，很快结束。

"铛"的一声响，许亦北抬起眼，看着他说："谢谢。"

应行站在原地，看着他坐在那里的身影，最后一声像是直接砸进了自己的胸口，那里突如其来地一缩。

第 36 章

乳白色的灯光照下来，在许亦北身上镀了一层淡淡的边，他弹琵琶的那只手葱白，五指修长，撩拨琵琶弦一样地动，黑漆漆的头发近在眼前，忽然抬起脸，眼睛盯过来，低低地说："这样够特别吗？"

应行一下醒了，才发现自己躺在床上，窗户外面有光漏进来，天都已经亮了。

他闭了闭眼，坐起来，随手掀了毯子，居然出了一身汗，皱着眉下床，拉开房门出去，进了卫生间。

昨晚许亦北跟他说完那声"谢谢"，他就走了，什么话都没留，回来后居然会做那样一个梦。

梦里的许亦北跟弹琵琶的许亦北一样，都是他没见过的样子，让他出了一身汗……

应行又皱了皱眉，心里烦躁，抬手摸了把汗津津的脖子，随手扯了条毛巾，走去里面，帘子一拉，拧开花洒冲澡。

贺振国一大早起来做早饭，就听见卫生间里水声"哗哗"的，伸头看了两眼。

门一开，应行穿着宽松的汗衫、五分裤，一只手拿毛巾擦着头发，走了出来。

"一大早的怎么就洗澡？"贺振国打量他，没感觉到有热气，压低声音说，"还是凉水澡！你怎么回事，这都什么季节了，就不怕生病？"

应行随口说："没事，出了汗就洗澡了。"

贺振国还以为是昨天找吴宝娟那事给闹的，看了一眼主卧的门："你舅妈没什么事，昨天回来你不是都看过了吗？别乱担心了。"

"嗯。"应行转头推开房门，"换衣服去了。"

贺振国也不知道他有没有听进去，摇摇头，进了厨房。

应行回房间换了身长衣长裤，出来正往身上穿外套，吴宝娟从房里出来了。

"你别担心啊，我下次不乱跑了。"她可能是刚才听见贺振国的话了。

应行说："以后碰到生人，别听他们的话就行了。"

"不听了，北北好不好啊？"吴宝娟说话还是跳脱，"他昨天找到我的。"

应行听到这名字就扯了下嘴角，都不知道为什么："没事，他好着呢，我走了，你手表戴好，没事就别出去了，按时吃药。"

"我戴着了。"吴宝娟伸手给他看。

"嗯。"

贺振国听见，从厨房里出来："早饭不吃就走了？"

"不吃了。"应行开了门走了。

"今天这是怎么了……"贺振国嘀咕，觉得他简直反常。

应行骑着车到了校门口，锁好车后往大门口走，有意无意地扫了眼对面的公交站牌，没看见公交车。

应行一路不疾不徐地上了教学楼，刚从后门进去，一眼就看见坐在座位上的许亦北。他今天穿了件套头卫衣，坐在那儿翻着卷子，头发漆黑，捻卷子的手指葱白修长，应行扫了一眼，从他背后过去，坐了下来。

许亦北立马转头看了过来，刚好碰上他的视线，瞬间昨天一起打的架，一起骑车回去，甚至给他弹的琵琶都到了眼前。许亦北移开视线，低声问："你舅妈怎么样？"

应行转开目光："没什么事。"

"那就行。"许亦北紧接着说，"那今天能约吗？"

应行抬眼，又跟他的目光一碰，脑子里一下晃过昨晚做的那个梦，偏过头，舔了下后槽牙："再说吧。"

许亦北问："难道你今天有事？"

"你小腿不疼了？"应行忽然反问。

"不疼了。"许亦北在桌底下活动了一下小腿，他的冷敷挺有用的，紫的那块还没退，但是走路不疼了，"反正不会耽误正事。"

应行"嗯"了一声，也没往下说。

就这样？许亦北还想接着问到底约不约，梁枫和杜辉一前一后地来了，他只好先打住。

"应总今天来这么早。"杜辉坐下，挪着凳子靠近他，小声说，"是因为昨天那事吗？我后来跟大华去找了那二流子，那货以后别想在这儿混了……"

应行说："大华办好了就行了。"

杜辉看他兴致不高，猜测还是因为那二流子搞的事，就不说了，省得他更不高兴，坐回去啃早饭了。

早读铃刚响，朱斌拿着卷子大小的一张表从前门进来，恭恭敬敬地贴在了黑板旁边。

梁枫非常八卦地凑到前面去看了看，回来就说："期中考试排名表，许亦北真牛，这回数学一及格，直接就杀到第十了，你下次分数要是再这么涨，不得第一了？"

别说他了，所有跑去前面看排名的，就没有不往后看的，高霏甚至还冲许亦北笑了笑。

许亦北看见，也冲她笑了一下。

梁枫起哄："别笑了，你再笑高班长就要飘了！人家本来就对你有意思。"

"梁枫！"高霏脸又红了，气冲冲地吼他。

"她什么耳朵……"梁枫小声吐槽。

应行抬眼看了一眼高霏，又看了一眼旁边，刚听说高霏对他有意思。他低下头，手指有一下没一下地滑着手机。

许亦北一向不把梁枫的胡扯当回事，转着笔往旁边看，排名提高这么多，就更想约他补课了。

应行低着头，始终没看他。

许亦北拧拧眉，怎么觉得他今天连话都懒得说。

梁枫都发现了："应总今天怎么没声啊，你又不在乎成绩，排名低还需要保持沉默吗？"

应行头都不抬地说："你闭嘴就不会显得我话少了。"

梁枫给噎了一下，感觉今天他情绪不对，闭嘴不说了。

许亦北又看了他一眼，挺冲啊，心情不好？

这一天差不多全在讲期中卷子，好不容易到了放学的时候才算完。

许亦北等到现在，终于等到机会，铃声一响，趁着班上声音吵闹，大家都在往外走，他往旁边坐了坐，转头又低又快地说："到底能不能约？"

应行一偏头就对上他的脸，迎上他盯着自己的视线，目光一动，身体往后让了点，低声说："今天约不了。"说完站了起来，也没等他再说话，直接就走了。

许亦北转头看着他走了，抿了抿唇，算了，那就明天再约吧。

许亦北收了书包，跟出教室，外面早就没有应行的身影了，他也走得太快了。

晚上八点，台球厅里正热闹。

应行拿着根台球杆，靠在球桌边站着，半天才动手打一球。

杜辉从人群里挤进来，挨到他旁边："应总？你怎么在这儿啊？我打外头过，看到你车停在路边才进来的。你也不在这儿打工啊，再说你不是说最近有大钱赚了吗，还跑这儿来？"

"玩不行？"应行问。

"那当然行，我本来还想叫你去打球呢，好久没跟你一起玩了。都不知道你最近在忙着赚什么大钱，老冷落我，昨天你舅妈差点出事，也不好叫你，今天这不赶上了吗？"杜辉絮絮叨叨，转头拿根球杆来跟他一起玩。

应行俯身捣了一球，"啪"的一声，撞着另一球进了球袋。

杜辉刚要说"牛啊"，看了看桌子，就他一个人，忍不住问："你今天居然没跟人玩押钱的啊？"

"嗯，就随便玩的。"应行绕到球桌另一边。

杜辉觉得不对劲，看看他："怎么回事，你这找消遣呢，有什么事吗？"

"别废话，要打就打。"应行俯身又捣了一球。

杜辉摸不着头脑，只好看着他打。

应行打一球，换个角度，有的进了，有的没进，他也没管规则，纯粹想怎么打就怎么打，人在打球，眼里根本就没球。

墙上挂着电视机，里面配合着在放台球比赛，杜辉越看他打下去越迷糊，只能抬头去看电视，看着看着笑了一声："哎，应总，快看那个选手，那个叫林迁西的。"

应行直起身，看了一眼电视，画面里有一个穿西装马甲的高挑身影："嗯，挺帅。"

"谁说这个，我就想说他还挺白，简直跟许亦北那小白脸有一拼，嘿！不过还是没许亦北白，富二代毕竟是富二代……"

"嘭"的一声，应行忽然抛下了球杆，直接扔在了球桌上。

杜辉吓一跳，看过去："怎么了？"

"不打了。"应行皱着眉，嫌烦一样，转身就出去了。

"啊？"杜辉更摸不着头脑了，"怎么说不打就不打了？"不就提了一嘴许亦北吗？

应行出了台球厅，走到路灯下面才停了下来。

灯光把他的影子拖得老长，他看着自己这道影子，斜长地延伸出去，方向却有点模糊。

手机忽然振了，他伸手掏出来看，微信里跳出了许亦北的名字。

刚才听杜辉说了一句，这名字就一直在他脑子里盘旋，现在这名字到眼前了。

他手指在手机上点了点，还是滑开了，一条转账消息，后面跟着句话。

——我说过的，我的分数翻倍，你的奖励也翻倍，除了那个"特别"的感谢，这是另一份。

应行垂眼看着，忽然扯了下嘴角，老板就是分得清楚。他脚尖在地上重重蹑了一下，低低笑了一声："这本来就是个'合作'……"

"应总？"杜辉找出来了。

应行没接话，转头去了路边，坐上电动车，开了锁，车把一拧就走了。

很快回到了修表铺，刚好贺振国在锁铺子门，看到他就说："怎么才回来？"

"有事。"应行随口说一句，低头锁车。

贺振国说："还以为你跟许亦北待在一起呢。"

应行锁车的手顿了一下，然后"咔"的一声锁上了："没有。"

真是避不掉，回来也是哪儿都有他。

"这孩子真不错，昨天还一声不响地帮忙找你舅妈，你说谁能不喜欢他？"贺振国边往家里走边说。

应行打断他："舅妈今天没出去？"

"没，"贺振国被顺利带岔了，"一整天都乖乖待在家呢。"

"嗯。"应行跟着他一起往家里走，一只手拿着手机，转了个账。

贺振国的手机很快响了，掏出来一看，立马瞪他："你哪儿来的这么多钱，一下给我转这么多？"

"赚的，给舅妈看病的，又不是给你的。"应行越过他进了小区。

贺振国赶紧追上去："我看你这阵子上学放学都挺正常，到底上哪儿赚的？"

"问那么多干什么，"应行进了黑黢黢的楼道，踩着楼梯往上走，后面一句贺振国没听见，"说不定以后也没了。"

一大早，许亦北翻着手机。

点开那个人民币头像的微信，上下滑了滑，应行没有回消息，连那个转账都没收。

就要进校门了，他把手机收起来，拨了一下肩上的书包，边走边想这是怎么回事。他想着应行昨天估计是有事，没补课还好说，怎么连钱都不收了，总不可能是嫌钱少。

刚到三楼，肩膀忽然被人拍了一下，许亦北拧着眉扭头，看见是刘敏，才没说什么："有事吗？"

刘敏笑着说："听说你这次数学及格了，名次一下就上去了，恭喜啊。"

"谢谢。"许亦北转头往三班走。

"哎，"刘敏话还没说完，又叫他一声，"我是想说有空交流一下，你数学提高这么多太神奇了。"

"有空再说。"许亦北客套一句。其实哪有空，他还等着跟应行约补课呢。

"那回头再说。"刘敏回四班去了。

许亦北进了三班，坐下来就看时间。

昨天应行来得挺早的，说不定今天也会来很早。

趁有时间，他想把这次考的数学卷子先订正一遍，做好准备，今天放学补课的时候正好可以让应行给他把错的全都讲一遍。他都计划好了，就等人到位了。

陆陆续续地，班上的人都到了，连杜辉都来了，眼看着就要上课，旁边的座位却还是空的。

许亦北停了笔，往后门看，又往旁边看，心想他怎么还不来？

"应总都规矩这么久了，今天这是要迟到了？"梁枫回头说。

杜辉说："谁知道啊，他可能心情不好，搞不好就不来了呢。"

许亦北不禁看了他一眼。

杜辉扭头看到他的眼神，嘟囔了一句："看什么啊？"差点要说："说不定就是因为你小子，昨天明明挺好的，一说到你就走了！"

许亦北没搭理他，低下头，手往裤兜里伸，都想悄悄摸出手机来给应行发个微信了。

忽然听见铃声响了，紧接着身后带过一阵风，旁边座位上的人坐了下来。

应行踩着铃声到了。

许亦北转头，看他身上穿了件深灰外套，衬着短短的头发，太扎眼了，忍不住多看了两眼。

杜辉嘀咕："还以为你不来了。"

应行说："起晚了。"

"干吗了，没睡好啊？"杜辉够关心他的。

应行没回答，偏了下头，跟许亦北对视一眼，目光就转开了。

外面走廊上来了几个老师转悠着检查，也没法说话，许亦北只好先忍着。

挨到下课，应行站起来出了教室。

许亦北看到他出去，立即扔下笔，也跟了出去。

跟到男厕所，应行回头看到了他，本来要去小便池，转头又进了隔间。

许亦北莫名其妙地看他一眼。厕所里还有两个男生在，他没吭声，去水池边洗了个手，等那两个男生都走了，才走到隔间外面，拿脚踢了踢门："今天怎么说？"

里面响起冲水声，门拉开，应行看着他："补课？"

许亦北往厕所门口看了一眼，没人，回头说："嗯。"

应行看了看他的脸，牵起嘴角："你已经及格了，想再往上提应该也用不着我直接教了，要不然我再给你做份资料吧。"

许亦北拧眉："什么意思？"

应行往外走："没什么，面授改函授，你也一样行。"

许亦北腿一伸，拦着他："我的感谢你不满意？"

应行说："不是。"

"那你是对我有什么不满？"

"没有。"

"那凭什么？"

应行笑了一下："就改个方式，实在不行，你换个人也行。"

许亦北脸都冷了："你不想干了？"

"嗯。"应行又要往外走。

许亦北整个人都拦在了门口，气不打一处来："不说清楚你别想走。"

他才刚及格，连架都一起打了，人也一起找了，只有他妈听过的琵琶都给应行一个人弹了，凭什么说不干就不干了啊？

应行眼也沉了，手指在门框上敲了两下："让开。"

许亦北冷眉冷眼地看着他，不说清楚能跟他耗一个课间十分钟。

应行笑了一声，真是少爷脾气，伸手在他身上一捞，用力往里一带，直接就把他摁在了侧面的隔板上。

许亦北背"哐"的一下抵上隔板，一愣，睁大眼睛看着他。

应行垂眼看着他的鼻尖，手一下抽回来，低声说："别闹了，就这么定了。"说完从旁边过去，出了隔间，大步走了。

许亦北："……"他看出去，人真走了。什么毛病，真不想干了？

应行走得很快，半道想起还没洗手，又特地转道去教务楼那边的男厕所里洗了手。

洗完甩了甩，手指伸缩一下，他低低地笑了声，说不出是什么意味，手揣进兜里，回了教室。

许亦北已经坐在座位上了，瞥到他进门，立即看过去。

应行没看他，回了座位，一踢凳子，坐了下来。

整整一个上午，两个人都没再说话。

许亦北在想他是怎么回事，时不时往他身上看。

应行没看他，一只手拿了支笔，一只手翻着数学书，随便上面在上什么课，都在底下干自己的事。

临近下课，杜辉小声问他："干什么呢，应总？"

"做资料。"

"又是给我做的？"

"滚。"

杜辉："……"

许亦北听见，脸更冷了，他还真做起资料来了。好端端的，谁惹他了？

下课铃响了，许亦北"啪"的一声扔下笔，出去吃饭。

应行终于转头看了他一眼。

梁枫敏锐地回头："怎么回事，气氛不太对啊？"

朱斌问："什么气氛？"

"唉，我怎么偏偏跟你坐一起啊。"梁枫想八卦都找不到人，浑身不得劲。

应行随手把书一合，起身出去了。

杜辉看看他："是不对劲，好像有点什么，又说不上来有什么……"

"对！辉哥，你懂我！"梁枫立马附和。

许亦北在食堂打了份饭，随便找了个位置坐了下来，没什么胃口，连菜都是随便打的，吃了两口，都没吃出味来。

对面已经坐了个人，跟他打招呼说："巧啊，今天就你一个啊。"

许亦北抬头，还是刘敏，他刚才也没注意："嗯，就我一个。"

刘敏一只手吃饭，一只手还拿着折了好几道的数学卷子，扬了一下说："我正好在看错题呢，早上刚说有空跟你交流，这么巧午饭就碰到了。你现在数学及格了，学习方法肯定特别好，要是有需要我帮忙的地方随时跟我说。"

许亦北本来就是一句客套话，但是现在给他补课的那个都撂挑子了，他心里正有气，于是点了点头说："行啊，我错的挺多的，你别嫌麻烦就行。"

"怎么会呢？"刘敏把自己的卷子翻开，递到他面前，"你错了哪题，指出来，我正好帮你讲讲。"

许亦北随手指了一道大题。

刘敏怕饭菜把卷子弄脏了，端着餐盘坐到了他旁边，忽然想起来，笑了笑："你们班应行数学才是真强，都不知道他怎么学的，不过他不好接近，应该不会随便教人，不然我都要以为你数学一下提高那么多是有他帮忙了。"

许亦北眼皮跳了一下，想到那人心里就烧了把无名火："你说吧，我听着。"

应行进了食堂，打了份饭，刚坐下，就看到了斜对面那桌的许亦北。

他都没刻意找，许亦北太显眼了，即使食堂那么多人，他还是一眼就看到了。紧接着他目光一偏，看见许亦北旁边还坐着个女生，两个人坐得很近，中间放着张卷子，他认了出来，是上回送照片的那个女生，好像叫刘敏。

他们在讲题。应行看了两眼，手上拿着筷子，迟迟没动一口，心想这不是挺快就找到接手的了吗？

许亦北听得不太顺，拧着眉，有点走神，忽然感觉有人看着自己，一转头就看见了斜对面坐着的应行。

应行跟他的目光撞上，提了下嘴角，露出个似笑非笑的表情，然后没事一样吃饭。

"这题说完了。"刘敏没留意到应行，问他，"还说吗？"

许亦北瞥一眼应行，被他那笑弄得冒火，转回目光，又指一道："你接着说。"

应行听见，又看了一眼那边，不得不说，少爷的异性缘真好，不是高霏，就是刘敏。

他又吃了两口，想想觉得自己挺无聊的，都不想干了，还轮得着自己来管？他把筷子一放，站了起来，转身就走。

许亦北再看过去时发现应行头也不回地走了。扫了眼应行打的饭，都没怎么动，他忍不住拧了拧眉。

这人怎么回事？真是让人琢磨不透。

第37章

"这题也说完了。"

听见刘敏说话，许亦北才回过头。他看一眼她手里的卷子，发现自己有点走神了，还不是被那人给惹的。

"我不太会教人，你就勉强听听吧。"刘敏很谦虚。

许亦北想了想，问："你平时做题型归纳吗？"

"啊？什么样的归纳？"刘敏没听明白。

"没什么，我随口问的，你说得挺好的。"许亦北其实根本就没有全听懂，虽然她说得很详细，但是自己可能已经习惯应行的讲题方法了，思路跟她的合不上。

偏偏那人现在不想教他了。

"你吃饭吧，"他放下筷子，"麻烦了。"

刘敏笑着说："别客气，你其他科那么好，下次有机会我还要请教你呢。"

"行。"许亦北站起来。

刘敏看了眼他的餐盘："你吃这么少啊？"

"饱了。"许亦北往外走。他气饱了。

他回到教室里，应行不在，后排空着。

许亦北坐下来，随手抽了张数学卷子就开始做，做了几题，笔又停了，想来想去都烦。

到底怎么回事，他到底想怎么样啊？

过了半小时，午休铃响了，杜辉说着话进了教室："应总，你也太猛了！大中午的，我就叫你陪我练练球，你打得这么狠……昨晚还打台球，我怀疑你这两天是精力太旺盛了没处发泄吧。"

许亦北转头，看见应行走了进来，他身上只穿着一件薄薄的长袖衫，袖口撸了上去，露着两条结实的小臂，手里拎着他那件深灰外套，可能是刚洗了把脸，额前的碎发湿漉漉的，半遮着他黑漆漆的眼珠。

俩人目光瞬间又撞上，应行一句话也没说，坐了下来，把衣服往桌子里一塞。

许亦北抿着唇，心想他饭都没吃几口，居然还跑去打球，这么有精力，怎么就不肯教自己了？

应行随手翻开合在那儿的数学书，看了一眼，又合上了。

杜辉一场球打得喘成牛，看见应行的动作，他一边喘一边问："干吗啊，你不做资料了？"

"不做了，"应行扯着嘴角说，"应该也用不着了。"

许亦北看过去，心想：我本来就不要什么资料，我要的是人！

但是班上还有这么多人在，他有话也不好直说，只能闭嘴忍着。

两个人互相拧着，一下午没交流。

最后一节课是体育，老樊理所当然地过来接手，就变成数学课了。

"期中卷子暂时不讲，大家先自己订正，今天先正常上课。"老樊在上面一板一眼地开始讲课。

平常这时候应行就该给自己记笔记了，许亦北一边拿笔，一边眼睛不自觉地往旁边瞟。

应行右手搭在课桌上，手指间夹着支笔，半天也没动过一笔。

他心里噌噌冒火，埋头去看数学书，心想：来真的是吗？行，放学再说，你给我等着！

铃声响了，老樊又习惯性拖堂五分钟，拖到布置完作业才下课。他临走时特地往后排看了两眼："今天后面还挺认真啊，给我保持住！"说完"哼"一声，背着手走了。

杜辉说："应总，老樊是不是在说你？你今天一直看黑板，都没看别的地方。"

应行把外套拿出来，站起来就要走。

"你等等啊，我话还没说完呢！"杜辉赶紧叫他，"我明天要去十四中训练篮球，也就今晚有空，一起走，我找你有事。"

许亦北书包都收好了，就准备马上跟出门去找他说话，听见这话，顿时看向应行。

应行看他一眼，又看一眼杜辉，转头出门："那走吧。"

"来了。"杜辉急急忙忙跟出去。

许亦北眼睁睁地看着他们一起走了，好好的说话机会又没了，他低低地骂了句："烦。"

"许亦北？"梁枫回过头，"我发现你跟应总今天好像都没怎么说话啊，你俩……"

"再见。"许亦北懒得回答，站起来就走了。

梁枫纳闷地嘀咕："有问题，绝对有问题。"

回到公寓没多久，天就擦黑了。

许亦北坐在书桌前，埋头做了半张数学卷子，做着做着做不下去了，停下翻了翻。

他忽然想起来，要是以后这"合作"真停了，自己就这样每天不停地写卷子吗？写了没人讲又有什么用？

想想还是不甘心，好端端的为什么要让他换个人？他都习惯了，根本不想换。到底谁是老板啊，应行凭什么说不干就不干了？

他看了看时间，拿了手机站起来，出了房间，又拿上了公寓钥匙，门一带就出去了。

坐公交车到站下车，对面的"振国修表铺"还亮着灯。

许亦北走过去，先看了看门口，没有应行的车，又往门里看，贺振国正好在柜台那儿忙着修表，吴宝娟坐在柜台旁边看他忙，一会儿给他递个小工具，特别乖巧的样子。

许亦北都不知道该不该开口打扰，吴宝娟忽然扭头看到了他，惊喜地叫："北北？"

他才打了声招呼："吴阿姨。"

贺振国抬头，摘了眼睛上的寸镜："哎，你来了。"

许亦北看一圈铺子里，就在门口站着："贺叔叔，就你们在吗？"

"是啊。"贺振国说，"你找他啊？他到这会儿都没回来呢，不知道干吗去了，这两天老这样。"

许亦北还以为这个点他该回来了，没想到扑了个空。

吴宝娟忽然说："他这两天好怪啊。"

许亦北问："怎么了？"

"话都说得少了，一大早还洗澡。"

许亦北都听迷糊了，洗澡？

吴宝娟问贺振国："是不是啊？"

"他一个大小伙子，你就别担心了。"贺振国冲许亦北笑，"进来坐会儿？要不然我打电话叫他吧。"

许亦北想了想，转头说："不用了，我先走了。"

"你不等他了？"贺振国伸头看他，"可能他就在那几个老地方，要不然你过去看看吧。"

"不了。"

吴宝娟赶紧说："北北，你再来啊。"

"好。"许亦北答应了，心里却在想，要是"合作"没了，还怎么来啊？

走到路上，他停下来，想起了出来的目的，踢了一脚路边的树叶，那股拗劲又上来了，他脚下一拐。

他改主意了，不回公寓了，非得去跟那人把话说清楚不可。

临街一家大排档里，杜辉在架子上烤肉，旁边坐着大华，对面靠窗的位置坐着应行。

放学的时候杜辉说找他有事，就是把他拖来这儿三个人一起吃饭。

"那狗东西真走了，他快被你揍掉半条命了，换地方混了，我跟你汇报一下。"大华说。

"嗯。"应行捏扁一只易拉罐，扔到脚边的垃圾篓里。

"应总，你别只顾着喝啊，干吗呢？"杜辉看他都喝五六罐了，忍不住嚷嚷。

"你管他呢，他喝什么都不会醉。"大华不当回事，又给他递过去一罐，继续汇报，"唉，我最近可算又跟我女神说上话了，不过她好像还是挺怕我的。那许亦北可千万别是我情敌，我现在看到我女神就想到他。"

应行一手"刺啦"一声新开了一罐，忽然笑了一声。

大华看过去："你笑什么？"

应行说："没什么。"他也不知道自己为什么笑，可能还是觉得少爷的异性缘太好了。

"算了，你对这些男女情爱不感兴趣。"大华说。

应行没说话，把手里的易拉罐一放，站了起来。

杜辉抬头看他："干吗啊，应总？"

"不吃了，去打球。"

"还打？"杜辉今天中午被他虐够了，连忙说，"我不去了，你自己去吧，你有这精力真该去谈恋爱，学大华玩精神消耗，不然一般人吃不消。"

应行一脚踹在他板凳上："不去就闭嘴，话那么多。"说完直接走了。

杜辉看着他走了，回头看看大华："肯定是你说错话了。"

大华蒙了："我说什么了？"

"你为什么要提许亦北？"杜辉说，"我那天一提许亦北他就翻脸走了。"

大华立即问："他俩掰了？"

"我怎么知道？"杜辉说，"反正不对劲。"

应行从车上下来，进了球场，里面空空荡荡的，大晚上的，一个打球的人也没有。

他在角落里捡到一只被人扔在那儿的篮球，随手拍了两下，扬手一投。

"啪"的一声，球进筐，滚了出去。他也没去捡，看着灯光下面自己的影子，仿佛觉得方向更模糊了。他皱着眉，刚要动脚，发现自己的影子上忽然多出了另一道影子。

应行脚步一停，抬眼看过去，许亦北站在那儿，瘦瘦高高的，一脚挡住了滚过去的篮球。

"真难找。"许亦北冷着脸说。

应行双手插进裤兜:"还是为了'合作'?"

"你说呢?"

"你不是找到新人选了?"

"谁要找新人选?"许亦北说起来就有气,弯腰捡起那只球,捋了捋袖子,走过去说,"不是要打球吗?来,我跟你打,如果我先中三球,你就回来给我继续补课。"

应行说:"至于吗?"

"至于。"许亦北指一下自己,"我才是老板,你凭什么想干什么就干什么?"

俩人互相看了几秒钟,应行牵了牵嘴角:"十分钟,你要是落后就放弃。"

许亦北看他一眼:"行。"

应行也捋起了袖子:"来。"

许亦北简单地活动了一下手脚,根本没给他反应的机会,立即带球上篮。

"啪!"瞬间中了一球。

应行根本没拦,直接在篮下接到了球,顺手就扣了一球,追平。

许亦北迅速过去断到了第二球,远远一投。

"啪!"又进筐了。

应行还是没拦,接球,投篮,再次追上。

玩自己吗?许亦北恼火,反正第三球最关键,他一接到球,立马就要抢先投,旁边身高腿长的人影一闪,应行突然闪现断走了他的球,转身就要投。

许亦北想都来不及想,只知道绝对不能让他抢先,一个起跳拍走了球。

他还没落地,应行就迅速跳起来,手一带,还是抢到了球。

许亦北拧眉,看他要投,立即飞奔过去。

应行全部精力都用在了这一球上,摆明了就是不想让他进。

许亦北也感觉出来了,看着他带球跑了出去,飞快地判断了一下,迅速跑到右边去截,没想到起跳太快,应行刚好转身,两人一下撞到了一起。

"轰"的一声,两个人一起撞上旁边的栏架。

"啧!"应行背抵着篮架,沉着声骂了一句,伸手一抓,握住许亦北的胳膊,拽了一把,又立即松了手,站直说,"十分钟到了,就这样吧。"

许亦北一站稳就拦在他跟前:"什么叫就这样?"

他突然离得太近,应行往后,背靠着球架,眼睛看着他:"非得找我?换个人不行？"

"不行。"许亦北说，"没你我不行。"

应行盯着他。

许亦北反应过来："我说数学。"

应行提了下嘴角，没接话。

许亦北已经受够了："直说吧，你到底想怎么样？"

两个人谁也没再说话，就剩下打球带来的喘息，一阵一阵的。

差不多过了一分钟，应行才说："再'合作'下去，你可能会后悔。"

毕竟他们俩本来就不是一类人。

许亦北看着应行，球场里的灯就那么亮，他眼里黑漆漆的，看不出什么意味。许亦北拧眉说："后悔什么？我要不来找你才会后悔，这是双赢的事。"

应行眼神定定地盯着他，像是在跟他比耐力，过了好几秒，抓着他的肩一推，站直了，走出去："行吧，这是你自己选的，最后一球你投吧。"

许亦北看过去："怎么？"

"我撞你犯规了，第三球是你的。"应行说。

许亦北愣了一下，立即过去拿了球，抬手就是一个远投。

"啪！"进了。

他拍了拍手，总算舒坦了，扬着嘴角看向应行："说定了，你别想后悔。"

应行看着他站在那儿的身影，看了好半天，又瞥了眼地上两个人的影子，自顾自地笑了一下。

谁后悔还不知道呢。

第38章

早上许亦北出门去学校时，一路都是带笑的，上公交车的时候甚至还哼了几句歌。

昨天晚上他生怕应行会反悔，把话一定下就走了，出了球场老远，回头看，应行还站在球场里抽烟，都不知道在想什么。

反正他的心情好了，回到公寓后还接着做了两套卷子，简直精力爆表。

公交车开出去，很快就到了修表铺外面那条街，他眼睛看出车窗，一眼就看到了路边停着的黑色电动车，应行坐在车上，穿着深灰色外套，两条长腿撑着地，眼睛看着公交车。

许亦北不禁多看了一眼，真是他。刚好车到站了，他搭着书包就下了车，直直地走过去："你今天起这么早？"

应行早看到他了："你不是急着要补课吗？"

许亦北诧异："你是在等我？"

"那还能等谁？"应行提起嘴角，从车上下来，往修表铺里走，"给你补半个小时再走，就当把前两天没补的给补回来。"

许亦北目光追着他进了铺子，嘴角已经有了笑，马上跟了过去。

真是没想到，他怎么一下变得这么积极了？

太早了，贺振国还没来开店，铺子里这会儿就他们俩。

应行没坐，就站在柜台旁边，伸手说："卷子拿过来。"

许亦北把订正过的期中试卷递给他，坐下来，往他身上看："你现在没事了？"

应行看他："我有什么事？"

"你舅妈说你最近老是一大早就洗澡。"许亦北打量他，"什么情况，都这天气了，大早上有这么热？"

应行挑了下眉，盯着他白净的脸："我大早上什么情况还要跟你描述一下？"

许亦北觉得他语气有点沉，抿抿唇："不用了，讲卷子吧。"

应行又看他一眼才俯身讲题。

许亦北靠近看卷子，俩人一下就挨近了。他的胳膊抵着应行的胳膊，他看了一眼，应行也没动，照旧胳膊贴着自己，他只好自己往边上让一点。

"怎么了？"应行看过来。

许亦北一愣："没怎么。"

"别走神，就半个小时。"应行扫一眼俩人挨着的胳膊，接着往下说。

许亦北又坐回去，只不过把胳膊放下去了。

讲完半张卷子，半个小时就过去了。

应行站直说："走了。"

许亦北收好东西先出去，看了看时间，刚好不会迟到，今天为了给自己补课，他还真是起了个大早，站在路边说："希望你以后每天都这么积极。"

应行笑了一声，锁上了铺子门，转头坐到车上，往后偏一下头，示意他上车。

许亦北坐到后面，秋风一吹，有点冷，他不自觉地缩了下脖子。

应行从后视镜里看到他穿着齐腰的套头外衣，露着脖子，嘴角一动："坐近点。"

"嗯？"许亦北看着他的后脑勺。

"你不是冷吗？"应行说完就把车开出去了。

许亦北一晃，一把抓在他腰侧，抓到一片紧实，又马上松手，赶紧坐稳。接着看了眼他宽正的肩，稍微坐近了点，风立刻就被他的背挡住了，好受多了，但是脸好像又贴他的背太近了，许亦北干脆别过脸，看着路。

还好应行开得够快，没一会儿就到学校了。

车停下，许亦北老远就看见校门里有老师检查，他怕有熟人，立即下去，搭着书包往里走："我先进。"

应行看他一眼，慢条斯理地锁了车，跟上去。

一直到上了教学楼，快到教室了，应行才低声说："今天放学等你。"

许亦北扭头："嗯？你今天……"

今天是什么好日子，都不用自己主动提，他不仅等在路上给自己补课，还主动约时间了。

应行对上他的视线："怎么了，你不是希望我每天都这么积极吗？"

"嗯。"许亦北笑着进了后门，都快受宠若惊了。

应行看见他脸上的笑，跟着笑了一下，少爷其实也挺容易满足的。

梁枫刚到，看见两个人一起进来，眼神在他俩身上直转悠："你们今天一起来的？"

昨天好像不是这个气氛啊。

许亦北不笑了，坐下拿出书来翻："老樊来过了？"

"没。"梁枫没被他带偏，"你俩是不是一起来的？"

应行拖开凳子坐下，反问一句："不行吗？"

梁枫居然愣了："啊？哦……也不是不行。"好像确实没什么不行的。

许亦北看了旁边一眼，怎么说得这么理所当然，亏他还遮掩了一下。

今天杜辉去十四中练篮球了，中间后面这一排就他们两个在，立马少了双眼睛。

上午老樊来上数学课的时候，许亦北没什么顾虑，直接就往旁边坐了坐。

樊文德开始在上面讲课，他就看着应行记笔记，一边自己在书上跟着记。

应行右手压在书上，记得很快，公式和数字都写得密密麻麻。

许亦北看了一会儿，抬眼去看他的脸，觉得他今天连笔记都记得比平常详细多了。

应行忽然看了过来，许亦北刚跟应行的视线碰上，就见应行换了只手拿笔，右手在他腰上一撑，一下把他推得坐正了。

紧接着樊文德就背着手从讲台上过来了，眼睛就看着他们这儿。

许亦北立刻跟他拉开点距离，不是他推这一下都没察觉自己坐过去了那么多，一边装作记笔记，一边瞄老樊接近的身影，下意识地看旁边。

应行看他一眼，那只手又拿回笔，在手指上转一下。

老樊刚好过来，看看他们，直接瞪了一眼应行："干什么呢，你？"

他还以为刚才许亦北歪到一边是被问题人员欺负了呢，特地过来主持公道的。

应行说："我干什么了？"

要换了别人，老樊就直接拎起来提问了，可这招对他不管用，毕竟他数学也没答不上来的。伸头看看，他居然在记笔记，老樊推了下鼻梁上的眼镜，都以为自己看错了，"哼"了一声，板起脸说："明天你给我好好交作业！"说完回讲台上接着上课去了。

应行又转了转笔，没接话。

许亦北看一眼他的手，然后垂眼看书，左手收回来搭在桌上。

一直到下课他都坐得端端正正的，没再往应行那儿歪。

铃声一响，樊文德拿书走人："应行，过来一下，我有事找你。"

应行把笔一扔，顺手把自己的数学书往旁边一推，站起来就出去了。

许亦北拿过他记得满满当当的数学书，看着他走了，心想老樊应该没发现他俩的小动作吧。

刚要看书，裤兜里的手机忽然振了，一阵一阵的，是电话，他合上书，立即站起来出去。

到了男厕所里他才掏出来看，来电显示上是李辰悦的名字，他走去隔间里接了："悦姐？"

李辰悦说："没打扰你吧？"

"没，刚好下课。"许亦北问，"有什么事吗？"

李辰悦在电话里的声音也一样温和："好久没跟你联系了，就随便聊几句。"

许亦北想了想，觉得她不是那种闲着没事干的人："没事你应该不会给我打电话，有什么话就直说吧。"

李辰悦似乎犹豫了一下，才说："那我说了，你最近没跟辰宇闹矛盾吧？"

许亦北皱眉："什么意思？"

"他好几回都是带着伤回来的，我问他怎么回事他也不说，你们之前闹过矛盾，他也留过伤，家里就想到你了。但是你妈妈肯定是相信你的，我也觉得你不是那种没事乱来的人，所以还是打个电话问问你。"说到这儿她叹口气，"说真的，要不弄清楚，家里人猜来猜去的，反而不好。"

许亦北算是听明白了："李叔叔觉得是我干的？"

李辰悦立即说："你别多想，我就是问问，真怀疑你就不会来问了。"

许亦北对她一点意见都没有，至少她还来问，但是自己根本不知道这事，反而让他妈夹在中间不好受，想到这儿，他都快冷笑了："我不知道这事，要是我干的话，他早就直说了，还会遮掩吗？"

李辰宇是那么懂事的人吗？

李辰悦说："我就知道不是你，你别放在心上，我回头再问他。"

许亦北"嗯"了一声，挂了电话。

怎么可能不放在心上，简直是莫名其妙多了个黑锅。他一把拉开门出去，嘴里低声骂了一句。

应行已经回到教室了，看到他从外面回来，看了眼他的脸色："怎么了？"

许亦北坐下来："没事。"

应行又看了他两眼，脸色这么冷，叫没事？

许亦北忽然想起来："老樊找你什么事？"

应行笑了一下："也没什么事。"

上课铃响了，两个人只好先不说了。

秋乏是真的，这个季节，天越来越凉，人越来越困，下午的课堂上打瞌睡的一大片。

许亦北还很有精神，好端端的身上多了个黑锅，怎么可能不精神？

趁着自习课，他悄悄拿出手机，用书挡着，在课桌底下给他妈发微信，也没说别的，就问她最近怎么样。

方女士可能没在忙工作，回复得算快。

——我没什么事，你好好吃饭睡觉。

许亦北收起手机，虽然他妈说没事，他心里还是很烦躁。又是因为李辰宇。

终于等到放学，走读生们从迷糊中清醒了，一个一个地往外冲。

应行拿了车钥匙站起来，看了一眼许亦北，什么都没说就出门走了。

许亦北也不作声，知道他先出去等自己了，于是拿了书包站起来，跟出教室。

刚下到教学楼的二楼，他停了一下，想想背黑锅的事还是不爽，于是把书包往肩上一搭，脚下一拐，朝高二的班级走了过去。

李辰宇在哪个班他就没注意过，找了一圈也没找到，刚准备下楼时，路过的一个女生跟他温声细语地打招呼，可能是见过他打球才认识他。

许亦北停下问："你认识李辰宇吗？"

"认识，我们班的，刚才看他好像去男厕所了。"女生说。

许亦北扭头往二楼的男厕所走。

还没到男厕所门口，老远就看见三个人一起进去了，最前面的那人是被推进去的，不是别人，正是李辰宇。

后面两个人许亦北也见过，是之前运动会打三对三篮球赛的时候，那两个跟李辰宇一起的队友，两个高个。

许亦北走到厕所门口，听见里面李辰宇压着的声音："你们有完没完了？"

"怎么着，不服气啊？"一个高个的声音回。紧接着里面"嘭"的一声响，像是撞到了隔间门的声音。

"跩什么啊？"另一个高个的声音。然后又是"嘭"的一声撞击声。

李辰宇没出声。

许亦北听了个大概心里就有数了，他转头看了看，在进门的洗手池那儿拿了根拖把，走了进去。

李辰宇歪在那儿，背抵在隔间门上，紧绷着脸，面前站着他那两个队友。他注意到有人进来，看了过去，一看到是许亦北，脸色顿时更难看了，站直了就想走。

两个高个背对着许亦北，还没注意到他进来了，一人一下，把李辰宇又摁了回去："去哪儿，让你走了？"

两声响，李辰宇的背又撞到隔间门上。

许亦北面无表情地看着他，又看了看那两个人。

还以为他们是队友，关系应该挺好的，原来也没那么和睦啊。

他拿着拖把走过去，挥手就朝一个高个背上砸了下去。

"哪"的一声，对方吃痛地骂了一声，许亦北抬腿踹开另一个，两个人猝不及防地摔在一起，撞翻了角落里的水桶。

"有病！"被砸的那个高个马上爬起来，大概是认出了他，"高三的了不起？你找什么事！"

许亦北扫他们一眼："那天看你们俩毕恭毕敬的，装得挺好啊，有事等会儿再说，我找他。"他看向李辰宇。

李辰宇在旁边看着他，脸都僵了："你干什么，谁要你帮？"

"我帮你？"许亦北都笑了，"我就说两点：第一，你被欺负就怪自己囮，别连累我妈夹在中间左右为难，也别让我背黑锅；第二，我就是故意的，我这么干就是想让你难受。"

李辰宇闭着嘴，胸口一阵起伏，他确实难受。

从那回球赛输了之后他已经被这两个人欺负好几回了，都怪他让球赛输了，他要脸，一直没作声，结果今天居然被许亦北撞见了。被撞见就算了，还算是被姓许的给救了，简直像被当场打脸，以后他只要一想起来就够难受的了。

许亦北看了眼那两个高个，手里的拖把撑着地："我不是来替他出头的，但是我最讨厌校园霸凌，你们俩最好别有下次。"

被砸了背的高个脸都绿了："本来看你跟应总打过球才给你点面子，你别给脸不要脸。你是不是想跟整个篮球队干？"

应行坐在电动车上，在路边等着，好半天也没见到许亦北的人，他掏出手机，翻了翻，也没消息，于是把脚撑一打，下车回去找。

应行还没走回学校附近就碰上了出来的梁枫。

"应总，我还以为你又跟许亦北一起走呢，结果放学后看到他拐去咱们理科楼的二楼了，嘻，估错了。你去哪儿啊？"

二楼？高二那层？应行随口说："东西忘拿了，我回去拿。"

"你每天就拿一把车钥匙，有什么东西忘拿啊……"梁枫嘀咕着走了。

应行回了教学楼，直接去了二楼，随便转了一圈，快到男厕所的时候听见里面有声音，他走了过去，刚进去就听见一句压着声音的吼："你是不是想跟整个篮球队干？"

他朝里面走了两步，一眼看见许亦北被堵在那儿的身影，手里还拎着个拖把，就知道是怎么回事了，真闹心。他一手插着兜，接了句："谁想跟整个篮球队干，算我一个？"

两个高个扭头看过去，瞬间都不作声了。

许亦北一回头，发现他居然来了，都愣了，转头就想把他撇出去："这事跟他……"

"没关系"三个字还没说呢，应行直接走过来，伸手抓着他的胳膊往后一拽，顺手拿了他手里的拖把往地上一扔，把他挡在了后面，看着那两个高个，笑了一声："还干吗？什么时候啊？叫人吧。"

许亦北看着他挡在自己面前的背，愣了一下，怎么自己反而被他撇出去了？

两个高个看他这架势都呆了，一个高个立即回话："别，应总，不知道他有你罩着，不干了……"

应行说："你们的事都完了？"

"完了，没事了。"

应行沉了声："那还不滚？"

对方立马走人，什么话都没了，那个被砸的高个临走时还看了许亦北一眼，像刚认识他似的。

许亦北看着应行的后脑勺，这……几句话就搞定了？

应行又看向在旁边站着的李辰宇，皱着眉，眼神沉着，问了句："你还有事？"

李辰宇从他出现开始蒙到现在，被他这一眼看得浑身不舒服：什么眼神，跟警告似的，像是嫌他惹了事一样。他闭了嘴，看看应行，又看看许亦北，才往外走。

许亦北看到他的眼神，淡淡地说："不用谢。"

李辰宇更难受了，脸都涨红了，脚步很快地走了。

许亦北笑了一下，就没再看他一眼。

应行转头："走了。"

许亦北跟着他出去，边走边往他身上看，他走在前面，往右一拐，踩着楼梯下去，宽肩长腿，肩背又宽又正，挺拔得简直不像个高中生。

许亦北一路上看了他好几眼，直到出了校门才说："你罩着我了？"

应行到路边开了车的锁，坐上去，看他一眼："怎么，我罩不动你？"

许亦北抿了抿唇，他是觉得微妙，怎么感觉自己像被护着了似的，又顿了一下才说："那是我家里的事，本来没想把你扯进来。"

　　应行说："我家里的事你不也扯进来了吗？"

　　许亦北想了一下，眉眼一扬，坐到后座："行吧，那你跟我就这么扯着吧。"

　　应行勾了勾唇，从后视镜里看他一眼："去你那儿？"

　　许亦北说："行。"

　　车立刻开出去了。

　　很快就到了公寓。

　　许亦北开了门，拿下肩上的书包往房间里走，要去把东西拿出来："你等一下。"

　　应行跟进去，看了眼客厅，又想起那天他在这儿弹琵琶的场景，提了提嘴角，转开视线，看着他进了房间。

　　房间门没关，许亦北进房后先给李辰悦发了个微信，简单说了一下李辰宇的事，家里让她去说，自己这黑锅总算能摘掉了。

　　发完放下手机，他去书桌上拿昨晚做的卷子，刚一回头就看见应行倚着门框站在房门口。

　　"这公寓什么都有，就是没书桌？"应行看了眼书桌，然后抬眼朝他看过去，脸上似笑非笑。

　　怎么把这茬给忘了？许亦北看了一眼书桌，抿一下唇，往外走："外面光线好。"

　　应行已经走了进来："就在这儿补吧。"

　　许亦北只好捧着书回头，总不能说不让他进。

　　应行打量一遍他的房间，好是好，就是小了点，只有一张书桌、一把椅子、一张床，也没别的地方可以坐，于是就在他床沿坐了下来："你先做卷子。"

　　许亦北坐到椅子上，拿笔做题，余光瞥见他坐在床沿的身影。他长腿屈着，让地方都显得小了，心想早知道该住个大点的公寓，又忽然想起来，这房间除了自己就没其他人来过了，他是第一个。

　　应行坐在他旁边，没说话，低着头在滑手机。

　　许亦北做了好几题，再转眼看他，发现他耳朵里已经塞上耳机了，也不知道在听什么。许亦北一边回头接着做题，一边随口问："你听什么呢？"

　　"你要听吗？"应行忽然问。

"嗯?"许亦北刚要转头,眼前忽然一暗,旁边撑了只手,紧接着耳朵里就被塞上了一只耳机,耳机线不长,应行就在他身后,贴着他的椅背低下头,人差不多就要罩住他。

许亦北愣了一下,然后才听清耳朵里的音乐。

一首老歌,《海阔天空》,耳朵里的声音正在嘶吼着唱:"原谅我这一生不羁放纵爱自由……"

应行头又低了点,偏过脸来看他,低低地笑了一声:"不就是你弹的那首吗?"

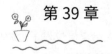

第 39 章

是他弹的那首,但是他都没怎么仔细听,应行离他太近,那低低的笑声直往他耳膜里钻。

耳朵里的歌声都像是远了,他眼神晃了一下,转着手上的笔,随口"嗯"了一声。

应行盯着他,也不急,就让一首歌放完。

许亦北不转笔了,莫名就想再找句话说,刚启唇,耳朵里的音乐忽然停了,紧接着就响起了"叮叮当当"的来电声,他扭头看过去。

应行终于摘了他耳朵里的耳机,在他身后站直了:"我接一下电话。"说完就拿着手机出了房间。

许亦北看着他出去了,自嘲地扯扯嘴角,低头去看卷子,还是专心写题吧。

过了快半个小时,应行才接完电话回来了,又在床沿坐下来。

许亦北下意识地朝他看过去。

"写完了?"他问。

"写完了。"许亦北把卷子推过去,顺便问,"你家里来电话催你回去?"

"不是,"应行说,"焦平打来的。"

这名字有点耳熟,许亦北一下没想起来:"谁?"

"十四中的体育老师焦平。"应行坐近，拿了他的卷子。

许亦北想起来了，是上次运动会后老樊带来的那个十四中的体育老师，想把他拉去十四中打篮球的那个。

"他有事？"

应行笑了一声："他说有赚钱的比赛了，通知我们队去参加。"

对，差点忘了，人家老师说过有赚钱的比赛会叫他，没想到还真叫了。许亦北忽然反应过来："等等，什么我们队？"

应行看过去，指一下他，又指一下自己："我跟你，加上杜辉，上次打球的那一个队，这不叫我们队吗？"

许亦北找不到话反驳，自己居然就这么被算进去了。他一下想起来："今天老樊找你不会也是这个事吧？"

"嗯。"应行说，"反正在放假的时候比，又不耽误上课，老樊巴不得我去参加。"

还是想让他改变念头去做体育生吧。许亦北觉得老樊为他也算是操碎心了，刚低头去看卷子，又问："那你参加吗？"

应行看过来："看你啊。"

许亦北一愣，对上他的视线："什么叫看我啊？"

"万一耽误给你补课怎么办，"应行扬着唇角，"看你，你说去就去。"

许亦北感觉他这话说得好像什么事都没给自己补课重要一样，明明他是那么爱赚钱的一个人。他嘴角动一下，又马上抿住了，想了想说："反正放假的时候比，不耽误学习，也不是不行吧。"

应行看着他："你愿意去？"

许亦北指一下自己的鼻尖："本来我兴致不高，但是今天不是差点跟你一起干一个篮球队吗？我现在想到篮球队就不爽，可以试试。"

应行心想他还真是少爷脾气，既然少爷说干，那就干吧，于是笑笑说："你说了算，那就试试。"

许亦北不禁又看了他一眼，怎么这么由着自己啊，接着手指点点卷子："定了就行了，你快讲题啊。"

应行挨近："听着。"

到底是补过了基础，许亦北听题已经比以前好多了，不少地方都比以前容易懂多了。

不过最近上了新课，又多了很多难点，他要想往上提分，就得一道坎一道坎地迈。

应行讲到最后一题，看他写错了，顺手拿了他的笔说："我给你解一遍。"

许亦北看着，他叠着腿，因为坐在床沿，侧对着自己，手压在卷子上，垂眼看着卷子，飞快地在题目下写过程，一笔一笔的，连在一起似的，半点停顿都没有。

"基本上也就这几个考点，"他边写边说，"答案也不难算。"

许亦北看着他龙飞凤舞的字，又看看他的侧脸，虽然也不是第一回看他写数学了，但还是觉得太丝滑了，让人莫名想到那种武林高手，随便几招就把对面解决了，然后还说："基本上也就这几招，根本不难对付……"

胡思乱想了一通，看他写题都觉得帅了，许亦北拧拧眉，觉得自己有点走神，伸手说："我自己再写一遍吧。"

应行看他一眼，把笔递给他。

许亦北刚要写，忽然想起来："老樊不是叫你明天一定要交作业吗？你也写作业吧。"

应行看了看他的书桌："我也在这儿写？"

许亦北说："随你。"

应行站起来出去了，很快就拿了把椅子进来，放在他旁边，挨着他坐下。

许亦北知道他肯定又什么都没带，把自己的英语卷子推过去："借你了，写吧。"

应行在他桌上拿了支笔，还真写起来了。

过了一会儿，许亦北再看过去，发现他写的速度慢多了，悄悄扯了下嘴角，这可没数学那么容易了吧？

俩人的胳膊很快就碰到一起了，是书桌太小了，这样挨着坐，比刚才应行坐床沿时离得还近，许亦北让开一点，醒醒神去写题。

应行看他一眼，当作没看到，低头接着写那难搞的英语卷子。

两个人没说话，外面差不多天都黑了，许亦北停下，一抬头，额前蹭过几根头发丝，应行的脸就在眼前，他才发现俩人不知不觉地又凑一起了，立即坐正。

应行抬眼看过来："再给你讲半小时？"

许亦北看看闹钟上的时间："行。"

应行自己的作业根本没写完，也没管，倒是给他把他做好的数学卷子全讲完了，一题都没剩。

外面天已经黑透了，许亦北坐直说："今天就到这儿了，回头给你转账。"

他第一次觉得今天的补课真漫长。

应行站起来，把那张自己刚写的英语卷子折了折，收进裤兜："那我走了。"

许亦北跟着站起来："明天早上你……"

应行直接问："还要我等你吗？"

许亦北想了想，做人得知足，他今天够积极了："算了，明天早上不用等我了。"

应行看了看他，笑了一下："那就学校见。"

"嗯。"

应行刚动脚，忽然又回过头，抬手在自己坐过的那张椅子上拍了一下："这把椅子别动，就放这儿，下回我来还要用。"说完才往外走了。

许亦北看着他出了房间，紧接着听见了外面带上门的声音，转头又看了看那把椅子，本来是想拿出去的，还是算了，那就放着吧。

说好了学校见，第二天修表铺外面真没等着的身影了。

许亦北坐在公交车上经过的时候还特地看了两眼，看完又觉得无聊，不是自己说不要他等的吗？估计他这会儿还没起呢。

车到了学校，裤兜里的手机振了。

趁还没进校门，许亦北掏出手机看，是李辰悦发过来的。

——辰宇的事我都替你说清楚了，他昨天回来的时候脸色不好，晚饭都没吃。

许亦北看完，随手回了个"哦"，收起手机进校，心想怪谁啊，要怪就怪他自作自受。

他进了教室，一眼就看到坐在后排屈着长腿的身影，意外地问道："你已经来了？"

应行转头看过来："怎么，经过我家外面的时候还看了我在不在？"

许亦北一下被戳中心思，眼神晃了晃，坐下说："没啊，就奇怪你居然比我还早。"

应行勾着唇看他两眼："你奇怪的事还多着呢。"

嗯？他说的这句话声音太低了，许亦北还以为自己听错了。

高霏今天负责收作业，她捧着一沓卷子走到后排，隔着许亦北，眼睛看着应行，声音比平时吼梁枫的时候小多了："应行，班主任说你今天要交作业的，我来收英语卷子……"

应行从桌里抽出那张昨天写的英语卷子递过去。

许亦北一眼看到那卷子上面写的还是自己的名字，一把抢过来，迅速拿笔把名字画掉，推给他："你名字忘写了。"

应行看了一眼才明白过来，笑了笑，直接拿了他的笔，就在他画掉的地方的上面把自己的名字写上去了，又递给高霏。

高霏拿过卷子，意外地看看他，又看看许亦北，都没搞清楚什么情况，就觉得他们的关系什么时候这么好了？

许亦北把自己的英语卷子压上去，得亏他教辅资料一大堆，他都快成应行的作业后备库了。

高霏捧着卷子走了。

许亦北看她走远，一边往书包外面拿书，一边小声说："下次回去你记得带作业，不然咱俩迟早会暴露。"

应行压着声音说："那就暴露。"

许亦北疑惑地睁大眼睛看他，一下看到他嘴角的笑，原来他又是逗自己的，于是抿抿唇，白了他一眼。

应行被他的眼神弄得更想笑了，转眼看到杜辉进了后门才收敛。

"应总！"杜辉一进门就叫他，"昨天我去十四中训练，你猜怎么着，那个焦平，叫咱们去打球赛呢，说是有钱的！"

应行说："昨天他就打过电话给我了，老樊也找过我，我早上给他回了话，决定去了。"

"你怎么动作这么快，说去就去了？"杜辉像没想到似的，到了座位上，拖着凳子往他跟前坐，"我就知道，有我在，你肯定要去！"

应行看了一眼许亦北："我昨天就定了。"

许亦北看他一眼，没作声，莫名其妙就像藏了个秘密似的。

杜辉吃了一瘪，眼神瞟到许亦北身上，看了他两眼，问："那咱们还是三个人一起？"

许亦北睨他一眼："你猜？"

应行笑了一声："废话。"

杜辉："……"

事情就这么定下了，课还是正常上。

老师们一个个地都在加快进度，恨不得把所有内容都在课堂上塞到大家的脑子里。

一整天的课上下来，许亦北感觉大脑里跟绷了根弦似的。

放学铃终于响了，应行立即站起来，和昨天一样，看一眼许亦北就走。

许亦北动手收东西，很快跟上去。

俩人一前一后很有默契地出了教室后门，杜辉追了出来。

"你俩怎么走这么快，我话都来不及说。"他在后面嚷嚷。

应行跟许亦北同时回头。

杜辉说："咱们是不是得练练球啊，虽然那比赛不大，就是几个学校搞的，但咱们也没多少经验啊。"

应行看一眼许亦北："今天能练？"

许亦北转头迎上他的视线，一边下楼一边说："去练几个小时也行吧。"

"那就去吧。"应行跟着下去。

杜辉看看他俩，跟上应行，小声问："你干吗先问他？"

应行看了一眼已经走出去一截的许亦北，回头说："三个人的球赛，为什么不问他？"

杜辉没话说了。

他们也没找地方，就直接去了学校的篮球场，路上碰见一群人，那些人穿着印着十三中字样的篮球服，应该是高二的校篮球队去训练。

许亦北扫了一眼，看见里面有两个熟人，就是昨天在二楼男厕所被他揍的那两个高个，对方也看见他们了，马上加快脚步走了。

应行抓着他的胳膊拉了一下："去最边上的球场，人少。"

许亦北猜他也看见那两个人了，正好离他们远点，于是跟着过去。

杜辉先去器材室拿了球，过来时刚好看见应行拉了一下许亦北的胳膊，眼神在他俩身上转了好几圈。

进了球场，应行转头拿了杜辉手里的球，拍了几下，抛给许亦北："练一下配合就行了。"说完先去球场边脱外套。

许亦北接住，刚到篮下就听见一声吼："你在这儿呢！"

他转头，看见卷毛余涛从侧面风风火火地走了过来，一来就说："我找你好几回了，最后还得到你学校来找才能找到你啊。"

许亦北说："干什么？"

余涛冒火："你还问我干什么，咱俩约好的事你忘了？期中考试都结束了，你人倒是不见了。"

许亦北记起来了，他跟自己约过一场"男人对男人"的架。他简直快笑了："哦，但是我今天要打球。"

"约什么了？"应行的声音忽然横插进来。

余涛扭过头才看到他就在场边站着，身上的外套刚脱掉，正在卷长袖衫的袖口。

是杜辉在他旁边挡了一下，所以余涛刚才没注意到。他愣了一下，声音都小了："你们要一起打球？"

杜辉说："废话，看不到吗？你到底有什么事啊？"

余涛看看应行，扭头又看许亦北，忽然反应过来："你们是不是准备打球赛啊？"

许亦北压低声音，不想让应行他们听见："嗯，所以今天约不了架，要约改天。"

余涛跟着压低声音："那咱们就不约架了，今天我就跟你约球了。"

许亦北拍球的手一停："为什么？"

余涛扭头看应行，抬高声音说："应总，我跟他约一场球，谁赢了谁跟你去打球赛，怎么样？"

应行看向许亦北："你们约的是这个？"

"现在是这个了！"余涛抢话。

杜辉愣了一下："什么鬼，这还有竞选？"

许亦北拧眉看了一眼余涛："你什么意思？"

余涛说："怎么了，你不敢？谁行谁就跟应总一起去比赛啊，就这意思。"

谁说这个了，他一个十四中的，忽然玩这套。许亦北说："我还要跟你抢这个资格了？"

余涛打量他，小声说："我看你足球踢得也就那样，那天要不是应总帮你，你早被我虐了，就这水平篮球肯定也不行，还去拖累应总干吗？早点下来，还不如让我上呢，我一个专业练体育的，绝对比你有资格站在应总旁边啊。"

许亦北本来觉得他有点烦，想直接拒绝，但现在话都说到这份上了，也没什么好说的了。他把球往余涛身上一抛："行，按你说的，就约这个了。"说完动手脱了外套，走去场边一扔，对应行说，"你先等着，我让你看看我有没有资格站在你旁边。"

应行挑了挑眉，看着他捋起袖子，露出两条又白又结实的小臂，就这样扭头又回了球场。

"干吗啊，"杜辉嘀咕，"练球变比球了？"

应行没搭理他，眼睛盯着许亦北。

许亦北简单做了下准备活动，到了场地中间，随手把球一抛："十分钟，二十分的球，谁先到谁赢，就这么开。"

"够狂啊。"余涛心想，"你这身板，开球还这么随便，今天不得虐死你。"他冲上去抢了球，拍了几下球就准备投。

手刚抬起来球就落空了，许亦北一下带过了球，转头过线，起跳一投。

"啪！"中了。

"我去？"余涛一看大意了，不轻敌了，把袖口往上拽了拽，飞奔过去抢了球，没有犹豫就投了出去。

也中了，总算把分追回来了。

许亦北也没什么特别的表情，一边跑一边看他的运球轨迹。

余涛抢球有经验，不愧是练过的，很快又把球抢到了手，带着球刚要投，许亦北从侧面飞奔过来，一个起跳拍了下去。

球脱了手，这下没让他进。

余涛飞快找补，险险地抢回了球，还是把球给投了进去。他已经领先了，咧着嘴冲许亦北笑了一声："看到没，这才是跟应总一起打球的实力！"

"他俩来真的啊？"杜辉在场边看着，不知不觉都给两人算起分来了，算了一下没算通，"他俩相差多少分了？"

"十五比十三。"应行说。他眼睛始终盯着球场。

说话的时候，余涛又进了一球。

杜辉看着余涛那架势："卷毛又领先了，许亦北行不行啊，敢情最后咱们还要换个人？"

话刚说完，"啪"的一声，进了一球。许亦北一个远投，刚收回手。

"嚯，怎么进的？"杜辉问。

应行盯着球场："你闭嘴，安静看。"

杜辉不禁看他，直嘀咕："你这么认真干什么？"

剩的时间不多了，就看能不能追回来，许亦北不了解余涛，前面几乎都在观察他，到现在才算真正出手。

余涛冲过来抢球，他一个转身让开，几步过线，转头又是一个远投。

"啪！"又中了，分追上来了。

论打球赛，是要配合，但是论单打独斗，许亦北可一点都不怵，反正只要看明白了，就没有他不敢打的球。

球还在余涛手里，他跑了过去，做了个假动作，余涛立即回防，他绕到侧面，一伸手就从他腋下把球断走了。

余涛赶紧去追。

还差一分，这一球进了就定胜负了。

余涛更积极了，突然从侧后方突进，一下又带走了球，这下算是胜券在握了，他飞快地抬手就投出了球。

篮下瘦高的身影一跳，许亦北居然抢在前面挡了下去，他算得精准，一下捞到球，带着从余涛侧面一闪而过，再次过线，回身一投。

"啪！"进了。

"赢了！"场边的杜辉一下站起来。

余涛懊恼地看着篮筐，不敢置信。

许亦北拨了一下 T 恤的领口，看他一眼："约完了？"

余涛完全没声了。

许亦北喘着气回到场边，一转头，发现应行正看着他。

他挑挑眉，低低地说："看见了？跟你站在一起的还是我。"

应行盯着他，提起嘴角："嗯，看见了。"

第 40 章

"行了行了，练球了练球了！"杜辉很快跑到中间捡了球，推了一把余涛，"还戳在这儿干吗啊，别碍事，一边凉快去！就你还实力呢！"

余涛脸都憋红了，抓了抓头上的卷毛，走到了一边。

许亦北又回到场上，还以为卷毛直接走了，刚擦了把额上的汗，一转头，看见他就在场边蹲着，一双眼睛瞅着应行，接着又瞅一眼自己，像是输了还不服气似的。

应行走过来，一只手接了杜辉抛过来的球，嘴边还挂着抹笑："打啊。"

许亦北不管余涛了，回头说："来。"

三个人练了一下传球，杜辉很快就停下来，看着那边的两个人。

应行运着球，手一拨，传给了许亦北，这都不知道是第几球了。

许亦北接了球跑开，过线投球。

球落地，杜辉才拿到手就带着球跑到应行旁边，小声说："应总，你别老尽着给他传啊，也给我传几球。"

"你也传给他，"应行说，"我跟你打球多，跟他打得少，尽量跟他练。"

有理有据的，杜辉都不好反驳，只好拍了拍球，朝许亦北那儿抛了过去："那我们俩不是成他的陪练了……"

又练了差不多一个小时，天擦黑了，三个人都开始喘粗气，应行一手捞到球，停下说："就这样吧。"

许亦北打了场球又练到现在，早累了，转头去场边拿外套和书包，一过去，看到余涛居然还蹲在那儿，顶着头卷毛，像头看门狮子似的，他都看笑了："你还不走？"

余涛瞅瞅他，一脸不情不愿的表情，忽然压低声音说："我上次运动会都没有打篮球，特地跑去踢足球，就是知道应总篮球打得好，肯定会参加篮球赛，我给他让路，到时候他打到第一，就会被咱们十四中的老师叫去打球，说不定还能跟我做队友……结果呢？他跑去踢足球了！后来倒是打篮球了，又只打了一场就不打了！今天倒好，听说他要去打球赛我还挺高兴，结果居然是跟你一起！"

许亦北听他莫名其妙掷了这么一长串，就抓住两个重点："他也不需要你让路吧？还有，你这么想跟他做队友干什么？"

余涛噌的一下蹲起来："你不就赢了一次，还看不起我了！"

"还不走？"应行走了过来，看了看他们。

余涛一下就蔫了，瓮声瓮气地说："没……要走了，应总，下回见。"

"嗯。"应行拎起扔在那儿的外套，甩了两下，穿到身上。

余涛又看了看许亦北，扭头走了。

许亦北看他那头卷毛消失在了球场外头，回头说："他什么情况？"

应行说："管他呢，反正他又不敢对你怎么样。"

许亦北看他："你这么确定？"

应行看他一眼，扯了下嘴角，没回答，往球场外面走了："走啊。"

许亦北也不问了，拎上书包跟过去。

应行腿长步大，很快就领先了一大截。

许亦北低头看了下手机上的时间，抬头就没看见他的身影了，边往前走边找了找，一扭头，看见他从右边的学校超市里走了出来，手里拿着瓶矿泉水，原来是去买水了。

应行走过来："渴吗？"问的时候已经把手里的水拧开，递了过来。

许亦北一身汗，快渴死了，接过来就喝了一大口。

应行伸手把那瓶水拿了回去，瓶口抵着嘴唇，仰头跟着喝了一口。

许亦北一愣，看着那个瓶口，又看了看他的嘴唇。

应行转头看到他的眼神，喉结滚动，把水咽了下去："怎么了？"

许亦北看到他明显的喉结，喉咙不自觉地跟着一动，嘴里的水才咽下去，眼神瞟去旁边："没什么。"

"渴死了！"杜辉刚去器材室里送了球，老远就开始嚷嚷，一过来就说，"应总，你等我啊！今天别想甩下我先走！"说着看了一眼旁边的许亦北："你怎么还不走？"

许亦北往应行身上看了一眼，夹着个杜辉，今天肯定是补不了课了，他转头说："走了，我回去了。"

应行看看他："行，那你先回吧。"

许亦北抿了抿唇，转身走了。

杜辉看他走了，正要进超市买水，刚好看到应行手里有水："哎，你买了啊，那给我来一口。"

应行手一让："滚去自己买。"

杜辉咕哝着钻进了超市："喝一口怎么了……"

应行没理他，转头看许亦北已经走得没影了，又拿着水喝了一口，提了提嘴角，拧起瓶盖，把水收进了兜里。

说是要比赛，其实也就练了那么一回球，高三是真没时间练球，顶多中午找个空子打个十几分钟就不错了。

这周刚好是双周，周六补课，第二天就要放假。

才早上五点，闹钟就响了。

许亦北一下从床上爬起来，坐到床沿的时候一眼就看到书桌旁边两把并列放着的椅子，眼神顿了一下，这两天应行也没在这儿给他补过课，这把椅子还没有再用过，他看到还是有点不习惯。

忽然又想起练球时那瓶一起喝过的水，他晃了一下神，自言自语："大早上的想什么啊……"

手机振了。

许亦北回神，拿着手机翻了翻，真是想什么来什么，人民币头像给他发来了一条微信，里面是球赛的时间安排。

应行在下面接了一句。

——焦平发来的。

许亦北也不知道要说什么，随手打了句"收到"发了过去，一边起身出去洗漱，准备出门。

等他拿上书包要走，手机在裤兜里又振了一下，他掏出来看，应行又发了一句过来。

——记得把我上次送你的护肘带着。

许亦北停下来，护肘？对，他给过自己一只护肘。他都要怀疑应行是太闲了，这种小事怎么还想起来提醒自己一下？

梁枫今天来得早，正在教室里面值日，看到许亦北进门，他拖着地说："牛啊，听说你们要去打篮球赛？"

许亦北问："你怎么知道？"

"猛男群里早就说了啊，你果然把群给屏蔽了。"

许亦北"哦"一声，到了座位上，该看书看书，比赛的事一点不着急。

梁枫紧接着就说："应总，你们那球赛在哪儿比？我也去看看。"

许亦北转头去看，应行已经到了。

"十四中，又不是什么大比赛，不就跟运动会一样吗？"应行走到他旁边坐下。

"你放心，我悄悄去，绝对不告诉女生们，保证不给你们带个粉丝团去。"梁枫信誓旦旦地拿着拖把出去了。

许亦北看旁边："不是放假比吗？"

应行看过来："一看你就没仔细看我发给你的安排，明天不就放假了吗？"

许亦北还真没细看："行吧。"

"今天有场预选赛，放学就过去。"应行说，"好歹是你发话要打的，上点心行不行？"

许亦北看看他的眼神，无话可说，那不是每天都在学数学吗？"放心，我还能拖你后腿吗？"

"谁说你拖我后腿了。"应行好笑地看他一眼。

杜辉刚好从后门进来了，咋咋呼呼地喊："应总，记得去搞身队服，篮球队就怕你，我可借不着！"

应行本来还看着许亦北，看杜辉来了就坐正了："再说吧，急什么。"

下午的课基本都是自习做卷子，最后两节课都是丁广目的语文，广目天王大佛似的在前面的讲台上看大家做题。

许亦北语文做得快，趁有时间，悄悄摸出手机，在桌底下翻了翻，总算把微信里那条比赛安排给看完了。

也就是外市和本市的几个高中搞的一个联赛，主要还是常规篮球赛，打三对三不是这次比赛的主流，参加三对三的队伍也就五个，但是前三名都有奖金。

照这么看，虽然他们没什么时间练球，但还是有点机会赚钱的。

那确实不算拖他后腿吧。

许亦北刚看完，铃声就响了，耳边突然传来低低的一句："我先过去。"

他转头去看，应行已经从他身后走了。

杜辉跟着站起来："走啊，应总要先去跟焦平碰头的，你可别指望我带你去啊。"

许亦北收了书包站起来："你还是省省吧。"

怎么可能坐他的车，许亦北出了校门就打了个车，直接开到了十四中门口。

不愧是兄弟高中，离得不远，一个起步价就到了。

许亦北进大门的时候就看到了导引的牌子，顺着指引去了篮球馆。他刚到篮球馆门口，就看见从球馆大门里蹿出了个人高马大的熟悉身影。

"北啊，我就知道你会来，放学就过来等你了。"不是江航是谁。

许亦北说："我也没告诉你啊，你怎么知道的？"

"还用你说吗？咱们学校都贴参赛名单了，十三中就你们一支队打三对三，我看到应总就找你，果然，你俩名字挨一起。"江航说到这儿撞一下他的肩，"你现在跟应总的关系真是一日千里啊。"

许亦北眼皮一跳，把自己的书包扔他怀里："给我拿着，少乱用成语，我要准备预选赛去了。"

"啊？"江航抱住他的书包，"我没用错啊，我语文刚考过，你可别骗我啊。"

许亦北往里走了。

十四中不愧号称体育强校，还能有这样一个专门的篮球馆。

许亦北到了里面，看见有人在练球，他一个都不认识，转头正找着，突然眼前一黑，头上被人搭了个东西，他一把拿下来，是件黑底红纹的球衣，背后印着市十三中的字样，一回头，看见应行一手插兜站在他后面，手里还拿着一件球衣。

"借来的队服，换上。"

许亦北看看他："差点以为有人要暗算我。"

应行笑了一声："怎么暗算你？把你打晕了塞进麻袋里扛走？"

"扛去哪儿？"

应行指了一下前面："那儿的更衣室怎么样？"

还来劲了。许亦北白了他一眼，转头先过去了。

应行提着嘴角跟上去。

许亦北走到尽头，拐进了更衣室，外面已经响起提醒下场比赛时间的广播声了。

里面分了几个隔间，还有其他队的几个人在里面换衣服，差不多都换好了，一个个穿着白底黄纹的球衣正在闲扯，看到有人进来，都不约而同地往他身上看了一眼。

许亦北看了看，都不认识，就近进了靠门口的隔间，很快换好，拿着换下来的衣服刚要推门出去，应行先一步推门进来了。

"你也在这儿换？"

"嗯，不行？"应行把球衣往旁边一搭，脱了外套，直接就要脱长袖衫。

许亦北扫了一眼，看到他动手掀衣服，扭头就出去了："行。"

应行听见门关上，看了一眼，这就走了？

等他换好了球衣，还没出去寄存衣服，就听见里面有人在往外走的一阵脚步声，走路的人在说："刚才那个也是来打球的？看着也太弱了，我差点以为一个女的进来了呢！"

其他人都跟着笑："你可真损啊，嫉妒他长得比你帅是吧？"

"我去你的！"

应行推门出去，扫了一眼，说话的是个黑黑壮壮的高个，白底黄纹的球衣上印着数字6。

几个人正往外走，好像没想到他也在里面，看到他出来就不说了，互相笑着从他眼前过去了。

应行多看了一眼那个6号，慢条斯理地跟在他们后面出去。

许亦北在球场边一边看其他队的情况，一边做准备活动，突然看到杜辉急匆匆地过来了。

"来了来了，应总呢？"

许亦北心想：就你这车速还不想带我呢，还好我没坐。他朝更衣室那儿歪了下头："那儿。"

杜辉赶紧跑过去了。

还没一分钟应行就过来了，身上已经穿上了和自己一样的黑底红纹的宽大球衣。

许亦北眼神立即落在他身上，他平时在一群高中生里就够显高的了，现在穿上球衣，更显高，站在眼前肩宽腿长，怎么看怎么抢眼。他找了句话问："我们抽到哪个队了？"

应行在他旁边活动手腕脚腕，朝前面穿白底黄纹球衣的那队偏了一下头："他们。不是本地的，背后打着四十九中的招牌。"

许亦北看了一眼，不就是更衣室里那一队吗？"巧啊，就他们啊。"

应行笑："是挺巧，不然能一个时间段换衣服吗？"

也对。

"人都到了吧？"焦平匆匆忙忙地过来了，跟头回见的时候一样阳光，一到跟前就看着应行，说话都带着朝气，"快准备吧，我看好你才叫你们来的，连候补队员都没有也让你们上了，尽量打漂亮点，要有信心，三对三的队不多，他们也不太重视，搞不好你们就能有名次呢！到时候咱们十四中还是欢迎你的，你随时可以加入。"

应行说："我就来比个赛，有钱就行，别欢迎我了吧。"

"唉，年纪轻轻的，怎么这么固执呢？"焦平摇头，"难怪你们班主任对你那么头疼。"

应行说："放过我，他的世界会更美好。"

"不行啊，老樊可不想放掉你，他是优秀的人民教师嘛。"焦平说。

应行"啧"一声。

许亦北在旁边听着他俩你一言我一语的，悄悄看了看应行，心想他确实挺固执的，明明打球又好，电脑还玩得那么好，就是不知道为什么，总觉得他什么都不想干。

场上忽然吹了声哨子，焦平什么话都不说了，立即高声喊："快，时间快到了，准备了！"

许亦北回神，收了腿，站直了。

杜辉急急忙忙地跑了过来，他可算换好衣服了，火急火燎地做准备活动。

球员就要上场了，应行走到许亦北旁边，忽然看了一眼他的胳膊："我给你的护肘呢，没带？"

许亦北摊开手，手心里就攥着那只护肘。

早上他本来都要走了，看到那条微信，又特地回头去找了一下，从阳台找到房间，才终于从衣柜里找了出来。

应行嘴角扬了一下："戴上。"一边说一边掏了自己的那只护肘出来，套上左臂。

许亦北跟着把护肘套上左臂，在他后面进了球场。

三对三确实不是这次比赛的主流，安排在这个时间段，又是预选赛，馆里现在除了老师和参赛的，就没几个人看。

焦平负责开球，含着口哨，托着球到了中间，双方球员面对面站着，赛前互相致意。

对面的三个人目测身高全都超过了一米八，最边上那个黑黑壮壮的 6 号最高，他站在应行对面，眼神却在许亦北身上打了个转，还带着点笑。

许亦北看到他那眼神和笑，莫名地觉得不舒服，淡淡地扫了一眼，没搭理。余光瞥见应行好像在看他，许亦北看过去，应行抿着唇，正活动着手指，眼睛盯着对方，侧脸对着自己，眉峰压得很低，鼻梁在自己眼里又挺又直。

哨声一响，球开了，对面立即抢球过人。

杜辉来得最晚，居然最有干劲，冲上去就拦了一手，一下断到了球，迅速传给应行。

应行抬手就投。

"啪！"先得了分。

"嗐，这不是很顺利嘛！"杜辉美滋滋地跑过来嘚瑟。

对方也不含糊，三个人里的后卫紧随其后就抢到了球，传了出去，队友很快接手，找到机会投中一球，也得了分。

"加油啊，北！"江航不知道什么时候过来了，抱着许亦北的书包在那儿喊。

"上啊，应总！"还有个人在对面喊，像在跟他打擂台似的。

江航朝对面一看，顿时没声了，抱着书包就地一蹲，扮演一名素质良好的观众。

许亦北在场中跑着，飞快地朝场边看了一眼，是卷毛余涛，他带着好几个人站在那儿给应行加油呢。

场边的计时器和计分器同时运行，两边都打得很稳，基本上你追我赶，你放我上，几分钟过去了，双方都进了几球，越来越接近得胜分，但还看不出什么赶超趋势。

直到场中计时器"嘀"的一声，跳到了最后五分钟。

杜辉抢到了球，扬手就投，一球投出去，对面斜角里忽然杀出他们的后卫阻拦，把球给盖了回去。

紧接着那个黑壮的 6 号接球投球，一气呵成，一个漂亮的反击，比分瞬间反超。

"积极点！都积极点啊！"眼看剩的时间不多，焦平看到这出都忍不住喊了。

"我还真以为他们屁本事没有呢，居然还有点东西啊。"杜辉小声骂了一句，冲过去断球。

已经有人抢在他前面了，应行是从左侧方过去的，飞快地从那个 6 号手里断了球，立即往右一抛。

许亦北接了球，躲过了拦截的人，又抛了回去。

应行接住，转身就投了出去。

"啪！"球精准落筐，分平了。

"应总牛 ×！"余涛在那儿激动地嚷嚷。

焦平转头呵斥："文明点！"

场上的 6 号忍不住骂了一声，边跑边瞄着应行。

"应总，再来一球啊！"杜辉反而急了，计时器上的时间就剩两分钟了，再来一球上半场就能领先了。总不能露脸的第一场球就落后吧，那也太丢人了。

许亦北抹了一下额上的汗，跑过去找机会助攻。

应行从篮下跑过来，从他旁边错身过去时又低又快地说："最后一个决胜球给你进。"

他说得太快了，许亦北还以为自己听错了，扭头看过去。

应行已经跑去拦截了那个6号的进攻路线。

时间一分一秒地过去，对方也想赶紧进球，打得很急，但是连续几次球都被应行盖了，尤其是那个6号，几乎被应行盯上了，根本没有机会投球。

杜辉趁机过去断了对方后卫手上的球，抬手抛给应行。

应行接住，虚晃一下，却没马上投，人挡在6号身前，忽然手往后一拨，真把球传给了许亦北。

许亦北一下接住，眼看时间不多，根本来不及多想，抿着唇，飞快地过线，一个拿手的远投。

"啪！"进了。

哨声吹响，上半场赢了。

"我北帅爆了！"江航激动地蹿起来，一下看到对面余涛他们那群体育生，又赶紧蹲回去继续扮演素质观众。

对面那三个人一阵低骂。

许亦北跑到应行跟前，喘着气："时间不多了，你还让我投球？"

"怕什么，让你投就投。"应行笑了一声，"不是还有我衬着？"

许亦北眼神一动，看着他从眼前过去了。

应行小跑到了篮下，放慢速度，视线正好对上那个黑壮的6号，脸上的笑没了，压低声音："你说谁弱？"

第41章

对方输了球正不爽呢，那个6号听见这话，脸色都变了，盯着他硬是半天没说出话来。

应行沉着脸扫他一眼，才转身去了场边。

中间休息五分钟，等待下一场。

许亦北坐在场边的椅子上，擦了把额头上的汗，眼睛不自觉地往旁边瞄，应行已经回来了。

"你跟他们说什么了？"他看了一眼对面那几个人，觉得他们的脸色都不太好，特别是那个 6 号，不知道的还以为他被人当场扇了一巴掌呢，横眉立目的。

应行笑了一声："正常交流。"

杜辉小跑过来，顶着一头的汗找水喝，嘴里嘟瑟："刚来了个队，一直在看咱们呢，肯定是咱们打得太好了，嘿！"

许亦北看过去，是有一队在场边，就在他们右手边，一共四个人，其中一个手里抱着球，几个人可能是刚从哪儿练了球过来的，脸全都朝着他们这儿。

刚才脸色不好的那个 6 号忽然朝那队走了过去，好像跟那个队挺熟，直接跟抱着球的那个说起了话，一边说一边回头往他这儿看。

"那个 6 号什么意思，他还想找外援呢？"杜辉瞅着那儿。

应行看了一眼："随便，拿下这场我们就出线了。"

许亦北忽然觉得有人在看自己，他仔细看了两眼，就是 6 号上去说话的那个——围观的队伍里抱着球的那个人，眼睛一直盯着自己，眼神直转，像是没想到似的。

那人看个头跟应行差不多，体格魁梧健壮，许亦北打量了对方两眼，忽然冷淡地扯了下嘴角。

对方又看了看他，抱着球转头就走了，不想跟他对视似的。

那个 6 号喊："去哪儿啊？话没说完呢！"

"那谁啊？"应行忽然问。

许亦北转头看他一眼："你看到了？"

"嗯。"应行盯着那边，那个抱球的刚才就在看许亦北，他早就发现了，"你认识？"

"不重要，以前我刚去外地念书的时候认识的。"许亦北说。

"同学？"

许亦北嘴里"哧"了一声，像冷笑："算不上。"

应行往他脸上看一眼，又去看那个抱球的，已经看不到人了，就剩下他那几个队友还在场边看着。

焦平过来了，拍拍手："好了好了，下半场要开始了，你们保持住啊，我就知道你们不错！"

应行站起来，拨了一下胳膊上的护肘，对旁边说："上了。"

许亦北跟着站起来，一起进场。

哨声一响，计时器滚动，下半场开始。

对面那三个人像要报仇似的，一上来就打得凶狠。

那个6号冲得最凶，动不动就在许亦北前面阻拦，许亦北脚动一步，他就跟着动一步，像个影子似的防他。

许亦北都快怀疑这人是受什么刺激了，这么不管不顾的。他一边跑动，一边盯着应行。

应行拦了对方的后卫，一转头就注意到了他看过来的眼神。

紧接着许亦北就接到了杜辉传来的球，手一扬，迅速抛过去。

应行一把接住，带球过线，投球。

进了。

反正自己被拦了，那就把球都给应行，许亦北刚才的眼神就这意思，就拖着他们的6号，专心给应行打助攻。

直到又只剩下最后几分钟，场上给了提醒，到了最后冲锋的时刻。

杜辉喊了声："应总！"是提醒他要最后一杀了。

应行一个起跳，拦掉了对方进攻的一球，忽然转头冲许亦北挑了一下眉。

许亦北几乎在他转头的瞬间就朝他看了过去，顿时就明白了。

"快快快！"焦平在场边催。

应行一下断到球，手一抛，球朝后面飞过去。

许亦北飞快地一接，带着球过线，"啪"的一声投进筐。

计分器一下跳到21。

"赢了！"杜辉激动地嚷了一声，接着又嚷嚷，"我还以为最后一球能让我进呢！"

应行小跑过来，提着嘴角看一眼许亦北："怎么样，跟上半场一样。"

许亦北喘口气，笑了声："爽。"

应行扯了扯球衣领口，又朝对面的6号看了一眼。

他就是故意的，最后还是非要让许亦北投。

那个6号脸更黑了，扯着球衣擦了把脸，看了他两眼，臭着脸扭头下了场。

焦平走过来，一脸阳光灿烂："不错啊，很不错，我等会儿通知一下老樊，你们明天趁放假再来打决赛，别忘了时间啊！"

杜辉又忙着到处找水喝，随口说："知道了知道了！"

许亦北刚要跟应行说话，江航抱着他的书包跑了过来，一把往他手里塞了瓶水："牛啊，我的北，连着两场都由你收尾！快喝点水！"

许亦北拧开灌了两口，转头看卷毛余涛也过来了，他直奔应行那儿，张嘴就说："应总那几球帅啊，我给你算了算，全场就你得分最多！"

应行看了一眼许亦北，擦一把颈边的汗，笑了一下，转头说："去个厕所。"

他走了余涛才看了一眼许亦北，点评一样："你小子打得还行，不过主要还是靠应总。"

许亦北扫他一眼："肯定是要比你强点。"

余涛被踩到痛脚："没完了是吧！"

江航本来还要去前面夸一嘴杜辉，看情况不对，他扯了扯许亦北："走走走，我今天跟你一起走。"

许亦北往应行走的方向看了一眼，紧接着反应过来，今天肯定补不了课了，好像也不用特地等他吧，于是扭头说："我去换了衣服就来。"

男厕所有点远，应行一手扯着球衣领口，快到的时候听到后面一串脚步声，他往后瞥了一眼，就看到三四个穿白底黄纹球衣的跟在他后面，打头的就是那个6号。

他脚步没停，反而还走快了点，到了前面往左一拐，人影没了。

后面的几个人立马跟着左拐，到了尽头的男厕所，一进去就找了一圈，小便池那儿没人，又去推隔间的门，一扇一扇地推到底，也没见着人。

"人呢？"6号转着头问。

"不是跟着你进来找的吗？"队友说。

"再找找。"6号很冒火，"那货太狂了，不搞他老子心理不平衡！"

"那是本地学校的，你真不怕搞出事呢。"

"管他呢，明天就走了，搞出事我负责。"

应行就在厕所旁边的楼梯间里站着，刚才拐进来后他就没进厕所，特地来了这儿，听着外面那几个人的脚步声朝厕所里去了。

真够闹腾的，还来堵他。

他倚着楼梯间的门，掏出手机，给杜辉发了条微信，发完收起来，刚要出去，拉开道门缝，就看见外面又过去个人，等那人进了男厕所，他才开门走了出去。

刚过去的那个人就是之前在场边抱着球看他们打球的那个，那人当时还看了许亦北好几眼。

应行慢条斯理地走到男厕所外面，听见里面那个6号大嗓门地说："叫你们来帮忙搞个人都不肯！中场休息的时候我话都没说完你就走了！还要打电话叫你来！"

刚进去的那个说："真是活见鬼了，他们队里的那个许亦北我认识，以前没少被我欺负过，这还不够吗？你少给老子找事了！"

"谁叫许亦北？那个弱鸡？"6号说，"那你看见他还走！又不是没弄过他。"

"滚吧，他没你想的那么好弄！"

应行在外面已经沉了眼。

刚好杜辉风风火火地来了："应总！那几个输不起的呢？"

他还不是一个人来的，看到应行发微信叫他过来"活动活动"，他直接把被许亦北晾在那儿的余涛也给叫来了。

余涛还带着跟他一起的那群体育生，浩浩荡荡的有七八个人，直接就堵在了男厕所门口。

"谁这么勇，敢在十四中闹事啊？当我们学校没人了？"余涛直接朝厕所里吼了一嗓子。

里面早就听到动静了，立马有人出来，一看这架势又退回去了。

应行说："你们就在这儿堵着，我进去跟他们聊几句。"

杜辉刚要进去，又收了脚："不用我们一起进去揍他们？"

应行已经进去了。

那个6号刚才一张嘴叽叽喳喳个没完，现在看到这么多人过来，再也没声了，贴着隔间门站着，瞅着应行，脸上有点慌。

应行也没看他，过去直接一把拽住他旁边那人的衣领，一脚踹开一间隔间门，把人推了进去。

"你干什么！"对方长得魁梧健壮，哪受得了，顿时就想动手。

应行跟进去，门一关，一把摁着他的脖子往隔间板上一撞，"嘭"的一声响，顿时从外到里都安静了。

"我问你，怎么欺负的许亦北啊？"

对方蒙了一下，一边侧脸贴着隔间板，含混不清地回："那都是以前的事了……"

"我猜猜，"应行沉着声说，"是他在外地念书时候的事吧？以他的性格，肯定会反击，你肯定也没少挨揍，你要是人多的话，肯定不服气，一定是变着花样地给他制造麻烦了。怎么样，我猜对了？"

对方不作声，也不知道是因为紧张还是因为被摁得难受，只哼哧哼哧地喘粗气。

应行忽然笑了一声，难怪许亦北说起他的时候会冷笑。他掏出手机说："我也好说话，你们拿出点诚意来，不然今天的事没完。"

"这关你屁事啊！"对方涨红了脸骂。

应行又摁着他往隔间板上一撞，笑没了，声音又冷又低地说："他的事都归我管，懂了？"

许亦北换好了衣服，刚要出球馆，就看见焦平和几个老师模样的人急匆匆地往里走，刚好跟他擦肩而过，停都没停，边走边说："哪儿？在哪儿闹事呢？打个球这么多破事！"

他停下来，想起应行去上厕所还没回来，于是转头出去，跟在门口等着他的江航说："你先回去吧，有点事，我去看看。"

江航伸头说："还是走吧，你去换衣服的时候，我看杜辉把余涛他们都叫走了，搞得跟要去打架一样。"

许亦北一听，拿了他手里的书包搭在肩上，转身往回走："你回吧，明天再来看，我过去看看。"

"哎，哥，你去凑什么热闹啊……"

江航的声音已经被他甩在身后了。

还没走出去多远，就看到一个人高腿长的身影从球馆过道里走出来，不是应行是谁。他一边走一边往身上套外套，球衣都还没来得及换下，脚步很快。

许亦北看过去，刚想问怎么回事，他大步走过来说："走。"

"嗯？"

"应行呢？"焦平在里面喊。

应行一把抓着他的胳膊就往球馆侧门跑："快点！"

许亦北来不及多想，跟着他跑过去，从侧门出了球馆。

应行的电动车就停在侧门外面，一出去就松开他上了车，偏头说："快上来。"

许亦北坐上去，他就立即把车开出去了，直接开出了十四中。

天早就黑了，路上亮着两排路灯。

车开出去一大截，被风迎面一吹，许亦北才问："你干什么去了？"

"简单地说，被堵成了堵人，差点被老师逮到，我们分开溜了，就是这么回事。"应行言简意赅地说完，冷笑了一声。

许亦北差点以为又要一起去打架了，看着他黑漆漆的后脑勺，总觉得他刚才口气不好，好像很冒火，想了想说："他们输个球也不至于闹到这地步吧？"

应行说："是不至于。"

许亦北还想接着问到底是什么情况，车转了个弯，到公寓附近了，他看了下路。

应行忽然问："今天碰到的那个人欺负过你，你怎么不说？"

许亦北一愣："你怎么知道？"

他又笑了一声："反正就知道了。"

许亦北嗤笑一声："以前刚去外地的时候在私立学校里碰上的，我连他叫什么都忘了，样子倒是还记得，反正他也不敢有下回了，被我揍怕了。就是那时候他总是妨碍我学习和考试，挺烦的。"

"妨碍你学数学了？"应行问。

"嗯。"许亦北淡淡地说，"数学最受影响吧。"

他在外地念的是最好的私立学校，接受的是精英教育，但是刚去那儿的一两年简直一塌糊涂。

当时他还在初中部，有几个找事的成天欺负他，没理由地骚扰他，不让他好好上课，就连他做的作业也都撕了扔了，甚至严重到让他很长一段时间都没法学习。而且总是挑在数学课，因为数学老师也镇不住他们。

领头的就是今天碰到的那个。

后来有同学悄悄跟他说，让他叫家长过来，最好叫他爸出面，吓男孩子嘛，当然爸爸出面最有用。那种学校，谁没点家庭背景，搬出父母来镇一下就好了，有时候比老师还管用。

许亦北上哪儿去叫？他只有他妈。

他不想让他妈担心，每天回去什么都不说，偶尔留点伤也悄悄遮掩了，自己一个人就给解决了。

所以他才最讨厌校园霸凌，被欺负了就自己刚回去，绝对没有软骨头任凭欺负的道理，没什么好屌的，霸凌别人的往往自己就是孬种。

到后来那孬种在他手里吃了太多亏，终于知道怕了，直接就转学了，后来再也没遇上过，要不是这回碰到，他都快忘了还有这么个人了。

车忽然一停，应行脚撑住地。

许亦北从回忆里回过神，脸还木着，发现已经到了公寓楼外面，他从车上下来。

他还没说话，应行掏出手机，手指点了两下，转头递过来："听一下？"

许亦北垂眼去看，手机屏幕上是录音："什么啊？"

应行点了一下播放。

里面立即响起一句闷闷的道歉："许亦北，对……对不起……"

紧接着响起应行冷冷的声音："没吃饭？"

道歉声顿时大了点："许亦北，对不起……"

后面是另一个人的声音："对不起……"听着好像是那个打球的 6 号。

许亦北诧异地抬眼看他。

应行两只胳膊搭上把手："怎么样，舒服了吗？"

许亦北愣了几秒，嘴角不自觉地牵了起来，忽然反应过来："你闹事不会就是因为这个吧？"

应行挑了下眉，不置可否，眼睛看着他，忽然笑了："我的老板，怎么能被别人欺负呢？"

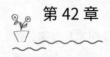

第 42 章

许亦北扯着嘴角笑。

他刚起床，正站在卫生间里挤牙膏，一边挤一边笑，挤完抬头，看到镜子里自己的脸，唇一抿，才忍住了。

没完了，昨晚应行在公寓外面跟他分开的时候他就在笑，回公寓做卷子的时候也在笑，现在都到第二天起床了，想起这事，他居然还是忍不住想笑。

"喀……"许亦北清清嗓子，他不就说了句他的老板不让别人欺负吗？真是莫名其妙。不想了，刷牙。

洗漱完出去，许亦北去阳台上拿了晾在那儿的球衣，昨天带回来他就扔洗衣机里洗了，过了一夜已经干了。

他穿到身上，在外面套了件外套，拿着手机看了看时间，今天的比赛时间安排在 11 点，都快中午了，不过昨天他回来后做卷子做到很晚，起得也不算早，现在过去时间刚好。

刚要出门，忽然想起了那只护肘，他回头在客厅沙发上找到，又带上了。

出公寓楼的时候，趁有时间还能听会儿英语听力。

许亦北滑着手机，塞上耳机，放了听力一路走一路听，听着听着，居然又想起了昨天应行给他听的道歉录音，嘴角不自觉地就有了弧度。

应行怎么会想起来让人录音道歉的？真是鬼才。

到了马路上，被风一吹，他把耳机摘了，听力也不听了，招手拦了辆车，直接打车去十四中。

可能是因为放假，今天老远就能听见篮球馆里的人声。

许亦北从昨晚溜走的那道侧门进去，先去了更衣室，门口没人，昨天那一队和那个烦人的 6 号都没再见着。他走进去，一眼就看到里面站着的高高的身影。应行身上穿着深灰外套，侧着身，倚着寄存柜的门，正在低头滑手机。

他走过去，往门口看了看，小声问："焦平今天没找你麻烦吧？"

应行转过头，看到他来了，就把手机收起来，笑了一下："没，昨天跑得够快，他们证据不充分。"

许亦北想起昨天又要笑了，抿抿唇忍住了，找了句话说："我们今天跟哪支队打？"他到现在都没关注其他队的成绩，反正也没几支队。

"待会儿进去不就知道了。"应行笑了一声，没直说，动手脱了外套，露出里面黑底红纹的球衣，背上印着数字 11。

许亦北跟着脱了外套，露出球衣，还没说话，有人进来了。

"你们在这儿呢！"梁枫从外面闪了进来，看看他俩，"我早就来了，一直没看到你们，还以为你们昨天没出线呢。"

许亦北扭头看他一眼："你还真来看了？"

"那肯定，这不是放假吗？"梁枫手里拿着袋薯片，往嘴里塞，眼睛看到应行身上，又看看他，"你俩的护肘怎么像一副啊？"

许亦北刚脱了外套，手里拿了护肘，正准备往左臂上套，听到这话手一停，往应行身上看了一眼。

应行胳膊上已经套好了护肘，朝他看了过来。

许亦北跟他视线一触，把护肘攥在手心里，没再戴，转头往外走："我先出去准备了。"

梁枫还没说完："这就走了？我才来呢……"

应行看着他出去了，回头问："你怎么不去外面的看台上看？"

"啊？"梁枫看看他的眼神，怎么跟嫌自己多余似的，他抱着薯片出去，"好吧，你都发话了，那我走了。"

你早该走了。应行转身，刚要跟着出去，杜辉一头扎了进来，火急火燎地脱外套："我来了我来了，差点以为又要晚了。"

应行故意踢他一脚："你还有脸说，又是最晚到。"

"唉，我那不是怕来早了被焦平逮着问昨天的事吗？"杜辉缩着小腿解释，外套忽然不脱了，停下来看他，"昨天跑得太急了，我还没问呢，你昨天在厕所里跟那俩人说什么了？我就听他们鬼号半天，还听见许亦北的名字了，你昨天搞那么大阵仗，跟小白脸有关系啊？"

应行往外走："少废话，换你的衣服。"走到更衣室门口，他忽然停下，回头说，"下回别再叫他小白脸。"

杜辉疑惑地看过去："干吗啊，你对他也……"

"太好了"三个字他还没说出来，应行已经走了。

许亦北走到过道里，就看见梁枫从另一头回球场那儿去了。

里面吹了两声哨，应该是要备赛了。他刚要进球场，听见后面有人跟了过来，一回头，就看见应行迈着长腿走了过来。

"护肘呢？"

"干什么？"许亦北看着他。

应行伸手："给我。"

许亦北还以为他想要回去，摊开手，递给他："喏，要就还给你。"

"我说要你还了？"应行好笑，拿了那只护肘，一手抓起他的胳膊，往他手腕里一套，往上一拉，直接给他拉到手肘那儿，"戴着。"说完松开他的胳膊，进了球场。

许亦北目光追着他过去，都愣了，手指钩着护肘边缘扯了两下，看了看周围，醒醒神，跟着进了球场。

"快来做准备活动了！"焦平已经等在场边了，老远就催。

应行已经在那儿活动手脚了，转过头来看了他一眼。

许亦北被焦平一打岔，顾不上想他刚才干的事了。他走过去时朝看台上扫了一圈，人还真多，老远就看到江航在对面的看台上朝他挥手，离了没两米就是梁枫。他收回目光，往应行身上看一眼，手指又拉一下胳膊上的护肘。

应行扬着嘴角转开目光。

对面有球队进了球场，许亦北在旁边做着准备活动，抬眼看过去，眼神就冷了。

一支刚热完身的队，穿着蓝底白字的球衣，里面最显眼的一个魁梧身影很熟悉，不就是昨天在手机里跟他道歉的那个，当初那个想霸凌他却被他揍得很惨的孬种。

"居然是跟他们打。"杜辉过来了，一来就骂了一句，"难怪昨天在这儿看咱们打球，原来是刺探军情呢！早知道昨天在厕所就直接把他摁趴下了！"

应行看他一眼。

杜辉接到他的眼神，瞅瞅旁边的焦平，赶紧闭嘴了，生怕把昨天的事给抖出去。

"真是缘分。"许亦北白了那边一眼。

对面的脸色也不好，特别是那个魁梧的，拉长脸往这儿看，不是看他，就是看他旁边的应行。

焦平走过来，朝他们三个人招招手，这会儿脸上不阳光了，挺严肃："你们这运气也是没谁了，偏偏第二场就抽到这么个队，人家打到现在就没输过，预选赛连胜三场，所以今天要是赢了你们，那就直接第一了。同样，要是你们能赢他们，也能直奔第一，赢不了的话，那就接着去跟别的队争第二第三。不是常规五人队赛，所以也没有淘汰机制，跟昨天一样，一局定输赢，还是很残酷的啊。"

杜辉咕哝："他们有这么牛？"

焦平也不接他的话，往下说："最后呢，咱们还会统计出场上得分最多的一个人作为 MVP（最有价值球员），这也有额外奖金，不多，五百。行了，我该说的都说完了，你们准备上吧。"

他走了，应行转头说："注意别犯规太多就行了，我们就三个人，要是被罚下场多了，就自动告负了。"

许亦北又扫一眼对面，笑了一下："那还不如把余涛拉来当替补呢，好歹留着防一手，正好他还想做你队友。"

"那怎么行，"应行声音低了，"你不是赢了他吗？当然是你站在我身边了。"

嗯？许亦北看过去。

应行已经往前走了："上了。"

杜辉还在旁边活动手腕，看见他俩刚才说悄悄话，往许亦北身上看："你戴的是应总的护肘吧？我昨天就看到了。"

许亦北拧眉，跟着应行进场："你们就不能关注点别的吗？"一个个的，还没完了。

杜辉的眼神在他俩身上直转悠，也跟了过去。

广播里播报了双方即将比赛，看台上也安静了，双方的球员都进了场中。

焦平捧球站到中间，准备开始。

"耿志，你站中间。"彼此要致意的时候，那个魁梧的身影忽然被他的队友推到了中间，正对着应行。

对方的眼神闪了闪，还是拉长着脸。

应行根本就没看他。

许亦北站在应行旁边，总算想起来了，对，这货叫这个。自己当初刚去外地的时候还在上初中，太久了，真忘了他叫什么了，就记得他当时那耀武扬威的德行。现在看他半张脸都有点肿，跟撞过似的，他不禁看了一眼应行，心想是不是又下手太狠了。

"准备。"焦平提醒。

紧接着哨声一响。

开球权在对面，那个耿志一下就抢了球，跟早就铆足了劲似的，没有丝毫停顿就发起了冲锋。

"我就说昨天应该把他摁趴下！"杜辉心里来气，跑过去拦的时候还在骂骂咧咧。

应行拦住了他们的后卫，但是耿志绕过了杜辉，把球一传，他的队友接到了，然后出线一个投球，率先得分。

梁枫在看台上嚷："居然让他们抢先进球了！"

"加油啊，北！"江航也看到了，忍不住扯着嗓子吼，吼完瞅瞅旁边，果然又看到余涛就在几米外站着，还抓着扶手跟要上场去一起打似的。他默默往旁边挪了几步，挪到正在吃薯片的梁枫旁边。

"你也给许亦北加油呢？"梁枫问。

"那是我哥们儿，牛着呢。"江航马上回。

话刚说完，"啪"的一声，场中又进了一球。

梁枫薯片都不吃了："对面怎么又进了？"

江航也愣了："挺厉害的？"

"什么啊！"余涛跟着在那儿骂。

看台上的其他人倒是一阵欢呼，反正有人进球就有人欢呼。

场中的计时器跳着，许亦北飞快地扫了一眼，在那个耿志又一次准备投球的时候从侧面冲过去，一个起跳，拍掉了他的球。

应行立即过来接了球，迅速带出三分线外，回身反攻。

"啪！"一球进筐。

"应总上！"老远都能听见余涛在看台上叫唤。

那个耿志看了眼许亦北，跑开的时候绷着脸，立即又组织抢球。

节奏被他们拉得很紧迫，时间一分一秒地过去，比分还一直在你追我赶。

很快，对面又是一球投中，计分器上的分一下跳到了13，自己这边还停留在6分。

许亦北已经一头的汗，一边小跑一边朝旁边的应行看了一眼。

对面明摆着是看己方领先了在刻意消耗他们的体力，拖到时间结束就算得手了。

果然，场中"嘀"的一声，焦平提醒，距离上半场结束只剩一分钟了。

应行也看了眼许亦北，又回头朝杜辉递了个眼色。

杜辉跟他打球得多了，明白得很，立即过去打头阵断球。

许亦北从左边跟上去，应行在右边包抄。

球在抢夺中飞出来，许亦北一下跳起来接了，带球转身避开阻拦，瞄到那道肩宽腿长的身影就传了出去，应行接了，扬手就投。

"啪！"一个2分球。

哨声响，上半场结束了。

"憋屈，还是让他们领先了。"梁枫揪着薯片袋子，盯着场里的计分器嘀咕。

江航叹气："没辙啊，那队前面打的时候我看过一回，是挺厉害的，我北学习那么认真，肯定没时间多练啊。"

余涛在那头不爽："行不行啊，拖累应总！"

江航悄悄给了他一记白眼，说谁拖累呢！

球场里正在中场休息，个个都是气喘如牛。

杜辉坐在那儿猛灌两口水，没好气地说："那小子是不是报仇来了？瞧他那嘴脸。"

应行沉着眼朝那儿看了一眼。

许亦北擦着脖子上的汗，跟着往对面看，那个耿志正看着这儿，脸上明显挺得意，就是看到应行的时候，眼神闪了几下，扭过头了，估计昨天真被应行修理得很惨。

"我本来想就这几个队应该挺好赢的呢。"杜辉喘着气说，"应总，听说第三名奖金八百，第二名一千五，第一名就直接三千了，上一个名次就能多让你攒点钱，可这好像还挺难啊。难道咱们要放弃这场，让这小子得意，去争第二、三名？"

应行说："少废话了，打完再说吧。"

"我不是看你攒钱辛苦吗？"杜辉闷声闷气地说。

许亦北不禁看了应行一眼，他在攒钱？他一直赚钱不会就是为了攒钱吧？

他又往对面看，那个耿志还在有一眼没一眼地看他们，嘴动着，估计是在跟队友商量战术。

许亦北凉飕飕地说："还没打完，少说不行，谁说就一定不能多赚了？"

应行看过来，眉一挑："怎么，要拼了？"

许亦北看他："没听说过吗？这世上最容易出奇迹的地方，一个是医院，另一个就是竞技场。"

杜辉小声问："那你说怎么追？"

"该怎么打就怎么打，上半场他们靠着对我们的熟悉占了个先手，明摆着也是经常练的，下半场不试试怎么知道？"许亦北站起来，"反正我不想让他们赢。"

"行，那就试试。"应行跟着站起来，笑了一下，说完看杜辉一眼，"走啊。"

杜辉一脸蒙地看着他俩进了场，连忙爬起来。

下半场开始，开球权在他们这边。

哨声一响，对面果然又是一上场就很积极，连防守都很急迫，一副要领先到底的架势。

许亦北刚接到球，那个耿志一下冲到他面前，肿着半张脸，魁梧得像堵墙似的，把他进攻的路线拦得严严实实。他的脸色也不好，不知道是不是又想起昨天那个录音的道歉了。

许亦北故意笑了一下，嘲笑似的，往左虚晃一下，抬手就要投。

耿志脸色更难看了，立马起跳阻拦，许亦北转而把球抛了出去。

对面反应特别快，马上抢身来断，第一反应几乎都是冲到应行那边去拦，但是这球是抛给杜辉的。

杜辉接到手就看到应行递过来的眼色，风风火火地转头就一个投篮。

进了，计分器上多了 2 分。

"嚯！"杜辉兴奋地吼了一声。

耿志小声骂了一句，掉头跑开，还看了眼许亦北。

许亦北是故意的，上半场的球基本上应行进得多，然后是自己，杜辉主要在打辅助，刚开始对方肯定还是先防他跟应行，果然让他逮到一个空隙。

看台上也激动了，江航一下又来了精神，扒着前面的扶手问："能不能追上？还差几分啊？"

"3 分。"梁枫都看紧张了，一袋薯片在手里捏成了渣，"鬼知道能不能追上，不是说这就是个跟运动会一样的小比赛吗？怎么打得这么拉扯啊？"

这一球进了，杜辉一下也被防上了。

许亦北算是摸到他们的路数了，既然他们主要防进攻，那自己这边就不停地换人进攻。他转头又断了一球，作势抛给杜辉，突然扬手抛给了应行。

应行早就留意到了，一把接住，带着球往杜辉身边跑，对面又以为主攻要交给杜辉，结果他突然避开阻拦就投了。

"啪！"又是 2 分。

看台上都激动了，欢呼声一片，就差 1 分了。

"快啊，应总，快追一球。"杜辉忍不住了，恨不得分立刻就追上来。

许亦北看准机会，主动防住了耿志，让他们没能反攻得分。

紧接着应行就从他们进攻的人手里断球，带出线又传给了杜辉："投！"

杜辉二话不说就投，球飞向篮筐，对面两个人同时从斜角里杀出，围得精准，一下把球拦了回去。

杜辉呆了一下，这一下太猝不及防了。

"唉，急死我了！"余涛在看台上又抓心挠肝的，恨不得下场了。

对方后卫趁机控到球，耿志接球投球，进了，又是一个 2 分球，他居然还特地回头看了眼许亦北，解恨了似的。

许亦北冷冷地扫他一眼，喘着气，转头去看应行，没想到他们突然又主打防守了。

应行也看了他一眼，没说什么。

时间一分一秒地过去，两边都有进球，但是始终都保持着 3 分的差距。

场上谁都是一头的汗。

眼看着时间就剩两分钟了，杜辉急得不行，断到球就立马投球。

对面几乎又是两个人同时防守，把球拦了回去。

"就这么耗咱们呢！"杜辉小声骂。

许亦北擦了把额上的汗，跑过应行旁边时，低声说："除非进一个三分球，不然连追都追不上了。"

杜辉在他后面找机会，刚好听见了，压着声音，语速飞快地吼："你能进一分球我都管你叫哥！"就剩这么点时间了，进攻都难，还想投三分球！

应行跑过去时很快，就说了一个字："行。"

很快又是"嘀"的一声，下半场也只剩一分钟了。

耿志手里拿着球，在场中防守，准备传给队友，已经不需要进攻了，耗到结束他们就赢了。

许亦北忽然跑了过去。

耿志立即把球传出去，转头准备防他，没想到应行从另一侧过来，直接预判了这一手，抢在他队友前面断到了球，远远往后一抛。

许亦北接住，看了一眼倒计时，带着球躲避拦截。

应行过来替他挡了一下，又低又快地说："投！"

许亦北不犹豫了，去他的，他转身过线，人斜角对着篮筐，离得老远，什么都没管，一个起跳，抬手就把球抛了出去。

应行飞快地跑去篮下接应。

看台上忽然都没了声音，全都看着这一球远远飞了出去。

"啪"的一声，进了。

三分线外远投，3 分。

时间正好到了。

"平了！"焦平喊。

杜辉一下跳起来，转头就喊："哥！你以后就是我北哥！"

居然真让他投中了。

"我北牛啊！"江航都快翻出扶手了，激动得不行，"看到没？我哥们儿牛吧！"

梁枫愣了："许亦北这一手太强了啊！"

连余涛都看蒙了。

对面那三个人也没想到，那个耿志脸都青了，气急败坏地去了场边。

分平了，就要进加时赛，广播里已经在报了。

许亦北转头，喘着气看应行："后面就看你了。"

应行跑近，看着他意气风发的脸："怎么？"

许亦北朝对面那个耿志看一眼："现在场上的得分他比你多几分，比赛结束很可能他就是MVP。"

应行盯着他："所以呢？"

"我希望你赢。"

应行提起嘴角："是吗？"

"嗯，又能多赚钱，还能赢过他，不是挺好吗？"许亦北回答。

许亦北自己的得分是跟不上了，但是应行还有希望，他又扫了对面一眼，回头看应行："我希望你是MVP。"

应行带着笑，又看他一眼，拉了拉左臂上的护肘："我试试吧。"

加时三分钟，比赛很快就开始。

所有人再次上场。

焦平都紧张了，吹哨前一脸严肃。

哨声一响，杜辉刚要第一个冲去防守对面，旁边人影一闪，应行已经直接进攻了。

"应总加时怎么打这么猛？"梁枫在看台上都恨不得拿个望远镜看了。

江航说："想赢啊，那肯定得猛。"

余涛直接就在旁边吼了："上啊，应总！"

"啪！"干脆利落的一声落筐响，应行率先进了一球。

看台上已经有女生在喊帅了。

许亦北看到他进球就扬起了嘴角，看了那个耿志一眼，加速跑过去给他开路。

杜辉在他左边防守对方进球，浑身是劲："没见应总打过这么猛的球，我现在信心十足！”

"把球都传给他。"许亦北低声说。

杜辉看他一眼，又看应行。

应行擦一下颈边，甩掉手上的汗，跑动时转头看了许亦北一眼。

许亦北冲他比了个口型：2。

还差两分，他就能超过那个耿志了。

应行笑了笑，从他旁边跑开，眼睛又看向被对面断去的球。

杜辉有数了，许亦北叫他把球都给应行，不就是明摆着要让他成为MVP？他立马往左跑，去给应行打掩护，不让对方投球。

许亦北往右，跑得很快，看着就像是要打进攻一样。

耿志果然被他引过去了，生怕他再来一个三分远投，赶紧去拦。

应行趁机过去断到了球，毫不犹豫地就抛给了许亦北。

顿时就坐实许亦北要打进攻了，连对方的后卫都去防守许亦北，结果许亦北手在底下一抛，把球传给了杜辉。

杜辉立即传回给应行。

应行带球飞快过线，瞬间起跳投球。

耿志反应够快的，赶紧回头来拦，可惜弹跳力不够，应行一下跳得太高了，这一球毫无悬念地飞向了球筐。

"啪！"

"应总牛！"梁枫跟余涛几乎齐声吼了出来。

看台上都炸了，这还能逆转！

对面那队在场边已经没声了。

"赢了！"杜辉冲过来就搭着他撞了一下肩，"牛啊，应总！"

"应行！本场MVP！"焦平兴冲冲地在裁判席那儿宣布。

应行咧着嘴角，跑向许亦北。

许亦北早就看到裁判席上MVP的分了，一下笑了，转头就看到他跑过来的身影，立即迎面跑了过去，到了他跟前，刚要像杜辉一样跟他撞一下肩庆祝，一贴过去靠到他的肩，又突然停住了，看着他的脸，觉得好像离得太近了。

应行垂眼看着他，忽然拉着他往自己胸口一撞，扬着唇，松开了手："给你拿到了。"

许亦北胸腔都被撞得震了一下，看着他嘴边的笑，愣了愣，才跟着笑了。

卷
五

FIVE

买断

应行一只手撑在他桌沿，低声说：

"那时候是你自己要求我回来继续'合作'的，

现在果然后悔了？"

第 43 章

看台上已经沸腾了，球馆到处都很热闹。

一场校级比赛硬是打成了一场逆袭赛，想不热闹都难。

杜辉做代表去领了奖金，反正钱最重要，其他的都交给焦平了。他拿到奖金就出了球场，头发丝上都飘着得意。

刚才在球场里杜辉就看见那俩人挨得特别近，也不知道说了什么，然后就一前一后出球场走了，他一路走到更衣室外头才远远地看到他俩的身影，赶紧跟过去。

许亦北脚步很快地进了更衣室，抬手按了一下胸口，到现在都觉得刚才撞的那下有点重，嘴角却还扬着，忍都忍不住。

身后的门被推了一下，发出一声响，他回过头，看见应行跟在自己后面走了进来，眼睛就看着自己。

"走这么快，奖金不要了？"

"无所谓，反正我就是想赢。"许亦北说，说完看看他，"你不也走那么快，不要奖金了？"

应行走过来，在柜子那儿拿了自己的外套，学他的话："无所谓，反正给你的 MVP 拿到了。"

许亦北嘴角又勾起，应行刚才就说过是给他拿的。

"爽极了！"杜辉忽然从外面钻了进来。

许亦北立即不笑了，转头也去拿自己的外套。

杜辉一进来就亮了一下手里的四只红纸封，居然是直接用红包包的现金，额外的一个是专门给 MVP 的奖金："我就没打过这么爽的球！应总，你怎么连钱都不拿就走了？不符合你的作风啊！"

应行往身上套外套："你肯定会拿啊。"

杜辉咧着嘴，把他的那两份都塞给他，又拿一个转头塞给许亦北："不得不说，你今天打得真不错，我看对面那几个人下场的时候都快怄死了！"

许亦北拿着那个红包看了看，又抬眼看他："打得不好能让你心服口服地叫哥吗？"

杜辉噎了一下，想起了自己在球场上说的话，挠挠小平头："我说到做到，以后你就跟应总平起平坐了。"

应行在旁边笑了一声。

许亦北觉得这话真是中二得要命，转头看应行一眼，心想：你还笑？

"应行，你人呢？"外面焦平的声音远远地传过来了。

应行把奖金一收，踢一下杜辉的脚："我走了，他要是说什么就说我不答应。"说完看了一眼许亦北，出去了。

许亦北接到应行的眼神，立马有数了，这是又要溜了，他把外套穿上，跟着就出去了。

杜辉还没来得及说话呢，他俩就一起出了门，焦平后脚就进来了。

"应行呢？都拿 MVP 了，还不肯考虑来十四中打球的事吗？"

杜辉说："唉，老师，你就别指望他了，他不会来的。"

焦平找了一圈，真没看见人，直叹气："这小子怎么回事，怎么一点都不为自己的前途想想啊！"

杜辉看看他，转头嘀咕："他可能……是不在乎前途……"

球馆里的人还没散尽。

许亦北跟着应行又从侧门出去，走得很快，估计这会儿大门那儿人多，有不少来看球的也走了这道门。

他一路走一路拉着外套拉链，下了台阶，忽然看到前面有一个熟悉的身影，瞥了一眼，居然是李辰宇。

李辰宇是跟两个穿十三中校服的男生一起来的，左边一个边走边说："我叫你们来看不亏吧？打得可真刺激。"

可能是应行跟他一起出来太惹眼了，不少人都往他俩身上看。

李辰宇也看了过来，看到许亦北，脸一下就绷住了，又看了一眼他前面的应行，不知道是不是又想起了那天在男厕所里被解救的事，他一个字没说，扭头就走了。

应行早就看到他了，回头看身后。

许亦北扫了一眼李辰宇，不冷不热地笑了一下，果然该让他难受，他现在知道看见自己就绕道走了。

应行就当没看见，坐到自己车上，开了锁："走了，再不走要有粉丝来找我签名了。"

许亦北的心思又转回到赢球上，笑起来，也太炫耀了吧！他几步走过去，跨坐到应行后面："你真不考虑焦平的邀请？"

"不考虑。"应行说完就把车开出去了。

李辰宇一路从侧门绕到球馆大门，旁边跟着的同学叫他："李辰宇，不是说刚才那个许亦北跟你有点关系吗，你怎么看见他就走了？人家打球那么牛，你都不恭喜一下啊？"

"谁跟他有关系？"李辰宇都后悔今天来看这场球了，早知道许亦北跟那个应行都在，请他来都不来。

"你啊，听说你们是一家的。"同学还在说，"班里有人是这么说的。"

李辰宇不耐烦："谁跟他一家？他那种人跩得跟什么一样，连朋友都不一定有几个，鬼才跟他有关系。"

后面忽然有人说："你说谁没朋友？"

李辰宇顿时停住，往大门口看。

杜辉拎着外套出来，昂着小平头："是你小子啊，你狗眼睁大点，我跟应总就是他朋友，以后再啰唆，别被我碰上！"

李辰宇莫名其妙地看着他，脸都涨红了。

旁边的两个同学可能是认出了杜辉，赶紧拽他走人："走了，他跟应总关系好。"

梁枫在后面一下嚷出声："杜辉今天帅啊！居然替许亦北打抱不平了！"

杜辉一扭头，看到人高马大的江航也过来了，江航用胳膊一下搭住他的肩："辉啊，什么都不说了，以后你就是我铁哥们儿了。"

他俩在球馆里找了一圈许亦北他们，没找着，出来就看到了这一幕。

江航刚才都想自己冲上去跟李辰宇理论了，谁说他没朋友，老子就是他哥们儿！没想到杜辉先上了。

杜辉扒拉他的胳膊："你干吗，给老子把手拿开！叫谁呢，那么恶心！"

"别啊，就一句话，你把我北当朋友，我就把你当朋友，走，我请你吃饭！"江航热情地搭着他不放，还叫梁枫，"来来，一起。"

"等等，你松开……"杜辉打完球都累死了，根本拗不过他，又被拉过去了。

电动车在路上开着，许亦北坐在后座，浑身是汗，虽然穿着外套，被风一吹还是觉得冷，他一只手抓起领口。

应行从后视镜里看了他一眼，车拐到修表铺附近的街上，停了下来。

许亦北看他："在这儿停干什么？"

应行打起脚撑，下了车，扬着嘴角说："不是赚钱了吗？买点东西带回去。"

许亦北从车上下来，看他进了路边的小超市，跟进去："买什么啊？"

"我舅妈爱吃奶糖，给她买点。"应行拿了个袋子，去了货架那儿。

就知道是给他舅妈买的。许亦北过去的时候，看他袋子里已经装了不少大白兔奶糖，想了起来："你舅妈还说你爱吃呢。"

"我说过她记错了。"应行看他一眼，忽然问，"你要不要？"

许亦北扭头看他："你给家里人买东西，还用给我买吗？"

应行笑了："你不是我老板吗？"

许亦北嘴角动了一下，又抿唇忍住了："你打工的地方那么多老板呢，个个你都这么尽心？"

应行看他一眼，皱了皱眉，不笑了，转身去收银台结账："算了，你别要了。"

许亦北看他走了，皱了下眉，怎么了，不就随口问了一句，说错话了？

手机忽然振了一下，许亦北从外套口袋里掏出来，是条微信，李辰悦发来的。

——刚才在路上好像看见你了，我没看错吧？

许亦北走出超市，往路上看，隔了五六十米，路头上停着辆白色小轿车，李辰悦从车窗里探出头，看到他就招了招手。

收银台那儿"嘀"的一声响，应行付完了钱，朝门口过来了。

许亦北回头进去，一把推着他的肩，把他往回推了几步："你等会儿。"

应行看着他："干什么？"

许亦北是想起了李辰悦让他离应行远点什么的，待会儿要是被她看见自己跟应行在一起，估计又要问这问那。他转头朝外又看了一眼："我有事先走，你等会儿再出来。"

应行越过他的肩往玻璃门外看，老远看到了白色小轿车里正看着超市这儿的人，认了出来，又看他："不想让她看见我？"

"最好别看见吧，麻烦。"许亦北皱皱眉，转身出去。

麻烦？应行突兀地笑了声："是吗？"

许亦北停在门口，回头看他："你笑什么？"

应行换了只手拿袋子，脱了外套，往他身上一搭，拉开门先出去了："嫌麻烦我先走不就行了？"

许亦北看着他身上只穿着球衣出了超市，长腿一跨坐到车上，拧了车把就走了，又低头看了看自己身上搭的那件深灰外套，他给自己穿了？

干吗啊这是？说不想被李辰悦看见，他居然还把外套留下了！

超市里还有别人在，许亦北不想被围观，确实也冷，于是把那件外套加在外面，拉上拉链，开门出去。

许亦北到了车那儿，李辰悦按了车门解锁。"真是你啊，我刚好要去你住的公寓，看到你进了超市，还以为看错了。"说着她往路上看一眼，"刚才那个骑车走的是应行吗？你们一起的？"

许亦北拉开车门，坐到副驾驶座上，张嘴就胡诌："不是，你看错了。"

李辰悦又往路上看了一眼，看不见人了，就没多问，回头打量了一下他身上的外套，感觉不像他平时穿的衣服，不过也没多说："怎么一头汗啊？"

总不能说自己是刚打完球赛回来的，应行刚才就是穿着球衣走的呢。许亦北把外套领口拉高了点："走得太快了吧。你怎么来了？"

李辰悦把车开出去，笑笑说："你妈妈本来要来的，但是她太忙了，我刚好要回学校，知道你们今天放假，就替她过来了。"

许亦北心里有数："因为那天李辰宇的事？"

李辰悦边开车边说："你被冤枉了，家里总得来个人看看吧，不然太没道理了。"

"又不是你冤枉的我。"许亦北口气淡了，不想提这茬，也没提几十分钟前还见到了李辰宇，"我妈还好吗？"

"挺好的，事情搞清楚就好了，现在家里和谐着呢。"

许亦北心想果然这家里少了他就会和谐，他离远点就对了。

车开到公寓外面，李辰悦下了车，从后备厢里取了一只行李包出来："我带了东西来的，你妈妈给你买的，刘姨也给你准备了不少吃的。"

许亦北觉得她一个大小姐拎着这包东西应该挺费劲，接了过来："我自己来吧。"

李辰悦笑着说："你今天是不是有什么高兴事啊？路上看到你的时候，看你一脸的笑。"

许亦北自己都没发现："没有吧。"

李辰悦说："真的，就没见你这么笑过，要不是你是一个人，我都要怀疑你是早恋了。"

许亦北心想那是因为赢了球啊，扯太远了："那怎么可能。"

"开玩笑的。"李辰悦看看公寓楼，"我跟你一起上去吧。"

许亦北虽然当她是姐姐，但还是不太习惯住的地方进个异性，于是找了个借口："我还有一堆作业没做，也没空招待你。"

还好李辰悦一向好说话："好吧，我知道了，哪敢耽误你学习，我先回学校了。"

许亦北挥了下手，看她坐进车里，开车走了，他转身上楼，松了口气似的，脚步都快了。还好应行的事没被她追着问。

进了公寓，他随手放下那包东西，看看身上，一边往卫生间里走，一边动手脱衣服，又想起了刚才应行走时的样子，他也太干脆了，话都没让自己说。

站到水池边，闻到衣服上一阵淡淡的味道，他低头拉起领口，凑近鼻尖。

衣服上不知道是洗衣粉还是沐浴露的味道，可能还混着打完球的汗味，许亦北瞬间又想起了之前一起赢球的场景，他嘴角慢慢扬起，脸蹭到外套的领口，有点痒，摸了下鼻尖，才回过神来，把外套脱下来，放进了洗衣篮里。

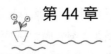

第 44 章

球赛打完了，还得继续上学。眼看着一个月又要到底，天气更凉了。

第二天一大早，许亦北照常早起去学校，从公交车上下来时，他身上外套的领口拉得严严实实，耳朵里塞着听英语的耳机。

还没到校门口，面前忽然冲出来一个人。

许亦北停下，上下看了他一眼，是卷毛余涛。

余涛穿着十四中的校服，拦在他跟前，一本正经地说："昨天你肯定跟应总一起庆祝去了是吧？你小子别太得意了，虽然你打球是不错，但是下回肯定是我跟应总一起打球！"

许亦北就听了个大概，摘下耳机："你再说一遍？"

余涛才发现他刚才戴着耳机，气势顿时灭了一半，伸手指指他，没话可说似的，憋了好几秒才憋出一句，"你等着！"说完扭头就走了。

许亦北看他走了，又塞上耳机。什么毛病，大早上跑他们学校来拦人放狠话？莫名其妙……

三班教室里，班干部正在前排忙着收作业，放了一天假，作业堆成山。

许亦北进了教室，把作业交上去，刚坐下，桌子就被人拍了一下。

梁枫刚到，按着他的桌子，冲他吐槽："昨天你们也跑得太快了，我跟你那哥们儿找半天也没找到你们，本来还说你拿到奖金该请客呢。结果我跟你哥们儿还有杜辉三个人去吃了一顿，还有你那哥们儿，只跟杜辉套近乎，弄得我就跟个电灯泡似的。"

许亦北还真不知道他们几个一起去吃饭了，看看旁边的空座位："你怎么就盯着我啊？"

"那当然是因为我不敢让应总请呗。"梁枫还挺诚实。

许亦北觉得好笑："也行啊，下次我请。"

梁枫说："别下次了，哪有那么多球赛给你打啊，上回你数学成绩提高一大截就没让我逮着机会！这样吧，下次数学测验你要是成绩再提高了，那你就请客，算上球赛的一起，几回并一回了，总没问题吧？"

许亦北说："没问题，我测验要是成绩又进步了，什么都好说。"

"有钱就是爽快！"梁枫竖一下大拇指，心满意足地回过头去。

许亦北拿出数学卷子，准备做题，突然闻到一股淡淡的熟悉味道，有点像洗发水的味道，一转头，应行在他旁边坐了下来，身上穿着件黑色套头卫衣，肩膀被衬得又宽又正。

许亦北眼神动了一下，忽然想起了昨天闻到的那件外套上的味道。

应行偏头看过来。

许亦北跟他对视一眼，发现他头发半干，找话说："你又早上洗澡，今天早上也热？"

应行像没睡好一样，语调懒洋洋的："可能昨天打球打兴奋了吧。"

许亦北没往下问，趁前面的朱斌和梁枫都没留意，低声说："今天该接着

'玩'了吧？"

应行看他一眼："你昨天回去也学习了？"

"肯定啊，"许亦北说，"我什么时候没学？"

"看你昨天跟别人一起走了，以为你没时间学呢。"

许亦北想起来了，是说李辰悦，他抿一下唇，又扫了一眼前排，小声说："她是来给我送东西的，送到楼下就走了，我回去当然学习了。"

应行看了看他的脸，笑了一下："是吗？"

班上已经开始"嗡嗡嗡"地早读，蚊子念经似的。

许亦北看着他："怎么啊，不然还能干什么？"

"谁知道呢，这不是问你吗？"应行迎着他的视线，压低声音，忽然问，"她们三个里面，有你喜欢的类型？"

许亦北被问得愣了一下："哪三个？"

应行提着唇角，低声说："高霏，那个刘敏，还有昨天那个。"

许亦北搞不懂他怎么会问这个，他也不是那种八卦的人啊，顿了顿才说："没想过。"

应行盯着他，声音压得更低了："是没想过她们几个，还是所有女生都没想过？"

许亦北皱皱眉，看了他好几眼："你打听我隐私啊？"

应行挑了下眉："不想说就算了，当我没问。"说完站起来，从他背后过去，出了教室，沿着走廊走了。

梁枫和朱斌听见动静都往后看。

"应总干吗，去厕所了？"梁枫问。

"不知道……"许亦北坐正，低头看卷子，不自觉地又想了一遍应行的话，仔细想想，好像真的没一个女生让他往这方面想过。

他拿着笔，在卷子上停了好一会儿都没写，又往窗外看了一眼。昨天说走就走了，今天来了又问这些，这人怎么回事，明明打球的时候还好好的……

应行走到走廊拐角，看见老樊背着手，步步生风地过来了，他知道没好事，转身就往厕所走。

"别走！"果然，老樊开口就叫住了他。

应行只好停下来："又怎么了？"

樊文德走近，严肃地说："你说还能又怎么啊？球赛打也打了，焦平还来电话说你打得非常好，偏偏你一拿到钱就走了，你说说你，给你铺路都不要，是真不想好了？"

应行懒懒散散地站着，不开口，只听他说。

老樊站他跟前都要仰头看他，干脆往后站了一步，接着说："你就算不看别人，也看看你旁边的许亦北，人家还跟你一起打了球，你看他学习多认真，数学成绩一下提高那么多，你要是再这么混下去，跟人家都不是一个层级的。"

应行说："不是一个层级的又怎么样？"

老樊被他忽然开口给打断了一下，托了一下鼻梁上的眼镜："你还反问起我来了？"

应行皱了下眉，转身就走。

"你等……"老樊没辙，对着他的背影数落，"就是不听劝！"

许亦北一张卷子做了一半，背后有人走路带过一阵风，他往后看了一眼，是应行回来了。

他的手跟脸都是湿的，鼻尖还挂着水珠，许亦北忍不住往他身上看。

应行坐下来说："老样子，放学'玩'。"

嗯？又恢复正常了？许亦北抿抿唇，小声自言自语："逗我的吗？"

也对，不是在逗他能问那些问题？

"说什么呢？"应行看着他。

"没什么。"许亦北转开视线，低头看卷子，"放学一起走。"

今天杜辉又去十四中训练了，梁枫和朱斌也各干各的，一句废话都没有，整个后排风平浪静。

一直到放学，班级广播响了，老樊在广播里特别淡定地播了通知——

"我班应行、许亦北和杜辉三位同学，昨天在十四中的篮球赛里表现优异，拿到了三对三的第一名，恭喜一下啊。"

班上才知道这消息，一下沸沸扬扬，好几个男生回头喊："应总强啊！"

梁枫趁机炫耀："我昨天还去现场看了，许亦北跟应总真是牛得不行，遇到个稳拿第一的队，硬是给打逆转了。"

朱斌说："你不早说，早说我也去看了。"

"算了吧，太刺激了，我怕你受不了会晕倒。"

高霏从前排过来，特地跟许亦北说句："恭喜你啊。"

许亦北刚想回话，忽然想起应行早上问的话，下意识地看他一眼。

应行偏头看了过来，接到他的眼神，顺带扫了眼高霏，拿着车钥匙站起来，什么都没说，先走了。

许亦北也立即站了起来，收好桌上的东西才回了高霏一句"谢谢"，然后跟了出去。

校门口闹哄哄的，走读生一拨一拨地往外拥。

应行先出去，坐在电动车上，已经在路边等着了。他一只手抓着车把，一只手伸进裤兜，摸到烟盒，远远地看见许亦北过来了，又推了回去，手抽出来，对着后视镜里走近的身影笑了一声，自己也说不清在笑什么，今天真是莫名其妙地心烦。

后座一沉，许亦北跨坐上来，坐好了："走吧，快点。"

应行把车开出去："去哪儿？"

许亦北说："随你。"

应行往后视镜里瞄一眼："什么叫随我，我去哪儿你就去哪儿？"

"行啊，你开吧。"许亦北看看他的背。

应行扬了扬嘴角，往修表铺开，老远就看见贺振国在铺子门口站着，他没两眼就看到了他们，在朝他们招手。

他把车开过去，停下来："怎么了？"

"没事，怕你回来得晚，就等你呢。"贺振国看到后座还坐着许亦北，笑着说，"哎，正好，你们刚好一起，挺巧。"

许亦北从车上下来："有什么事吗，贺叔叔？"

"真没什么事，你们先在这儿给我看会儿铺子，我回家里去拿个东西，等会儿再来，就这么说好了。"贺振国说完搓着手走了，往前走了一段就拐进了小区。

应行开始还以为是他舅妈怎么了，看他说没事就放心了，打了脚撑下车："谁知道他要干什么，随他便吧，我们就在这儿补好了。"

许亦北也无所谓在哪儿补，他进了铺子，熟门熟路地拖了凳子在柜台那儿坐下，从书包里拿了卷子出来："我今天早做好了，听梁枫说后面有数学测验，正好准备一下，考得好我请客。"

应行把钥匙往柜台上一抛，脚钩了个凳子，在他旁边坐下，拿了卷子说："老樊当然搞测验最积极了，马上到月底了，下个月还有月考，没完没了。"说完他一顿，忽然问："今天几号？"

"22 号。"许亦北说，"怎么了？"

应行从他那儿拿了支笔，低头看卷子："随便问问，讲吧。"

许亦北看看他，挨近听题。

不知不觉就讲了快一个小时，天快擦黑，贺振国才又来了，进门就说："好了好了，你们作业做完了吧？没做完也等会儿再做，我东西做好了，拿过来了。"

许亦北回头就看见他手里捧着个方方正正的纸盒子，走过来放在了柜台上。

吴宝娟跟在他后面进来，跟平常一样缩着头发，白白净净的，穿着身长衣长裤，手里拿着颗大白兔奶糖，过来挨着许亦北说："北北，这里面是什么啊？"

许亦北说："我不知道啊，是什么？"

吴宝娟摇头："我也不知道。"

贺振国说："我藏着呢，这不是想给你们个惊喜吗？"一边说一边动手拆了盒子，一打开，里面居然是个蛋糕。

"怎么样，还行吧？我自己做的。"贺振国笑着说。

许亦北看了看，做得挺好的，虽然没店里卖的那么花哨，但是挺像样，还抹了厚厚的奶油。他抬头问："谁过生日啊？"

贺振国指一下应行："他啊。"

许亦北转头看过去："今天你生日？"

应行看看他，牵了下嘴角："嗯。"

贺振国说："我要不偷偷做个蛋糕，他肯定不肯过。"

应行说："有什么好过的，麻烦。"之前问许亦北今天多少号的时候他就记起来了，就猜是这么回事，搞得神神秘秘的。

"麻烦什么啊，十八岁了，成大人了，能不过吗？"贺振国一边数落他，一边往蛋糕上插蜡烛，"刚好许亦北在，一起庆祝了。"

许亦北突然有点懊恼，这也太措手不及了，就这么空手撞上他生日，一点准备都没有，他悄悄拿脚踢踢应行："你怎么不说啊？"

"没什么好说的。"应行看他一眼，"怎么啊，你还要送我礼物？"

"不用不用，"贺振国听见了，生怕他花钱，"你人在就好，宝娟也喜欢看到你。"

许亦北还真不知道要送什么好，要不然包个红包？好像的确送钱给他最实在吧。等等，到时候不会又被他说就知道钱吧？

胡思乱想了一通，还没想好，旁边压在卷子上的笔一下掉到了地上，他往后拖了一下凳子，弯腰去捡，一只手先他一步捡了，他一抬头，正对上应行的脸。

应行捡了那支笔，看着他，低声说："别想了，不用送，反正你也送不出我想要的。"

许亦北还没反应过来，他就直起腰坐回去了。

"什么意思，你怎么知道我送不出啊？"许亦北白他一眼，不要拉倒。他跟着坐正，就看见吴宝娟在贺振国旁边皱着眉，盯着那蛋糕上的蜡烛自言自语："不是啊，我记得不是今天……"

贺振国把蜡烛都点着了，扶着她的胳膊，哄她似的："那就是我过生日行不行？你就当我过生日吧。"

吴宝娟才又眉开眼笑了："你过啊？"

"对，我过。"贺振国问应行，"咱们还给你唱个歌吗？"

应行说："不是你过生日吗？你说吧，随便。"

"你真是……"贺振国没辙，"那蜡烛总要吹一下，许个愿什么的？"

应行看一眼许亦北，低头吹了蜡烛："好了。"

"许什么愿了？"

他好笑："告诉你还灵？"

贺振国摇摇头："你这吊儿郎当的，哪像是过生日，算了，切蛋糕吧。"

许亦北把卷子和笔都收了起来，在旁边看着，还是觉得不太自在，人家一家人过生日，怎么就把自己捎上了？

他还没想完，脸上忽然一凉，吴宝娟在旁边笑出了声。

他抬手摸一下脸上，一把奶油，看看吴宝娟，她手上还沾着奶油呢，他觉得好笑："你还玩这个啊？"

"北北脸花了。"吴宝娟笑着说。

应行转头看过来，看到他的脸，嘴角扬了起来，不客气地笑了一声。

许亦北看他一眼，他舅妈就算了，他还笑就过分了啊。

刚好贺振国推了切好的蛋糕过来，许亦北伸手捞了一把，抬手就往他脸上一抹："笑啊！"

"唔……"应行也没来得及让，被抹了个正着。

吴宝娟在旁边笑得更开心了："哎，你也脸花了。"

贺振国拦住了吴宝娟："我就知道你要闹，跟孩子似的，瞧瞧你这一手，哎，你别蹭，都弄衣服上了。"

吴宝娟还想抹他，被他拉下手，推到里面那屋去了："走走走，快去把手洗了。"

他们俩进去了，外面就剩俩人了。

应行提了提外套袖口，转头看了一眼许亦北，不急不忙的，好一会儿，找准时机，忽然抓着他的胳膊就摁在了柜台上，手捞了块奶油往他脸上猛地一抹。

"你还报复上了！"许亦北挣一下，没挣开。

里面洗手间的门一响，贺振国带着吴宝娟出来了。

许亦北立即推了一下应行，他立即松开手站直，抬手擦一下脸上的奶油，眼睛还看着他。

"唉，男孩子在一起就是爱闹腾，看看你们俩这闹的，还好就许亦北一个在，这要杜辉他们都来了，还得了吗？"贺振国看到俩人的脸哭笑不得，推了一下应行，"赶紧带人进去洗洗，弄成这样，还吃不吃了？"

吴宝娟看到他俩的脸又笑，给他们让路："让北北去洗。"

应行看一眼许亦北，转头往里走："进来。"

许亦北跟进去，一只手擦着脸上的奶油。

里面的屋子很小，只摆了简单的家具，可能是平常休息用的。卫生间更小，灯也不够亮，他走进去，应行把门一关，两个人个头都不矮，瞬间就感觉挪不开步子了，在水池边都是挤着的。

应行把水拧开："洗吧。"

许亦北伸手洗干净手指，又一下一下地洗脸，挨着他，两个人都在洗手洗脸，就着一个水龙头，动一下胳膊都难。

应行很快洗好了，一只手撑着洗手池，挂了一脸的水珠。

许亦北还没洗完，抄水的时候老是蹭到他身上，抬头照镜子，忽然看见他还盯着自己，许亦北转开视线，继续抄水洗脸，胳膊又蹭着他的胳膊过去。

应行忽然抓住他那只胳膊："行了，我帮你。"

许亦北一转头，他的手指已经在自己的左脸下颌那儿刮了一下，拿去水下冲洗。

那儿沾了块奶油，应行冲洗干净，收回湿淋淋的手指，看着他说："好了。"

许亦北有两秒没说话，脚步一动，拉开卫生间的门出去了。

门"嘭"的一声合上，应行两手撑着洗手池，低下头，缓缓吐出口气，忽然提着嘴角笑了。

第45章

许亦北埋头做着题。

已经快到夜里十二点了，他回到公寓后就在做卷子，其他什么都没干。

从那个卫生间里出来的时候，贺振国还准备留他吃晚饭，跟他说了好几句话，吴宝娟也叫了他两声，但是他拿了书包就走了，一刻都没多留。

直到现在，写完最后一个单词，手上这张英语卷子也做完了，他才抬起了头，笔尖在卷子上点了点，舒了一口气。

有点饿，却也没什么想吃的，鼻尖还残留着一点蛋糕味似的。他扔下笔，站起来出了房间，走到厨房里，倒了一大杯水，仰头几口灌了下去，扭头又回了房间。

在房间里没头没脑地走了一圈，他拿了放在窗边的琵琶，抱在怀里，对着窗外黑黢黢的夜空随手拨了几下。

"铛铛"几声响，深更半夜的好像太扰民了，他又放下来，看了一眼书桌旁的两把椅子，干脆把窗帘一拉，一头躺到床上，对着天花板自言自语："可能他是对老板太尽心了……"

许亦北掏出手机，在眼前滑了滑，点开日历，手指在今天的日期上点一下：11月22日，标了个红圈。

标完忽然反应过来，一下放下手机，干吗啊，还要特地记一下他的生日吗？

时间过得多快，他都成年了，说不定哪天"合作"就到头了，哪还有这个必要……

许亦北觉得自己搭错筋了，拿了枕头，翻个身，一头埋进去。

做的蛋糕反正是没吃完，一大早，贺振国又特地煮了碗长寿面，刚盛起来，听到卫生间的门"哗"的一声被拉开了，他伸头往外看，立马念叨："又一大早洗凉水澡，你别是感冒了吧。"

应行往身上套了外套，拿着毛巾随便擦两下湿漉漉的头发，进了厨房："那就感冒吧。"

"好好的说什么胡话，成年了，要有成年人的样子。"贺振国指指灶台上那碗面，"喏，面给你做好了，吃完再走。"

应行过去拿了筷子，还没吃，先问了句："昨天许亦北走的时候跟你们说什么了？"

"你还说呢，他一句话都没说，我叫都叫不住，你是不是欺负他了？"贺振国压着声音说。

应行吃着面，嘴角提了一下："没有。"他那能算欺负？

"还没有，你肯定是干了什么。"贺振国说，"人家一看就是有钱人家的孩子，你别拿你那些做派吓唬他。"

"我是强盗吧，被你说成这样。"应行低头吃面。

"我问你，你昨天到底许什么愿了？"贺振国又凑过来问。

"舅妈早点好起来。"

"还有呢？"

"不是告诉你说了就不灵了？"应行头也不抬地说，"一直问干什么？"

贺振国说："你就不许愿考个大学？高三了，你该想想你的将来了。"

"行了，我将来的愿望也许过了，更不能告诉你了。"应行又扒了几口面，放下碗，不吃了。

他一出去，看见吴宝娟已经起来了，坐在沙发上，板着个脸，一声不吭。

"怎么了？"应行问。

贺振国跟出来，小声叹了口气："别说了，还不是昨天过生日的事，她后来想来想去还是说日子不对。"

"就是不对，"吴宝娟挤着眉，自言自语一样，"日子不对，我记得不对……"

"都说了不过了。"应行皱了下眉，压着声音，说完走过去，拿了个外套披在她身上，放缓语气，"是不对，那不是他过生日吗？"他指指贺振国。

吴宝娟拢着外套说："那也不对，他也不是这时候过。"

"那是提前了，我们提前过了。"应行说，"提前过不好吗，不是还有北北在？"

吴宝娟想了想，脸色缓和了，点头说："那提前过是好的。"

"嗯，这不就行了。"

贺振国过来给她拉拉衣服："好了好了，别生闷气了啊，日子没错。"

应行看她没事了，转头拿了车钥匙："我走了，你在家好好的。"

吴宝娟点头："嗯，我不乱跑。"

"好。"应行开门走了。

下楼出了小区，他到修表铺外面开了电动车的锁，先往路上看了一眼。

公交车从路上开了过去，他特地看了两眼，没看到车上有许亦北，也可能是自己看漏了。他腿一跨，坐到车上。

许亦北今天根本没坐公交车，他没睡好，起得也比平时晚，怕来不及，出门直接打了个车。

到了校门口，他从车上下来，还揉了两下太阳穴。

"你干吗了？"

许亦北往旁边看，梁枫也刚来，俩人正好碰上。梁枫指着他的眼睛说："你没睡觉啊，顶这么大两个黑眼圈过来。"

"学习。"许亦北说。

"学成这样？"

"做了四张卷子。"

梁枫惊了："你疯了吧，一晚上四张，还有那么多作业呢，你这还睡个毛线啊，难怪成这样了。"

"为了测验能考好点。"许亦北随口敷衍。

"这么积极，那你这回请客是跑不了了。"

俩人说着话刚要进校门，身后"吱"的一声刹车响，许亦北下意识地回头，应行骑着车到了。

两个人视线一撞，昨晚的事又一下到了眼前，各自心领神会，都没开口。

许亦北先转过了头，手指钩一下肩上的书包，往里走了。

梁枫跟应行打招呼，看许亦北就这么进去了，回头说："他肯定是一晚上做四张卷子做疲了，连人都不理了。"

应行看了一眼校门里的背影："他做了四张卷子？"

"是啊，牛吧？"梁枫说着话往里走，"我反正是服了。"

应行去旁边停了车，收了钥匙就跟了进去。

许亦北觉得梁枫这人太八卦，一起走肯定又要问这问那，他特地绕到教务楼那边上去。

快到三楼的时候，身后传来一串不紧不慢的脚步声，他回头，看见应行一手插兜，就在他后面跟着，然后三步并作两步地上来，到了他旁边。

"昨天回去精力挺足的？做那么多卷子。"

梁枫果然八卦。许亦北看看他又黑又短的头发，又是半干，边往上走边说：

"你又一大早洗冷水澡，精力比我足啊，昨天是打球打兴奋了，今天是什么？"

应行跟在他后面说："那当然是有别的让我兴奋的事了。"

许亦北心想莫名其妙，他埋头上楼，话都不接了。

两人一前一后进了教室，班上的人都到得差不多了。

杜辉正坐在座位上吃早饭，看到应行进来，叼着根吸管叫他："应总……"

应行一直看着许亦北，坐下来才看了他一眼："干什么？"

杜辉挠挠头："有点事跟你说……算了，还是回头再说吧。"

早读铃响了，樊文德背着手，拿着一沓卷子走了进来。

"今天测验啊。"连个铺垫都没有，老樊开口直奔主题。

"要测验倒是给点心理准备啊，怎么说测就测了？"梁枫在前面吐槽。

班上又是一片哀号。

朱斌说："老樊又把早读给占了，太狠了……"

樊文德没理会，拍拍讲台："别吵，相邻的座位调一下，快点！中间的自己换！"

杜辉小声说："应总，我不想跟你分开，我还想瞟两眼你的呢。"

许亦北从刚才开始都不在状态，测验说来就来也无所谓了。他看看旁边，拿了笔袋："我调去旁边好了。"

应行看了过来："说让你动了？"

"不是相邻的动吗？我跟他总得动一个吧。"许亦北站起来，去了边上那组。

杜辉意外："我说叫你北哥还把你给感动了是吧？你居然主动调了！那我赖着不动了，管他邻不邻的。"

应行看许亦北去了靠窗的那排，旁边换来了个平常都没说过三句话的男生，他皱皱眉，手抓着桌沿一拽，把自己的桌子拖开了点，跟旁边离了一大截。

测验就是樊文德自己出的卷子，满分一百，一堂课就要做完。

许亦北做卷子的时候头都不抬，比什么时候都认真，就是看到熟悉的题型就会想起应行给自己讲题的过程，他忍不住往应行那儿看，又立即收回视线看卷子。

自己就是故意坐远的，还看什么啊。

应行做得很快，还没到下课，一张卷子就全做完了，他往靠窗的那排看，许亦北还低着头在那儿做题，白生生的侧脸对着他，没什么表情。应行手指上转着笔，心想他是在躲自己？

铃声响了，樊文德发话："交卷，别拖啊！我看你们这段时间都学了什么！"

许亦北把卷子交了上去，收了笔，想往旁边看，又忍住了，站起来出了教室。

到了男厕所里，他站在水池边，拧开水龙头洗了把脸，拧拧眉，烦躁，除了考试那四十几分钟，他到现在心就没定过，有完没完了？

几个男生出去了，又有人进来。

许亦北往旁边看，看到一双长腿，一抬头，应行站在他旁边，刚洗完手，正拧上水龙头。

他看看周围："怎么无声无息的？"

应行看他一眼，甩一下双手："你还打算继续补课吗？"

许亦北眼神动了一下："补啊，为什么不补？"

应行笑了一声："我以为你准备离我远点了。"

"怎么可能，课肯定要补。"许亦北若无其事地往外走，"要结束也得等我分提够了再说。"

应行目光一顿，看出去，笑没了。

忽然被提醒了，他当时那么急地追着自己"合作"，但最后还是要结束的。

第46章

测验完了，位置又调回去了。

许亦北够乖巧的，回到座位后就没干过别的，不是在看书，就是在做题，一整天都闷着在干自己的事。

到了快放学的时候，他才悄悄看了看旁边，应行从厕所回来后也基本上都在座位上待着，这一天除了吃饭，课间都没怎么出去。

可能是被察觉到了，应行头偏过来，视线正好跟他的撞上。

许亦北顿时像被逮了个正着，视线转开，小声说："我今天就先走了。"

刚好铃声响了，他都没等应行回话，收了东西往书包里一塞，拿上就先出了教室门。

应行看他说走就走了，皱了下眉，随手拿了车钥匙站起来，踢开凳子。

"应总，许亦北是不是考得不好啊？"梁枫回头说，"看他一直在闷头做卷子，我愣是没敢作声。"

"谁知道。"应行转头走了。

梁枫被他的口气弄得一愣，转头看杜辉："来了来了，那种熟悉的感觉又来了！"

杜辉也在急急忙忙地收东西："别废话了，老子今天没心情跟你讨论八卦，有事呢，我也得赶紧走了。"

许亦北搭着书包到了校门外面，沿着人行道走到公交站牌那儿，停了下来。

风吹在脸上凉飕飕的，他拽了一下肩上的书包，深吸口气，一脚踢开路边的小石子，在心里告诫自己：行了，打住吧，今天脑子里怎么这么乱呢……

公交车还没来，几个走读生从旁边经过，忽然有个人在那儿问："应行是不是还在这学校呢？"

许亦北看过去，离了两三米，站着一个穿着白外套的青年，长得还行，就是神情和口气都让人不舒服。他在那儿拦着个路过的男生，像盘问似的，乍一看很像不良人员。

认识应行的？

大概是因为他一直看着对方，那人也朝他看了过来，一双眼睛半耷着，看起来有点阴沉："看什么，你知道啊？姓应的还在这儿吗？"

光是听他嘴里这称呼，许亦北就觉得这人不像什么好人，找应行肯定也没什么好事，于是扫他一眼，没搭理。

"现在的高中生还挺跩啊。"那人不客气地笑了一声，古里古怪的，忽然朝他走了过来。

许亦北看他走近才开了口："怎么？"

对方打量他说："看你像高三的，认识他是吧？"

许亦北还没说话，有人从后面过来了，抓着他的胳膊往身边带了一下。

他回头看了眼，是应行，应行一只手抓着他胳膊，眼睛就看着那人："你有事？"

"我说呢，原来你们还真认识。"社会青年看着应行，皮笑肉不笑，"没什么事，就是特地来跟你打声招呼，真是好久不见啊。"

应行没理他，拉了许亦北一下："走了。"

许亦北就这么跟着他走了出去，过了马路，回头看一眼，那人还站在那儿盯着他们，真是莫名其妙。他转过头，反应过来自己的胳膊还被应行拉着，他挣了一下。

应行回头看他一眼，松开手，已经到了停电动车的地方。

许亦北又往那儿看一眼，那人终于走了，像是专程过来就为了确认一下应行在这儿一样。

"那谁啊？"他问，"还是扈二星那伙的混混？"

应行腿一跨，坐上电动车，拧开了锁："管他呢，不重要。"

许亦北拧眉说："阴阳怪气的，跟你有仇一样。"

"差不多吧。"应行说，"你仇人那么多，我有几个也不奇怪。"

许亦北心想：那能一样吗？谁知道你是不是又在外面揍了谁惹上的。

应行朝后面偏一下头："上来。"

许亦北看看他，又转头去看路上："今天也不补课，我自己回去就行了，不等公交车了，就打车吧。"

应行坐在车上，看着他："你不是说课还是要补的吗？"

"嗯，是我说的。"许亦北往路上走，"下次再补，今天刚考完，就不补了。我是老板，时间我定。"

应行看他头也不回地去了路边拦车，也看不出他在想什么，手搭着车把，皱着眉，停在原地没走。

还没半分钟路上就来了辆车，许亦北招手拦了，坐进去就走了。

"应总！"杜辉追了过来。

应行看着路上，没接话。

杜辉到了他跟前，看看他的脸色，又往路上看看："孟刚那家伙回来了，你不会是碰到他了吧？"

应行说："他刚才已经走了。"

"他还真来了！"杜辉骂了一句。

应行口气漫不经心的："你今天早上说有事跟我说，就是要说这个？"

杜辉立马说："是啊，大华告诉我的，叫我带话给你，别把他当回事，你该干吗干吗。"

"我本来就没当回事。"应行一脚踢起脚撑。

杜辉看看他："那你怎么坐着不走啊，干吗了，心情不好？"

"那也不是因为他。"应行车把一拧就开了出去。

"哎，等会儿！"杜辉又喊，"你慢点，我还想说错过你生日了，要给你补顿饭呢！"

应行开得太快了，冲出去很快就没影了。

面前摊着三张卷子。

许亦北站在书桌边，一手揉着太阳穴，一手翻着看了看，一晚上又写了这么多，都不知道自己怎么来的劲头，就是后面还有些题空着，不会。

他丢开卷子，掏出手机翻了翻，找到那个人民币头像的微信，想在微信上问应行，滑了几下，还是什么都没发。

明明是自己说今天不补的，现在又找他算怎么回事？

这两天是怎么了，怎么这么浮躁呢？再这么下去就要影响自己的学习了。跟他"合作"不就是为了提高数学成绩吗？

许亦北把卷子一盖，转头躺到床上，拉了毯子往身上一搭，闭着眼睛自言自语："正常点，许亦北，今晚好好睡，明天该干什么干什么……"

决心下得很好，结果还是睡得不好。

第二天早上，许亦北起得甚至比平常还早，出门的时候还不到六点。

从公交车上下来的时候，他手指又揉太阳穴，一边往校门口走，一边下意识地看了一眼站牌旁边的马路，昨天那个莫名其妙地在这儿打听应行的社会青年没再出现了。

快到校门口时，跟前倒是闪出了另一个人。

许亦北停下来："你又来干什么？"

还是余涛，他穿着十四中的校服，空着两只手，像是出来逛大街的，他挡在许亦北跟前说："找你当然是有话说了！"说着歪头看看他的耳朵，看他今天没戴耳机，才往下说："很好，你现在能听清楚了，我郑重地告诉你，别以为你有什么了不起的，虽然你小子打球打得不错，长得帅，还有钱，但是我还是要努力往应总跟前拼的！"

许亦北怀疑他狗血电视剧看多了，动不动就来拦人放狠话，越过他就走："幼稚。"

余涛又追上来挡住他："我还没说完呢，跟他一起打球的迟早是我！"

许亦北够烦的了，前面那回就算了，今天居然又被他拦下说这些莫名其妙的话，他不知怎么就来了火，脚步一停，拧眉说："你说够了吗？老是念叨这几句，什么毛病？"

余涛一愣："你干吗？"

许亦北也愣了。

余涛被他这突如其来的脾气冲得脸上一阵红一阵白的，扭头就跑了。

许亦北还站着，有点蒙，直到今天负责检查的丁广目从校门里伸头望出来："许亦北，怎么站在那儿一直不进来啊？快点啊。"

他这才回了神，扯了一下肩上的书包，匆匆进了校门。

教室里挺忙碌的，高霏在前面发卷子。

梁枫瞅着教室后门，看到许亦北进来，立马喊："快，许亦北，告诉你一个不知道是好是坏的消息，数学测验的分数出来了，马上就发到你了。"

许亦北坐下来："嗯。"

梁枫打量他："你这两天失眠了？没睡好一样，不会是真没考好吧？"

"不知道。"许亦北的心思还停留在在校门口跟余涛说的话上面，他拿了本书放在面前，遮掩了一下，抬头去看高霏发卷子。

高霏又专程把卷子给他送到了面前，冲他笑了一下，看到梁枫在，板着脸就走了。

梁枫说："快看看，多少分？"

朱斌也回头看了过来："多少啊？"

许亦北翻过来，67分。

满分100的卷子，考了67，比起上次的及格分，还是进步了。

"这还说什么，请客请客！我还真以为考差了呢！"梁枫顿时来了劲头，紧接着就喊，"应总，你来得正好，许亦北今天请客，一起来！"

许亦北看向旁边。

应行刚到，身上穿了件黑色外套，可能是来的时候骑车为了挡风，他的领子竖着，衬着一头又黑又短的头发，肩宽背直，两条腿又长又直，头发又是半干的，坐下来的时候浑身懒懒散散的，仿佛也没睡好。

"是吗？"应行看了过来，又垂眼看了眼那张卷子。

许亦北转开视线，翻了翻卷子："嗯，你也来。"

应行看了看他的侧脸，挑了下眉，扯起嘴角笑了一下："行。"

朱斌在前面叹气："唉，我比期中考试还少了几分。"

梁枫说："那请客你别去了，去了也是郁闷，也别跟许亦北比了，人家有钱，找了个好补课老师，你认命吧。"

许亦北忍不住又往旁边看了一眼。

应行也看他一眼，俩人挺有默契，谁都没作声。

好巧不巧，今天杜辉又去十四中训练篮球，请客的好事赶不上。

快到中午的时候，梁枫在前面嘀咕："那晚上就我们仨啊，怪冷清的……"

许亦北脑子里一团乱麻似的，也不知道是因为没睡好，还是因为早上余涛那一出。他掏出手机，在课桌底下有一下没一下地翻，没想好要去哪儿请客，干脆收起手机，随便吧。

旁边的腿动了一下，他看过去，应行正看着他："进步了还不高兴？"

"没啊，"他抿抿唇，"不高兴能请客吗？"

应行手里玩着支笔，拇指把笔帽顶出去又按回来，笑了一声："那距离你心里算是提够了的分，还差多少？"

许亦北把手机一收："还差一截呢。"

还差一截，补课具体补到什么时候就不知道了，反正也是迟早的。"啪"的一声，应行扔下笔，站起来出去了。

许亦北转头看他一眼，他怎么了，到底谁不高兴啊？

梁枫嘴里说冷清，其实对请客最积极，等了一天，终于等到只剩最后一节物理课。

物理老师挺厚道，最后留十分钟给大家自习，到点就放学，一点时间都没拖。

梁枫忙不迭地回头喊："走走走，出发，应总，许亦北，走了！"

许亦北收好了书包，搭在肩上，临走还不忘看一眼旁边，这是养成习惯了。

应行站了起来，他到现在都没怎么说过话，干什么都没兴致，一手插在兜里，看了看许亦北，才说："走啊。"

许亦北先出去，他走得很快，到了校门外面，准备叫个车，刚到路边就听到一声喊："许亦北！"

余涛居然又来了，他急匆匆地从路对面冲过来，到了许亦北跟前就说："得亏我想了一天，我可算是想通了！你说得对，我是有毛病。"

许亦北拧眉。

"我还没说完呢，我的想法就是想跟应总做队友，那是崇拜，你懂不懂？你是不知道，我第一回见他的时候，就看到他一个人揍趴了一群找他碴的，临走时还顺手给我解了个围。说实话那天我在另一头的巷子里，被一群高年级的欺负，要不是应总，我绝对要被揍成猪头，他当时完全可以不管我，但他还是帮我了，我能不崇拜他吗？我就没见过像他这么帅的男的，又帅又强，我要是个女的早就倒贴上去了！"

许亦北轻轻嗤笑了一声："崇拜？"

"对啊！"他上下打量许亦北，"反而是你小子，今天脾气这么大干吗？"

许亦北沉下脸："我有脾气还要你管？"说完就要走。

余涛一把搭住他的肩，揽了一下："别走，咱俩提前说好，今天的事你别跟应总说啊，我怕他不理我。"

许亦北耸一下肩："松开。"

余涛还搭着他不放，忽然看了看他的侧脸："别说，近看你还真是挺帅啊。"

"滚。"许亦北嫌烦。

忽然肩上一轻，余涛的胳膊被人拿开了，应行从后面过来，一手拉下那条胳膊，一手拨着许亦北的肩往自己跟前带了下，看着余涛："干什么呢？"

"应总？嗳，你手劲小点，我没干什么。"余涛胳膊都被他拧痛了，连忙捂着让了一下，说完又看许亦北，"干吗，你们要一起走吗？"

梁枫跟过来："什么干吗，咱们要去吃饭。"他记得跟余涛在运动会上踢过足球，当时还看这卷毛挺不爽，他问许亦北："找你的啊？"

"我找应总的！"余涛抢着接话茬，眼神在他们几个身上转了转，"就你们三个啊？要不然算我一个，我自费。"

应行推了一下许亦北的肩，往路边走："不是我请客，找我没用。"

余涛跟过来："许亦北，你请客是吧？我自费，我就想跟应总一起吃个饭，怎么样，你发个话吧。"

许亦北伸手在路上拦了辆车，看了他一眼，就想跟应行一起吃个饭？他心思转了一圈，脸上也没表现出来，拉开副驾驶的车门时说："随你便。"

应行伸手把他拉开的门推上了，又抓着他的胳膊拽了一下，一手拉开后座的门，把他推了进去。

许亦北直接被推着坐进后座，紧接着他就跟进来了，就挨着自己坐着。

梁枫挤进来，坐在最边上。

余涛看看，没的选，只好坐到了副驾驶座上，他还挺自觉："没事，这趟车钱我也付了。"

许亦北动了一下，他跟应行坐得太近，俩人腿挨着腿，胳膊抵着胳膊。他不动声色地往门边挪了点，腿也收了起来，随口说："去哪儿你们自己选。"

梁枫马上报了个地方。

车开了出去，应行看他一眼，又看了看彼此间空出的一点缝隙，抿着唇，手指玩着车钥匙，一句话也没说。

车开到地方，是城东一家饭馆。

梁枫实在没什么想象力，知道许亦北有钱，也想不出什么好饭店，开口也就是个普通饭馆，下了车才反应过来："亏了，我给许亦北省钱了。"

许亦北已经先进去了，到了柜台那儿，也不知道怎么安排，这种小饭馆里都是人，他还真很少来。他转头往后面看，应行走了过来，直接跟柜台说："有包间吗？四个人，开个包间。"

许亦北就不说话了，听他安排。

余涛挤了过来："应总，安排好了吗？我来帮忙，要不要喝的啊？"

许亦北看他这么热情，干脆让开两步，让他去说。

应行三下五除二就解决好了："随便你们，想喝什么自己去点。"说完看一眼许亦北，朝里面偏偏头。

许亦北看见他的眼神，跟着他过去。

包间里有一张大圆桌，应行伸手拖了把椅子，拍了一下椅背，看了看许亦北："坐这儿。"

许亦北伸手要自己拖椅子，看了看他，就在那把椅子上坐了下来。

应行又拖了把他旁边的椅子，刚坐下，其他两个人都进来了。

余涛还真抱着一扎饮料，他直奔应行旁边，把饮料往桌上一放，就挨着他左手边坐下了："应总，有空去咱们十四中打球吗？"

"没空。"应行说。

"那抽空来啊，真的太久没跟你一起打球了，我做梦都想跟你一起打球。"

许亦北看了看他们，扭过头，随手拿了菜单翻了翻，根本没仔细看，心想：还做梦都一起打球，你可真够执着的。

梁枫在他旁边坐下，忍不住凑过来跟他嘀咕："这人干吗这么缠应总啊？"

"我怎么知道？"许亦北把菜单一把推给他，"你点吧。"

梁枫愣了一下，看看他，干吗啊，菜单惹他了吗？忽然口气都变了。

一顿饭吃得说热闹也热闹，主要都是余涛一个人在说话。

许亦北就没怎么开过口，桌上的菜也没动过几筷子，大部分时候就在喝水。

梁枫吃了个半饱，挨近他说："一顿饭不够啊，待会儿换场子，咱们再找个地方玩够了才算完。"

许亦北没太注意听，扫了一眼那边絮絮叨叨的余涛，拧眉说："随便。"

余涛还在那儿劝应行："应总，来十四中吧，我说真的，我高二就盼着你来了，等到今天了。"

"你是焦平派来的吗？"应行说，"再废话别吃了。"

余涛说："我不就是想跟你一道吗？"

许亦北把杯子一放，拿了手机站起来，转头出去了。

应行扭头看过去。

余涛跟着看了一眼："他吃完了？"

应行看了看旁边，他根本就没吃多少。

梁枫看着余涛："快吃完换场子了，你别是唐僧转世吧，太能啰唆了，别说你自费，你就是请客，下次也别跟咱们一起吃饭了。"

"我跟应总聊正事呢。"余涛说着去看应行，就见他站起来也出去了，"应总？"

许亦北到外面付完了钱，出门去透气，还没半分钟，旁边就多了道斜长的影子，他转头看一眼。

应行出来了，手里端着个一次性纸杯，也不喝，就这么懒洋洋地站着，看着他："你要不想带他就别带好了。"

许亦北说："谁啊？"

"余涛。"应行说，"我看你好像挺烦他的。"

"没有，"许亦北淡淡地说，"跟我有什么关系啊？"

应行捏了捏手里的纸杯，忽然笑了："嘴硬什么啊？"

许亦北听见了，拧眉盯着他："我跟你还'合作'着呢，你说话客气点。"

应行嘴边的笑没了："我知道那就是'合作'，还用一直提醒我吗？"

许亦北低声说："那你一回回的，倒是给我放尊重点！"

一回回的？应行舌尖抵了抵后槽牙："我要是不想尊重呢？"

"那就是以下犯上，我钱白花了！"许亦北踢了一脚路边的树叶，走了出去。

应行看他一眼，给气笑了，真会用词，还"以下犯上"，原来他俩还真像老樊说的那样，层级都不一样。真不愧是他老板。

还好梁枫跟余涛出来了，一出来就看到许亦北走出去了一截。梁枫立马去追，过去就说："正好要换地方，你走这么快干什么，有事吗？"

　　许亦北往后面看了一眼，老远看见应行还盯着自己，转回头说："没事。"

第 47 章

　　过了条街就开着家游戏厅，梁枫一头扎了进去，他就是冲着这儿来的。

　　许亦北跟进去，进门的时候又往后瞥了一眼，应行不紧不慢地走了过来，余涛还寸步不离地跟着他，两个人一起过来了。

　　反正也不关自己的事。他转头不看了，直接去了前台，掏出手机先付了钱。

　　音乐声震天响，到处都是电玩机器的声音和吵吵闹闹的说话声。

　　梁枫把带着的书包交给前台存了，领了一堆游戏币，跟他说："前面的商业街那儿还有一家游戏厅，带旱冰场的，下次要有机会咱们就去那儿。"

　　许亦北说："去过了。"

　　"你居然去过？"梁枫说，"看不出来你一个天天学习的人还去过那儿啊，跟谁一起去的？"

　　许亦北又忍不住往后看了。

　　"应总，去玩投篮啊。"余涛一进来就喊。

　　应行走进来，目光扫了一圈，朝前台这儿看过来。

　　余涛推推他："走吧，一起去玩。"

　　许亦北往外套兜里收着手机，没看他俩，余光瞥见应行被推着走了，才扭头朝俩人身上看了一眼。他抿着唇，拨了一下肩上的书包，就倚着柜台站着，没什么兴致。

　　"这卷毛怎么还缠着应总啊？"梁枫忍不住吐槽，"踢球的时候看他那么嚣张，跟霸王似的，结果在应总跟前乖得像孙子一样！"

　　许亦北拧了下眉，不冷不热地说："管他呢，人家乐意，应行不也挺乐意吗？"

梁枫看看他，觉得有点不对劲："你跟应总怎么了，怎么忽然就不说话了？"

"没怎么。"许亦北回头拿了前台上的饮料单子看，打岔说，"要点饮料吗？"

"你自己喝吧，我看你晚饭都没怎么吃。"梁枫看他到现在书包都没放下来，一看就没进入玩的状态，"你这哪像是来庆祝进步啊，不知道的还以为你退步了呢。等会儿，我去找个好玩的，回头叫你，给你提提兴趣。"

许亦北说："随便。"

梁枫扭头，颠颠地进去寻乐子去了。

许亦北看他走了，把单子一推，随口点了杯橙汁，周围所有人都在玩，就他一个人站在这儿，简直格格不入。

收银的姑娘把榨好的橙汁推出来，热情地跟他闲聊："帅哥，进去玩会儿吧，要是不会玩，我可以找人带你。"

"不用。"许亦北喝了一口，感觉都没喝出什么味来。

梁枫忽然在那头叫他："许亦北！这儿！来来！"

许亦北转头，看他正站在墙角那儿朝这儿招手，跟发现了什么新大陆似的，他叼着吸管走过去："干什么啊？"

梁枫指指墙上："这儿还有许愿墙呢，你干站着多无聊，来许个愿玩。"

许亦北抬头看看，墙上都快被贴满了，五颜六色的贴得一层叠一层。

梁枫把游戏币揣兜里，拿了笔，酝酿了一会儿，没酝酿出来，放弃了："唉，算了，我不许了，你来吧。"

话刚说完就听见余涛老远在喊："这也不错，应总，玩这个！"

许亦北眼睛瞟过去，看见应行背对着这儿站在篮筐底下，挺拔的一道身影，他两只手揣在兜里，也没玩，余涛在旁边的机器那儿忙着兑游戏币，倒是挺欢的。

"这小子没完了，"梁枫说，"我感觉他能缠应总一晚上。"

许亦北用力咬了下吸管，抬了抬下巴："你可以去玩了。"

梁枫看看他："干吗，你许愿还怕我看吗？"

许亦北反问："我请客，你还不赶紧去享受？"

"也对。"梁枫扭头去找电玩，"那我去前面等你啊。"

许亦北看他走了，想了想，放下那杯饮料，拿了支笔，在许愿纸上停顿一下，把脑子里那些乱七八糟的思绪都放到一边。

去他的，什么都别管了，自己的目标是要好好学习，离开这儿。对，就这样！

应行到现在什么都没玩，跟许亦北你来我往互相冲了几句，来了这儿什么兴趣都没有。

余涛还要叫他玩投篮，梁枫打这儿经过，叫了他一声："应总，你怎么也不玩啊，怎么着，你跟许亦北都没心情呢？"

"少胡扯，应总跟我玩能没心情吗？"余涛抢话。

梁枫运动会的时候还有点怕他，这会儿完全不怕他了，转头就走了。

应行转头找了一下，看到许亦北一边肩膀搭着书包，一个人站在墙下面，低着头，拿着笔写了什么，紧接着一撕，往墙上一贴。在许愿？

许亦北贴完，端了那杯饮料，盯着墙看了两眼，转头朝梁枫那儿走了，还是特地绕过两排娃娃机走的，离这儿一大截。

应行看他走远了，插着兜，朝墙那儿走了过去，到了跟前，抬头往墙上看。

许亦北的字很好认，天天给他补课看得太多了，虽然夹在一大堆许愿纸里，应行还是一眼就看到了——

好好学习，远走高飞。

没有留名字，就这八个字。

应行的眼神顿在那儿。原来他是为了这个才要提高数学成绩，难怪这么有毅力，原来他迟早是要远走高飞的。

好一会儿，应行才转开视线，皱了皱眉，自嘲地笑了一下，远走高飞去哪儿？肯定是要离这儿十万八千里了。

嘴边的笑突然没了，他转头看了一眼远远地站在梁枫那儿的瘦高身影，压着眉眼，转身走了。

"应总！你怎么去那儿了？"余涛叫他，"来接着玩啊！"

应行没回话，往前去了尽头的男厕所，到了水池边拧开水龙头，抄着水抹了把脸，湿漉漉的手指摁在池边，又自顾自地笑了一声："'合作'是吧……"

"那小子又在叫应总。"梁枫在电玩区都听到余涛的鬼吼了，远远地看了两眼，忽然说，"嘿，还有人跟应总搭讪啊。"

许亦北看过去，应行好像是刚从厕所出来，脸上还挂着层水珠，外套的袖口拉了上去，站在吸烟区的玻璃墙那儿，他面前站着两个女生，也不知道是高中生还是初中生，很腼腆地笑着，有一个指着那边的娃娃机，可能是想让他帮忙去夹一下。

"应总今天跟朵花似的，真是男也缠女也缠，但是不用看，铁定没戏。许亦北，你积极点，说不定马上也有妹子来找你搭讪。"梁枫拿胳膊撞他一下。

许亦北心想管他有戏没戏，说不定他也在这儿赚过钱，早就是熟脸了，有几个人搭讪又怎么了，反正跟自己也没关系，想完把手里的饮料杯往垃圾桶里一扔，什么都没说，直接走了。

到了前台，他又多付了两百，让梁枫自己玩。他准备走人了，回去学习，没什么好待的了。

"你们这儿有其他门吗？"他不想被梁枫看见，到时候又要多话，打算悄悄走。

收银的姑娘指一下后面："你从那儿出去，那儿有个后门，穿过条巷子就是大街，打车也方便，小心点啊，后门堆了不少东西。"

许亦北转头就走了，一眼都没再往应行那儿看。

应行直接一句"不会"就推掉了那两个女生，从她们旁边走过去，老远就看到梁枫身边没人了。他扫了周围一圈，也没看见那道瘦高的身影，于是手插着兜走过去，踢了一下梁枫的凳子："他人呢？"

梁枫手上打游戏打得正欢，转头才发现许亦北不在了："人呢？刚才还在这儿呢。"

应行转身就走，一直走到门外，往路上看，也没看见人，迎头吹了一阵凉风，他心底一阵一阵地烦躁。

冷不丁听见一阵狗叫，又急又凶，像要咬人一样，他顺着声音看了一眼，走回去问前台："你们这儿养狗了？"

收银的姑娘探身说："其他店的，怕吓着客人，拴在后门呢。"

"刚才有人走后门吗？"

"有啊，刚走了一个帅哥。"

应行立即朝后门走，推门出去，狗叫声一下清晰了，就离了几十米。

附近都是老街区，他过了两家店铺，没几步就拐进了一条巷子，路灯只照进来一半，里面半明半暗的，一条狗拖着链子哗哗直响，拴在墙边，上蹿下跳的。

应行又往里走了几步，抬起头，一下就看见了右边围墙上蹲着的身影，肩上还搭着书包，他停下了。

许亦北就想悄悄走，没想到这儿还有狗，还是条快有半人高的大狗，突然看到下面多了个身高腿长的人影，他眯了下眼，周围也不够亮，看到那短短的头发他才认出来，淡淡地说："你过来干什么？"

应行说:"爬得挺高啊。"

许亦北觉得他口气不好,自己也没心情说什么,就朝左边歪了下头。

应行朝那儿看了一眼,地上堆着一堆乱七八糟的东西,也不知道是什么,难怪他上来容易。现在狗就蹲在了那上面,这儿又多了一个人,它更是没完没了地叫。

"我要不来,你就不打算走了?"

许亦北别过脸:"你走好了,我有什么不能走的。"

应行笑了一声,说他嘴硬还不承认,真够犟的:"那你怎么不下来呢?前面也没围墙了,你要么就从这儿往下跳,看你那动静会不会再惹得这狗绷着链条往你身上蹿。"

许亦北咬了咬牙,不吭声,他不就是因为这个才暂时没动吗?

应行站着,看了他几秒,忽然几步走近,伸手一把抓着他的胳膊,背过身,往肩上一拉。

许亦北猝不及防地往前一倾,一下靠到他肩上,愣了一下:"你干什么?"

"弄你下来。"应行伸手抓着他的手,往肩上用力一拽,一把就把他背了下来。

许亦北整个人都趴到了他背上,双手攀着他的肩,紧接着腿就被他托住了,话都没说出来。

狗叫得更凶了,应行背着他走到巷子中间,离狗叫声远了一大截,两手往上托了一下。

许亦北下意识地说:"行了,放我下来,省得被人看到。"

应行停了下来:"被谁看到?"

许亦北挣扎一下:"里面那些人,崇拜你的、搭讪你的不多得很吗?松手!"

应行松了手,回过头说:"我怎么不知道啊?"

许亦北脚一下落了地,缓了口气,转头就走,嘴里"呵"了一声。

胳膊忽然被一把抓住了,他脚步一停,回过头,应行抓着他的胳膊,冷笑了声:"呵什么?"

许亦北拧眉:"我还不能呵一声?"

应行一把拽着他,往墙上一按。

许亦北后背在墙上撞了一下,心里腾地就蹿起了火:"你想干什么啊?!"

两个人面对面,一呼一吸,都在较着劲。

直到应行开口:"我想干什么?"他忽然又低又沉地笑了一声,故意回敬似的:"我想'以下犯上'。"

第 48 章

梁枫看应行也不见了，还以为许亦北是怎么着了，游戏都不玩了。他一路找出去，从前门一直找到后面那条大街上，绕了个大圈，也没看到人。

直到过了几家店铺，听到前面巷子里传来几声断断续续的狗叫，他也不知道里面有没有人，停下来胡乱喊了两声："许亦北？许亦北？"

没人回应，他刚扭头要走，里面一下走出来个瘦瘦高高的身影，不是许亦北是谁。

"还真在这儿，你怎么一声不吭就不见了啊？"梁枫看着他。

许亦北低着头，脚步飞快，直接从他身边过去了，一句话都没说。

"怎么了？"梁枫一头雾水，刚要跟上去，看见从巷子里又走出来一个人。

"应总？你也在这儿？"

应行走出来，眼睛看着路上。

许亦北头也不回地走到路口，招手拦了辆车，坐进去，"嘭"的一声拉上了车门，车就在眼前开走了。

"到底怎么了？"梁枫发蒙地看着应行，"你俩吵架了？"

应行倚在墙边，看着许亦北离开的路口，提着嘴角，莫名其妙地笑了两声。

许亦北都不知道自己怎么回去的，几乎是一路小跑着上了公寓楼，"嘭"的一声甩上门，书包随手就丢在了地板上。

窗外不知道什么时候开始亮了起来，光一直照到床边。书桌上摊开着几张卷子，全都写满了。

一夜过去了，许亦北仰躺在床上，睁开眼，到现在也没睡着。

眼皮被刺激了一下，他转头看窗户，看到外面的阳光，一下反应过来，立即爬起来看闹钟，时间过了，昨晚忘了定时间，已经迟到了。

刚想爬起来去学校，他又停住了，坐在床边，想起应行，一只手伸出去，摸到手机，拿起来翻了翻，找到樊文德的号码，拨了过去。

几声忙音，电话通了，樊文德在电话里问："许亦北？你怎么还没到啊？我去班上检查没看到你啊。"

许亦北想了想："老师，你今天讲新课吗？"

"今天不讲新课，"老樊说，"讲上次测验的卷子，怎么了，你好好的怎么就迟到了？"

许亦北揉着太阳穴："那我请个假吧，今天在家自习。"

樊文德顿时开始关心："是不是病了？没关系，你的学习成绩一直在进步，也比别人自觉，偶尔请个假可以理解，要是病了就好好休息啊，我给批了，没事没事。"

"谢谢老师。"许亦北生怕他多问，说完就挂了电话。

坐了会儿，他才下床，拿着手机走了出去，朝阳台看一眼，看到了挂在那里的深灰外套，是应行那天搭在他身上的外套，他带回来后洗了，一直没还给他。

他走过去拿了下来，拎在手里回了客厅，塞进书包里。忽然发现这儿多了太多那人的痕迹了，外套、护肘、房间里多出的椅子……

手机忽然在一下一下地振。许亦北回神，下意识先看了一眼屏幕，看见来电人是他妈，才定了定心，接起来。

方令仪在电话里的语气有点担心："许亦北，你是不是生病了？你们班主任打电话过来我才知道，你没事吧？"

许亦北没想到老樊居然通知他妈了，他悄悄吐了口气，声音有点哑："没什么事，就请了个假。"

方令仪说："好好的怎么请假了？我去看你吧，要不然你回来一趟？妈妈不放心，你有没有去看医生啊？"

许亦北对着手机，不知道该说什么，看了一圈这公寓，也不想让她担心，居然破天荒地答应了："行，我去看你吧。"

早读课已经快下课了，应行才到教室。

一进门他就朝后排看了过去，许亦北的座位上是空的。

"应总，你总算来了！"梁枫正盯着门呢，憋半天了，看到他就说，"今天许亦北没来，我差点以为你也不来了。"

应行走到座位上，看着旁边的空桌："他没来？"

朱斌插话："没来，我去办公室听老樊说他请假了。"

梁枫诧异："真是百年难得一见啊，他可是感冒都要跑来考试的人，居然还会请假呢。"

应行在座位上坐下，手指把玩着车钥匙，一句话都没说。

"你们昨天请客居然不叫我，我错过了！"杜辉在旁边嚷嚷，说着就问应行，

"应总，昨天怎么样啊？"

"我还想问昨天怎么样呢。"梁枫嘀咕，一边看看应行，"不会真吵架了吧……"

应行谁都没搭理，低头掏出手机，手指翻着，点开许亦北的微信，在聊天框那儿点了点，咬紧牙关。他昨天回去一晚没睡好，还以为今天来得够迟了，没想到许亦北居然没来。

他手指点着手机，没几秒，低下头，打了句话过去。

——在哪儿？

下午五点，方令仪从别墅二楼匆匆下来，看到站在客厅里的许亦北就笑了："太难得了，你居然肯回来。"

许亦北在公寓里自习了一天，到现在才过来，肩上还搭着书包，随时都在学习的样子。

"我就来看看你，省得你担心。"

"我叫刘姨做饭了，刚好今天没工作，你就在这儿待一晚。"方令仪把他肩上的书包拿下来，"别背着了，一直学也累，回来休息休息，真没生病吗？"说着还摸了摸他的额头。

许亦北把书包放到沙发上："烫吗？"

"头不烫，脸烫。"方令仪说，"怎么了，是回来得太急了？"

许亦北眼神晃了晃："差不多吧。"

两人正说着话，李云山从楼上下来了，看到他有点意外，笑了笑说："回来就好，我还担心你生气不肯回来了。"

许亦北知道李云山是说上次李辰宇让他背黑锅的事，他抿了下唇，没说话。

方令仪不想再提那个，抬腕看看表，对许亦北说："休息会儿，我去给你做个甜品，待会儿吃完饭可以吃。"

她刚进厨房，外面院子里就有车开了进来。

许亦北知道肯定是李辰宇回来了，他转头去柜子上拿了碟鱼食，要去后面的花园里喂鱼。

还没出去，玄关那儿就进来人了，他回头看了一眼，果然是李辰宇回来了，进来看到他在，顿时绷起脸，扭头就上了楼。

李云山说："怎么连声招呼都不打？"

李辰宇没吱声。

许亦北也没心情搭理他，直接出去了。

满满一碟鱼食拿在手里，他站在池边，根本就没心思喂鱼，半天也没撒一点下去，就这么看着几条红尾鱼，还有水里自己的倒影，一只手插在兜里。

他忽然回神，才意识到自己在摸手机，于是拧拧眉，把鱼食放下，掏出来随便看了看，一眼就看到了微信里那个人民币头像给自己发来的消息。

——在哪儿？

就三个字。

许亦北眼皮一跳，感觉他下一刻就要出现了一样。

隔了几秒，他又看一眼，才发现发送时间在上午，都快过去一天了他才看到，也不知道该回什么，干脆把手机一收，又回了别墅里。

方令仪这会儿正高兴，亲手在厨房里做着甜品，嘴里还在小声哼歌。

许亦北走进厨房，看她在流理台那儿忙着挤奶油，又想到应行过生日时被抹的奶油，他闷着头走过去，忽然觉得换个地方待着也白搭。

方令仪忙了一会儿才发现旁边站着他瘦高的身影，笑着停下来："吓我一跳，站旁边一声不吭的。"

许亦北拿了个勺子递给她，挨在她身边，伸出只手指，在大理石的台沿上轻轻刮着，叫她一声："妈。"

"嗯？"方女士以为他要说什么，等了会儿没后文，又看看他，"怎么了？回来后一肚子心事似的。"

许亦北又挨她近了点，声音低低的："你说我要是突然就不一样了，你会怎么样？"

"能怎么样，你不还是我儿子吗？"方令仪笑着说。

许亦北没说话，手指还在刮啊刮的，恨不得把那一块都刮秃了。

"到底怎么了，这么大的人了，突然心事这么重。"方令仪揶揄地看他一眼，"不会是跟谁闹矛盾了吧？"

许亦北手指一停。

方令仪又笑："说笑的，你今天到底怎么了，是不是真病了啊？"

许亦北没说话，背过身，两只手按着流理台，低下头，缓缓地吐出口气。

就当他病了吧，还病得不轻。

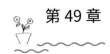

第 49 章

应行刷着手机。

回到修表铺后他就在柜台后面坐着，手里一直拿着手机，已经看了不止一回。没有消息，许亦北到现在也没有回复他。

他皱着眉，把手机随手丢在玻璃台面上，"砰"的一声响。

贺振国坐在旁边修表，抬起头问："干什么这是？"

应行没回话，出了柜台，走到门口的时候，看到坐在凳子上的吴宝娟低着头，正在看手机上的照片。

还是当初他搭着许亦北拍的那张，她看得认真，都快出神了，应行停了下来，眼睛也看着那张照片。

贺振国在柜台后面小声说："让她看吧，从你生日后她念叨日子不对开始，好像更容易忘事了。"

应行眼神转到吴宝娟的鬓边，那儿已经夹了几根白发，他锁着眉说："我再想想办法吧。"

"你又想什么办法？又想着赚钱？"贺振国抬头数落他，"说多少回了，让你专心学习，上回那么多钱还不知道你从哪儿赚来的呢！"

应行扯了下嘴角，从哪儿赚的？那位现在连微信都不回他了。

吴宝娟听见贺振国的话，抬头看了看应行，有点茫然，开口就问："北北呢？他好多天没来了呀。"

应行站在她面前，声音低了："他要是以后都不来了呢？"

吴宝娟皱着眉："不来了？为什么啊？"

应行看看她的脸，转头往外走："我瞎说的。"

出了门，他走到路边，背对着他舅妈坐的方向远远地站着，眼睛看着车来车往的马路。

这回是"合作"不下去了吧？

许亦北当晚没有回公寓，难得地在别墅里住了一晚。

一早睁开眼，还是睡得不好，昨天晚上怎么过的，他好像也说不清，迷迷糊糊地做了几个梦，都很混乱，梦里都还是他叫应行给自己补课的情形……

他爬起来，一只手撑了下额头，行了，都打住。

方女士可能还没起床，许亦北也不想打扰她，下了床，很快洗漱完，把书包搭上肩，想直接走。

出了房间，走到楼梯那儿，刚好碰上李辰宇从房间里过来，一路拉着脸。

许亦北从昨天晚上吃饭到现在都没搭理过他，现在也不想理他，扫他一眼就下了楼。

李辰宇被他的眼神扫得不爽，压着声音在后面说了句："不就仗着那个应行罩着你，有什么了不起！"

许亦北听到那个名字，在楼梯上一停，回头说："是不是了不起，你那天在厕所里不是看得挺清楚的？"

李辰宇顿时不出声了，恼火地从他旁边过去，先下了楼，脸拉得更长了。

"许亦北？"李辰悦从厨房里出来，站在楼梯下面叫他。

许亦北边下楼边说："悦姐，不知道你也回来了。"

"昨晚回来得太迟了，听说你回房间了，就没去找你。"李辰悦手里拿着两个做好的三明治，递给他一个，"就猜你差不多要去上学了，正好，我也准备回校，载你一程。"

许亦北接了，反正今天是不能再请假了，肯定要去学校，点了一下头："行，那一起走吧。"

李辰宇在旁边瞅着他们，又是老大不爽的样子。

李辰悦推推许亦北，小声说："走，别理他，反正他有司机送。"

许亦北都没看他一眼，走到玄关，看到刘姨在打扫，叫她回头跟他妈说一声，开了门就出去了。

到了车上，李辰悦一边往别墅区外面开，一边问了句："我怎么觉得你突然回来是有事啊？"

许亦北坐在副驾驶座上，没作声，手里拿着的三明治也没吃。

李辰悦看他一眼："许亦北？"

他回了神："嗯？"

李辰悦笑起来："怎么了，好好的怎么走神了？"

许亦北转头看车窗外面："起太早了，睡得不太好，我在你车上眯一会儿吧。"

李辰悦看他确实是没睡好的样子，不问了："那你休息吧。"

离修表铺附近的三岔路口好几条街，一大早的，路上还没什么人。

大华坐在一辆摩托车上，跟旁边的一辆摩托车并排，刚刚踩响，准备抢先冲出去，就看见应行从马路对面走了过来，他赶紧朝旁边摆两下手："等一下。"

应行手插着兜，穿着黑色外套，走到他面前，伸手抓着摩托车的把手说："往后坐。"

大华看看他，一边往后挪："怎么着，你要来？"

"嗯。"应行坐到摩托车上，拿了头盔戴上，跟旁边那辆摩托车上的人说，"顺道开到我们学校结束。"

"随你便呗。"那辆车上的小青年说，"还是老数目啊。"

应行二话不说就把车开出去了。

大华在后面抓紧后座，直接吼了一嗓子："你今天怎么这么冲，能上天了！"

在这个时间段这条路上几乎就没人，应行开得飞快，没一会儿就甩开了后面的小青年，没过十分钟就到了十三中的外面，他一下停住了。

大华在后面揉了下脸："我脸都快被吹歪了，真有你的！行了，钱你赚到了，回头我去收。你这是怎么了啊，今天想起来赚这钱？"

应行两脚撑着地，脱下头盔，挂到车把上："攒钱。"

"听杜辉说你不是有大钱赚了吗，还用靠这赚钱啊？"

应行从摩托车上下来，扯了一下嘴角，什么都没说。

"今天话这么少？"大华扶着摩托车，忽然想起来，看看他，"心情不好？孟刚……最近没来找你吧？"

"随便他，找我又怎么样？"应行懒洋洋的，从裤兜里掏出手机，手指滑了两下，压着眉，又收回去。

大华有点不痛快似的："算了，别管他，他找你你也别理睬。"

应行往路上看了一眼，对面站牌那儿那辆熟悉的公交车到了，就是没看见那熟悉的人从车上下来。他两只手都收进兜里，转身要走。

大华忽然嚷了一句："那不是我女神的车吗？"

应行转头，离了不到五十米，对面路边停了辆白色小轿车，副驾的车门打开，许亦北从里面下来，一只手拎着书包。

李辰悦降下车窗，跟他说了句什么。

许亦北停下，回头跟她挥了下手。

"居然是送那小子的！"大华都瞪眼了，扭头看应行，刚想跟他诉苦，忽然看见他脸上没什么表情，眉眼也沉着，打量了他两眼，"你干吗？等会儿……总不可能你也对我女神有意思吧？"

应行皱了皱眉，转头就往校门口走了。

大华就是来气才随口胡扯，想想他跟个性冷淡一样，也没见过他对哪个妹子有兴趣，就是没想到他也有气似的，说走就走了。

许亦北告别了李辰悦，从马路那边过来，刚好看到坐在摩托车上的大华，扫了他一眼，直接越过他走了。

大华正气闷着呢，碍着李辰悦在也不好说什么，眼睁睁地看着他进了校门。

许亦北进了校门就反应过来，往前看了看，怀疑刚才应行也在校门外面，他把书包搭上肩，踩着楼梯上了教学楼，快到三楼时，一下停住了。

应行站在楼梯上，倚着扶手，正等着他。

几个别的班的从旁边过去，暂时就剩了他们两个，俩人隔了两三级楼梯，一上一下，像对峙。

应行站直了："终于舍得来了？"

许亦北避开他的眼神，低头看楼梯，边往上走边说："请个假又没什么。"

应行说："你那晚也算是被我救了，就没后续了？"

许亦北条件反射似的，回头看他一眼，他是故意的吗？

"应总！"杜辉从下面上来，老远看到他们两在楼梯上就开始叫，"我刚才看到大华了，你今天不会是跟他一起来的吧？"

应行随口"嗯"了一声，眼睛看着许亦北。

跟大华一起？干什么去了？许亦北不禁又看了他一眼，也没问，抿着嘴先上去了。

没听见他们在后面再说什么，快到教室了，许亦北才往后瞥了一眼，看到两条长腿在后面不紧不慢地跟着，才知道应行一直就在后面，他脚下一拐，进了后门。

"许亦北，你来了啊？"梁枫也是刚到，"昨天好好的怎么请假了？我以后不敢叫你请客了。"

"没什么事。"许亦北在座位上坐下，"嘭"的一声放下书包。

梁枫看应行跟着就进来了，又看看许亦北："赶巧了啊，一起来的？"

应行坐下来，没接茬。

"应总这两天话真少，昨天就不爱理人，今天也不理人。"梁枫说话的时候眼睛在他跟许亦北身上来回扫，找关联似的。

许亦北刚拿出本书，手指捏着书边，一言不发。

杜辉到了座位上，嘴里还嚼着包子："天天被老樊看得那么紧，肯定不想说话啊。要不然应总你还是考虑一下焦平的提议吧，咱俩一起去十四中练篮球，听说卷毛不也一直在劝你去吗？打球多自在，不比你被关在这儿强？老樊还高兴呢。"

许亦北捏着书边的手指一松，不自觉地往旁边看。

应行没回答，像没听见一样，侧脸对着他，下颌线清晰地扯紧，忽然转头，和他对视。

许亦北撞上他的视线，看到他眼下有点发青，也没睡好似的，低头翻了两页书，也没在意自己翻到了哪儿。

只有梁枫回应杜辉："你就是想叫应总跟你做伴吧？"

"是又怎么样？跟我做伴不好吗？"杜辉说，"又不是非得待在这儿，老樊三天两头找他谈话。"

许亦北"刺啦"又翻一页书，强迫自己认真看书。

看起来风平浪静，班上这么多人在，谁也不好说什么，就像什么都没发生过一样。

直到上午两节课上完后，铃声响了，所有人都要去操场上出操，班上的人一下呼啦啦地全拥了出去。

许亦北刚站起来就听见旁边一声凳子拖动的声响，他看过去。

应行站了起来，就等着现在一样，看着他："到现在都没话说？"

班上的人差不多走了个一干二净，就剩他们俩还在后排。

许亦北看到他的眼神就没法平静，从桌肚子里抽出书包，拿出昨天塞进去的那件外套，抛给他："这个忘了，还给你。"

应行一手接住，忽然牵着嘴角笑了一下，自嘲似的，往外面走廊上看一眼，没人经过，他踢开凳子，扬手把外套往角落上方的摄像头上一扬，盖得严严实实，回过头："接着之前的话说，你这几天什么意思，我俩还'合作'吗？"

许亦北拧眉，他憋到现在了："你就非得现在问吗？"

应行忽然走近。

许亦北往后一退，就挨着桌沿坐下了，白生生的脸对着他，压低声音："又干什么？"

应行盯着他："我就问你，还'合作'吗？"

许亦北抿住唇，不说话。

应行一只手撑在他桌沿，低声说："那时候是你自己要求我回来继续'合作'的，现在果然后悔了？"

第 50 章

许亦北没说话，耳边只剩下那句："现在果然后悔了？"

应行低着头，正对着他的脸："说实话，你是不是后悔了？"

许亦北眉拧得紧紧的，垂下眼，就看他胸口一起一伏的，明显也不平静。

两个人僵持了几秒，就几秒，却像过了几个小时一样。

应行忽然说："你要真后悔了就说一声，我还能强迫你吗？"

这一句声音更低，口气也不对，说完他就一下站直了。

许亦北一愣，下意识地看他一眼，紧接着听见两声咳嗽，老樊的声音在走廊上响起来了："干什么呢？怎么还在班上，还不去操场？"

应行转头就出去了。

许亦北立即回神，收收心，赶紧也往外走。

老樊背着手站在走廊上，瞪着应行出来，刚想数落他两句，应行直接从他面前走过去了，气得他一句话都没说出来，回头去看许亦北，态度才好了点："你今天身体好了吧？后面马上又要月考，不能耽误啊。"

"好了。"许亦北心不在焉地回了一句，头都没抬就过去了。

老樊还想再说两句鼓励的话呢，他居然也直接走了，只好干哼哼两声，嘴一闭，背着手走了。

他俩到操场的时候大广播里都开始放早操音乐了。

许亦北特地站到了最后面，隔了好几个男生，看见前面应行高高的背影，懒懒散散地站在那儿，像是之前在教室里的那些话都不是他说的一样。

许亦北低头看操场，结果做个操全程都像在划水。

所有人都散了，许亦北才回了教室，从后门进去的时候，他看见应行已经先回来了，就坐在座位上，那件还回去的外套已经被他塞进了课桌里。

杜辉在旁边跟他说着话："你真想想吧，应总，一起去十四中打球挺好的啊，咱俩一起做体育生，再晚就真来不及了。焦平好几回都叫我带话给你，我说你不想，别折腾了，他偏偏还就惦记着你呢。"

梁枫插话说："你别说，应总打球那么帅，真能去打球是挺好的，就是去了之后老要训练什么的，那咱们不就经常看不到他了吗？"

杜辉推他一下："你别啰唆，谁需要你看应总啊？让应总决定，反正我该说的都说了，回头好去回焦平，天天被他问，都快被他烦死了！"

应行说："行了，我想一下。"

许亦北不禁看了他一眼，然后走到座位上，坐下来翻书，感觉他的脸朝自己这边偏了一下，大概是看了自己一眼。

"想一下"是什么意思？是要考虑去十四中打球？

行啊，也挺好，反正他打球那么好，对，挺好的，想去就去吧。许亦北翻着书，看了看才发现是英语，又推开，换了份数学卷子，拿到眼前摊开就开始做。

"许亦北？"梁枫叫他，"知道要月考了，也不用这么争分夺秒吧？你不是跟应总一起打球了嘛，那边一直叫他去十四中，你怎么也不给点意见呢？"

许亦北没说话，埋头做自己的卷子。

梁枫吃了个闭门羹，扭头坐回去了。

后排又没了动静，甚至连眼神接触都没有。

许亦北按部就班地上课下课，课间刷题，整个就是备考状态。

旁边始终有人，应行好像也没怎么出去过，几乎就一直在座位上坐着。

两个人谁也没说话，也没人再说起"合作"的事。

许亦北脑子里就像绷着一根弦，不能停下来，一停就会想起他问的话。

再说这些还有那么重要吗？说不定他后面就去十四中打球了，以后也就上课见几回，补课不存在了，大家就各走一边了。

手里的笔一停，许亦北把笔一扔，在课桌上"啪"的一声响。

应行偏头看过来。

放学铃响了，许亦北也没看他，收了东西，站起来就走了。

应行看着他出了教室，扯了扯嘴角，觉得可能也不用问了。

"应总，"杜辉叫他，"一起走？"

应行站了起来，出了教室，朝着许亦北刚才走的反方向走了。

杜辉追上去："等我会儿啊！"

许亦北刚走出校门手机就开始振，来了电话，是江航。

他站在路边，吹了会儿风才接起来。

"北啊，你太不够意思了，居然请那个余涛吃饭都不叫我，我昨天在学校听见他跟人吹牛说跟应总一起吃饭了才知道！"江航开口就跟竹筒倒豆子似的。

许亦北这会儿没心情也没头绪，随口说："你自己选个地方吧，我单独请你。"

"就等你这话呢！"江航说，"我在老街等你，就不去燕喜楼了，我知道你肯定没多少时间。"

许亦北挂了电话，招手拦了辆车。

也就二十分钟，车开到地方，江航已经在老街的路边站着等他了。

许亦北从车上下来，走过去说："去哪儿，你带路吧。"

江航迎上来："听杜辉说这一带他跟应总经常来玩的，还愁没地方吗？你跟我走就行了。"

许亦北听见那个名字，没说话，转头先沿着路往前走了。

江航跟上去，一边转着头找地方，往后看的时候，刚好看见后面开了辆电动车过来，仔细一看那不是杜辉嘛，他就停在一个台球厅外面。江航还想打声招呼，回头发现许亦北已经走出去一截了，只好赶紧追上去。

"别走了别走了，就这儿吧，先吃点东西垫垫肚子。"江航把他往路边的一家馆子里推。

许亦北进了门，随便找了张空桌坐下："你点吧。"

江航拿着菜单，前前后后点了差不多一桌菜，乐陶陶地抖着腿，等到都弄好了，桌上都开始上菜了，才发现对面那位手里光拿着杯饮料，眼睛盯着桌子，到现在都没怎么说话。

"你干吗啊，有事？"到底是哥们儿，江航还没见过他这样，觉得不太对劲。

许亦北抬眼看了看他，忽然指了一下自己的脸："你看我状态还正常吗？"

"正常啊，你不正常还跟我一起吃饭？"江航说完凑近看了看，又说，"不对，也不能说完全正常，这么没精打采的，我要不是知道你学习认真，都要以为你受什么挫折了。"

许亦北沉默了两秒，拧眉说："算了，你就当我没问。"

江航没当回事，拿了筷子吃饭，一边催他："快吃吧，吃完咱们去旁边玩会儿，我刚才看到杜辉了，待会儿说不定还能一起玩。"

许亦北提不起心情，掏出手机，先扫了码把账结了："要去你自己去吧，我就不去了。"

江航惊讶："干吗，难道你们好不容易好起来的关系又闹僵啦？"

许亦北没表情地说："这回不一样。"

"怎么不一样啊？"

许亦北没回答，低头玩筷子。

江航看他不作声，有点蒙："怎么真跟受挫了一样，闹矛盾了？"

"别问了。"许亦北皱眉。

江航更蒙了，什么情况，怎么还带着闷气呢？

后面有桌人一直在絮絮叨叨地闲扯，直到这会儿，吃饭的人多了，他们说话的声音也变大了。

"姓应的居然过得还挺好啊。"

冷不丁听到这句，许亦北立即扭头看了过去，那桌坐了三四个人，背对着他的是个穿白外套的社会青年，声音挺熟，不看脸他也认了出来，不就是那天在校门外面打听应行的那个吗？

一桌子人都像是混混地痞，他对面的人抽着烟，打趣似的说："你小子一回来就看他不顺眼啊。"

"他活该啊，"光听语气都知道那穿白外套的正皮笑肉不笑，"就他这种人，凭什么还能过得这么好，还有脸好好上学。"

"行了吧，孟刚，"旁边一个人说，"扈二星都被他治走了，你就别抱着这几句话来回说了。"

对方根本没有半点要停的意思："我说错了？他那种人还不能说了？"

"他哪种人啊？"许亦北忽然开口。

顿时一桌人都朝他看了过来，江航也愣了，莫名其妙地看着他，才发现他看着后面那桌。

那个孟刚扭过头，看到他就认出来了，跟第一回见时一样，脸色阴沉沉的："是你啊，看来你跟姓应的关系挺好啊，想找事？"

许亦北冷脸看着他："你这种背后泼脏水的玩意不是在找事？"

孟刚脸色立马变了，扔了筷子站起来："你嘴巴放干净点。"

许亦北拿了桌上的杯子就泼了过去，饮料泼了他一身："你自己先把嘴巴放干净点。"

"找死！"孟刚过来就要动手。

许亦北腾地起身，抬脚就踹了过去。

"刺啦"一声，桌子被挪动，顿时一桌人都闹了起来。

江航都傻眼了，慌慌张张地要去拉许亦北，一看对面好几个人呢，连店里的老板都出来了，他忽然想起杜辉，扭头就朝外跑。

杜辉挤在台球桌边，看着台面上乱七八糟的台球，脸都快皱成八十岁老大爷了，看看对面，也不知道该说什么。

应行在对面，握着根球杆，完全是在胡乱打，这一桌球都快被他打成一锅粥了。

杜辉就是追着他来的台球厅，还以为能一起打两局，结果来了一看，这情况比上回还糟啊。杜辉又看了两眼，实在忍不住，开口说："应总，不想打别打了。"

应行没搭理他，俯下身，"啪"地又捣了一球。

杜辉挠挠小平头，感觉没辙，都想去叫大华来给他瞅瞅了，转头走到台球厅门口，还没打电话，面前突然冲出来个人，抓着他就喊："辉啊，我正找你呢，快，我北跟人干上了！"

"谁？"杜辉一愣，反应过来，"许亦北？我可是放话要叫他一声北哥的，谁敢跟他动手啊？"说着就要出去，忽然想起来，他又立马转头往回跑，老远就喊："应总！应总！"

应行俯着身，不耐烦地抬了下眼："吼什么？"

"许亦北在附近跟人打起来了！"

应行立马站直，台球杆一扔，抬脚就往外跑。

好好的一个吃饭的地方突然闹起事来，把客人都吓走了一半，还有一半都在看热闹。

许亦北一个人对好几个，到现在还好好地站着，都没人能近他身。

老板和店员都过来拉架，那个孟刚还想趁机冲上来揍他，忽然大步走过来一个人，一把抱着许亦北往旁边一让。

许亦北正在气头上，还以为是对面那群人里来制他的，反手就想摞他，伸手去掰那条箍着自己的胳膊，忽然听见一声："行了！"

他一停，扭头才发现抱他的是谁，他胸口还在剧烈喘气。

在场的几个人都停了，那个孟刚站在那儿哼哧哼哧地喘粗气，阴冷地瞪着他们："你小子也在呢！"

应行看着他，沉声说："有什么事找我，跟他没关系。"

孟刚说："谁叫他自己先过来犯贱。"

"这话我送给你。"许亦北顿时又想上去。

应行死死地抱着他往后退一步，干脆手一松，抓着他的胳膊，直接往外拖："走！"

他手劲实在太大，许亦北硬生生地被他拽了出去。

杜辉和江航火急火燎地跑进门，刚好跟俩人擦肩而过，都没来得及说句话。

一直到了路上，被风一吹，许亦北才思绪回笼。

他都不知道自己在干什么，就为了句针对应行的不明不白的话，居然直接上去就跟对方干上了。

应行拦了辆车，拉开车门把他推进去，跟着坐进车里，"嘭"的一声带上，跟司机报了地址，车往公寓开。

许亦北坐在里面，到现在都还在喘气，一句话没说。

到了公寓楼下，应行下了车，又把他拽下去："回去。"

许亦北一路被他抓着胳膊上了楼，手腕那一圈都被勒得疼，拧着眉说："你行了吗？要不是你拦着，我刚才非把他摁跪下！"

应行根本不接话，拽着他上了楼，到了公寓门口才松手，转头说："那不是我仇人吗，你冲上去跟他干什么？"

许亦北眼神闪了一下，掏出钥匙开了门，一把推到底："我乐意不行吗？"

应行跟进来，甩上门："你乐意，这是你的事吗？"

许亦北站在门口，胸口一阵阵起伏，喘气声更重了："那我跟他对着干，你又来干什么？"

应行压着眉眼，莫名其妙地笑了一声："你不是我老板吗？"

许亦北不作声了。

应行转头往里走，到处翻着找东西，过了好一会儿才又走回门口，不知道从哪儿找出来一张创可贴，撕开了，一把拉起他的胳膊。

许亦北疼得皱眉，才发现自己胳膊上划了道细长的口子，流了点血，也不知道是不是打架的时候被什么给剐到的，都没注意。

应行把创可贴按上去，看他一眼，松开手，缩了缩右手手指，一路回来拽他拽得太用力了，自己都没发现。

许亦北咬着牙根，忽然说："还能这么尽心尽力呢？"

应行看着他："是啊，除非你说'合作'结束了，否则我对你当然要尽心又尽力了。"

许亦北不作声了。

两个人就在这门口站着，好几秒都没说话。

好像也没有再待下去的理由了，应行看他一眼，一手拉门。

刚动脚，忽然被拦住了。

许亦北伸出只脚，挡住了他的路，喉咙里一滚，状似不经意地问："既然这样，那买断你，你敢不敢卖？"

应行扯了下嘴角，故意伸手在裤兜里摸了一下，掏出张字条压在他胸口上，凑到他耳边低笑着说："敢啊，我还给你优惠券，就你能用，怎么样？"

许亦北看着他："我没在开玩笑。"

应行脸上的笑没了，盯着他。

许亦北胸口一起一伏，收回脚："不信就算了。"

应行一把拦住他，嘴角扬起来，笑了声："说话算话啊，老板。"

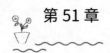

第51章

清早的阳光照到床沿，许亦北在床上醒了，睁开眼睛，一眨不眨地盯着天花板，盯了快有半分钟，翻了个身，一头埋进了枕头里。

昨晚的事一下全冲入了脑海。昨晚应行最后笑着说："我还是先走了。"

许亦北当时憋着口气，推了他一把："赶快走！"

应行才笑着开门走了。

许亦北脸在枕头里蹭一下，又蹭一下，深吸口气，又缓缓吐出来，反反复复好几次，才坐起来，下床去洗漱。

进了卫生间，他对着镜子看了看自己的脸，没什么异常，干咳两声清清嗓子，低头打开水龙头，专心洗漱，不想了。

出门的时候，许亦北嘴里叼着块吐司，到了门口才想起昨天自己被应行直接拽了回来，连书包都还丢在那个吃饭的地方。他掏出手机看了看，微信里果然有江航发来的消息，昨天晚上就发了。

他昨晚忙着呢，连怎么睡的都忘了，哪能看到。

——北，书包我让杜辉给你带回去了，你没事了吧？

许亦北回了句"没事"，开门出去，空着两只手，都有点不习惯。

下了楼，刚好吃完吐司，出了公寓区的大门，他一下停住了，看着路边停着的黑色电动车，还有坐在车上的那个两条长腿撑着地的人，下意识地问："你怎么在这儿？"

应行两手收在外套口袋里，看着他："看不出来吗？接你啊。"

许亦北看看他，嘴角刚动一下，又忍住了，走过去说："我怎么知道，又没经验。"

应行说："这么巧，我也是第一回接人。"

许亦北推一下他的肩："你很得意啊！"

应行笑着抽出只手，拿着张新的创可贴，拉过他的胳膊，把他的袖子往上一拉，露出昨天贴的那张，揭了下来，把手里这个给他贴了上去，又低头拍了一下他的书包："给你从杜辉那儿拿来了。"

许亦北拉下袖子，没想到他什么都给自己准备好了，嘴角又想牵起来，又忍住了："嗯。"

应行往后偏一下头，示意他上车："快走了。"

许亦北刚坐到车上，看着他的后脑勺，嘴角终于往上牵了一下，转头看看路上偶尔经过的人和车，又抿了抿唇，轻声说："有点不习惯，给我点时间适应。"

"随便，你迟早会适应。"应行低低地笑了声，"抓好了。"说完就把车开了出去。

快到校门口时，车停了下来，许亦北才松了抓在他腰上的手。半天都没动一下，他手指都要僵了。

应行打起脚撑，朝路对面看了一眼，回头说："你先进去。"

许亦北早就看到了背着手在校门口检查的老樊，他拿了自己的书包，先往校门走："行。"

等他进了校门，应行才从车上下来，一边收着车钥匙，走去了马路对面，绕过公交站牌，看着站在那儿的人。他刚才就注意到了。

是孟刚，他每次都穿着白外套，像是家里就只有白衣服似的，手里夹着支烟，站在站牌后面，阴沉着脸看着应行："难怪他昨天要帮你出头呢，看你们俩走得这么近，挺开心啊。"

应行说："我已经跟你说过了，别让我说第二遍，有事找我，别烦他，也别去打扰我家里人。"

孟刚一下丢了手里的烟："你家里人？你还有脸说那是你家里人？"

应行脸色也沉了："不然呢，跟你有什么关系？"

"你对得起他们吗？"孟刚压着嗓子，几步冲过来，一把揪住他的衣领，突然就歇斯底里了，"现在这样不都是你造成的？你凭什么还待在这儿安安稳稳地上学？"

应行反手抓着他的胳膊，往站牌上一撞。

"咚"的一声闷响，孟刚吃痛地抱住那条胳膊，喘着粗气，立马就想还手，又被应行一把摁住，又是"咚"的一声，他半边身体都撞在了站牌上。

应行摁着他，冷声说："刚才这下是还你昨天伤了他的胳膊，你要是被揍了不爽就找我，其他事还轮不到你来说！"

孟刚年龄比他大，力气却不如他，被摁在那儿硬是没能挣扎得了，只能瞪着眼："你……"

公交车远远地开过来了，马上就会有到站的人下车，应行根本不在意他嘴里在骂什么，手一松，转头就朝校门走了。

进了校门，他停了一下，看了看右手，刚才撞孟刚胳膊那下太用力了，连带着自己的手背也撞到了，关节那儿红着。他随便甩了两下，伸手进裤兜掏烟，一边走到围墙底下，隔着花坛，塞了一支在嘴里。

不想就这么进去，免得被许亦北看见。

一支烟抽了一半，身后冷不丁传来一个声音说："你看我最近是不是变得和蔼可亲了，都能在我检查的时候抽烟了是吧？"

应行回头看了一眼，是老樊，他摘了烟捻了，往外走："行了，不抽了，我走了。"

老樊背着手跟着他："你好意思吗？许亦北早十分钟就进来了，你什么时候能学学他啊？"

应行笑了一声，脚下都要走到教学楼了。

"还好意思笑！"老樊火冒三丈，"高三都要过去一个学期了，我看后面你要还是这么混日子，就得把你座位调开，坐许亦北旁边还会影响他！"

应行踩上楼梯，回头说："那不行。"

"什么不行？"老樊瞪他，"你说了算吗，啊？"

应行已经三步并作两步地上去了。

许亦北正埋头补作业呢，昨晚放松够了，今天来了就得偿债。

一边写，他还一边往教室后门看了好几眼，怎么回事，说好的一个先进一个后进，也用不了这么久吧，怎么还没来？

杜辉刚刚到，坐在座位上，嘴里嚼着块烤肠，眼睛一直瞄他。

许亦北抬了下头才看到，停笔问："干吗啊？"

杜辉说："昨晚应总把你拽走了，后面有什么事没？"

许亦北转开视线："没有，能有什么事？"

"你莫名其妙跟孟刚打架我就没搞明白，应总跑过去帮你那架势我也没搞明白，"杜辉一头雾水，"我就没见应总对谁的事这么急过，对我都没有。"

梁枫的八卦雷达又动了，秒回头："什么什么，昨天有什么事啊？"

许亦北翻作业，欲盖弥彰似的："说没事就没事。"

身后几声脚步响，紧接着旁边一暗，许亦北抬头，应行来了，眼睛就看着他呢。

俩人视线一触，各自坐正，心照不宣地沉默。

"应总，"杜辉的注意力转开了，"孟刚后来找你没？"

许亦北顿时看了过去。

"没。"应行一个字就带过去了。

许亦北听到，才接着看面前的作业。

梁枫还想参与："谁啊？"

"你别管。"杜辉又问应行，"那昨天说的事你还没回我呢，叫你去十四中打球，你不是说想一下吗？想好没，到底去不去啊？"

"不去。"应行看旁边一眼，"想来想去，还是觉得留在十三中好。"

"哪儿好？"

"哪儿都好，舍不得离开十三中，就不去了。"应行说。

许亦北转着笔，眼睛又瞟去他身上，忽然看到他搭在腿上的右手，手背关节那儿泛红，像要淤血了一样，还以为是自己看错了，悄悄伸手过去，扒了下他的袖口，想看清楚。

应行低头看了一眼，立即抓住了他那只手，往腿侧一按，还挪过来坐近了，趁机就藏住了自己那只手，看着他，比画个口型：干吗？

许亦北手想抽都抽不出来，回了个口型：看看。

应行摁紧了，左手装模作样地拿了本书放桌上。

"许亦北？"朱斌回头说，"你补好没，物理作业先给我吧，今天我负责收。"

"嗯……"许亦北翻了翻，一只手拿了物理卷子给他，余光瞥见老樊从前门进来检查了，赶紧又抽手。

应行跟故意捉弄他似的，直到老樊背着手巡逻似的要到最后一排了才松开了他。

许亦北立即把手揣进外套口袋。

"好好准备月考啊！"老樊警告似的扫一眼应行，背着手过去了。

许亦北跟着看过去，就对上应行似笑非笑的脸，移开眼，忽然想起来，本来不就是想看一眼他手怎么了吗？居然什么都给弄忘了。

第 52 章

应行手藏得挺好，一直没被发现。

反正平常上课他也很少用手，笔都很少拿。

到了下午的语文课上，丁广目在讲卷子，顺便提起这回的月考重点，特地在讲台上提醒说："好好记笔记，谁也别偷懒，到时候考得不好，你们哭都来不及。"

应行还是没动，左手随便翻了下卷子，眼睛看了看旁边。

许亦北一本正经地在座位上记笔记，也不再过来扒着他的袖子看了，乖巧得很。

他觉得好笑，牵了牵嘴角。

没想到广目天王今天眼神特别好，忽然在上面严肃地说："应行，你起来回答问题。"

许亦北立即看向应行，应行已经在他旁边慢吞吞地站起来了。

丁广目清清嗓子，翻着卷子："来，你说说，第十五题选什么？"

应行面前的卷子都是空白的，根本就没写，他右手插着兜，准备随口报一个选项就完事，还没开口，脚被踢了一下，他往旁边看一眼，就见许亦北在纸上写了个"A"。

他看看许亦北的脸，开口说："A。"

丁广目看看他，平常古诗词一句都不背，今天还能答上来呢，他又翻了一下卷子，从后面的题目里找了个难的："现代文阅读的第三题选什么啊？"

应行往旁边看，许亦北已经在纸上写了个"C"。

"C。"

丁广目没抓到把柄，摆了下手："行了行了，坐下吧。"

梁枫扭头往后面看。

许亦北一把就盖住了刚才的草稿纸。

杜辉也在那头探头探脑的："应总今天这么牛？"

应行坐下来，朝许亦北身上看一眼。

许亦北眼睛瞟过去，看看他，又装作没事似的，继续一本正经地低头记笔记。

俩人在学校里十分正常地学习了一天，总算到了放学的点。

许亦北不用他说就先出了教室，到了学校外面，跟以前一样在路边等，结果等着等着，看到杜辉追着应行出了校门。

看来是没法一起走了。他白了那边一眼，干脆拦了辆车，坐进去，自己先走。

到了修表铺那条街上，他叫了停，下车后往铺子那儿走，刚到门口就听见后面刹车的声音，应行已经骑着车追过来了。

"我把杜辉支开就来了，怎么也不等我？"他"啪"的一声打起脚撑。

许亦北说："你这不是明知故问吗？"当然是怕杜辉啰唆地问东问西啊。

应行下了车走过来，先走到门口，往铺子里看了一眼，柜台那儿没人，里面那间屋的灯亮着，贺振国应该是正在里面忙。他回头说："走，今天换个地方。"

许亦北跟着他往前走，没走几十米，一拐进了小区，进了个楼道。

楼道挺旧了，也不知道是哪个年代建的，许亦北跟进去，一步一步跟着他上楼，到了三楼，看他停下掏出钥匙开门，才反应过来："你带我来你家？"

应行"咔"的一声开了门，回头看他："反应是不是太慢了？"

许亦北心想何止慢啊，都迟钝了，居然就这么被他带到家里来了。

应行开门进去，朝他偏偏头，示意他进来。

许亦北走进去，这可跟楼下的修表铺不一样，明明白白是第一回上他家里，比带他去自己那公寓还不自在，一进去就先四下里看了一圈。

客厅里的电视机开着，在放动画片，吴宝娟在，就坐在沙发上一动不动地看着电视呢。

许亦北搭着书包过去，叫了声："吴阿姨？"

吴宝娟扭头看他，顿了一下才叫："北北？"

许亦北看看她，怎么了这是，像突然不确定自己是谁了一样。

应行在桌上放下车钥匙，看了过来，提醒说："是他。"

吴宝娟才笑了："北北，你来啦，我好久没见到你了，他说你以后都不来了。"

许亦北转头看一眼应行："谁说我不来了？"

应行过来，拨了下他的肩，推着他去了房间门口，低声说："她最近忘性大了。"就把话岔开了。

许亦北又看一眼吴宝娟，她已经坐回去接着乖乖看电视了，难怪刚才像是差点没认出自己来，以前还从没有过，他低声问："她要紧吗？"

应行推开房门："没事，你先进去等我。"

许亦北被推着送进了门，一眼看见张床，停了下来，回过头，房门已经被应行带上了。

他的房间？许亦北打量一圈，手指摸了下嘴唇，站了好几秒，然后在床侧的桌子那儿坐下来，再看一遍周围，回头又看了一眼后面那张床，上面铺着蓝白格子的床单，还真挺像他的风格，都能想象出他躺在这儿的场景。

不看了。许亦北转回视线，从书包里往外拿卷子，还是赶紧写作业吧。

应行拿了两颗药，端着杯水，放到吴宝娟跟前，她眼睛才从电视上移到他身上："北北来写作业的呀？"

"对，来写作业的。"应行把水放到她手里，"吃药了，告诉你多少次了，不能忘了。"

"知道的。"吴宝娟乖乖吃了药，喝完两口水，又问，"那他以后还会来吗？"

应行看了看她的脸，顺着她的话说："嗯，以后都会来。"

吴宝娟好像满意了："你去跟他一起写作业吧，我等振国回来做晚饭。"

应行站起来，看她两眼，确定她是真记起许亦北了才走到房门口，开门进去。

许亦北已经在他桌子那儿坐着写了会儿卷子，抬头看到他进来，眼神动了一下。

应行拿脚钩了张凳子坐他旁边，收着自己那只右手，左手拿了支他的笔在手里转着玩，看看他的脸："在我房里这么安静？"

许亦北有理有据地回："写作业啊，不是马上要考试了吗？"

应行笑了一下："那我给你做个月考的攻略吧，让你安心备考。"

许亦北问："什么攻略？"

应行打开桌上的笔记本电脑，左手移着光标，打开标签页，一页都是他收藏的网页："给你找资料做啊，又不是没干过。"

许亦北看到那一页的收藏，看了一眼他的侧脸："你早就准备好的？"

"你不是需要吗？"应行说。

许亦北嘴角扬了一下，转头盯着电脑，心里受用，脸上挺淡定，瞥他一眼，忽然想问："那你自己呢？"

应行坐在他旁边，眼睛盯着电脑，左手在动，不顺手，很慢。

许亦北眼睛看着网页，手里拿着笔在卷子上点了点，想问的话没问出来，忽然想起来，掏出手机："差点忘了，补课费。"

背上被用力按了一下，他转头，对上应行的脸："怎么？"

"还给钱？"应行挑眉，"你不是已经买断我了？"

许亦北目光正对着他高挺的鼻梁，声音都低了："买断就不用给钱了？"

"那不一样，"应行说，"买断我不用钱，用别的。"

"什么啊？"

应行转头，眼睛看着他。

"他回来了？"外面贺振国在问。

许亦北一下回神坐正，应行也跟着抬起头，紧接着房门就被推开了。

"你……"贺振国推门进来，看看桌边挨着坐的两个人，挺意外，"你们俩都在呢？"

应行皱眉："你又不敲门？"

"哦对，我又给忘了。"贺振国搓着手，不太好意思，看看许亦北，"没事，你们接着做作业吧，我去做饭，你第一回上咱们家来，就留在这儿吃饭。"

许亦北立马站了起来，动手收东西："不留了，我回去接着做吧。"

应行跟着站起来："送你走。"

许亦北收了书包，拎起来："行。"

贺振国只好让他俩出去："这才刚来呢，真回去了？"

"嗯。"许亦北一本正经地出去了，跟吴宝娟打了声招呼。

"北北，你再来呀。"吴宝娟看着他。

许亦北难得都没接话，一边往外走一边想，还是少来他家里吧，不然这还怎么补课？

许亦北下了楼，走出小区的时候，应行跟了上来。

许亦北回头看他一眼："下回再这样我还怎么学？"

应行扯了下嘴角，走去前面推了车，坐上去："那下次还是去你那儿。"

许亦北坐到后座："快走吧，说不定你舅舅还在楼上看着呢。"

应行说："让他看。"

许亦北下意识地抬头往楼上看，什么也没看到，车立马就被应行开出去了。

到了公寓楼下，应行停下来，两脚撑着地，回头说："你适应了？"

许亦北刚下车，没明白，看着他："什么？"

应行眼睛盯着他，压低声音："你早上不是说要适应一下，现在适应了？"

这都还记着？许亦北看看他的脸，故意转头就走："看你后面的表现了。"

应行看着他进去了，提了提嘴角，不知道他是不是又嘴硬了。

又在车上坐了一会儿，直到感觉许亦北应该进公寓门了，他才拧了车把开走。

回到家里，贺振国刚把吴宝娟送进房间休息，然后系着围裙要去做晚饭。

应行看一眼主卧的门："她又累了？"

贺振国叹气："可不是。"

应行抿紧嘴，掏出手机，点开自己记账的记录，一边往房间走，一边算着账，始终还是不够。

贺振国在厨房门口絮叨："许亦北今天来了怎么有点不一样呢？一见我就走了，怎么着也该多待会儿。"

应行滑着手机："那你倒是晚点回来。"平常也没这么早回来过。

"你还说我？"贺振国数落他，"难得带他来家里一回，怎么人家说要走你就直接送人走了，这不赶客吗，你把人当什么了？"

应行说："我把他当一起学习的好伙伴，行不行？"

"你要真这么想就好了，倒是对人家好点，以后真能什么都一起才好。"贺振国扭头进厨房去了。

应行停下来看了一眼厨房，抓着手机进了房间，很久才接了句："放心，我肯定对他好。"他知道贺振国真正想说的是让他俩以后一起上大学。

关上房门，他站在书桌前，看了一眼不久前许亦北坐过的椅子、桌上还没收起来的书，又想起许亦北那个愿望，扯了扯嘴角。有一瞬间，居然觉得这个想法很让人心动。

交会

他偏头抬手挡了一下，转头去看那辆车，

黑色的车身倏地划破昏黄的路灯光冲进了夜色，

来得惊心动魄，去得悄无声息。

——那小子又惹你了？

——我服了，你妈妈再婚才多久，这小子没完了？怎么老是找你碴！

许亦北坐在酒店休息区靠窗的沙发上，低头看着江航发来的两条微信，嘴里烦躁地"哧"了一声。

方女士再婚是还不久，他跟李辰宇的不合倒像是没完没了，次数多了，连江航都知道了。

今天本来是个好日子，方女士过生日，李云山特地给她订了这家酒店庆祝，结果来了还是跟在家里一样——

他又是一如既往地被姓李的冷眉冷眼地针对，甚至连他为方女士准备的礼物都被弄坏了。

礼物是一条铂金手链，许亦北提早一个月就预订了，特地挑选的方女士最喜欢的山茶花纹样，可是刚才在宴会厅里拿出来的时候却发现盒子上裂了道缝。

李辰宇说是自己不小心碰到摔了一下就这样了，不是故意的。

许亦北看着他那无所谓的表情，当场就想摁着他脑袋在大理石柱子上磕一下，也来一句不是故意的，要不是方女士的生日宴上还有不少外人在，他估计真就这么干了。

后来是李辰悦过来小声跟他道歉，他才冷着脸走了出来，就在这儿坐了快有半小时。

手机上，江航又发来几条微信，问他怎么不说话了，到底是不是因为那小子。

许亦北没回，扯了一下身上白衬衣的袖口，吐出口气，忽然觉得这样下去挺没意思的。

"方令仪那个儿子真的是……啧啧。"有个人说着话从后面过去。

许亦北往后瞟了一眼，两女一男，穿得都挺得体，刚才在宴会厅里见过，大概是李云山或方女士生意场上那些叫不上名字的长辈朋友，来休息区抽烟的。

他坐着没动，听着那几个人在后面有一句没一句地闲扯。

"你说她儿子啊，那是出了名的不好接近，你刚才在里面没看到吗？他跟他那个新弟弟关系也不行，脸多冷。"

"听说李云山那会儿追方令仪的时候差点没成，就是因为方令仪太在意这个儿子了，后来费了不少劲，好不容易才打动她的。"

"还有这事？李总哪吃过这瘪，这真是人到中年还遇着真爱了。"

"呵，那估计李总也不待见她这儿子。"

"不是说方总打算搬回去了吗？再婚了还要搬回原来的地方，还是顾着亲儿子啊，难怪李总家的那个儿子不高兴。"

"那不一定，李总家的女儿也在那儿上大学，换个环境也挺好。方总夹在中间难做啊，都说后妈难当，亏待继子要被别人说，亏待亲儿子要被儿子恨，他们两家这一结合，除了资产翻番了，看不出还有什么好处……"

许亦北忽然动了腿，瘦高的身影从宽大的沙发里站起，一下就吸引了后面闲扯的三个人的注意。

闲扯的三个人顿时没了声音，大概一开始只以为那是个陌生客人坐在那儿，哪承想说了半天闲话被正主听了个正着。

许亦北也没朝那儿看，冷着脸直接走了。

进了宴会厅，里面的宾客都走得差不多了，方令仪正好匆匆出来，跟他碰上，才松了口气的样子。

"去哪儿了？我找你呢。"

许亦北没往里看，知道主桌那儿坐着的李辰宇一定正往这儿冷眼观望，更觉得没意思了。他看了看方令仪的脸，忽然说："趁着这个你今天过生日的好日子，我提个要求行吗？"

方令仪问："什么要求？"

许亦北说："说要搬回去的事定了吗？"

"定了，当然定了。"方令仪做事一向是干脆的，伸手想拍他的肩，发现他都比自己高一个头了，又改成挽他胳膊，声音低了点，"当初是妈妈要拼事业，就带着你出来了，其实在这边的私立学校里你也过得不开心，又一直都不跟我说。现在还不如搬回去，换个环境，也许就好了。"

许亦北心里明白，方女士对他跟李辰宇的不合只知道个大概，可能想回去也是希望换环境他俩的关系能有改善。刚才外面那三个人也没说错，后妈确实难当。

他居然笑了："那我的要求就是回去后我自己搬出去住。"

"不行。"方令仪立马拒绝，"我怎么能让你一个人住出去？"

"没事，就这么说定了。"许亦北很坚决。

方令仪还是不同意："谁跟你说定了？"

他打了个岔："先切蛋糕吧……"

当天晚上，离开酒店的时候，许亦北又掏出手机给江航发了微信。

——把咱们本地的好高中告诉我。

江航莫名其妙地回复他。

——什么情况？咱俩话题是不是太跳脱了？前面不是在说那个不知好歹的小子吗？

许亦北站在路边，从裤兜里掏出一张折叠成方块大小的卷子，展开看了一眼，数学卷子，上面一个鲜红的 37 分。

还是这个分，一点惊喜都没有。他撇了一下嘴，手上一折，把卷子塞进裤兜，打字回复江航。

——算了，我自己查吧。

高二结束后的这个暑假真是出奇地热。

天快黑的时候，杜辉熟门熟路地钻进网吧，进门就喊："应总，你果然在这儿！大暑假的一天都不休息，全拿来干活了啊！"

应行穿着黑 T 恤、五分裤，坐在靠门的柜台后面，低着头在算账："有钱赚为什么不来？"

杜辉嘴里嘀咕着"真够累的"，挤到柜台边上："那我来给你帮会儿忙，早点干完早点去浪，我优惠券都画好了。对了，咱俩还得去收账呢！"

应行说："浪不了，不到点不能走，你要帮就帮我看一下我家的修表铺，防着我舅妈没事往外跑。"

杜辉没辙，只好抹着一头的汗往外走："那我等你忙完再说吧。"

天热得有点邪门，网吧的空调都集中在里面吹，靠门的地方挡不住热浪，应行没一会儿就一身汗，黑 T 恤的背后洇出一大片汗迹。

一直到夜里一点，网吧老板不知道从哪儿吃完夜宵回来，领着两三个朋友，应行还在网吧里坐着。

"你还不走？"老板问他，"不会连夜班也上了吧？"

"趁有空多赚点。"应行从流理台那儿抓了块冰块捏在手里降温。

今天太热，接班的人没来，他在这儿待了快一天了，隔一会儿还要打个电话回去问一下他舅妈怎么样，要不然他舅妈就会打过来，偏偏这儿生意还好，他两头兼顾，忙得不行，浑身都快让汗湿透了，到这会儿进夜里了才算好点。

老板放了个袋子在柜台上："那你帮我送个东西吧，送到了今天的夜班就算上完了，钱我照发给你。"

应行甩了甩手指上由冰化成的水，拎了袋子站起来："行。"

他出了门，听见老板的朋友在里面问："这是贺振国家的那个外甥吧？"

"是啊，"老板压着声音在那儿说，"要换成我们家孩子大热天的在外面受这种苦，我得心疼死。你看他，像模像样的大小伙子了，附近多少人都不敢惹他，要不是没爹没妈家里还成那样了，他能这么没日没夜地到处找事干吗？听说他以前根本不这样，照理说也不该这样。"

"是吗？他以前什么样？应该什么样……"

应行当作没听到，骑着电动车上了路。

送完东西已经快两点了，路上几乎没什么人了，只剩下路灯照得四周昏黄的一片。

应行的车就停在路边。他走回来上车的时候，腿刚跨上去，就有一辆黑色的轿车开过，风一样旋起堆在路边的一堆梧桐叶，猝不及防地往人身上招呼。

他偏头抬手挡了一下，转头去看那辆车，黑色的车身倏地划破昏黄的路灯光冲进了夜色，来得惊心动魄，去得悄无声息。

有钱人的车，大半夜都这么嚣张。

"啧，算你跑得快。"应行拍了一下裤管，"啪"的一声踢起脚撑，车把一拧，转向，朝着那辆车的侧面开走。

黑色的轿车很快停下，车门打开，许亦北从车里下来，看着面前有点老旧的公寓区入口。自己以后就住这儿了。

知道方女士不乐意，他特地选在今天提前回来，又在这个点搬了家。

站了一会儿，许亦北想起来，掏出手机，想给江航发个微信告诉他自己回来了，看看时间，太晚了，算了，还是改天再说吧。

司机把他的行李箱送了过来，他伸手接了，转头看一眼路上，周围空荡荡的，感觉陌生又熟悉，这个点，当然谁也遇不上了。他转头拖着行李箱往公寓区里走。

终于暂时离开那个家了，他回来了。

今天以后，一切都会不同的。

图书在版编目（CIP）数据

不羁 / 幸闻著 . -- 长沙：湖南文艺出版社，2023.6

ISBN 978-7-5726-1117-9

Ⅰ . ①不… Ⅱ . ①幸… Ⅲ . ①长篇小说－中国－当代 Ⅳ . ① I247.5

中国国家版本馆 CIP 数据核字（2023）第 063111 号

上架建议：畅销・青春文学

BUJI
不羁

著　　者：幸　闻
出 版 人：陈新文
责任编辑：刘雪琳
监　　制：邢越超
策划编辑：郭妙霞
特约编辑：彭诗雨
营销支持：文刀刀　周　茜　李美怡
封面设计：梁秋晨
版式设计：李　洁
插图绘制：哆　多　咔　咔
字体授权：仓　鼠
内文排版：百朗文化
出　　版：湖南文艺出版社
　　　　　（长沙市雨花区东二环一段 508 号　邮编：410014）
网　　址：www.hnwy.net
印　　刷：三河市中晟雅豪印务有限公司
经　　销：新华书店
开　　本：680mm×955mm　1/16
字　　数：403 千字
印　　张：23
版　　次：2023 年 6 月第 1 版
印　　次：2023 年 6 月第 1 次印刷
书　　号：ISBN 978-7-5726-1117-9
定　　价：52.80 元

若有质量问题，请致电质量监督电话：010-59096394
团购电话：010-59320018